0,50

HEYNE <

W0281244

Das Buch

Großbritannien in nicht allzu ferner Zukunft: Nach einem verheerenden Atomkrieg ist England eines der wenigen Länder auf Erden, wo noch menschliches Leben möglich ist. Allerdings ist die Bevölkerung in zwei Gruppen gespalten, die sich erbittert bekämpfen: die Realen und die Fiziellen, scheinbar unbesiegbare künstliche Intelligenzen, die einst erschaffen wurden, um den Alltag der Realen zu optimieren. Jetzt leben die Fiziellen in den Ruinen der großen Städte – belagert von den Realen, die den Krieg überlebt haben –, zusammen mit gigantischen Ratten und gnadenlosen Mutanten. Einer von ihnen ist der Taxifahrer Kenstibec, der seinen Lebensunterhalt damit verdient, die anderen Fiziellen heimlich aus den Städten zu schmuggeln. Als er eines Tages die Journalistin Starvie von Edinburgh nach London fährt, kommt er einer gewaltigen Verschwörung auf die Spur. Einer Verschwörung, die das Ende allen menschlichen Lebens bedeuten könnte – sei es nun real oder artifiziell …

»Selten hat jemand unsere Welt mit so viel Begeisterung in Schutt und Asche gelegt wie Jon Wallace.« *Sci-Fi Now*

Der Autor

Bevor er seinen Debütroman *Barrikaden* schrieb, veröffentlichte Jon Wallace bereits zahlreiche Science-Fiction- und Fantasy-Stories in renommierten Magazinen und Anthologien wie *Jupiter Science Fiction* und *Best British Fantasy*. Jon Wallace ist verheiratet und lebt mit seiner Frau in London.

Mehr über Jon Wallace und seine Romane erfahren Sie auf:

diezukunft.de

JON WALLACE

BARRIKADEN

ROMAN

WILHELM HEYNE VERLAG
MÜNCHEN

Titel der englischen Originalausgabe:
BARRICADE
Deutsche Übersetzung von Robert Brack

MIX
Papier aus verantwortungsvollen Quellen
FSC® C014496

Verlagsgruppe Random House FSC® N001967
Das für dieses Buch verwendete FSC®-zertifizierte Papier
Holmen Book Cream liefert Holmen Paper, Hallstavik, Schweden.

Deutsche Erstausgabe 06/2015
Redaktion: Ralf Dürr

Printed in Germany 2015
Umschlaggestaltung: DAS ILLUSTRAT, München
Satz: Fotosatz Amann, Memmingen
Druck und Bindung: GGP Media GmbH, Pößneck

ISBN 978-3-453-31542-6

www.diezukunft.de

Für Betty Bailey – und Hühnchenpastete mit Pilzen.

Mein Name ist Kenstibec. Ich bin ein Rover-Modell, ein Power 9 – ein wirklich guter Kauf.

Nicht dass man mir das ansieht. Jetzt wohl kaum, denn ich hänge verkehrt herum baumelnd unter dem Dach des Regenerierungsschuppens.

Mir fehlt ein Arm. Der Stumpf hängt herunter, und Blut tropft auf den Stahlgitterboden. Seit der Boss mich aufgehängt hat, schaukle ich sanft vor mich hin, als würde hier drinnen eine leichte Brise wehen, so ist es aber nicht. Es ist heiß und riecht wie in einem Flugzeug. Ventilatoren brummen.

Die Luke piept und geht zischend auf. Der Sohn vom Boss kommt rein, die Hände in den Hosentaschen. Er versucht zu pfeifen, aber es klingt nicht sehr gut. Er ist sechs Jahre alt.

Er sieht mich.

»Kenstibec«, sagt er.

»Alan«, antworte ich.

»Hattest du einen Unfall?«

»Hatte ich.«

Alan bemerkt den Armstumpf. Er reißt die Augen auf, und seine Kinnlade fällt herunter.

»Was ist passiert?«

»Glotz mich nicht so an«, sage ich.

»Du hast ja deinen Arm verloren!« Er legt eine Hand an seine Stirn und zittert, offenbar vor Aufregung.

»Das ist ja cool!«

Dazu sage ich nichts. Vorsichtig tritt er hinter mich, um den Schaden auf der anderen Seite zu begutachten. Ich schaue auch dorthin. Es ist ein sauberer Schnitt. Hätte schlimmer kommen können. Einen Meter weiter links und sie hätten immer noch damit zu tun, mich vom Gerüst zu kratzen.

»Wie ist das passiert?«, will er wissen. »Wie ist das passiert?«, wiederholt er.

»Ich bin gefallen.«

»Vom Hope Tower?« Er wartet nicht auf meine Antwort. »Wie hoch warst du? Warst du richtig weit oben? Ich wette, du warst richtig weit oben, hab ich recht, Kenstibec?«

»Im dreihundertzehnten Stockwerk.«

Er geht wieder dorthin zurück, wo ich ihn sehen kann, und mustert mich misstrauisch.

»Das ist nicht wahr«, sagt er. »Das hast du dir ausgedacht.«

»Nein …«

»Das hast du dir ausgedacht. Wenn du nämlich von so weit oben runtergefallen wärst, dann wärst du platt und nichts von dir wäre übrig. Du wärst total platt. Wie weit oben warst du wirklich?«

»Im dreihundertzehn …«

»Lügner, Lügner, Lügner!« Er fuchtelt mit den Händen und hüpft zornig herum.

»Mein Bandfalldämpfer hat zweihundertneunzig Stockwerke gehalten. Ich bin ein paar Mal auf und ab geschaukelt, dann ist er gerissen. Ich schätze, du hast recht. Tatsächlich waren es nur zehn Stockwerke.«

»Wahnsinn.« Er beißt sich auf die Lippe. »Und wie war das so?«

Ich überlege, ob ich ihm den Sturz beschreiben soll, entscheide dann aber, dass es nicht nötig ist. Seine Vorstellungskraft wird das ohne mich schaffen. Ich muss nur ein gutes Wort für ihn finden.

»Es war sensationell«, sage ich.

»Wahnsinn.«

Ich erinnere mich an den Sturz. Ich höre, wie mein Overall flattert. Spüre, wie der Wind zwischen meinen Fingern hindurchzischt. Ich sehe die Stadt unter mir. Ich halte den Atem an, während ich mich überschlage. Als könnte ich auf diese Weise den Aufschlag abdämpfen.

»Geht es dir bald wieder besser?«

»Ist noch nicht klar«, sage ich.

Auf seinem Gesicht erscheint ein gelangweilter Ausdruck. Er lässt die Schultern sinken und seufzt. Ich nehme an, er ist frustriert, weil ich nicht mit ihm spielen kann, solange ich hier hänge.

»Na gut«, sagt er. »Dann bis später, Kenstibec.«

»Bis dann.«

Er schlendert zur Luke und schiebt die Hände wieder in die Taschen, dann hält er an. Wirft mir einen Blick zu.

»Kenstibec?«

Ich muss meinen Kopf ziemlich verdrehen, um ihn anzusehen.

»Ja?«

Er wirkt jetzt arg verunsichert.

»Bist du eigentlich auf unserer Seite?«

RICKS GARAGE

Rick konnte seine Luke einfach nicht sauber halten. Er kam nur selten nach draußen, deshalb lag sie immer unter einer frischen Schneedecke. Ich wusste, dass sie irgendwo im hinteren Teil des Supermarkts war, in der Nähe der Fleischtheke. Ich machte mich auf den Weg dorthin, stapfte durch die Schneeverwehungen, mein Atem war im Fackelschein zu erkennen.

Dann begann der Beschuss. Explosionen dröhnten vom Hafen her, es erwischte eine Mauer in meiner Nähe, und ich wurde auf den Rücken geworfen. Mein Kopf prallte gegen etwas Metallisches. Einen Augenblick lang war ich völlig benommen und starrte nach oben zu einem Riss im Dach. Dann drehte ich mich auf die Seite und stellte fest, dass ich auf der Luke lag. Ich schob den Schnee beiseite, fand den Klingelzug und zerrte mit aller Kraft daran.

Hinter dem Bullauge tauchte Regmiron auf. Er hielt inne und starrte mich durch das speziell gehärtete Glas forschend an. Mir kam das ziemlich unnötig vor angesichts der Situation. Der ganze Leith Walk erzitterte unter dem Artilleriebeschuss, und abgesehen davon kannte er mich.

Die Luke zischte und ging knirschend einige Zentimeter auf, bevor sie hängen blieb, weil der Mechanismus blockierte. Regmiron drückte von innen dagegen, bis genug Platz war, um hindurchzukriechen. Ein Schwall abgestandener Luft kam mir entgegen, während ich mit dem Kopf zuerst zweieinhalb Meter tief nach unten rutschte. Regmiron schloss hinter mir die Luke, indem er das Rad viermal herumdrehte, und kletterte hinab zu mir. Ich saß da und hielt mir den Kopf.

»Übler Tag heute, was?«

»Ziemlich übel«, antwortete ich. »Wieso hast du gezögert, bevor du geöffnet hast? Gibt's neuerdings ein geheimes Passwort, das ich nicht kenne?«

Er schnaubte und horchte auf das Dröhnen der Explosionen.

»Dieses Land«, sagte er und schüttelte den Kopf. Er ging den Bunkerkorridor entlang, ein zwei Meter dreizehn großes Muskelpaket im flackernden Licht der Notbeleuchtung. Ich rappelte mich auf und folgte ihm.

Rick saß im Vorraum hinter dem Rezeptionspult und schaute konzentriert auf einen tragbaren Fernseher. Ich spähte über seine Schulter. Er sah sich einen Real-Kanal an, einen von denen, wo nichts anderes läuft als Wiederholungen der Aufnahmen von Überwachungskameras aus der alten Welt. Die heutige Unterhaltungsshow zeigte Videoaufnahmen einer Bank. Ungefähr zwanzig Reale standen in einer ordentlichen Reihe hintereinander und warteten darauf, bedient zu werden. Es war völlig bedeutungslos und leer, aber aus irgendeinem Grund fanden diese Irren, die uns beschossen, es beruhigend.

Rick drehte sich um und lächelte.

Er sah genauso übel aus wie sonst. Er hatte so lange unter besonderen Bedingungen gearbeitet, dass er allmählich die Gestalt einer Gottesanbeterin angenommen hatte. Seine Haut war bleich, fettig und bräunlich, seine Haare geölt und zurückgekämmt. Er ging gebückt, weil er sein ganzes Leben unter Autos verbracht hatte, und hielt die Hände nach vorn gestreckt wie ein hungriges Raubtier seine Pfoten. Manche vermuteten, dass irgendwas an ihm defekt war, weil er nur dort unten herumwuselte. Aber niemand, dem sein Leben lieb war, verlor ein böses Wort über ihn. Das Wichtigste an ihm war, dass er zuverlässige und schnelle Autos produzierte. Er war der Einzige in Edinburgh, der noch wusste, wie das ging.

»Kenstibec«, sagte er. »Pünktlich wie immer. Willst du es dir mal ansehen?«

»Deshalb bin ich ja hier.«

»Genau. Komm mit. Er steht in der großen Arbeitsbucht. Letzte Nacht wurde ich damit fertig.«

Er schob mich durch die Luke mit der Aufschrift WERKSTATT. Der Geruch von Benzin und Schweißbrennern kam mir entgegen, als ich den Zugang passierte, die Treppe nach unten stieg und das Stockwerk mit der Werkhalle erreichte.

Die Deckenlampen schafften es gerade so, den Raum zu erhellen, aber man konnte die Ausmaße der Werkstatt, die sich über knapp achthundert Meter erstreckte, immerhin erahnen. Überall waren die Umrisse von Autos zu erkennen, die meisten nur noch ausgeweidete Gerippe. Weiter hinten standen alte Werkzeugmaschinen herum. Auffangnetze hingen von der Decke, darin lagen ausgebaute Zündkerzen, Armaturenteile, Kolben und Pleuelschrauben.

Rick blieb vor einem Gefährt stehen, dessen Umrisse sich unter einer staubigen weißen Plane abzeichneten, und forderte mich mit einer Handbewegung auf, es anzuschauen. Ich zog die Abdeckung herunter, und ein Land Rover kam zum Vorschein, ein Defender der späteren Generation. Er sah ziemlich gut aus.

Rick beugte sich hinunter in die Fahrerkabine, betätigte einen Schalter, und die Motorhaube schwang auf.

»Ein Diesel-Turbo«, sagte er. »Wie du weißt, stehen diese Land-Rover-Motoren in dem Ruf, ziemlich unzuverlässig zu sein – diverse Konstruktionsmängel, Risse in den Kolben und so weiter. Ich habe die Belüftung verbessert und hier und da ein paar Feinabstimmungen vorgenommen. Jetzt kommt er auf 190 PS und fährt ziemlich sparsam. Wie üblich wurden alle Teile hergestellt und in Form gebracht mit Ricks patentierter Gront-Legierung, jedenfalls da, wo es angebracht war.«

»Der ist wahrscheinlich ziemlich schnell«, sagte ich.

»O ja, ganz bestimmt.« Rick rieb sich die Hände. »Er kommt ganz gut voran. Könnte er jedenfalls …« Mit den Fingerknöcheln klopfte er gegen die Karosserie. »Ich sag's dir noch mal. Nur ungern schicke ich jemanden in einem Wagen raus, der unzureichend geschützt ist. Willst du wirklich nicht, dass ich meine ›Blast Box‹ installiere?«

»Nein, ich will ja sehen, wohin ich fahre.«

Normalerweise hüllte Rick seine Fahrer in eine Schutzvorrichtung ein, die er »Blast Box« nannte. Es war ein siebeneinhalb Zentimeter dicker Käfig aus Gront-Legierung, der dem Beschuss durch die gängigen Kaliber widerstand. Theoretisch war das eine gute Sache, aber das Ding erhöhte das Gewicht des Fahrzeugs deutlich und behinderte die Manövrierfähigkeit. Das Schlimmste aber war, dass dadurch die Sicht behindert wurde. Ich hatte ihm erlaubt, das Ding bei einem Vorgängermodell zu installieren, und war beinahe mit Vollgas in ein zwölf Meter tiefes Loch gerast. Seitdem weigere ich mich, in diesem Käfig zu sitzen. Der Landy war mit seinem Rammschutz, der Seilwinde und dem Gegengewicht am Heck schon schwer genug. Außerdem sah er ohne Aufbauten viel besser aus.

»Na gut, dann lass ich dich allein, damit du die Einzelheiten ausprobieren kannst«, murmelte Rick und schlurfte davon zu den Werkzeugmaschinen.

Ich stieg ein. Der Wagen war gut ausgestattet. In der Mulde zwischen den Schalensitzen war ein Funkgerät eingebaut. Das einzige Überbleibsel der Blast Box war eine Panzerplatte, die unter die Sitze montiert war und den hinteren Teil der Kabine schützte. Die Waffen steckten in Plastikhalterungen über dem Fahrer und dem Beifahrer – ein Präzisionsgewehr in üblicher Ausführung mit Nachtfernrohr, zwei Pistolen, vier Nachtsichtbrillen (für Fahrer, Beifahrer und zwei Passagiere), ein zweites Gewehr und eine Doppellaufflinte. Ich stieg wieder aus und schaute mir die Reifen an. Einer sah ziemlich lädiert aus.

Auf dem Rücken liegend, inspizierte ich den Unterboden des Land Rover, als Regmiron mir von der Luke her etwas zurief.

»Kenstibec? Bitte komm mal nach vorne. Da ist ein Anruf für dich.«

»Wer ist es denn?«

»Shersult.«

Das betraf meine nächste Fuhre.

Ich sagte Rick, dass ich mit dem Wagen zufrieden sei, und wir gingen zurück in den Vorraum, wo ich eine Rolle Bargeld übergab und versprach, ihnen Bescheid zu geben, wenn Shersult mir das Ziel mitgeteilt hatte. Rick schob die seltsamen Motorteile auf seinem Pult beiseite und stellte mir eine Quittung aus. Dann reichte er mir das Telefon.

»Mach dir keinen Stress, aber ich warte hier auf dich«,

sagte Shersult. Die Übertragung war so gestört, dass ich ihn kaum verstehen konnte.

»Hast du einen Auftrag für mich?«

»Könnte sein, wenn du mal raufkommst, dann zeig ich dir was.«

»Kannst du es mir nicht gleich sagen?«

»O nein. Nicht über diese Telefone. Komm einfach her.«

Er legte auf.

Ich trank eine Tasse Tee, um mir die Zeit bis zum Ende des Bombardements zu vertreiben. Regmiron führte mich durch die Werkstatt zurück zum Eingang und folgte mir nach draußen. Er lehnte sich gegen den Lukendeckel und starrte durch das Dach des Supermarkts in den wolkenverhangenen Himmel.

»Es heißt, es dauert noch gut fünfzig Jahre«, sagte er.

Ich salutierte.

»O ja«, sagte ich. »Der Tag wird kommen.«

Wie üblich stand Shersult hinter der Barrikade und wehrte den morgendlichen Angriff ab. Wenn es möglich gewesen wäre, hätte er den ganzen Tag damit verbracht, Horden von kreischenden Stammesangehörigen abzuknallen, aber er musste auch noch sein Taxi-Unternehmen betreiben, um über die Runden zu kommen. Ich war einer von drei überlebenden Angestellten.

Heute lag er auf einem schwarz verrußten Container, der die Gameskeeper Road blockierte. Eine Strickleiter hing an der einen Seite herab und schlenkerte im Wind klappernd hin und her. Ich packte sie und kletterte hoch. Oben angekommen sah ich gerade noch, wie Shersult auf etwas feuerte, das sich in der Dunkelheit bewegte. Als Antwort wurden ein paar Kugeln in unsere Richtung abgefeuert. Shersult bemerkte mich und bedeutete mir, in Deckung zu gehen. Kein Problem, ich ließ mich auf den Bauch fallen, kroch zu ihm hinüber und fragte mich, warum wir uns nie unter friedlichen Bedingungen treffen konnten.

»Alles klar, Kamerad?«, sagte er und reichte mir eine Nachtsichtbrille. Nur ein Modell »Soldat« sprach einen mit »Kamerad« an, denn ursprünglich hatten seine Konstrukteure beabsichtigt, dass es mit den Einheiten der Realen kooperierte. Ihr Jargon war eine bizarre Mischung aus Arroganz, Flüchen und scheinheiliger Prahlerei. Diese Auf-Teufel-komm-raus-Kumpelhaftigkeit machte es mitunter anstrengend, sich mit ihnen zu verständigen.

»Hilf mir eine Weile bei der Zielsuche, während wir uns unterhalten, alter Junge. Die sind ziemlich munter heute.«

»Okay.« Ich schaute die Straße entlang und entdeckte einen Realen, der sich seinen Weg durch die Ruinen bahnte.

»Da ist einer«, sagte ich. »Hundertfünfzig Meter, linke Seite auf der Straße, steckt gerade seinen Kopf …«

»Hab ihn«, sagte Shersult.

Ein Schuss ertönte. Ich sah, wie der Kopf des Realen zerbarst, und suchte nach einem weiteren. Die meisten waren in Deckung gegangen, was sicherlich schlau von ihnen war.

»Der Fahrgast ist Journalistin«, sagte Shersult.

»Welches Ziel?«

»London.«

»Weiter Weg. Seit wann unternehmen Journalisten denn so ausgedehnte Reisen?«

»Frag mich nicht. Tatsache ist, dass das Geschäft hundsmiserabel läuft und wir diesen Job dringend brauchen. Sie zahlt siebentausend.«

Ich suchte durch die Nachtsichtbrille die Straße ab. »Mir ist aufgefallen, dass nicht mehr viel los ist. Hat sich irgendwas verändert?«

»Alle warten darauf, dass die Kontrolle neue Anweisungen gibt, würde ich sagen.«

Ein weiterer Realer tauchte auf und nutzte die Feuerpause, um im Zickzack loszulaufen. Offenbar glaubte er, damit eine Chance zu haben. Ich deutete auf ihn.

»Da ist wieder einer, vierzig Meter ...«

»Jawoll«, sagte Shersult.

Er nahm ihn blitzschnell ins Visier, erwischte ihn aber nur an der Seite. Der Reale stürzte und verschwand im Schutt eines eingestürzten Hauses.

»Ganz schön frech«, sagte Shersult. Er rutschte auf dem Bauch den Container entlang und suchte eine neue Schussposition. Ich folgte ihm.

»Hör mal«, sagte ich. »Angesichts der Tatsache, dass wir eine hohe Fluktuationsrate bei den Fahrern haben und anscheinend die Barrikade in Leeds verloren haben ...«

»Das ist nur ein Gerücht.«

»Aber der Punkt ist doch, dass wir auf wesentlich mehr Umstände Rücksicht nehmen müssen als vorher. Die Realen sind jetzt besser organisiert, und es gibt weniger Möglichkeiten, unterwegs eine Pause einzulegen. Müdigkeit kann einen umbringen, verstehst du.«

»Ist das deine Art, mir mitzuteilen, dass du mehr Geld willst?«

Er hielt inne, spähte durch sein Nachtsichtfernrohr und

zog den Abzug durch. Offenbar hatte er ein weiteres Ziel ausfindig gemacht. In einiger Entfernung ertönte ein Schrei, dann ein Pfeifen. Ich sah, wie sich etwas im Dunkeln bewegte. Die Realen zogen sich zurück.

Shersult setzte sich hin und rieb sich das Bein. Wahrscheinlich hatte er den ganzen Tag hier oben gelegen, vielleicht sogar während des Bombardements, erpicht darauf, sein erstes Ziel zu finden.

»Sie möchte direkt am Fernsehsender abgeholt werden, gleich nach der Hellen Phase, okay? Du sollst nichts weiter tun, als sie nach London zu bringen. Eine Rückfahrt wurde nicht gebucht.«

»Gepäck?«, fragte ich.

»Minimal. Ein paar Koffer. Die müssten sogar in die Kabine reinpassen. Was hat Rick dir zusammengebastelt?«

»Einen Defender. Standardmodell.«

Shersult schaute mich interessiert an. Er wollte schon was sagen, als die Sirenen für die Entwarnung aufheulten. Es machte keinen Sinn, sich während des Lärms verständigen zu wollen.

Ich stützte mich auf einem Knie ab und schaute über die zerstörte Vorstadt jenseits der Barrikade. Die Realen zogen sich hinter den Fluss zurück, hinauf in die grauen Hügel, in ihre Schützengräben, sie gaben sich erst mal geschlagen. Abgesehen davon würde bald etwas Licht durch die dichte Wolkendecke fallen, für einige Stunden. Dafür hörten wir alle auf zu kämpfen.

Shersult baute sein Gewehr auseinander, führte jeden Handgriff mit großer Sorgfalt aus, während er die einzelnen Teile in den schmalen schwarzen Koffer packte. Er ging zu der Stelle, wo die Strickleiter hing, und stieg schweigend hinab. Ganz offensichtlich hatten wir unsere Abmachung getroffen.

Ich blieb noch eine Weile auf dem Container sitzen und schaute zur Stadt hinüber, zu den brennenden Stellen, von denen Rauch in die Nacht aufstieg, und auf die weite Fläche der toten, grünlich schimmernden See.

»Was meinst du damit?«

Er kommt ein paar Schritte näher.

»Luke Ransome aus der Schule sagt, dass die Fiziellen die Leute in den Booten erschießen.«

»Damit hab ich nichts zu tun«, sage ich. »Das sind die Soldaten. Ich wurde fürs Bauen optimiert, das weißt du doch.«

»Luke Ransome sagt, dass ihr alle ein großes Geheimnis habt. Er sagt, ihr wollt uns vernichten. Er sagt, eines Tages wirst du mich und meinen Dad umbringen.«

Mein Armstumpf kribbelt. Er hat aufgehört zu bluten. An der Wand hängt eine Uhr, aber ich muss gar nicht hinschauen.

»Das würde ich niemals tun.«

Damit ist er nicht zufrieden. Er fuchtelt mit den Armen herum, schaut sein verzerrtes Spiegelbild auf der Stahlwand an, also recke ich den Hals, um meins zu betrachten. Von hier sieht es so aus, als wäre ich noch eine ganze, komplette Person.

»Aber bist du denn auf unserer Seite?«

»Was meinst du damit?«

»Ihr bringt Leute um.«

»Ich hab dir doch gesagt, ich bin kein Soldatenmodell. Die Soldaten tun das, weil sie dafür entworfen wurden. Sie müssen die Grenze bewachen, sonst wird diese Insel überrannt. Bringen sie euch das nicht in der Schule bei?«

»Die Lehrer sprechen nicht über das, was los ist.«

»Alle auf diesem Planeten versuchen, in ein oder zwei Länder wie unseres einzudringen, weil sie woanders nicht leben können, verstehst du?«

»Können Sie das nicht?«, fragt Alan.

»Nein. Aber wir können die nicht alle aufnehmen. Deshalb sind die anderen Länder ja in Schwierigkeiten. Es gibt zu viele Menschen, die sich um die begrenzten Ressourcen streiten.«

»Re-Saucen?«

»Benzin, Brot, Wasser – alles, was man zum Leben braucht. Deshalb wurden wir ja erfunden, um diese Insel zu schützen. Das ist der letzte Ort, der übrig geblieben ist. Wenn wir alle reinlassen, dann werden alle sterben. Verstehst du? Wir können sie nicht alle reinlassen.«

»Woher weißt du das denn so genau?«

»Die Kontrolle hat es uns erzählt.«

»Luke Ransome behauptet, die Kontrolle hätte das Land übernommen. Er sagt, sie sei böse. Er sagt, sie hat uns dazu gebracht, Barcodes zu tragen, damit sie uns überall findet.« Er hält die Hand mit dem eingebrannten Code hoch. »Luke sagt, wir müssen die Kontrolle bekämpfen.«

»Wer ist denn dieser Luke Ransome?«

»Sein Vater ist bei der Wahrheitsliga.«

Er spricht das Wort »Wahrheitsliga« so aus, als handelte es sich dabei um etwas Gefährliches. Ich habe die fähigsten Männer dieser Liga kennengelernt. Mir kamen sie wie Säufer mit einer Vorliebe fürs Plündern vor.

»Die Kontrolle will dir nichts tun. Sie ist kein Monster. Sie ist ein mächtiges Gehirn, in dem alles zusammenfließt und das unsere Arbeit dirigiert. Ohne die Kontrolle wäre

dieses Land schon längst eine Wüste. Sie hilft euch zu überleben.«

»Aber macht ihnen das Spaß?«

»Wem macht was Spaß?«

»Die Einwanderer umbringen. Wollen die Soldaten das tun?«

»Sie wollen überhaupt nichts. Ich will überhaupt nichts.«

»Du willst überhaupt nichts?«

»Nichts.«

Er zieht die Nase hoch und denkt darüber nach.

»Du meinst, du willst gar nicht da runter kommen?«

»Warum soll ich mir etwas wünschen, wenn es keinen Zweck hat?«

Er kneift ein Auge zu und nagt an seiner Unterlippe.

»Das kapier ich nicht.«

»Mach dir nichts draus.«

Er zuckt mit den Schultern und dreht sich um. Als er auf die Schleuse zugeht, wirft er noch mal einen Blick zurück zu mir. Er kommt mir ein wenig verängstigt vor. Sein Vater hat ihn mit seiner Furcht angesteckt, die er von seinen Arbeitern übernommen hat, die wiederum von den Infokanälen infiziert wurden und natürlich von der Wahrheitsliga.

Die Wahrheit sieht so aus: Ich will ihn nicht töten, aber ich will ihn auch nicht am Leben lassen.

Er ist ein kleiner Kerl. Er ist der Sohn von meinem Boss. Er ist der Name, den er trägt. Was denn sonst?

SELEKTIVPROGRAMM

Das Programm des Selektivfernsehens wurde aus dem kaputtesten Bunker von Edinburgh übertragen, einer Art Höhle, die man aus den alten Brauereikellern herausgemeißelt hatte. Die Realen hassten die Sendungen dieser Station über alle Maßen und bombardierten sie rund um die Uhr. Das bescherte den durchschnittlichen Nachrichtensendungen des Selekt-TV eine Unterhaltungsqualität, die wesentlich höher war als ihr Nachrichtenwert. Die Nachrichtensprecher wurden üblicherweise während der Übertragung von Staub überzogen, die Programme wegen Strommangels unterbrochen, und die Berichterstatter starben gelegentlich während einer Liveübertragung.

Ich kam vor dem Gebäude an, als das Geheul der Entwarnungssirene verstummte. Perma, halb Produzentin, halb Sicherheitsposten, ließ mich rein und sah mich an wie eine Katze, der man eine Dose minderwertigen Thunfisch hinstellt.

»Kenstibec«, sagte sie. »Du kommst gerade recht für die Abendmeldungen. Entschuldige bitte das Durcheinander. Wir haben mal wieder einen direkten Treffer abbekommen.«

Ich folgte ihr eine verbogene eiserne Treppe hinunter in den Rezeptionsbereich. Die Luft roch nach Zement. Fackelschein erhellte die Dunkelheit. Wir hielten nicht an, um mich anzumelden, da das Empfangspult unter einem schweren Stahlträger verschwunden war, darunter waren wohlgeformte Beine zu sehen. Den dazugehörigen Oberkörper konnte ich nicht erkennen. Perma drängte mich nach unten ins zweite Untergeschoss. Hier konnte man besser atmen, und die Notbeleuchtung funktionierte, sodass ich zuschauen konnte, wie Perma nach unten stieg.

Wie fast alle Angestellten des Senders war auch Perma eine Freuden-Fizielle, soll heißen, sie war für sexuelle Begegnungen mit Realen optimiert worden. Da Freuden-Fizielle für nichts anderes als Fummeln und Bumsen konstruiert waren, wurden sie im Allgemeinen als nutzlos angesehen. Aber natürlich wurden in der schönen neuen Welt der Kontrolle keine Fiziellen fallen gelassen, deshalb waren die Freuden-Fiziellen in den Fernsehbereich eingegliedert worden, womit sie ein Beschäftigungsfeld hatten, das zwar wertlos, aber notwendig war, solange die Realen sich dem Selektivsender verweigerten.

Ich war nicht gern in ihrer Gesellschaft. Man wusste nie, worüber sie sich als Nächstes aufregten. Ihre Gefühle waren während des Optimierungsprozesses weitgehend intakt gelassen worden, und ich rechnete immer damit, dass sie unvermittelt in Tränen ausbrachen. Vielleicht war das ja ungerecht. Mit der Tatsache, erschossen zu werden, kamen sie eigentlich ziemlich gut klar.

Wir erreichten den Kontrollraum, als die Selektierung zur Hälfte abgeschlossen war. Wäre genug Werkzeug und Material vorhanden gewesen, hätte ich den Raum in ein paar Wochen auf Vordermann gebracht. Aber im Augenblick besaß er eher die strukturelle Zuverlässigkeit der Ruinen von Angkor. Es wunderte mich sehr, dass die Decke nicht einstürzte, als ich ihr einen kurzen scharfen Blick zuwarf.

Der Schnittbereich war mit einem Mann besetzt, einem

schweigsamen Kerl mit breitem Gesicht, der wahrscheinlich dafür optimiert worden war, sich mit den Fingern übers Kinn zu streichen und dazu zu erklären, dass kein anderer Rasierapparat so gute Arbeit leistete. Ich setzte mich auf einen Stuhl in der Ecke und schaute mir meinen Fahrgast auf dem Monitor an. Die Journalistin hieß Starvie. Sie las gerade die morgendlichen Nachrichten vor.

Das Bild änderte sich, und nun war auf dem Monitor ein Film zu sehen, in dem Leichen von Realen in ein Massengrab geworfen und angezündet wurden. Dann wieder ein Schnitt zurück zu Starvie, die jetzt vor einem klapprigen SELEKT-O-METER stand.

»So«, sagte Starvie, »hier sieht man, wo wir in diesem Monat stehen. Wir kommen gut voran, aber wenn Sie uns helfen, können wir noch mehr schaffen.«

Perma tippte mir auf die Schulter und reichte mir eine Flasche Wasser. Es war sehr heiß hier unten, und ich trank sie in einem Zug leer. Perma setzte sich neben mich und schaute zum Monitor, während sie abwesend an ihren Fingernägeln zupfte. Noch immer waren deutliche Reste von getrocknetem Blut von Mitarbeitern darunter zu sehen.

»Wie sind die Quoten?«, fragte ich.

Sie seufzte.

»Wenn sie nur halb so viele Sendungen von uns anschauen würden, wie Sie deren Programm anschauen, dann hätten wir sie längst überzeugt aufzugeben.«

Ich bezweifelte das. Trotzdem war es durchaus korrekt zu behaupten, dass ich ziemlich viel Real-TV schaute.

Als der Barrikadenkampf in eine Pattsituation geriet, fingen die Clans der Realen an, eine notdürftige Fernsehübertragung einzurichten. Wegen der dichten Wolken konnten sie nicht sehr weit senden, aber jeder Stamm hatte die Möglichkeit, sich ein Unterhaltungsprogramm zu basteln, damit ihre Leute sich um einen reparierten Fernsehapparat versammeln und die alte familiäre Gemütlichkeit genießen konnten. Fernsehen war sehr wichtig für sie, sogar jetzt, wo sie vom Aussterben bedroht waren. Wir schalteten auch ein. Ihre Sendungen waren viel unterhaltsamer als die ausufernden Übertragungen von langwierigen Abschlachtungen auf unserem Selektivsender. Das wollte ich Perma jetzt aber nicht auf die Nase binden. Deshalb wechselte ich das Thema.

»Und welchem Zweck dient diese Reise?«, fragte ich.

»Die Sendezentrale in Brixton wurde von so einer grässlichen neuen Bombe getroffen.« Perma ließ den Monitor nicht aus den Augen, als erwarte sie jederzeit neue Probleme. »Sie haben die Hälfte ihrer Kapazitäten eingebüßt und brauchen Ersatz für ihr Nachrichtenteam.«

»Habt ihr hier nicht auch schon Personalprobleme?«

»Das kriegen wir schon hin.«

Starvie war jetzt mit ihrer Ansage fertig, in der es um eine neue Selektiv-Methode gegangen war. Offenbar war sie weniger schmerzhaft. Irgendein genialer Kopf dachte wohl, das würde die Realen animieren, sich in einer Reihe zur Kapitulation anzustellen.

Ich wünschte mir eher, die Realen würden uns wieder bombardieren, aber es passierte nichts. Die Ansage ging ohne Zwischenfall über den Sender. Nach fünfzehn Minuten machten sie eine Pause. Starvie kam aus dem Studio und ging zum Wasserspender. Sie drehte am Regler, aber es kamen nur ein Zischen und ein kläglicher dünner Strahl heraus. Sie fluchte und warf den Becher gegen die Wand. Perma bot ihr eine Flasche an.

»Danke«, sagte Starvie. »Hör mal, Herzchen, ich weiß ja, dass ich hier weg muss. Aber ihr solltet dringend die Klimaanlage reparieren, damit mein Nachfolger es leichter hat. Hier drinnen ist es so heiß, als würde man glühende Lava einatmen.« Sie trank gierig, indem sie die Flasche ansetzte, den Kopf weit zurücklegte und langsame große Schlucke nahm. Als sie fertig war, wischte sie sich über den Mund und tupfte sich ein paar Tropfen an die Schläfen. Dann zog sie ein Taschentuch hervor, goss etwas Wasser darüber und wischte sich den Schmutz aus dem Gesicht. Perma deutete mit dem Kopf in meine Richtung.

»Das ist Ihr Fahrer. Er will Sie abholen.«

Starvie legte eine Hand auf die Hüfte, warf sich in Pose und lächelte mich an.

»Ist er das? Und, bist du bereit, Süßer?«

»Ich bin nicht Süßer«, sagte ich. »Ich bin Kenstibec, Bauarbeiter.«

»Wirklich?« Ihr Lächeln verschwand. »Und ich dachte, Sie wären Kenstibec, der Taxifahrer.«

Ich wollte mit ihr keinen Streit anfangen.

»Ich bin bereit«, sagte ich. »Und Sie?«

Sie nahm sich einen Mantel mit Fellkragen von einem Haufen Klamotten in einer Ecke, warf ihn sich über die Schultern und stolzierte ohne ein weiteres Wort durch die Tür.

»Gehen Sie ihr lieber nach«, sagte Perma. »Die läuft sonst wo hin, wenn man nicht aufpasst.«

Ich folgte ihr die Treppe hoch in den Empfangsbereich, wo es immer noch dunkel war. Der Stahlträger und die Beine waren verschwunden. Ich rief nach Starvie.

»Sie ist hochgegangen«, sagte eine Stimme.

Ich ging zurück zur Leiter. Oben am Rand der Luke baumelten zwei perfekt geformte, glatte Beine im flackernden bläulichen Lichtschein. Ich kletterte hinauf und setzte mich neben sie. Die Helle Phase ging zu Ende, und nur wenige dünne violette Streifen waren noch in der Wolke zu erkennen. Starvie hatte ihre Haare zu einem Pferdeschwanz zusammengebunden. Jetzt, im Dunkeln, wirkte es, als sei sie gealtert. Sie starrte durch einen Riss im Mauerwerk des alten Brauereigebäudes über die Barrikade hinweg zu der schiefen Ruine eines Kirchturms.

»Da oben ist ein Scharfschütze der Realen«, sagte sie und deutete dorthin. »Wahrscheinlich sieht er gerade zu uns her.«

Ich rutschte ein Stück von ihr weg.

»Wir sollten losgehen.«

»Er schießt nie, wenn ich allein bin«, sagte sie. »Wenn die anderen rauskommen, dann müssen sie die Beine in die Hand nehmen. Er ist sehr gut. Aber ich kann hier einfach sitzen und zu ihm rüberschauen. Ich glaube, es gefällt ihm, mich anzusehen, sogar durch so ein Nachtsichtgerät.«

Sie nahm einen Stein in die Hand und hob ihn hoch, als wollte sie den Scharfschützen im Kirchturm dazu provozieren, ihn ihr aus der Hand zu schießen.

»Gehen wir«, sagte ich.

Sie schaute mich an.

»Er hat gewonnen, verstehen Sie«, sagte sie. »Seit einem Jahr arbeite ich jetzt hier, und seitdem beobachtete er mich, aber nun bin ich es, die fortgeht, nicht er. Er wird weiter die Angriffe vorbereiten. Die da unten werden alle sterben.«

Sie ließ den Stein durch die Luke nach unten fallen. Ich stand auf und klopfte den Staub von meiner Cargohose.

»Machen Sie sich nicht verrückt«, sagte ich. »Es tut gut, die Stadt für eine Weile zu verlassen, Sie werden sehen. Wir sind nicht dafür gemacht, in Kellergängen herumzuwuseln.«

Ich beugte mich nach unten, schob einen Arm unter ihren Oberschenkel und legte den anderen um ihre Schultern und zog sie aus der Luke. Dann stellte ich sie auf die Füße und achtete darauf, sie aus dem Blickfeld des Scharfschützen im Kirchturm zu halten.

»Wir gehen jetzt zu Ihrer Unterkunft und holen Ihre Sachen ab«, sagte ich und schloss die Luke mit dem Fuß. »Dann bringe ich Sie zum Wagen. Ich denke, der könnte Ihnen gefallen.«

Sie lachte und ging auf den Riss in der Mauer zu und spähte hinauf zum Kirchturm.

»Besonders intelligent klingen Sie jedenfalls nicht«, sagte sie.

»Na ja, ich wurde für Bauarbeiten optimiert.«

Ich verpasste ihr einen schnellen harten Schlag auf den Hinterkopf, und sie fiel auf den steinigen Boden.

Ich hob sie hoch, warf sie über die Schulter und machte mich auf den Weg in den Nebel. Ich hatte schon genug Zeit verloren. Abgesehen davon könnte ihr Fan da oben im Kirchturm vielleicht eifersüchtig werden.

Ich sah mir ihren Ausweis an und fand ihre Adresse darauf. Sie lebte in einem der festungsartigen Flak-Türme, die am Ufer standen und halb in dem ganzen Müll ersoffen, den das Meer Tag für Tag auskotzte. Normalerweise mied ich diese Gegend. Jedes Mal, wenn ich dort hinkam, musste ich darüber nachdenken, wie man sie ein bisschen verändern könnte: die Türme abreißen, das Ufer vom Müll reinigen und eine Gartenlandschaft mit Wasserspielen anlegen – so wie in der Villa d'Este.

Es war völlig sinnlos, über einen Neuaufbau nachzudenken, aber ich konnte nicht anders, als irgendwelche Pläne zu schmieden, während ich über den pockennarbigen Strand auf die Türme zustolperte.

Starvie wohnte im neunten Stockwerk von Turm D. Sie hatte eine kleine Zelle nahe der Außenhaut, eine von denen, die wie in einer Achterbahn hin und her schaukelten, wenn der Turm unter Beschuss geriet. In einer Ecke stand ein Metallpult, das man in die Wand schieben konnte, ein Regal, auf dem einige Sachbücher zum Thema Journalismus lagen, und ein ziemlich hart aussehendes Bett mit beigefarbenen Laken, dünn wie Papier.

Kein Vergleich mit meiner Unterkunft. Ich hatte eine niedrige Höhle, die in Arthur's Seat eingegraben war.

Ich legte sie aufs Bett und sah mich um. Sie besaß nur wenig. Zwischen den Büchern fand ich eine Kohlezeichnung, ein Selbstporträt, an dem Starvie wohl gerade arbeitete. Sie war eindeutig nicht im künstlerischen Bereich optimiert worden. Außerdem gab es noch zwei Aktenkoffer im Kleiderschrank, aus grünem Leder und mit goldenen Kombinationsschlössern. Ich legte sie neben Starvie aufs Bett, setzte mich und schüttelte sie so lange, bis sie wieder zu sich kam. Sie schien etwas enttäuscht, als sie mich sah.

»Wir sind in Ihrem Zimmer«, sagte ich. »Ich glaube, ich habe Ihr Gepäck gefunden.«

»Haben Sie mich einfach so niedergeschlagen?«

»Ja«, sagte ich. »Aber nur, damit es schneller geht. Sie wurden gerade melancholisch.«

Sie befühlte ihren Hinterkopf und zuckte zusammen.

Dann bemerkte sie die Aktenkoffer. Sie schob mich beiseite, nahm sie und zog sie an sich.

»Fassen Sie die nicht an, verstanden! Die gehören mir.«

Draußen rumpelte es. Ein Sturm näherte sich vom Meer her und brachte Asche, Schnee und Dunkelheit. Starvie setzte sich auf und streckte sich.

»Wann fahren wir los?«

»Ich dachte mir, am besten gleich jetzt«, sagte ich.

Sie legte den Kopf zur Seite. »Sie sehen ein bisschen müde aus, um noch fahren zu können.«

»Ich bin nur so lange müde, bis ich hinterm Steuer sitze. Dann werde ich hellwach.«

Ihre Augen leuchteten auf, als wäre ihr etwas eingefallen.

»Also, wie kommen wir hin?«

Das war eine gute Frage. Ich kniete mich hin und zog meinen alten A-Z-Straßenatlas heraus, die wahrscheinlich nützlichste Erfindung, die es in der Welt der Realen je gegeben hat. Ich breitete ihn auf dem Fußboden aus und dachte über unser Problem nach.

Aus der Stadt zu kommen war nie besonders einfach, und man durfte die Sache nicht auf die leichte Schulter nehmen. Eine ganze Menge Planung war erforderlich, und man musste sehr vorsichtig zu Werke gehen. Es gab viele Überlegungen zu diesem Thema: Wie komme ich am besten hier raus? Darüber war ich schon mit vielen anderen Fahrern in die Haare geraten. Meiner Erfahrung nach ging nichts darüber, die Barrikade mit einem PS-starken Geländewagen mit Allradantrieb zu durchbrechen und es auf ein Spießrutenlaufen mit den Wachposten ankommen zu lassen, bis man freies Gelände erreichte.

Zu Anfang, nachdem wir uns in die Städte zurückgezogen hatten und bevor die Barrikaden errichtet wurden, sind alle geflogen, aber das hat nicht lange funktioniert. Die ätzenden Schadstoffe in der Wolkendecke zersetzen die Flugzeuge praktisch wie Gummi. Eine Weile konnten wir unterhalb der Wolken fliegen, dicht über dem Boden, aber die Realen hatten sich ziemlich rasch darauf eingestellt und die Flugzeuge abgeschossen.

Ein paar Übereifrige versuchten es mit Küstenoperationen. Sie besorgten sich ein Motorboot und fuhren dicht an der Küste entlang bis zur Mündung und dann flussaufwärts nach London, Liverpool oder Portsmouth – dort, wo die größten Barrikaden standen –, ohne auf Schwierigkeiten zu stoßen. Aber die Realen kamen dahinter und riegelten sämtliche Zugänge zu den Städten ab und bauten eine eigene marode Marine auf. Alle unsere großen alten Kriegsschiffe lagen im Hafen und verrosteten. Es gab noch einige Blockadebrecher, die es mit den kleineren Booten versuchten, die noch in der Hand der Fiziellen waren, aber sie reichten nicht aus. Wir hatten die Herrschaft über die Luft und das Wasser verloren.

Übrig blieben nur die Straßen.

Eine Menge Leute hätten Ihnen erzählt, dass man ausreichend viel Feuerkraft und Panzerung für so einen Ausbruch haben muss, und ich habe das nie infrage gestellt. Aber für mich ist das alles eine Frage der Balance. Viel Panzerung und viel Feuerkraft waren nicht immer ein Vorteil. Wenn Ihnen zum Beispiel jemand anbietet, in seinem Panzer mitzufahren, dann wird er Sie umbringen. Wenn der Panzer nämlich mitten auf der Strecke kaputtgeht, dann kann man ihn nicht mal eben reparieren und weiterfahren. Und wenn man angegriffen wird, dann kann man eine Panzerkanone nicht mal eben schnell auf einen Realen richten, der auf einem Moped um einen herumflitzt. In einem Panzer ist man langsam, und sie können einen kriegen.

Das hatte natürlich zur Folge, dass die Zahl meiner Konkurrenten deutlich schrumpfte. Im ersten Jahr, das muss ich zugeben, war es noch schwer, einen Job zu kriegen. Aber inzwischen sind die Reihen der Panzerfahrer arg gelichtet, und der Konkurrenzdruck hat deutlich abgenommen. Jetzt war ich nur noch einer von drei in Edinburgh stationierten Fahrern. Wir waren sehr gefragt. Wir alle konnten nur überleben, weil wir uns für die leichtere Transportvariante entschieden hatten.

Das größte Problem war das Festlegen der Route.

Die Edinburgher Barrikade hielt einige besondere Herausforderungen bereit. Sie hatte jede Menge Schwachpunkte, war umgeben von offenem Flachland, und der Belagerungsring war mit relativ wenigen Soldaten besetzt. Auf der anderen Seite gab es einige höher gelegene Punkte, von denen aus man die Umgebung ziemlich gut beherrschen konnte. Hier konnte ein halb toter Realer mit einem Fernrohr und einem Funkgerät das Feuer sehr gut auf den Gegner lenken, weshalb es wichtig war, sich schnell fortzubewegen.

Im Norden endete die Barrikade mit der Palisade im Bruntsfield Links Park und verlief von dort entlang der Quality Street und der Queensferry Road. Die Gegend wurde auch »Höllenfeuer-Dreieck« genannt, weil dort Kanonen über den Fluss nach Westen gerichtet waren, weshalb ich diese Möglichkeit schnell verwarf. Der nächste Teilbereich der Barrikade verlief entlang des Corstorphine Hill und dem Murrayfield Golf Club. Den Korridor, den ich dort ausfindig gemacht hatte, hatte ich schon dreimal hintereinander benutzt und vermutete, dass er, wenn ich es noch mal versuchte, besser verteidigt wurde.

Jenseits davon war es ziemlich problematisch – es gab die überflutete Ebene um den Flusslauf des Water of Leith mit Bunkern und Treibminen. Dort herrschte ständig Nebel, der einem die Sicht versperrte. Viele Barrikaden gab es dort nicht, nur Heckenschützen und Beobachtungsposten. Mancher gute Fahrer war ertrunken, als er versuchte, dort durchzukommen.

Die Barrikade ging dann nordwestlich des Merchants Golf Club weiter und wurde rund um den Krater mit den Überresten der alten Autobahn gewaltiger. Dort hatten wir Autowracks zu einer Barriere aufgetürmt, die bis zur Old Dalkeith Road verlief. Dieser ganze Bereich stand unter Beobachtung von Spähern der Realen, und die Anhöhen von Swanston und Torphin waren gespickt mit Sprengfallen und Selbstschussanlagen. Schließlich ging die Barrikade in eine solide Betonwand über, die sich drei Stockwerke hoch, nach Norden Richtung Portobello und Firth of Forth zog.

Die Portobello-Option gefiel mir nicht, aber sie war die Beste in einer Reihe von schlechten Möglichkeiten. Die Realen hatten dort Hochstände eingerichtet, aber wenn wir den richtigen Zeitpunkt abpassten und sie in diesem lähmenden halb wachen Zustand erwischten, war ihre Reaktionsfähigkeit deutlich verlangsamt.

Ich faltete den Plan wieder zusammen. Starvie starrte mit glasigen Augen die Wand an.

»Ruhen Sie sich aus«, sagte ich. »Ich hol den Wagen gegen fünf Uhr in der Früh her und wecke Sie. Dann fahren wir zu der Stelle, wo wir durchbrechen werden, und machen es kurz und schmerzlos.«

Ich stand auf und ging zur Tür, wurde aber wieder umgeworfen, als eine Explosion den Turm erschütterte. Starvie wurde vom Bett geschleudert und landete mit einem lauten Knacken direkt neben mir. Ich sprang auf, während drei weitere Granaten das Gebäude in kurzen Abständen trafen. Eine Weile horchte ich auf das Geräusch des Bombardements. Starvie lag immer noch auf dem Boden.

»He«, sagte ich. »Stehen Sie auf.«

Sie antwortete nicht. Ich verpasste ihr einen Tritt in den Bauch.

»Aufstehen.«

Eine weitere Breitseite Mörsergranaten traf die Außenhülle. Starvie barg das Gesicht unter den Armen und stöhnte.

»Wieso denn? Sie haben gerade wieder angefangen. Und machen jetzt bestimmt stundenlang so weiter.«

Sie hatte recht. Die Realen bombardierten gern, und sie hatten jede Menge Munition. Jetzt konnte ich unmöglich gehen. Draußen herrschte bestimmt das reinste Inferno.

Ich legte mich auf Starvies Matratze und zog die Decke über mich. Ich machte es mir bequem und entschied, dass es nicht schaden konnte, ein wenig zu schlafen. Dann tippte ich Starvie auf die Schulter.

»Wecken Sie mich, wenn sie aufhören.«

Ich konnte nicht einschlafen. So war das immer vor einer wichtigen Fahrt: Es musste zu viel bedacht werden. Ich stieg über Starvie hinweg, verließ das Zimmer und nahm die Haupttreppe nach unten in die Gemeinschaftshalle.

Ein paar andere Schlaflose hatten es sich auf Plastikstühlen bequem gemacht und schauten sich eine Sendung im Real-TV in miserabler Auflösung an. Ich setzte mich dazu.

Es war wieder so eine Show mit Videos von Überwachungskameras. Eine Stunde lang konnte man Aufnahmen von einer Wartehalle in einem Bahnhof sehen, dann, zur Abwechslung, eine Einstellung, die einen Tankstellenkiosk zeigte, im Zeitraffer mit zehnfacher Geschwindigkeit. Tausende von Kunden näherten sich dem Tresen, stellten sich in Schlangen an, gingen auseinander, kamen wieder zusammen. Geradezu hypnotisch. All diese Menschen, die sinnlos nervös dreinblickten, waren jetzt alle tot. Genau wie ihre Autos.

Meine Lider wurden schwer, als das Programm von einem aufdringlichen Musikvideo unterbrochen wurde. Die neue Single des King of Newcastle. Es war eine grauenhafte, nervenaufreibende Angelegenheit, eine völlig kunstlose Vermengung verschiedener Stile. Man musste unwillkürlich an den Zentralen Pavillon in Moskau denken: riesengroß und völlig richtungslos. Jemand forderte laut, den Sender zu wechseln, und das taten wir auch.

Die nächste Sendung war den Bekenntnissen des Dr. Pander gewidmet, die wurde am meisten wiederholt. Darin erklärte der Vater der Fiziellen seinem Publikum, dass seine Erfindung sich als schrecklicher Fehlschlag erwiesen hätte. Wir alle hatten dieses hagere, niedergeschlagene Gesicht schon Hunderte Male gesehen. Es war qualvoll, zu beobachten, wie er sich mit leiser Stimme durch das Manuskript arbeitete, das auf seinem Schoß lag. Trotzdem wollte niemand den Kanal wechseln.

»... habe ich nie die Folgen meiner Taten absehen können«, sagte er. »Der Dämon, der von mir Besitz ergriff, ließ mich nicht innehalten. Obwohl ein Teil von mir sehr wohl wusste, dass meine Taten blasphemisch waren und ich Mächte beschwor, die ich nicht mehr bannen konnte, aber der Dämon trieb mich weiter. Ich war entschlossen, die Welt zu zerstören. Ich dachte nur an mich und nie daran, dass ich der Natur das Messer an die Kehle setzte …«

Es wunderte mich immer wieder, dass dieses schmächtige Kerlchen unser Anfang gewesen sein sollte. Mit seinem runden, ausdruckslosen Gesicht und den panischen Augen wirkte er alles andere als beeindruckend.

»Ich war verblendet«, fuhr er fort. »Ich wollte den Supermenschen erschaffen. Ich dachte, ich sei Gott.«

»Jedenfalls verdammt nah dran«, kommentierte jemand.

Nach einer Weile stand ich auf und ging zum Telefon. Trotz des Bombardements konnte ich einige Anrufe erledigen. Zuerst rief ich Shersult an und gab ihm unseren Standort durch. Dann meldete ich mich bei Rick und bot ihm eine Beteiligung von fünf Prozent der Fahrtkosten an, wenn er den Wagen zum Flakturm brächte. Er lachte bei dem Gedanken, dafür seinen Bunker verlassen zu müssen, sagte aber, er würde Regmiron überreden, mir den Wagen zu bringen.

Ich ging wieder rauf in Starvies Zimmer. Sie lag schlafend auf dem Fußboden. Der Kanonenbeschuss hatte aufgehört. Ich fiel auf ihr Bett und schlief sofort ein. Mit etwas Glück konnte ich mir zwei Stunden Ruhe gönnen.

»Warum seht ihr alle nur so verdammt gut aus?«

Die Frau vom Boss reibt ihr Gesicht an meinem, küsst meine Wange und lässt ihre Hände über meinen Körper gleiten.

Dingkom hat mir davon erzählt. Er sagt, die Frau vom Boss kommt ab und zu in die Hütte und begrapscht dich, aber es ist mir nie passiert, bis jetzt.

Sie stöhnt auf und schiebt ihre Hände über meinen Bauch nach unten. Sie riecht nach Fleisch und Senf und Parfüm. Da ich verkehrt herum hänge, sieht ihr Kinn aus wie eine dicke Nase in einem Gesicht ohne Augen.

Der Ventilator summt.

Sie geht ein paar Schritte zurück und lächelt. Sie hebt die Hände zum oberen Knopf ihrer Strickjacke und beginnt sie aufzuknöpfen.

»Macht dir das gar nichts aus, Zweiundvierzig?«, fragt sie. »Überhaupt nichts?«

»Ausmachen?«

Sie lacht und hört auf, sich aufzuknöpfen. Sie umkreist mich langsam und bedächtig. Sie summt ein Lied vor sich hin, mit heiserer hoher Stimme, aber ich kann die Melodie nicht einordnen. Sie verwandelt sie in ein Gurren, eine Art Balzruf. Sie bleibt hinter mir stehen und verstummt.

»Alan mag dich«, sagt sie. »Und ich mag dich auch. Ich glaube, ich mag dich von allen am liebsten.«

Dingkom hat mir erzählt, dass sie ihm gesagt hat, sie möge ihn von allen am liebsten, aber das erwähne ich nicht. Sie ist dafür bekannt, dass sie schnell wütend wird und uns verprügelt. Ich nehme mir vor, still zu sein und sie ihr Ding machen zu lassen.

»Wir holen dich jetzt mal runter«, sagt sie.

Sie taucht wieder vor mir auf, geht zur Seilwinde und wirft mir über die Schulter hinweg einen Blick zu. Sie drückt auf einen Knopf, und ich werde auf den stählernen Boden herabgelassen. Ich bleibe ruhig. Ich möchte nicht, dass sie durchdreht.

Sie steigt über mich und hockt sich vor meine Füße, um die Fessel vom Haken zu lösen. Dabei schaut sie mich unverwandt an. Plötzlich lacht sie, lässt sich auf mich fallen, schlingt ihre Arme um meinen Kopf und zieht ihn zwischen ihre Brüste.

»Das ist krank«, sagt sie. »Total krank.«

Sie hebt mein Kinn an, sodass sie wieder in meine Augen starrt. Sie drückt ihre Lippen auf meine. Ich spüre, wie ihre Zunge gegen meine Lippen stößt. Ich versuche, nicht einzuatmen.

»Mach deinen Mund auf«, fährt sie mich an.

Ich gehorche. Ihre Zunge dringt in meinen Mund ein und bewegt sich wie eine Schlange darin herum. Ich vermute, dass sie eine Reaktion haben möchte. Also bewege ich meine Zunge spielerisch hin und her, ohne zu wissen, ob ich das richtig mache, aber ihr scheint es zu gefallen. Ihr ganzer Körper zappelt auf mir herum.

»Du bist ekelhaft«, sagte sie, »du bist absolut ekelhaft.«

Sie fasst mich überall an, wo sie hinkommt. Ich fühle mich wie jemand, der von einem riesigen, nach Luft schnappenden Fisch erdrückt wird.

ABFAHRT

Starvie schaute den Wagen nicht mal an. Sie stolperte aus dem Flakturm, gähnte unkontrollierbar (Pander war es nie gelungen, das auszumerzen) und schmiss ihre Taschen auf die Ladefläche des Land Rover. Dann machte sie es sich auf dem Beifahrersitz bequem und schlief sofort ein.

Ich fuhr Richtung Portobello, ließ die Scheinwerfer ausgeschaltet und navigierte uns durch die zerstörten Straßen, indem ich mich auf mein Gedächtnis verließ. Der Wagen fuhr super. Ich widerstand der Versuchung, auszuprobieren, wie schnell er war, und konzentrierte mich auf das widerspenstige Lenkrad und das Brummen des Motors. Ich musste zugeben, dass Rick gute Arbeit geleistet hatte.

Shersult wartete am Fuß der Barrikade. Neben dem Bulldozer hielt ich an. Es war einer von denen, die ich vor dem Krieg gefahren hatte, aber seine Karosserie war mit einem wilden Patchwork aus Metallplatten verstärkt worden. Aus der Fahrerkabine ragte eine drei Meter hohe Fernsteuerungsantenne.

Ich setzte mir eine Nachtsichtbrille auf und stieg aus dem Wagen.

»Morgen«, sagte Shersult. In der Hand hielt er ein Kuscheltier, einen Teddy mit leerem Blick, der ein Herz umklammerte. Ganz vorsichtig steckte Shersult eine Miniatur-Landmine in seinen Bauch. Wenn er nicht gerade jemanden tötete, fabrizierte er Minen – in Schmuckstücke, Bücher, Spielzeug, in alles, was ein Realer aus Neugier aufheben könnte. »Kleine Überraschungen«, nannte er die. So war er nun mal konstruiert.

Er legte den Teddy weg und grinste mich an.

»Wollen wir die Aussicht genießen?«

Wir stiegen die Barrikade hinauf und legten uns flach hin, um das Areal zu begutachten, das wir durchqueren mussten.

Die Aussicht war nicht gerade überwältigend.

Sogar wenn der Bulldozer uns einen Weg frei räumte, würde es schwer werden. Eine Straße war ausreichend befahrbar, um es dort zu versuchen, aber die wurde von den Realen kontrolliert. Eine Kirche aus Granitstein stand trotzig und mit Narben übersät hundert Meter weiter oben an der Straße, der zerstörte Kirchturm ragte drohend über die Straße. Davor blockierten ein paar ausgebrannte Autos die Fahrbahn, und die Sperre wurde von irgendwelchem Schrott aus den umliegenden Ruinen verstärkt. Ich deutete dorthin.

»Kein schlechter Ansatz«, sagte Shersult, »aber das könnte auch eine Falle sein. Vielleicht haben sie wieder eine Grube in die Straße gegraben.«

Ich wusste, was er meinte. Vor einiger Zeit war ich bei einer Fuhre direkt in eine riesige Grube gefahren, die sorgfältig getarnt gewesen war. Ich hatte nichts bemerkt, bis ich drin war. Eigentlich war sie für einen Panzer bestimmt gewesen, und irgendwie schaffte ich es rauszumanövrieren, aber es war ein Schock gewesen, und ich verlor einige Zähne dabei, die ich noch gut hätte brauchen können.

»Wie auch immer, es wird bestimmt nicht besser. Also los.« Ich ließ ein Seil zu Starvie runter, die sich mit dem gepanzerten Brustschutz abmühte.

»Der ist für einen Mann gemacht«, sagte sie.

Shersault trat hinter sie und schnallte die Lederriemen so eng um ihre Hüfte, dass sie vor Schmerz aufschrie. Sie wirbelte herum und schlug ihm gegen die Schläfe. Er nahm es nicht zur Kenntnis, sondern zerrte weiter rücksichtslos an den Gurten, bis die Schutzweste so eng saß, dass kein Zwischenraum mehr erkennbar war. Starvie ächzte und stöhnte.

Als er fertig war, ging Shersult zum Bulldozer, kletterte flink auf den Fahrersitz und prüfte Lenkung und den Beschleunigungsmechanismus. Ihm dabei zuzusehen, wie er alles durchcheckte, war einer der wenigen Momente, wo mir sein Fanatismus bezüglich der Ausrüstung gefiel. Falls irgendwas mit der Fernsteuerung des Bulldozers schiefief, würden wir hinter ihm festhängen und in ein sehr unangenehmes Kreuzfeuer geraten.

Mit unsicheren Schritten ging Starvie zur Beifahrertür des Landy, schaffte es aber nicht, auf den Sitz zu kommen.

»Ich kann das nicht jedes Mal übernehmen«, sagte ich, nahm sie hoch und warf sie mit den Füßen voran in den Wagen. Ich griff nach ihren grünen Aktenkoffern und warf sie ihr auf den Schoß, dann rannte ich um den Landy herum, sprang auf den Fahrersitz und startete den Motor.

»Wo ist deine Panzerung?«, fragte sie.

Ich wollte etwas erwidern, aber der Bulldozer legte schon ratternd los. Shersult hielt den Daumen hoch und rumpelte die Barrikade hinauf, um seine Position einzunehmen. Die rechte Kette des Bulldozers drehte kreischend auf dem Asphalt durch. Es klang, als würde man Eisenketten über Marmor schleifen. Er kam langsam voran, drehte erneut durch und machte eine Pause. Ich schaltete das Funkgerät ein. Shersult war schon dran.

»Alles klar«, sagte er. »Die Fernsteuerung ist eingeschaltet. Wollen wir das Haus rocken?«

»Was immer das heißen mag.«

Der Bulldozer ächzte und stotterte und ruckte nach vorn. Ich gab Gas und folgte ihm, aber unvermittelt blieb er stehen, und ich wäre beinahe aufgefahren.

Ich griff nach dem Funkgerät, um Shersult deutlich zu sagen, wie toll ich das fand, schon eine Beule zu kassieren, bevor ich die Barrikade hinter mir hatte. Aber im gleichen Moment schob der Bulldozer sich wieder ein Stück voran und stürmte mit Vollgas gegen die Mauer.

»Jetzt geht's los«, sagte ich.

Wir brachen durch die Steinwand und zogen sofort das Feuer auf uns. Ein paar Kugeln prallten von Starvies Helm ab, einer durchschlug meinen Oberschenkel. Es gab einen einzigen Schuss als Antwort, und das Feuer des Heckenschützen erstarb. Es gab keine bessere Deckung als Shersult.

Der Bulldozer arbeitete sich weiter voran. Ich trommelte mit den Fingern aufs Lenkrad und wartete ungeduldig darauf, endlich schneller als dreißig Stundenkilometer zu fahren. Hinter einem Bulldozer herzutrödeln war die beste Methode, sich einen Treffer einzufangen, das war mir klar.

Eine heftige weiße Wolke zischte direkt auf uns zu und traf den Bulldozer frontal. Er pflügte sich weiter durchs Gelände, unbeeindruckt und gut geschützt durch seine riesige Schaufel. Eine weitere Rakete wurde abgeschossen und zielte diesmal etwas höher. Sie flog über den Bulldozer und explodierte hinter uns. Ein Funkenregen prasselte auf uns herab.

Ich griff nach dem Funkgerät.

»Elf Uhr«, sagte ich und klang wahrscheinlich etwas ungeduldig.

»Roger«, antwortete Shersult. Wieder ein flammender Strahl, diesmal von hinten und weiter oben. Die Rakete traf ein Haus vor uns.

»Vielen Dank«, sagte ich und legte das Funkgerät zurück.

Der Bulldozer quälte sich weiter. Wir hatten fast schon den Stützpunkt an der Kirche erreicht, als ein Realenjunge am Straßenrand auftauchte. Er starrte mich an und drückte mit beiden Händen etwas gegen seine Brust. Statt nach meiner Pistole zu greifen, starrte ich zurück und versuchte, seine Gefühle zu entschlüsseln. Vielleicht war es Angst. Vielleicht war es Wut. Vielleicht hatte er auch das, wovon die Realen immer redeten, diesen Moment, wo sein kurzes Leben noch mal vor seinem inneren Auge ablief. Was es auch war, es dauerte nicht lange. Er sprang nach vorn und rannte auf den Bulldozer zu. Ich hatte gerade noch Zeit, Starvie in die gebückte Sicherheitsposition zu bringen, als die Bombe explodierte. Die Druckwelle hob den Land Rover ein Stück in die Luft und schüttelte ihn. In meiner Kehle spürte ich den Geschmack von Kordit, und eine starke Hitzewelle jagte über meinen Rücken.

Mit einem lauten Krachen kamen wir wieder auf dem Boden auf. Ich schaute auf und versuchte, mich zu orientieren. Der Wagen war in Ordnung, nur mit Ruß bedeckt, und aus der Motorhaube dampfte es. Durch das Klingeln in meinen Ohren konnte ich lautes Rufen ausmachen. Dann sah ich den Bulldozer oder das, was von ihm übrig geblieben war. Der Junge hatte sich sein Ziel mit Bedacht ausgesucht. Er war hinter der Stahlschaufel hergerannt und hatte sich auf den Motor geschwungen, bevor er seinen Sprengsatz zündete. Jetzt war nichts mehr zu sehen, bis auf Schrott und schwarzen Rauch. Wir saßen in der Falle.

»He!« Shersults Stimme kam aus dem Funkgerät. »Was sitzt du denn da herum?«

Ich griff nach dem Funkgerät und drückte auf den Sprechknopf.

»Ich glaube fast, sie wussten, dass wir kommen.«

»*Beweg dich!* Da ist eine Gasse, zwanzig Meter hinter dir, linker Hand. Fahr da hin, sie müssen sich erst wieder sammeln.«

»Das wird nicht funktionieren«, sagte ich und schob das Funkgerät in seine Halterung zurück.

Es fiel mir schwer, mich umzudrehen, da mein Hemd mit meinem Rücken verschweißt war, aber ich schaffte es immerhin so weit, dass ich etwas sehen konnte. Auf den ersten Blick schien der Weg frei zu sein. Dann schob sich ein verrostetes Straßenschild aus dem Schutt. Sieben Reale krochen hervor und schwangen Waffen in den Händen. Ich griff nach meiner Pistole, als mich der erste Schuss traf. Zwar ritzte er mich nur an der Wange, aber es genügte schon, dass ich mich fragte, ob Shersults Vorschlag wirklich was taugte.

Ich legte den Rückwärtsgang ein. Der Motor jaulte auf eine Art, die mir sagte, dass wir in größeren Schwierigkeiten steckten, als ich gedacht hatte, aber glücklicherweise kamen wir voran. Wir fuhren zurück und hörten ein paar dumpfe Schüsse, mit denen Shersult die ersten zwei Realen erledigte. Ich schaltete den Landy in den Dritten, während er sein Gewehr anhob. Shersult erledigte noch einen weiteren, dann machten die anderen sich davon. Ich zog die Handbremse und drehte am Lenkrad, um in die schmale Gasse einzubiegen. Wie ich mir gedacht hatte, war sie von den Realen mit Steinen, Schutt und Müll blockiert worden. Aber wenn ich genug Tempo draufhatte, konnte ich die Blockade vielleicht mit dem Rammschutz durchstoßen. Ich fuhr mit Vollgas drauf, aber anstatt durchzustoßen, machte der Wagen einen Sprung nach oben, und der Motor wurde abgewürgt. Eine weitere Salve traf uns. Starvie wurde beim Aufprall gegen mich geworfen, und nun brach Geschosshagel über uns herein. Eine Kugel blieb in meiner Achselhöhle stecken. Es tat so weh, dass ich das Lenkrad loslassen musste und mir schwindelte. Ich merkte, dass wir rückwärts rollten.

Die Stimme im Funkgerät brüllte: *»Geh aus dem Weg – ich kann ihn nicht sehen – rückwärts, rückwärts!«*»

Ich hatte nur Augen für den Realen. Es war einer von den ganz Wilden, der sich einen roten Streifen über den Mund gemalt hatte. Er stürzte unter dem Straßenschild hervor, in der Hand eine Rakete. Ich erkannte die bedrohliche Situation, schaffte es aber nicht, meine Hände aufs Lenkrad zu legen. Alles wurde schwarz. Dann spürte ich einen heftigen Schmerz, als Starvie sich über mich beugte und ihren Ellbogen in meinen Unterleib drückte. Sie zog die Pistole aus meinem Gurt, zielte auf das rote Gesicht und drückte ab. Ich drehte mich um und sah, dass sie danebengeschossen hatte. Hastig und wütend schoss sie das ganze Magazin leer. Trotzdem verfehlte sie ihn mit jedem Schuss.

»Großartig«, sagte ich.

Der Reale war überrascht. Er grinste, kniete sich hin und zielte mit seiner Rakete auf uns. Dann gab es ein klatschendes Geräusch, und die Hälfte seines Schädels zerspritzte in einer roten Fontäne.

»*Jetzt* kann ich ihn sehen«, sagte die Stimme im Funkgerät.

Ich stieß Starvie zur Seite, ließ den Motor an und raste so schnell wie es ging zurück, wobei ich versuchte, einen weiteren Realen zu erwischen, der sich hinter einer Wand versteckte. Er sprang aus dem Weg, wich haarscharf aus und schoss auf uns, als wir an ihm vorbeikamen. Ich stieg in die Bremsen. Starvies Kopf wurde nach hinten geschleudert, und ihr Helm knallte mit voller Wucht gegen den Überrollkäfig. Es klang, als würde eine Glocke geschlagen. Sie fiel nach vorn und war bewusstlos. Der Reale, den wir nicht erwischt hatten, versuchte nun, uns ins Visier zu nehmen. Ich legte den ersten Gang ein und trat aufs Gaspedal, um es noch mal durch die Gasse zu versuchen. Der Landy gab ein gequältes Geräusch von sich und qualmte wie brennender Torf, aber wir waren schnell genug und schafften den Durchbruch, prallten von den eng stehenden Wänden ab und schafften es um die nächste Ecke.

Hier erwartete mich der schöne Anblick einer nicht blockierten Straße. Ich hörte noch einige gedämpfte Schüsse hinter uns, die über den Häuserblock hinweg gefeuert wurden, und das Geschrei der undisziplinierten Realsoldaten. Langsam fuhr ich weiter, damit der Motor nicht zu laut war. Starvie stöhnte und hob den Kopf vom Armaturenbrett. Sie hörte die Schüsse und die Stimmen und schlug mir auf die Schulter.

»Los, schneller!«, sagte sie. »Wir machen hier doch keine Sightseeingtour, oder?«

Sie drückte die eine Hand gegen die linke Schulter, um das Blut zu stoppen, das aus zwei großen Einschüssen drang. Dann schnellte sie herum und suchte nach etwas.

»Meine Taschen!«, schrie sie. »Wo sind sie?«

»Seien Sie leise.«

Sie löste ihre Schutzweste, beugte sich nach unten und tastete um ihre Füße herum nach den grünen Koffern. Sie fand den einen, dann den anderen und atmete wieder ruhiger. Typisch Fahrgast. Egal was passierte, sie machten sich zuallererst Sorgen um ihr Gepäck.

Bei der ersten Gelegenheit bog ich rechts ab, dann nach links, dann wieder rechts. Auf den Straßen war es ruhig, und sie waren frei genug, um mit einigermaßen vernünftiger Geschwindigkeit voranzukommen. Starvie holte den Erste-Hilfe-Kasten aus dem Handschuhfach und verband ihre Wunden, wobei sie sich langsam und hingebungsvoll einwickelte wie ein Geschenk.

Nachdem wir uns eine Stunde lang den Weg durch die Außenbezirke gebahnt hatten, ging es mir wieder besser. Die Schusswunden in meinem Gesicht und am Bein heilten schnell. Die Achselhöhle tat höllisch weh, aber es war ein gutes Gefühl, unterwegs zu sein mit einem funktionierenden Motor und glattem Asphalt unter den Rädern.

Starvie schaute sich nicht um, als wir die Stadtgrenze hinter uns ließen, was merkwürdig war. Solche Fuhren liefen meist darauf hinaus, dass die Fahrgäste von der ungewohnten neuen Umgebung fasziniert waren, nachdem sie jahrelang hinter der Barrikade leben mussten, aber nicht bei ihr. Sie umklammerte ihre beiden grünen Koffer und starrte regungslos nach vorn auf die Straße. Vermutlich war die einzige Ansicht, die sie faszinierte, ihr eigenes Spiegelbild.

Nachdem wir die Stadt hinter uns gelassen hatten, lenkte ich den Landy auf den Vorplatz einer kleinen Tankstelle und schaltete den Motor aus. Ich nahm die Nachtsichtbrille ab und schaute mich um, suchte die Häuser auf der anderen Straßenseite ab, konnte aber kein Zeichen von Leben entdecken. Hier war alles tot und von einer dicken Ascheschicht überzogen. Ein guter Platz für einen Boxenstopp.

»Was wollen wir denn hier?«, fragte Starvie.

Ich schnallte meine Schutzweste ab, schob die Tür auf und stieg aus dem Wagen. Ich rieb mir die Beine, die offenbar der Ansicht waren, dass Blutzirkulation nicht so wichtig war.

»He! Hören Sie auf, sich zu kratzen, und reden Sie mit mir.«

»Die Kugel in meiner Achselhöhle ist ein Problem«, sagte ich. »Ich muss sie aus der Wunde holen, sonst wächst sie ein. Und das wäre wirklich unangenehm.«

»Wenn Sie alle fünf Minuten anhalten, werden wir nie unser Ziel erreichen.«

»Ich werde das berücksichtigen.«

Vorsichtig hob ich den Arm und untersuchte die Wunde.

»Sie müssen mir dabei helfen.«

Starvie seufzte und zog ihre Schutzweste aus. Sie zerrte mit dem Mund an einem Riemen ihres Schutzhandschuhs und zog ihn ab. Dann kam der Helm an die Reihe. Das lockige Haar fiel herab und umspielte ihr Gesicht. Sie senkte den Kopf und warf ihn zurück. Die Haare flogen, und sie fuhr sich mit den Fingern durch die Mähne, mit ausdruckslosem Gesicht und geschürzten Lippen.

»Machen Sie das immer so, wenn Sie Ihre Kopfbedeckung abnehmen?«, fragte ich.

»Tut mir leid«, sagte sie. »Ich kann nichts dafür.«

Sie stieg aus dem Wagen und ließ die Brust- und Oberschenkelpanzerung zu Boden fallen, dann machte sie eine lässige Bewegung mit jedem Fuß und ließ den Beinschutz über den Vorplatz schlittern.

Ich schob ein volles Magazin in meine Pistole und ging über den Schneeteppich zum Tankstellenladen. Auf den ersten Blick war alles noch intakt und größtenteils unangetastet. Starvie sprang über den Tresen und ging in den hinteren Bereich. Ich lief an den Regalen entlang und erfreute mich an der musealen Umgebung. Der Laden war in Unordnung geraten. Dosen, zertretene Nudelpackungen und Zeitschriften lagen auf dem Boden, aber die Regale waren gut gefüllt. Eine Pyramide mit Reinigungsflüssigkeit für Windschutzscheiben stand in einer Ecke. Ich überlegte, ob ich eine Packung mitnehmen sollte, entschied mich aber dagegen, weil es die formschöne Struktur zerstört hätte. Stattdessen holte ich mein Multifunktionsmesser heraus und stach eine Dose mit Bohnen auf, die ich gierig aufaß.

Ich hob eine Zeitschrift vom Boden auf, eines dieser Magazine, die jede Menge Fleisch zeigten und die die Realmänner so liebten. Ich blätterte es durch. Auf den Seiten waren zahlreiche blonde, braun gebrannte Frauen zu sehen, außerdem Armbanduhren und Haarpflegemittel. Hinzu kamen Fotos von schlanken Männern in engen Anzügen, die auf etwas jenseits der Seite deuteten. Im hinteren Teil waren viele Telefonnummern abgedruckt, die zu Werbeanzeigen für Wasserbetten oder Telefonsex-Anbietern gehörten. Auf dem Titelblatt war eine Frau in einem kurzen weißen Kleid abgebildet, die ihre weißen Zähne zeigte, die Beine ein wenig gespreizt hielt und sich gegen eine Wand lehnte. Sie war braun gebrannt. Über ihre Hüfte verlief der Schriftzug:

Jennifer E: Und der Mann erschuf das Weib

Starvie kam aus dem Büro zurück und suchte den Bereich hinter dem Tresen ab. Sie entdeckte die Zigaretten und untersuchte die Packungen mit besonderem Interesse. Mit dem

Zeigefinger klopfte sie auf den Monitor der Überwachungskameras und drückte auf ein paar Tasten an der Kasse.

»Tja«, sagte sie lächelnd. »Dafür konnten sie *Sie* wohl nicht optimieren, was?«

Ich hielt das Zeitschriftencover hoch.

»Sind Sie das hier?«

Sie hörte auf zu lächeln, steckte sich ein paar Zigarettenpackungen in die Taschen und sprang mit einer eleganten Bewegung über die Theke. Dann ging sie zur Tür, öffnete sie und hielt sie mir auf.

»Nein, das bin ich nicht. Das ist Jennifer«, sagte sie.

»Sie waren berühmt? Ich glaube, ich habe noch nie einen Star getroffen.«

Sie schaute durchs Fenster zu den Häusern auf der anderen Straßenseite.

»Wo sind wir?«, fragte sie.

»Außerhalb der Stadt. Ungefähr siebzig Kilometer südwestlich von dem Ort, an dem wir losgefahren sind.«

Sie nickte und forderte mich auf, nach draußen zu kommen. Die Nacht war angebrochen, und die Temperatur sank schnell. Schnee fiel auf den Parkplatz. Sie stellte ihren Einkaufskorb ab und forderte mich auf, mich hinzusetzen und gegen die Wand des Ladens zu lehnen. Sie ging in die Hocke, nahm eine billige Pinzette aus der Plastikhülle und riss eine Packung Reinigungstücher auf.

»Heben Sie mal den Arm.«

Sie schaute sich meine Achselhöhle an, schnalzte mit der Zunge und wischte das Blut mit einem Tuch ab.

»Wissen Sie überhaupt, was Sie da tun?«, fragte ich.

»Eigentlich nicht.« Sie warf ein paar rot verfärbte Tücher weg und griff nach der Pinzette.

»Die Wunde ist schon ziemlich gut verheilt. Sie sind bestimmt ein Power-Achter. Ihnen kann man eins mit dem Hammer überziehen, und Sie laufen einfach ein paar Kilometer weiter, stimmt's?«

»Ich bin ein Neuner«, sagte ich. »Aber es stimmt, wir halten ganz schön was aus, aber das heißt nicht, dass es nicht wehtut.«

Sie hob meinen Arm weit hoch und schob die Pinzette in die Wunde. Sie suchte zwei Minuten lang, ohne etwas zu finden, stümperte amateurhaft darin herum. Ich wollte ihr noch ein bisschen Zeit geben, aber da fand sie die Kugel doch noch, packte sie linkisch und schob sie noch weiter rein. Das reichte jetzt. Ich gab ihr einen Schubs, der sie rückwärts zu Boden schickte.

»Ich mach das jetzt.«

Ich nahm die Pinzette in die linke Hand und versuchte, sie in meine Achselhöhle zu schieben, musste aber feststellen, dass jede Bewegung mich benommener machte. Starvie saß im Schneidersitz da und ignorierte mich. Sie blätterte das Magazin durch. Ich versuchte es noch ein paar Mal, aber alles drehte sich nur noch mehr in meinem Kopf.

»Okay, ist vielleicht besser, wenn Sie das machen.« Ich sah nach unten und bemerkte, dass sich eine Blutpfütze neben mir gebildet hatte. Starvie studierte weiter die Zeitschrift.

»Sie meinen, Sie wissen gar nicht, was Sie da tun?«

»Keinen Schimmer«, sagte ich und fiel in Ohnmacht.

Ich befand mich irgendwo anders, und ich war allein. Seltsamerweise gab es hier Strom. Ein schwaches Licht kam unter einem Lampenschirm hervor, der wie eine Rose geformt war. Ich berührte meine Achselhöhle und tastete sie nach der Beule ab, die von der Kugel verursacht wurde, aber sie war weg. Die Wunde war fast verheilt. Es dauerte eine Weile, bis mir klar wurde, dass ich mich in einem der Häuser gegenüber der Tankstelle befand.

Ich lag auf einem braunen Teppich zwischen einem Sofa mit spitzenverzierten dunkelroten Kissen und einem braunen Fernseher auf einem Metalltisch mit Rollen. Ein gerahmtes Bild hing an der Wand, darauf war ein junges Mädchen mit Flügeln zu sehen, das auf einer Harfe spielte. Auf einem Beistelltisch standen gerahmte Bilder der Menschen, die mal hier gewohnt hatten, Bilder, die ihnen bewiesen hatten, dass sie wirklich existierten. Anscheinend funktionierte das ganz gut, denn nun stand ich hier und schaute sie an, nach allem, was geschehen war. Es war auch ein Familienfoto dabei, das vor einem pastellfarbenen Hintergrund aufgenommen worden war, daneben eins von Vater und Sohn auf einem Rennboot auf dem Meer und ein weiteres von einer Mutter im Krankenhaus, die ein Baby auf dem Arm hatte. Ich wunderte mich nicht zum ersten Mal darüber, warum die Realen ihr Leben damit zubrachten, diesen ganzen Müll zu sammeln und es sich darin bequem zu machen.

Mein nächster Gedanke galt dem Landy. Ich rappelte mich auf, ging zum Fenster und schob die Gardinen beiseite. Meine Beine fühlten sich an, als würde ich auf Stelzen gehen. Vorsichtig spähte ich nach draußen in die Dunkelheit. Ich konnte Starvies Umrisse erkennen. Sie saß auf der Kühlerhaube und rauchte eine Zigarette. Sie hatte das Haus klug gewählt – die Zufahrt wurde auf der einen Seite von einer hohen, kahlen Hecke gesäumt, auf der anderen von einer Mauer aus Ziegelsteinen. Falls sich jemand von der Straße her näherte, konnte man das von hier aus gut sehen.

Ich klopfte gegen das Fenster. Starvie drehte sich um, rauchte und schaute her. Dann sah ich, wie die orange leuchtende Spitze der Zigarette durch die Luft flog und im Schnee landete. Sie sprang von der Motorhaube und kam ins Haus.

»Wie gefällt dir das Haus?«, fragte sie, als sie das Zimmer betrat. »Sogar mit Generator und das so weit draußen.« Sie deutete auf die Lampe und wackelte mit dem Finger, als wollte sie das Licht beschwören.

Sie setzte sich aufs Sofa und legte sich ein Kissen auf den Schoß. Die Schusswunde an ihrer Schulter war verheilt.

»Also, wie lautet der Plan für die nächste Etappe?«, fragte sie.

Es war eine gute Frage. Ich ging alle Aspekte durch, das half mir, Klarheit in meinen Kopf zu bringen.

»Gut, also ... vorausgesetzt, wir stoßen auf keine Schwierigkeiten, tasten wir uns über einige Landstraßen, die ich gut kenne, voran. Wir lassen Dumfries und Carlisle links liegen und nehmen die landschaftlich reizvolle schöne Strecke zwischen den Seen und durch Yorkshire Dales. Dann über die A 661 nach Süden, Wetherby, Tadcaster, dann die A 64 Richtung York. Es gibt viele gut erhaltene, verlassene Straßen jenseits der Städte. Aber zuerst müssen wir einen Führer finden.«

»Einen Führer?«, fragte Starvie. »Was meinst du mit Führer? Hier gibt es doch meilenweit keine Barrikade, oder?«

»Nein, gibt es nicht.«

Sie schaute mich skeptisch an.

»Sprichst du etwa von einem Realen?«

»Ja.«

»Was denn – wollen wir etwa einen Realen kidnappen?«

»Nein, ich werde ihn bezahlen.«

»Bezahlen? Du willst ein Geschäft mit ihm machen?«

»Klar. Es gibt einige Real-Siedlungen rund um Carlisle – nur wenige, die separat liegen, weil es dort sauberes Wasser gibt. Die Leute da haben keinen Anführer und gehören zu keiner Organisation. Tatsächlich sind sie ziemlich friedlich.«

Starvie zitterte. Sie ging zum Beistelltisch und zog die Decke herunter, auf dem die gerahmten Bilder standen, die nun auf den Boden fielen. Sie wickelte die Decke um sich und ging zum Sofa zurück.

»Und womit willst du ihn bezahlen? Sie wollen doch Bargeld, oder? Unsere Kredite bedeuten ihnen nichts.«

»Benzin«, sagte ich, »so einfach ist das. Jeder Reale braucht Benzin, und keiner hat welches. Du hast vielleicht bemerkt, dass sie nicht sehr glücklich über unser Monopol sind.«

»Wir haben Benzin übrig?«

»Fünf Behälter im Unterboden.«

»Ist das nicht ein bisschen gefährlich? Ich weiß nicht, ob du es bemerkt hast, Süßer, aber offenbar ist die halbe Welt geradezu erpicht darauf, auf uns zu schießen.«

»Das Benzin ist in versiegelten Behältern aus Gront-Legierung. Da muss schon ein ganz großes Ding kommen, um die in die Luft zu jagen.«

Sie schüttelte den Kopf und schaute zur Zimmerdecke.

»Du meinst also, es ist keine gute Idee, einen Realen anzuheuern?«, fragte ich.

»Ehrlich gesagt nein.«

»Wo ist der Haken?«

»Sie sind unglaublich brutal«, sagte sie. »Die ziehen sich sogar Sachen aus unserer Haut an.«

»Manche von ihnen tun das, ja …«

Es stimmte. Es gab eine ganze Reihe von Sendungen im Real-TV, wo es darum ging, die Leichen von Fiziellen zu missbrauchen. Der König von Newcastle zum Beispiel hatte regelrecht Spaß an solchen Rachezeremonien. Es waren großartige Inszenierungen. Shersult liebte es.

»Wie auch immer«, sagte Starvie. »Wir brauchen doch das Benzin, oder?«

»In York kriegen wir wieder welches.«

Ich hatte keine Lust mehr auf dieses Verhör. Sie war hellwach, hatte in der Kälte gebadet, war redselig und energiegeladen. Ich befand mich im Heilungsprozess und wollte keine Erklärungen mehr liefern. Ich entschied, das Gespräch wieder auf ihr Lieblingsthema zu bringen.

»Und was ist mit dir?«

»Mit mir? Was soll mit mir sein?«

»Na ja, eine Frage stellt sich ja ganz direkt. Nämlich, warum ich eine Journalistin transportiere.«

»Das geht dich doch überhaupt nichts an.« Ein Teil der Energie schien sie zu verlassen. Sie griff nach der Zigarettenschachtel, warf sie hoch und fing sie wieder auf. Das tat sie mehrmals hintereinander.

»Wir können doch nicht mit einem Realen quer durchs Land fahren«, sagte sie. »Die Kontrolle bringt uns um, weil wir ihn nicht selektiert haben. Ganz davon zu schweigen, dass wir einen Deal mit ihm machen wollen.«

»Die Kontrolle hat das auch früher nie mitgekriegt«, sagte ich. »Und sie wird mich nicht umbringen. Ich bin einer von zwölf Fiziellen auf dieser ganzen Insel, der die

Straßen kennt. Ich hab mir einen besonderen Geschäftszweig aufgebaut. Und du? Na ja …«

»Was willst du damit sagen?«

»Also, ich will ja nicht deine Gefühle verletzen …«

»Ich hab keine Gefühle.«

»Ja, klar. Also Tatsache ist jedenfalls, dass wir nicht gerade eine Reporter-Knappheit haben, oder?«

»Stimmt.«

»Jedenfalls würde man erst mal davon ausgehen«, fuhr ich fort. »Aber dann habe ich mal über die Fracht nachgedacht, die ich all die Jahre transportiert habe. Ich habe Bergbauexperten und Kommunikationstechniker gefahren, einmal hatte ich sogar eine ganze Kanone im Schlepptau – aber noch nie einen Journalisten. Warum hat die Londoner Barrikade dich angefordert? Es sei denn, sie wollen ein paar Aufnahmen für eine Zeitschrift machen …«

»Ich würde vorschlagen, dass du nicht zu viel nachdenkst«, sagte sie. »Dafür wurdest du nämlich nicht optimiert.«

Sie warf die Zigarettenschachtel nach mir und traf mich genau zwischen die Augen. Es war ein guter Wurf.

»Und ich verstehe immer noch nicht, warum wir einen verlausten Provinzler mitschleppen müssen, damit der uns die Sehenswürdigkeiten zeigt. Ich dachte, du wärst auf alles vorbereitet.«

»Niemand fährt so weit über die Grenze Richtung Süden ohne einen Führer. Die Realen teilen die Insel in einzelne Bereiche auf und isolieren die Barrikaden voneinander. Von Norden nach Süden zu kommen ist ziemlich schwierig, weil man an irgendwelche Checkpoints geraten kann. Inzwischen haben sie überall welche eingerichtet.«

»Checkpoints?«, fragte sie. »Hast du etwa Angst vor ein paar herumstolpernden Untoten, die irgendwelche Verkehrsschilder aufstellen?«

»Glaub mir, es ist nicht wie in euren Nachrichtensendern. Diesen Job zu erledigen war früher viel leichter, wenn man erst mal den Belagerungsring verlassen hatte, aber das ist inzwischen nicht mehr so. Die Clans organisieren sich. Sie könnten sogar zusammenarbeiten.«

Starvie schüttelte den Kopf.

»Es ist auch ganz egal, was du darüber denkst«, sagte ich. »Die Checkpoints sind militärisch ausgerüstet und auf Angriffe vorbereitet. Ohne einen Führer ist das Risiko ziemlich hoch, dass wir da reingeraten. Und ich kann nicht garantieren, dass wir in einem Stück wieder rauskommen. Wir brauchen einen Führer, um sie zu umfahren. Die Realen, die wir aufsuchen, sind viel unterwegs, weil sie handeln. Sie kennen alle Straßen, auf denen wir durchschlüpfen können.«

»Vielleicht sollte ich dich einfach melden«, sagte sie. »Vielleicht sollte ich mal ans Funkgerät gehen und ihnen ganz genau erzählen, was du hier draußen vorhast.«

»Nur zu, tu das, falls du eine Verbindung kriegst«, sagte ich. »Wie auch immer, du hast ja eine Verzichtserklärung unterschrieben.«

Ich spürte bereits dieses Zucken, diese Unruhe, die mich immer packt, wenn ich gezwungen bin, einen Zwischenstopp einzulegen. Ich war zwar immer noch etwas benommen, und meine Beine waren alles andere als standhaft, aber ich wollte unbedingt weiter. Ich ging zum Fenster, schob die Gardine beiseite und schaute zum Landy, dessen Umrisse sich im Dunkeln abzeichneten. Ich wollte ihn nicht unbeaufsichtigt lassen.

Dann bemerkte ich etwas. Oben auf dem Hügel über der Tankstelle, ungefähr eineinhalb Kilometer entfernt, brannte ein Feuer und warf einen orangefarbenen Schimmer in die Nacht – ein großes Feuer. Das war eigenartig, denn die Realen konnten es sich nicht leisten, kostbares Benzin auf diese Weise zu verschwenden.

»Was für eine dumme Idee«, sagte Starvie.

»Lass uns weiterfahren«, sagte ich. »Du kannst dich ja während der Fahrt mit mir streiten.«

Ich halte das Tablett mit den Getränken und stehe in einer Ecke des Wohnzimmers mit dem Gesicht zur Wand. Der Boss wird mich wissen lassen, wenn ich ihm nachschenken soll. Er findet den Gedanken nicht gut, dass ich sein Fernsehprogramm anschaue, also warte ich in der Ecke und höre nur zu. Ich höre den Singsang des Nachrichtensprechers.

»… fortgefahren, die Küste von Kent von illegalen Niederlassungen zu bereinigen und die notwendigen Abrissmaßnahmen durchzuführen. Die Entscheidung, den Tunnel zu schließen, wurde getroffen, nachdem die provisorische europäische Regierung eingeräumt hat, dass sie nicht länger die Sicherheit des Zugangs in Calais garantieren kann. Armee-Einheiten haben Sprengladungen über die Hälfte der Tunnelstrecke angebracht, um das Bauwerk komplett zum Einsturz zu bringen, anstatt den Versuch zu unternehmen, den Eingang in Kent zu blockieren. Umweltminister Ken Howe hat den Anteilseignern des Tunnels versichert, dass die Regierung eine vollständige Kompensation von den Europäern verlangen wird.«

»Es ist Zeit«, sagt der Boss. »Komm her, Zweiundvierzig.«

Ich verlasse meine Ecke und gehe auf ihn zu. Er sitzt auf dem Sofa neben seiner Frau. Sie schaut mich nicht an, worüber ich froh bin. Ich schenke dem Boss einen weiteren Schluck Scotch ein, den fünften in dieser Stunde.

»Ich hatte einen anstrengenden Tag.«

Das sagt er immer, wenn ich ihm etwas einschenke. Nachdem ich das Glas halb voll gegossen habe, gehe ich zu meiner ursprünglichen Position zurück und schaue die Wand an.

Bis ich gesundheitlich wiederhergestellt bin, werden nur einfache Arbeiten von mir verlangt, als einarmiger Butler sozusagen. Der Boss meint, wenn ich im Erholungsschuppen hänge, koste ich ihn bloß Geld, und deshalb möchte er, dass ich mich nützlich mache.

Sein schweres Atmen ist genauso laut wie die Geräusche der Nachrichtensendung. Ich versuche mich auf die Worte des Nachrichtensprechers zu konzentrieren.

»… hat mit seiner Rede in der Hauptstadt weitere internationale Spannungen verursacht. Der Präsident und Religionsführer sagte, dass das Herstellen von künstlichen Lebensformen eine Anmaßung gegenüber Gott sei, und versprach, die Länder, die sich weiterhin dieser Praktiken bedienten, mit einem ›Sturm der Entrüstung‹ zu überziehen. Der Premierminister antwortete darauf mit der klaren Feststellung, dass die Nation sich von derartigen Drohungen nicht beeindrucken lässt und er seine diesbezüglichen Unternehmungen nicht ändern wird.«

Es folgte die Stimme des Premierministers im Wortlaut:

»Wir wissen, dass der Präsident gern große Töne spuckt. Aber jeder Angriff einer fremden Macht auf unser Land wird automatisch und ohne Zögern mit einer groß angelegten Abschreckungsmaßnahme beantwortet, um unsere Unabhängigkeit zu gewährleisten.«

Dann wieder der Nachrichtensprecher:

»Der Premierminister fügte hinzu, dass das Programm der Kontrolle die einzige effektive Methode sei, mit der Massenmigration fertigzuwerden, die durch die eurasische Hun-

gersnot verursacht wurde. Diese Aussage wurde zur gleichen Zeit getätigt, als ein Terrorangriff auf die zentrale Anlage der Kontrolle in Brixton begann. Von dort werden inzwischen über siebzig Opfer gemeldet, aber die Wände der Anlage haben dem schweren Angriff widerstanden, und die Produktion konnte ungehindert weitergehen. Ein Sprecher sagte …«

Siebzig Tote mehr. Ein Tropfen im Ozean. Wahrscheinlich werden am heutigen Tag jenseits des Kanals siebentausend weitere Menschen geboren. Siebentausend Münder mehr, die gestopft werden wollen und die es danach drängt, hierher zu kommen und gefüttert zu werden.

Ich bemerke, dass mein Boss schweigt. Er schreit den Nachrichtensprecher nicht an, wie es sonst seine Angewohnheit ist. Er sitzt nur da und trinkt und starrt auf den Bildschirm.

»Die Unruhen in Manchester sind bereits den dritten Tag in Folge im Gang, nachdem Militante der Wahrheitsliga sich heftige Auseinandersetzungen mit der Polizei und Bauarbeitern der Fiziellen geliefert haben. Ihre Führung rief zum wiederholten Mal zum Generalstreik auf, um eine Außerbetriebnahme der Kontrolle zu erzwingen.«

Ich spüre, wie der Boss mich ansieht. Er schweigt immer noch. Er mag keine Neuigkeiten über die Kontrolle. Das lässt ihn nur zweifeln, wer hier im Land eigentlich die Macht hat.

Was würde er wohl tun, wenn er wüsste, dass die Kontrolle zu uns spricht, wenn sie das möchte? Wenn er wüsste, dass jede Faser meines Körpers ein Empfänger für die Signale der Kontrolle ist? Wahrscheinlich würde er wütend werden. Gibt es überhaupt etwas, das ihn nicht wütend macht?

Der Boss wechselt den Sender.

Eine junge Frau singt ein Lied, es ist eine Live-Darbietung. Das Lied ist zu Ende. Applaus. Eine männliche Stimme meldet sich zu Wort.

»Du bist wirklich etwas Besonderes. Möchtest du deinen Fans eine Botschaft übermitteln, Herzchen? Hast du wirklich die Absicht zu heiraten? Damit zerstörst du alle unsere Hoffnungen und Träume, das weißt du sicherlich, oder?«

Gelächter im Publikum. Er meint es aber durchaus ernst. Die Frau klingt, als könne sie jeden Moment in Tränen ausbrechen und müsse ihre Gefühle im Zaum halten.

»Ich bin einfach total verliebt, Spence. Aber ich möchte, dass meine Fans wissen, dass ich sie alle liebe und jedem einzelnen für die großartige Unterstützung danke.«

Tosender Applaus.

Der Boss klatscht nicht. Er wird sich jetzt stundenlang nicht mehr bewegen. Er wird benommen von einem Kanal zum anderen zappen, schwer atmen und nicht wagen, seiner Frau in die Augen zu sehen.

DAS DORF

Glücklicherweise hatte der Landy keine ernsthaften Schäden abbekommen, und die kaputten Teile ließen sich leicht ersetzen. Als ich den Motor startete, klang er ruhig und gleichmäßig. Sogar Starvie wurde von diesem Geräusch eingelullt. Sie verfiel in Schweigen, während wir fuhren, hatte beide Hände auf die grünen Aktenkoffer gelegt und starrte ihre Füße auf dem Armaturenbrett an. Es war mir nur recht, dass sie schwieg. Ich sah zu, wie die Lichtkegel der Scheinwerfer über die Straße und die abgestorbenen Bäume glitten. Ich horchte auf den Motor und das Geräusch des Fahrtwinds, der durch die Einschusslöcher pfiff. Es gab weite Strecken, wo die Straßen ganz frei waren und ich Gas geben konnte, während ich meine Hand aus dem Fenster streckte und die Luft zwischen meinen Fingern spürte.

Gelegentlich trafen wir auf ein Hindernis. Ein paar Kilometer hinter Lockerbie nahmen wir eine lang gestreckte Kurve mit großer Geschwindigkeit und wären dahinter beinahe mit etwas Großem kollidiert, das die Straße versperrte. Im Scheinwerferlicht konnte ich verbogenes Metall und eine schief hängende Tür erkennen. Ich legte den Rückwärtsgang ein und machte mir Sorgen wegen eventueller Tretminen. Also stieg ich aus und sagte Starvie, sie solle sitzen bleiben.

Ich lief ein Stück die Straße entlang und leuchtete mit der Stablampe den Asphalt ab, um verräterische Spuren von Draht im Schnee am Fahrbahnrand ausfindig zu machen, aber ich konnte nichts weiter erkennen als das Wrack. Als ich es erreichte und mit der Lampe entlang leuchtete, sah ich, dass es mal ein Hubschrauber gewesen war, der nun auf seinem zerschmetterten Fahrgestell lag. Die Spitze des Helikopters war auf die Leitplanke gestürzt, das Heck zerbrochen und zur Seite gekippt und lag seitlich in der Böschung. Zwei der drei Rotorblätter waren noch intakt. Fünf skelettierte Leichen hingen daran, schätzungsweise die Besatzung. Einer von ihnen, der Pilot, hatte ein dreieckiges Straßenschild um den Hals, auf das die Aufschrift GEBAUT FÜR DIE EWIGKEIT gesprayt war. Das ganze grausige Arrangement war schon halb verrostet, das Metall hing in langen Stalaktiten bis auf den Boden herab und verschmolz mit dem Asphalt.

»Was ist das?«, rief Starvie.

»Nur ein Relikt aus vergangenen Zeiten«, schrie ich zurück. Ich wollte nicht, dass sie sich das ansah. Wer konnte schon sagen, wie sie reagierte.

Wir konnten nicht um das Wrack herumfahren. Ich ging zurück zum Wagen und fuhr hinter die Kurve zurück und bereitete die Winde vor. Normalerweise hätte ich ein paar Granaten auf die Blockade geworfen, um sicherzugehen, dass dort keine Minen versteckt waren, aber das Ding lag da schon eine Weile herum, und jede elektrische Vorrichtung wäre längst verrostet.

Ich band das Seil an möglichst vielen Stellen der Karosserie des Helis fest. Das Metall war dünn wie Papier und riss Stücke von meinen Handschuhen ab. Ich überlegte, den oberen Teil einfach zur Seite zu ziehen, fürchtete aber, der Rest mit seinen scharfen und spitzen Auswüchsen könnte im Asphalt kleben bleiben und die Reifen aufschlitzen. Tatsächlich gelang es mir, den größten Teil beiseite zu ziehen, und verschaffte uns dadurch einen größeren Freiraum. Ich zerrte den Heli an den Straßenrand und ging wieder dorthin zurück, wo er eben noch gelegen hatte. Ein paar spitze Teile ragten aus dem Asphalt wie Dornen, aber sie waren so brüchig, dass ich sie mit der Hand abbrechen konnte. Ich säuberte uns den Weg, ohne mir allzu viele Sorgen zu machen.

Während ich arbeitete, ging Starvie zum Wrack des Hubschraubers und nahm dem Piloten das Schild ab.

»Nanu«, fragte ich. »Was soll das? Hast du Respekt vor den Toten?«

Sie ging zum Landy zurück, hob das Schild demonstrativ hoch und schob es zwischen Kühlerhaube und Rammschutz. Es kratzte erbärmlich.

»He!«, rief ich. »Pass auf die Lackierung auf!«

Sie trat einen Schritt zurück, rückte das Schild gerade und setzte sich wieder in den Wagen. Ich ging zum Beifahrerfenster und schaute sie an. Sie saß mit verschränkten Armen da und hatte ihre Stiefel auf das Armaturenbrett gelegt. Ich richtete den Lichtkegel der Stablampe auf ihre Füße.

»Entschuldigung«, sagte sie und nahm sie herunter.

»Ich weiß nicht, ob ich die Idee gut finde, Souvenirs mitzunehmen«, sagte ich und leuchtete das Schild an.

»Das ist kein Souvenir«, sagte sie. »Es ist so eine Art Kriegsschmuck. Die Realen haben doch auch so was. Eine Art Abzeichen. Findest du nicht, dass es gut aussieht?«

Ich ging nach vorn und schaute es mir noch mal an. Ich rückte es gerade, sodass es exakt zwischen den beiden Scheinwerfern platziert war, und setzte mich wieder hinters Steuer. Langsam fuhren wir zwischen den Schrottteilen auf der Straße hindurch und kamen ohne den kleinsten Schaden auf der anderen Seite an.

Starvie schlief gleich wieder ein. Ihr Kopf stieß ab und zu gegen die Karosserie, wenn wir über ein Schlagloch fuhren, aber sie schlief. Als wir eine gerade Strecke erreicht hatten, beugte ich mich zur Seite und nahm einen Lappen aus dem Handschuhfach, mit dem ich die Schmutzspuren der Stiefel auf dem Armaturenbrett abwischte. Ich schaute Starvie an und fragte mich, wie sie wohl damit klarkommen würde, mit einem Realen zu fahren, den wir als Führer benötigten. Sie hatte eine interessante Art, an Dinge heranzugehen, weder wie eine Reale noch so wie ein Fizielle. Es überraschte mich, dass die Kontrolle keine bessere Verwendung für sie gefunden hatte als die einer Nachrichtensprecherin.

Nach einer Stunde bemerkte ich ein weiteres Feuer. Es brannte auf einem Berg, war genauso groß wie das vorherige und wirkte mitten in der Nacht genauso fremdartig. Ich hielt an und schaute es mir durch das Fernglas an, aber es war zu weit entfernt, um Details zu erkennen. Jedenfalls waren keine Realen zu sehen, die darum tanzten.

Starvie bewegte sich erst wieder, als die Helle Phase anbrach. Sie begann ein bisschen früher, weil der Wind jetzt von Süden wehte. Es war sogar ein bisschen Grün zu sehen – weite Flächen mit dickem, feuchtem Moos, das der Asche und dem Schmutz trotzte.

Einen Kilometer östlich vom Dorf hielt ich an. Starvie sprang aus dem Wagen und nahm einen ihrer grünen Koffer mit. Sie öffnete ihn und holte eine Kamera heraus, eine große, die mit einigen Schichten Plastik umhüllt war. Sie fing an, die Wolken zu fotografieren – die hellen rötlichen Streifen, hinter denen sich die Sonne verbarg. Dann wandte sie sich dem Wagen zu und machte eine Nahaufnahme von dem Schild am Kühler und dann einige Totalen mit dem Landy auf freiem Feld. Schließlich zielte sie mit dem Objektiv auf mich, aber ich stieß den Apparat zur Seite. Sie zuckte mit den Schultern und richtete die Kamera wieder in die Landschaft und knipste, was das Zeug hielt.

Ich ließ ihr etwas Zeit, dann packte ich sie am Arm und zog sie auf einen Hügel, von dem aus das Dorf zu sehen war. Sie knipste weiter.

»Wieso fotografierst du die ganze Zeit?«, fragte ich.

»Das verstehst du nicht.«

»Noch mehr Souvenirs.«

Ich forderte sie auf, sich neben mich zu legen. Sie stieß einen überraschten Schrei aus, als sie es sich auf dem Moos bequem machte. Mit weit aufgerissenen Augen ließ sie ihre Hände über die grüne Fläche gleiten. Wahrscheinlich war es das erste Mal, dass sie auf einem Untergrund lag, der nicht aus hartem Bunkerbeton bestand.

Ich holte mein Fernglas hervor und nahm die Aktivitäten unterhalb des Hügels in Augenschein. Starvie wühlte in ihrem Koffer und holte ein anderes Objektiv heraus, das so lang war wie ihr Ellbogen. Sie montierte es mit einem angenehm klickenden Geräusch an den Fotoapparat. Dann schaute sie hinunter zum Dorf.

»Ist ja ziemlich klein«, stellte sie fest.

»Das stimmt. Da wohnen nur ungefähr fünfzig Reale. Wahrscheinlich sind es inzwischen noch weniger. Sie haben keine Medikamente. Wenn eine Krankheit ausbricht, fallen sie um wie die Fliegen.«

Ich konnte nicht viel Bewegung erkennen. Es gab fünf größere Betongebäude, die in einem nicht sehr ordentlichen

Halbkreis auf einen Küstenstreifen gebaut waren, leicht zurückgesetzt von dem schwarzen Kiesstrand und dem blassen, grünlich schimmernden Meer. In der Mitte der Siedlung stand ein nicht sehr sorgfältig aufgebauter Obelisk, und einige kleinere Konstruktionen mit Planen waren am Rand errichtet worden. Das Gebäude, das der Küste am nächsten stand, war eine wackelige Glaskonstruktion, die von den Überresten eines Metallgerüsts gestützt wurde. Darüber hingen Plastikplanen, die das Metallgerüst des Treibhauses vor der Witterung schützten. Das Dorf hatte keine Barrikaden oder Verschanzungen, nur ein paar Schützengräben zwischen den Zelten. Ein Kiesweg ging vom Obelisk aus und verlor sich in der Nähe der Klippen am Ufer.

Ich entdeckte einige Gestalten in Schutzmänteln, mit aufgesetzten Kapuzen, die sich auf dem von Schnee und Asche übersäten Dach eines weiter entfernten Betongebäudes befanden. Sie hielten Gewehre in den Händen. Einer von ihnen stampfte mit den Füßen. Starvie fotografierte jeden einzelnen. Dann bemerkte sie etwas.

»Was ist das denn?«

Sie streckte den Arm aus. Ich folgte ihr mit dem Fernglas. Eine Gruppe von vierbeinigen Wesen bewegte sich langsam und unbeholfen auf ein Betongebäude zu. Zwei Reale liefen neben ihnen her und trieben sie hinein.

»Vieh«, sagte ich.

»Tiere?«, rief sie aus. »Die haben Tiere?«

»Nicht so laut«, sagte ich. »Die sind alle krank und zu nichts zu gebrauchen. Die Leute hier versuchen, eine gesunde Herde heranzuzüchten. Das ist bloß Zeitverschwendung. Aber alle Realen träumen ihr halbes Leben davon, Milch und Fleisch zu haben.«

»Aber wie überleben sie denn? Und warum haben wir keine Kühe?«

»Dieses Dorf wurde auf eine alte Luftverteidigungsanlage gebaut und besitzt einen Generator. Sie haben Strom und Klimaanlagen mit gefilterter Luft in den Gebäuden. Sie halten die Tiere so lange wie möglich dort drin. Aber wie ich schon sagte, es ist sinnlos. Sobald man sie wieder herausführt, werden sie krank.«

»Warum holen sie die dann überhaupt raus?«

»Um die Treibhäuser zu düngen. Die Erde hier bringt kaum etwas hervor. Aber sie haben es sich in den Kopf gesetzt, frische Lebensmittel zu kultivieren und so eine Art Schlaraffenland an der Küste aufzubauen.«

»Wir sollten Kühe haben«, sagte Starvie.

»Zeitverschwendung.«

Starvie legte die Kamera weg und kratzte sich manisch am Kopf, dann an den Seiten, dann am Bauch. Ich musste mich auch kratzen.

»Ich verstehe das nicht«, sagte sie. »Mag ja sein, dass ihre Kühe die Krätze haben, aber das hier ist doch immer noch besser als das Leben im Landesinneren. Warum leben nicht alle Realen hier?«

»Die sind zu sehr erpicht darauf, uns zu bekriegen. Wie ich schon sagte, sie verfolgen nicht alle die gleichen Ziele. Diese Gruppe hier ist nicht so sehr daran interessiert, uns auszurotten, und sie brauchen auch nicht so viel Benzin. Und außerdem sind hier noch diese Käfer.«

Starvie starrte mich kurz an, dann ihren Arm. Darauf wimmelte es von kleinen schwarzen Insekten von der Größe eines Stecknadelkopfes. Ich war auch schon völlig bedeckt von ihnen.

»O nein«, sagte sie und wischte sich die Insekten aus den Augen und spuckte aus. »Grauenhaft.«

»Die beißen nicht. Die fressen nur das Moos. Aber sie setzen sich immer auf uns drauf. Die Realen machen eine Art Nährpaste aus ihnen, glaube ich.«

Sie ging in die Hocke, schüttelte den Kopf und wippte auf und ab. Ich hatte den Eindruck, dass sie am liebsten laut schreiend herumgerannt wäre, sich aber aus Rücksicht auf mich zusammenriss.

»Also«, sagte sie. »Was ist dein Plan? Ich schätze, wir fahren ins Dorf und schnappen uns einen von ihnen.«

»Wohl kaum.«

»Also gehen wir hin und machen einen Deal?«

»Auch nicht.«

»Wieso nicht? Du sagtest doch, dass sie sich bezahlen lassen.«

»Manche von ihnen tun das. Aber wie ich schon sagte, sie sind nicht so wie wir. Sie haben keine Kontrolle, die ihnen ein bestimmtes Verhaltensprotokoll liefert. Und selbst wenn es so wäre, würden sie ihm nicht folgen. Man muss sich den richtigen aussuchen und ihn ansprechen, wenn die anderen nicht in der Nähe sind. Er verliert sonst das Gesicht, wenn er vor anderen Leuten einwilligt, uns zu helfen.«

Sie schüttelte den Kopf und spuckte ein paar Käfer aus.

»Ich verstehe nicht, wieso du nicht einfach reinspazierst und die ganze Bande selektierst.«

»Du willst Bilder davon machen, was?«

»Nein. Na ja. Warum nicht?«

»Weil es auf meine Art leichter ist. Wenn nur einer von ihnen entkommt, wird er Alarm schlagen, und dann wären sie allesamt hinter uns her. Ich werde jetzt nicht drei Stunden lang ein Gemetzel veranstalten, nur damit du dein neues Objektiv ausprobieren kannst.«

»Wäre es wirklich so schwierig, die da zu selektieren?«

»Es ist jedenfalls nicht so leicht, wie es aussieht, glaub mir. Nein, wir warten ab, bis einer von ihnen seinen Karren über die Siedlungsgrenze zieht. Ein Händler. Wenn er die Straße langgeht und außer Sichtweite der anderen ist, steigen wir in den Wagen, fahren die Straße runter und schneiden ihm ein paar Kilometer weiter entfernt den Weg ab. Dann reden wir mit ihm und finden heraus, ob er einen Deal machen will.«

»Sie ziehen Wagen durch die Gegend? Wie weit denn?«

»Du würdest dich wundern«, sagte ich. »Wenn er auf Gewinn aus ist, dann zieht er ihn vielleicht bis nach Liverpool.«

Das fand sie jetzt interessant. Sie drehte sich zu mir um und starrte mich an.

»Liverpool ist doch eine Barrikade«, sagte sie. »Die Stadt gehört uns. Dort kann er nicht handeln.«

»Sie gehört uns nicht mehr. Vor einem Monat war ich dort und wäre beinahe diskontinuiert worden.«

»Aber warum lesen wir dann ständig Berichte über Selektionen, die dort Tag für Tag stattfinden?«

»Warum wohl?«

Sie schlug mit der Faust auf die Erde.

»Das ist doch nicht zu fassen!«, rief sie. »Das ist wirklich unerhört! Ich habe also nicht berichtet, sondern die ganze Zeit nur Blödsinn erzählt?«

»Na ja … das sind doch Regionalnachrichten für dich, oder?«

»Mistkerle!«, sagte sie. »Diese verdammten Mistkerle. Wenn ich diese Perma noch mal zu fassen kriege, dann …

dann …« Sie brach ab und schlug sich ins Gesicht und auf den Hals. Auf einmal machten ihr die Käfer schwer zu schaffen. Sie riss sich zusammen, schloss die Augen und versuchte, ihre Gefühle in den Griff zu bekommen.

»Wenn sie mich meine Arbeit nicht ordentlich machen lassen, dann können sie mich genauso gut zur Selektion geben. Das ist meine Meinung dazu.«

Ich ließ sie toben. Allerdings wunderte ich mich, dass sie nicht selbst darauf gekommen war. Wie konnte es sein, dass sie die wahren Hintergründe ihrer Arbeit nicht kannte?

»Diese Käfer kriechen in meine Kamera«, sagte sie und wischte das Objektiv mit der Hand ab. Sie stand auf und ging zum Wagen zurück.

Ich begnügte mich damit, das Dorf in Augenschein zu nehmen und nach weiteren Lebenszeichen Ausschau zu halten. Vielleicht hatte ich mich geirrt. Auch wenn jedes Dorf einen Händler hatte, konnte eine Krankheit sehr schnell dafür sorgen, dass die nützlichen Teile der Bevölkerung ausgemerzt wurden. Es war durchaus möglich, tagelang hier herumzusitzen und auf jemanden zu warten, der längst tot war.

Starvie tauchte wieder neben mir auf. Sie rauchte eine Zigarette.

»Das gefällt dir, was?«, sagte ich.

»Das hilft beim Warten.« Sie deutete zum Dorf. »Abgesehen davon müssen sich nur die da drüben Sorgen über Krebs machen. Es ist immerhin ein Privileg der Fiziellen, diese Dinger zu rauchen, findest du nicht?«

Sie stieß eine Rauchwolke aus und lächelte. Ich schüttelte den Kopf.

»Bilde dir bloß nicht ein, dass du im Wagen eine rauchen darfst.«

Mein Boss schreit und flucht und schlägt mit der Faust aufs Lenkrad. Hinten im Laderaum können wir ihn gut hören. Ich sitze mit fünf anderen auf grobmaschigen Hanfsäcken. Hier gibt es keine Fenster. Die einzige Luftzufuhr ist ein sieben Zentimeter breiter Schlitz im Dach. Die Tür ist fest verschlossen, weil der Boss Angst hat, dass wir abhauen, wenn wir die Gelegenheit dazu haben.

Wir sind mit fünf Stunden Verspätung auf dem Weg zur Arbeit und stecken im Verkehr fest. Es ist ziemlich übel. Der Boss wird immer wütender. Er flucht und schreit und brüllt.

Die Kontrolle hat alle Turmbesatzungen aufgefordert, Hubschrauber zu benutzen, aber der Boss will nichts davon wissen, weil es so teuer ist. Die größeren Vertragsfirmen setzen ihn unter Druck wegen der Arbeitslizenzen in den Stockwerken 590 bis 615. Er muss jeden Penny sparen, denn er braucht das Geld, um mit den richtigen Leuten zu Mittag zu essen. Wenn er mit den richtigen Leuten zu Mittag isst, dann bekommt er vielleicht Aufträge in diesen Stockwerken. Dann wird er genug Geld haben, um sich noch ein bisschen länger triezen zu lassen wegen der Rechte für die Stockwerke 670 bis 790. Die Entscheidung über die Arbeitslizenzen wird wieder verzögert. Er muss noch mehr Mittagessen veranstalten. Damit die richtigen Leute richtig viel Geld verdienen.

Deshalb benutzen wir die Straße. Obwohl die Straßen

gar nicht funktionieren. Obwohl sie jeden Tag verstopft sind oder der Verkehr nur zäh vorankommt wegen Umsiedlungstransporten oder Pendlern oder Armeefahrzeugen. Wir benutzen die Straße und kommen immer zu spät. Wir benutzen die Straße, und der Boss muss vierundzwanzig Stunden Arbeit in fünf Stunden erledigen. Wir benutzen die Straße, und der Boss macht die Kontrolle dafür verantwortlich und damit indirekt auch uns. Er öffnet die Klappe zwischen Fahrerkabine und Laderaum, bloß um uns anzubrüllen. Er dreht sich um, die Zigarre zwischen den Zähnen, und spuckt knappe Schimpfworte aus. Der Rauch quillt durch die Klappe und verdeckt beinahe sein rot verfärbtes Gesicht und seine blutunterlaufenen Augen.

»Ja, klar, ihr seid bestimmt euer Geld wert. Die Welt retten? Die Welt retten? Das ist ein Witz. Ein gottverdammter Witz. Ihr schafft es ja nicht mal, die Straßen frei zu kriegen. Warum plagen wir uns bloß mit euch herum? Ohne euch wären wir besser dran. Und ohne eure dämliche Kontrolle.«

Der Regen prasselt auf das Dach des Laderaums. Wir haben im Radio vom Boss gehört, dass die heutigen Behinderungen von einer plötzlichen Überschwemmung verursacht wurden. Die Hälfte der Autobahn liegt unter Wasser. Ein Stück weiter vor uns fischen sie Leichen und Wracks ans Ufer.

Vielleicht hat der Boss ja Angst. Er könnte Angst davor haben, dass die Fluten uns erreichen. Er könnte Angst haben, dass er seinen Vertrag verliert. Er könnte Angst davor haben, pleitezugehen und in ein Umsiedlungsprogramm gesteckt zu werden. Er könnte Angst davor haben, was angeblich mit den Leuten in den Staus passiert. Vielleicht ja alles zusammen.

Vielleicht sucht er sich deshalb heute einzelne Mitglieder unseres Teams aus. Normalerweise genügt es ihm, unsere Art pauschal zu beleidigen, aber jetzt reicht ihm das nicht mehr. Er muss jetzt »persönlich« werden, wie er es nennt. Natürlich sind wir keine Personen, aber das stört ihn nicht. Vernunft ist nicht jedermanns Sache.

»Und du, Siebenundvierzig … hörst du mir zu, Siebenundvierzig? Hörst du mir zu? Du hast ein Bein verloren, zwei Tage nachdem deine Garantie abgelaufen war. Zwei Tage! Die haben dich absichtlich so konstruiert, dass du kaputtgehst. Jede Wette, dass sie dich so konstruiert haben, dass du kaputtgehst, wenn deine gottverdammte Garantie ausgelaufen ist.«

Wir sitzen da und hören ihm zu, weil es nichts anderes zu tun gibt. Wir verzichten darauf, ihm zu erklären, dass sein Wutanfall den Verkehr auch nicht flüssiger macht oder die Überschwemmung zurückgehen lässt oder den Bau der Stockwerke voranbringt.

Der Boss beschimpft uns, weil die Verantwortlichen nicht da sind und ihm zuhören können. Als würde er denken, dass sie es doch hören, wenn er nur laut genug brüllt, sogar hier draußen auf der Autobahn, wo wir in Regen und Verkehrschaos feststecken.

Wir sitzen schweigend da und schauen einander an, und das macht den Boss nur noch wütender.

Weitere vier Stunden. Grauer Schnee fiel, so weit das Auge reichte, und hatte sich schon fünf Zentimeter dick auf meinem Rücken und meinen Beinen angesammelt. Sogar die Käfer waren unter die Erde geflüchtet. Ein starker Wind wehte und peitschte über das Dorf und die Küste.

Schnee war schlecht. Dadurch wurde es eher unwahrscheinlich, dass der Händler, wenn es überhaupt einen da unten gab, sich auf den Weg machte. Seit die Kühe ins Gewächshaus geführt worden waren, hatte sich im Dorf nichts mehr getan. Nur von den Wächtern gab es noch Lebenszeichen, sie standen gelegentlich auf, um sich zu strecken, mit den Füßen zu stampfen oder sich in einen Eimer zu übergeben. Starvie hörte auf zu fotografieren. Sie hatte schon jede Menge Bilder von Realen gemacht, die sich auskotzten.

»Hören die denn nie damit auf?«

»Das ist kein gutes Zeichen«, sagte ich. »Ganz offensichtlich haben sie hier eine Epidemie. Wenn es einen Händler gegeben hat, ist er womöglich tot. Außerdem, bei diesem Wetter … Ich glaube, wir müssen uns auf eine lange Wartezeit einstellen. Vielleicht haben wir uns einen ungünstigen Ort ausgesucht.«

»Großartig«, sagte Starvie.

Ich überlegte, ob wir weiterfahren sollten. Es war kaum vorherzusagen, wie lange der Schneefall noch dauerte.

Dann, ganz plötzlich, bewegte sich etwas. Eine Gestalt

kroch aus einem Bunker und kämpfte sich durch den Schnee zum Gewächshaus. Der Mann ging gebeugt und zog das rechte Bein hinter sich her. Zuerst dachte ich noch, er sei zu schlecht zu Fuß, um Händler zu sein, aber nach einigen Minuten tauchte er wieder mit einem anderen Realen auf, und sie zogen einen verrosteten Anhänger, beladen mit Säcken, Dosen und sonstigem Krempel, hinter sich her. Sie gingen den Weg entlang auf das Haus der Wachposten zu, winkten dem Mann auf dem Dach, wie es bei den Realen so üblich ist, und verließen das Dorf in langsamem Trott.

Wir rannten zum Wagen und stiegen ein.

Ich löste die Handbremse, und rückwärts rollten wir den Berg hinunter. Ich wollte sie nicht durch das Geräusch des Motors aufschrecken. Die Realen gerieten sehr leicht in Panik, und die beiden würden womöglich zurück in ihren Bunker flüchten, wenn sie das Aufheulen des Motors hörten. Ich startete den Landy erst, als wir nicht mehr weiterrollten, und folgte unserer Spur einige Kilometer weit zurück, bevor wir nach Osten abbogen und querfeldein fuhren, um den Händlern den Weg abzuschneiden.

»Setz die mal auf«, sagte ich zu Starvie und reichte ihr die Nachtsichtbrille. »Weise mir den Weg und halte nach den Händlern Ausschau.«

Als sie sie ausfindig gemacht hatte, schaltete ich die Scheinwerfer aus und bremste ab, bis wir in Schrittgeschwindigkeit der Realen fuhren. Nach ein oder zwei Minuten tippte Starvie mir auf die Schulter.

»Ich kann die Straße erkennen«, sagte sie. »Zwanzig Meter vor uns. Von den Händlern ist nichts zu sehen.«

»Die müssten hinter uns sein.«

Rasch lenkte ich den Landy quer auf die Fahrbahn und

stoppte. Dann nahm ich mir eine weitere Nachtsichtbrille aus der Ausrüstungskiste. Ich zog ein Gewehr aus dem Gestell mit den Waffen und stieg aus dem Wagen in die Kälte hinaus. Zielstrebig stapfte ich durch den Schnee und legte den Gewehrlauf auf die nasse, warme Motorhaube.

Ich hörte sie, noch bevor ich sie sah. Ihr Wagen quietschte erbärmlich. Zwei Gestalten näherten sich über den Pfad. Durch die Nachtsichtbrille sah ich, wie sie sich merkwürdig taumelnd fortbewegten. Der Humpelnde ging voran, der andere trottete auf der linken Seite hinter ihm und zog den Wagen an einem Seil hinter sich her, das er sich um die Brust geschlungen hatte.

Ich zielte und schoss. Der Mann, der den Wagen gezogen hatte, wurde herumgerissen, stand eine Sekunde lang aufrecht da, als wäre er völlig verblüfft, und brach dann zusammen. Laut rufend wollte ich ein Ultimatum stellen, aber der Humpelnde hörte gar nicht zu. Er tauchte ab und begann zurückzuschießen. Der Landy wurde überall getroffen.

»Das ist ein ziemlich guter Schütze, findest du nicht auch?«, rief Starvie über das Geräusch der Einschüsse hinweg.

»Das ist er in der Tat.« Ich war beeindruckt.

Ich gab ein paar Schüsse in seine Richtung ab, und er hörte auf, um seine nächste Aktion zu planen. Ich hob den Kopf, um die Umgebung einzusehen, konnte aber nur seinen Wagen erkennen. Der Schütze befand sich in einer günstigen Position in einer Senke, die ich bis eben nicht bemerkt hatte. Bei so einer Deckung würde er nicht so schnell aufgeben. Ich entschied, dass der einzige Weg, ihn zum Einlenken zu bewegen, das Gespräch war. Wahrscheinlich musste man ihm nur gut zureden.

»He!«, rief ich. »Können wir uns mal unterhalten?«

Es kam keine Antwort, nichts war zu hören bis auf das leise Ticken des Land-Rover-Motors, der abkühlte, und das Geräusch des Windes, der über die Ebene wehte.

»Er scheint nicht besonders gesprächig zu sein«, stellte Starvie fest.

»Was schlägst du also vor?«

»Warum bedrängst du ihn nicht ein bisschen? Du bist doch angeblich ein Power 9, oder? Dann macht es dir doch gar nichts aus, wenn er dich ein bisschen anschießt. Also los, mach schon.«

»Er ist ein ziemlich guter Schütze«, sagte ich. »Wenn er mich am Kopf trifft, könnte es eine Weile dauern, bis es geheilt ist.« Dann kam mir ein Gedanke. Ich schaute Starvie an.

»Vielleicht solltest du ihn ein bisschen bedrängen.«

»Ich?«

»Klar. Wenn er schießt, kann ich sein Mündungsfeuer ausmachen. Wenn du getroffen wirst, ist das nicht so schlimm. Du kannst es dir auf dem Beifahrersitz bequem machen und gesund werden, während wir weiterfahren.«

»Hör mal«, sagte sie. »Das ist deine Aufgabe. Ich bin der Passagier und du der Fahrer, kapiert? Denk dir was Besseres aus, sonst können wir auch gerne weiterfahren. Du kennst ja meine Ansicht über die Zusammenarbeit mit Realen. Wir brauchen ihn nicht.«

Mir fielen die Feuer ein, die auf den Hügeln gebrannt hatten.

»Wir können ihn nicht ziehen lassen«, sagte ich. »Er wird Alarm schlagen.«

»Hast du etwa Angst, von einer Horde kotzender Kranker verfolgt zu werden?«

»Nein. Ja. Ich weiß nicht. Das läuft alles irgendwie falsch.«

Starvie streckte die Hand aus.

»Gib mir das Gewehr.«

Ich reichte es ihr. Sie legte es auf die Kühlerhaube und schoss. Es gab ein Plopp und dann hörte man, wie etwas auf die Straße tropfte. Sie zielte wieder sorgfältig und schoss. Wieder ein Plopp und noch mehr lief aus. Sie zerschoss die Vorräte des Realen. Für eine Journalistin war sie ziemlich gut.

»Also schön«, rief sie laut. »Lassen wir das jetzt! Entweder Sie kommen raus, oder ich schieße alles über den Haufen, was Sie da auf dem Anhänger haben!«

Keine Antwort. Ich schob ihr ein neues Magazin hin, und sie lud durch. Sie hatte jetzt diesen Reporterblick drauf: *Wir sind hier direkt vor Ort und übertragen live das Geschehen …*

»Also gut«, rief sie. »Ich habe jetzt neu geladen. Entweder Sie stehen sofort auf und sagen etwas, oder Sie können sich von Ihrem restlichen Krempel verabschieden!«

Noch immer bewegte sich nichts, alles war dunkel. Ich rechnete schon damit, dass der Reale davongekrochen war und wir hier völlig sinnlos herumbrüllten. Ich griff nach dem Gewehr, aber Starvie schlug meine Hand weg.

»Okay!«, sagte sie. »Wie Sie wollen!« Sie schoss noch mal. Diesmal war kein Treffer zu hören, aber von links her ertönte eine Stimme.

»Okay! Okay!«, schrie die Stimme. »Feuer einstellen! Ich komme raus! Bitte schießen Sie nicht auf meine Sachen!«

Der Reale war ein schlauer Bursche. Er war durch den Matsch im Straßengraben gekrochen und fast direkt neben uns angekommen. Noch ein paar Minuten, und wir wären in ernste Schwierigkeiten geraten. Er stand auf, an seinem mächtigen Körper klebte Schnee und Dreck. Starvie drehte das Gewehr in seine Richtung und kratzte dabei eine weiße Linie in den Lack des Landy. Ich nahm ihr die Waffe ab und drängte sie hinter mich.

»Also gut«, sagte ich. »Lassen Sie Ihre Waffe fallen.«

Davon wollte er nichts wissen.

»Wenn Sie verhandeln wollen, behalte ich sie lieber«, sagte er. »Wir nehmen einfach die Gewehre runter und reden.«

»Interessanter Vorschlag. Aber wenn Sie das Gewehr weiter so halten, dann muss ich Sie sofort selektieren.«

»Fizielle. Das hätte ich mir gleich denken können.« Er ließ das Gewehr fallen. Starvie beugte sich in die Fahrerkabine, suchte nach der Hochleistungsstablampe und leuchtete unseren Gegner an.

Er sah wirklich bemerkenswert aus. Unglaublich, aber er wirkte fett mit seinem Dreifachkinn. Sein Bauch wölbte sich wie ein Autoreifen unter seinem Hemd. Sein linkes Auge war blind oder würde es bald sein. Die Partie unter seinen Augen war entzündet und angeschwollen, die Bindehaut unterhalb der Augäpfel war rot. Sein übriges Gesicht wurde von einem dichten schwarzen Vollbart verdeckt. Seine Hände waren plump und blass, Fausthandschuhe hingen unterhalb seiner Ärmel. Er trug ein paar beschichtete Kittel aus alten Kontrollezeiten und darüber einen Schutzmantel. Ich fragte mich, ob er überhaupt in unseren Laderaum passte.

»Also gut«, sagte ich, »gehen Sie langsam auf den Wagen zu. Und behalten Sie Ihre fetten Hände oben, bitte.«

Er kletterte aus dem Graben auf die Straße, schaute uns an und ließ den Kopf hängen, als erwartete er niedergeschlagen zu werden. Der Lichtkegel der Stablampe zitterte. Starvie hatte die Lampe in einer Hand und hielt sich mit der anderen ein Tuch vors Gesicht.

»Was für ein Gestank«, murmelte sie. Der Mann verströmte einen scharfen Geruch.

»Sie sind ja erstaunlich gut genährt«, sagte ich. »Wie kommt's?« Er hob den Kopf und schaute mich mit seinem gesunden Auge an.

»Wir müssen nicht persönlich werden«, sagte er. »Machen wir einfach weiter.«

»Ich werde nicht persönlich. Ich will nur wissen, warum sie so fett sind.«

Er seufzte auf diese Art, mit der die Realen ihre Ungeduld und ihr Missfallen zum Ausdruck bringen, und bewegte ungeduldig die Hände, die er über den Kopf hielt.

»Es ist eine Krankheit, die wir Blauer Frosch nennen«, sagte er. »Wir glauben, dass sie etwas mit den Käfern zu tun hat. Das Fleisch schwillt an, und die Extremitäten verfärben sich blau.«

Starvie leuchtete ihm ins Gesicht und trat ein Stück vor, um ihn genauer zu betrachten. Er bemerkte sie. Ein eigenartiger Blick erschien auf seinem Gesicht, so etwas wie ein anzügliches Grinsen.

Ich schnippte mit den Fingern, um seine Aufmerksamkeit auf mich zu lenken.

Er knurrte und fletschte seine lückenhaften Zähne. Auf einmal war sehr viel Hass im Spiel. Ich verpasste ihm einen harten Schlag in den Magen und schleuderte ihn gegen den Wagen. Er fiel gegen das Vorderrad und stöhnte. Ich hob ihn hoch und drückte ihn gegen den Rammschutz. Er war nicht besonders schwer.

»Können wir jetzt über das Geschäft reden?«, fragte ich.

Ich gab Starvie den Auftrag, den Krempel auf dem Wagen des Händlers in Augenschein zu nehmen, weil ich vermutete, dass sie den Realen bei unseren Verhandlungen nur ablenkte.

Ich zog Fatty die beschichteten Kittel aus und auch das Fell, das er darunter trug, und band ihn mit dem Seil der Winde am Rammschutz fest. Das gefiel ihm nicht, aber es garantierte, dass wir miteinander reden konnten, ohne dass er etwas Verrücktes oder Selbstmörderisches tat, wie ich das bei anderen Realen schon erlebt hatte. Er stemmte sich gegen die Fesseln, entspannte sich aber schließlich und spuckte mich ein- oder zweimal an, um mir zu demonstrieren, wie unbequem die Situation für ihn war.

Das Allerwichtigste bei Verhandlungen mit einem Händler der Realen, das habe ich herausgefunden, ist, die Abstammungsfrage zu vermeiden. Wenn man auf das Thema genetische Überlegenheit kam, dann machten sie dicht und wurden ablehnend. Das war zwar völlig sinnlos, aber sie fanden es offenbar viel leichter, vor Wut schäumend durchzudrehen und den eigenen Tod in Kauf zu nehmen, als mit einem Fiziellen zusammenzuarbeiten. Das Beste war, ganz sachlich über das Geschäft zu sprechen oder ihn, falls er nicht kooperierte, sofort zu erschießen. Es machte keinen Sinn, sich auf langwierige Verhandlungen einzulassen.

Nach einigem nutzlosen Gerede über die moralischen Vorzüge und die heldenhafte Tapferkeit seines toten Begleiters, der, wie sich herausstellte, Keith geheißen hatte, entspannte Fatty sich und lenkte ein.

»Was genau wollt ihr von mir?«, fragte er.

»Ich mach eine Reise. Von Edinburgh nach London. Ich brauch einen Führer, der mich um die Checkpoints lotst.«

»Im Süden kenne ich mich nicht aus.«

»Müssen Sie auch nicht. Es geht nur darum, durch die Gebiete der nördlichen Clans zu kommen, da könnte es Schwierigkeiten geben. Die im Süden sind schlechter organisiert, finden Sie nicht?«

»Jedenfalls sind sie reicher.«

Es wurde rasch kälter. Fatty zitterte und schnappte nach Luft. Sie hatten alle Probleme mit der Atmung. Das konnte man ihm nicht ankreiden.

»Also, können Sie mich durch die Kontrollen lotsen oder nicht?«, fragte ich.

»Ich hoffe, meine Neugier stört Sie nicht, aber was wird Sie hinterher, wenn wir fertig sind, davon abhalten, mich genauso abzuknallen wie meinen Kumpel Keith?«

»Wir machen einen Deal. Ich werde bestimmt mein Wort halten.«

»Ach wirklich?«, schnaubte er.

»Ganz bestimmt. Ich werde Sie sogar dafür bezahlen. Ich will nur wissen, ob Sie sich mit den Clans gut auskennen und uns eine Route durch die Checkpoints weisen können.«

»Womit wollen Sie mich denn bezahlen?«, fragte er.

»Wie wäre es mit Benzin?«

Fatty zappelte hin und her, aber die Fesseln hielten ihn fest. Auf seinen Haaren war jetzt Schnee gelandet. Vielleicht brannte das ja. Seine Kopfhaut löste sich ab, wie das bei den meisten Realen der Fall war, und man sah viele rötlich verfärbte, entzündete Stellen. Hier und das spross ein hässlicher Schopf Haare, die wahrscheinlich bald ausfielen.

»Benzin brauche ich nicht«, sagte er.

»Benzin braucht doch jeder.«

»Ich aber nicht. Sie müssten schon eine ziemlich große Aktion in die Wege leiten, um eine vernünftige Menge zusammenzubringen, ohne gleich umgebracht zu werden, und das braucht Zeit.«

»Na und? Das wäre es doch wert.«

»Nicht für mich. Ich habe nur noch einen Monat. Der Blaue Frosch bringt einen innerhalb von sechs Wochen um. Niemand überlebt ihn.«

Ich hob das Gewehr und zielte direkt zwischen seine Augen.

»Warten Sie!«, rief er. »Nur eine Minute. Ich bin noch drei Wochen zu gebrauchen, ganz bestimmt. Es wird erst in den letzten Tagen richtig schlimm. Ich schwör's, ich schwör's, ich schwör's. Ich kann Sie durchlotsen.«

Ich senkte das Gewehr.

»Sind Sie sicher?«

»Bestimmt, ganz bestimmt«, sagte er. Ich schob die Waffe zurück ins Gewehrholster.

»Sie sind also mit einem Deal einverstanden?«

»Klar«, sagte er. »Klar, warum nicht?«

Ich löste seine Fesseln und gab ihm seine Kleider, die er sich hastig überzog. Eine Durchsuchung seiner Taschen hatte nichts Gefährliches zutage gefördert – nur ein bisschen Tabak in einer Plastiktüte, eine Pfeife, eine alte Fernsehzeitschrift und ein Foto von einer Frau, die vor einem Haus stand. Fatty überprüfte, ob noch alles da war.

»Ihre Bedingungen, bitte«, sagte ich.

Er schaute zu seinem Anhänger. Starvie durchsuchte immer noch seine Ladung.

»Wir können nicht hier bleiben«, sagte er. »Meine Leute könnten die Schießerei gehört haben. Sollte das der Fall sein, dann werden sie bald hier draußen nach mir suchen. Damit wollen Sie bestimmt nichts zu tun haben, oder?«

»Ich glaube nicht, dass sie was gehört haben.«

»Wie auch immer, ich friere jedenfalls. Und tot nütze ich Ihnen gar nichts mehr, stimmt's?«

Da hatte er recht. Ich packte ihn am Arm und zog ihn ans Heck des Land Rover. Dort band ich seine Hand- und Fußgelenke mit Plastikfesseln zusammen, zog ihm ein Stück Klebeband über den Mund und warf ihn auf die Ladefläche. Er protestierte die ganze Zeit und warf sich wütend hin und her wie ein gefangenes Tier.

Ich lehnte mich gegen die Heckklappe und schaute ihm eine Weile dabei zu. Es war ein jämmerlicher Anblick. Sein blindes Auge rollte unkontrollierbar in seiner Höhle, war völlig blutunterlaufen und sicher bald völlig tot. Er verbiss sich mit seinen wenigen noch verbliebenen Zähnen in einem Tuch und knurrte und stöhnte mit tiefer Stimme vor sich hin. Starvie zog seinen Anhänger heran und koppelte ihn an den Landy. Dann warf sie einen Blick auf den Realen, der jetzt ruhig dalag.

»Bist du sicher, dass wir einen Brauchbaren gefunden haben?«, fragte sie.

Fatty starrte sie mit seinem gesunden Auge an, dann drehte er sich zur Seite und fing an zu schluchzen. Sein ganzes Wesen wurde von Gefühlen beherrscht.

Starvie schaltete die Stablampe aus, ging zur Beifahrertür, stieg ein und knallte sie zu. Ich schaute mir Fattys Anhänger an und zog ein Stück Teppich herunter, mit dem er seine Waren schützte. Ich warf das Teppichstück auf ihn drauf, damit er es so warm wie möglich hatte, und schob die Ränder unter seinen grässlichen fetten Bauch. Er schluchzte weiter, wahrscheinlich weil er Angst hatte, wir könnten ihm etwas antun. Offenbar glaubte er nicht, dass ich es mit dem Deal ernst meinte. Ich kam zu dem Schluss, dass ich etwas sagen sollte, um ihn zu beruhigen.

»Wir machen ein Feuer, wenn wir eine geeignete Stelle für eine Rast finden. Versuchen Sie sich zu entspannen.«

Er blieb ruhig, jedenfalls so ruhig, wie er konnte. Er keuchte laut, und sein Zittern wurde immer schlimmer. Wir mussten schnell weiter. Er war in ziemlich schlechter Verfassung, und ich wollte ihn nicht wieder verlieren, nach dem ganzen Ärger, den wir schon mit ihm gehabt hatten.

Ich schaue herab vom 291. Stockwerk auf Dingkom, der mir von der Plattform unter mir Verstärkungsfasern auffädelt. Wir haben mit der Arbeit an der Traglastrinne begonnen. Dingkom hält inne, als er etwas bemerkt hat.

»Oha«, sagt er. »Äh, Ken, hier ist was verrostet.«

»Rost? Das ist doch Gront-Legierung. Gront rostet nicht.«

»Nein«, sagt Dingkom, »eigentlich nicht. Also ist das hier kein Gront.«

»Lass mich mal sehen.«

Ich springe über den Rand und schwinge mich an meinem Kabel nach unten zu ihm. Ich untersuche den Bereich, auf den er zeigt. Ich kann deutlich erkennen, dass die Rippenträger zwischen dem 289. und 290. Stockwerk durchhängen. Falls sie nachgeben, könnten sie die Hälfte der westlichen Stockwerke mit sich nach unten reißen.

»Wer hat das gemacht?«

Dingkom erwidert nichts. Der Wind bläst etwas stärker. Ein unheilvolles Knirschen ertönt.

»Wir sollten das abstützen. Wo ist der Dohaki?«

»Beim C-Team auf dem Einhundertvierundfünfzigsten. Südlicher Bereich.«

»Gut, dann hol ich ihn.«

Ich gehe zum Lastenaufzug und drücke auf den Knopf zum 154. Stockwerk. Die Türen schließen sich zischend, und die Kabine fährt in die Tiefe.

Ich frage mich, ob sie womöglich auch die Gront-Legierung im Aufzugskabel ersetzt haben. Sollte dies der Fall sein, könnte es eine interessante Fahrt werden.

Glücklicherweise kommt der Aufzug unten in einem Stück an. Ich trete auf den 154. Stock und entdecke das C-Team beim Generator, wo sie sich um einen Ofen versammelt haben. Dies ist das höchste Stockwerk, auf dem die Realen noch arbeiten können. Es scheint ihnen ganz schön zuzusetzen, so weit oben zu sein. Sie tun anscheinend nichts weiter, als sich gegen den Wind zu stemmen und Tee zu trinken.

»Alles klar, Freaky?«, sagt einer zu mir, als ich näher komme.

»Alles klar«, antworte ich. Alles klar. Wieso muss bei diesen Leuten immer alles klar sein? »Ich brauche den Dohaki. Wo ist er?«

Eines von den größeren Exemplaren steht auf und starrt mich an. Er versucht offenbar, etwas zu schützen, aber ich kann nicht erkennen, was.

»Warum sagt ihr Dinger eigentlich nie ›bitte‹?«

»Gutes Benehmen kann man wohl nicht optimieren, was?«, sagt ein anderer.

Ich versuche herauszufinden, was ich sagen muss, um diese Konfrontation zu beenden. Irgendeine Kombination von Worten, die dafür sorgt, dass das, was notwendig ist, getan werden kann. Ich verstehe nicht, was sie damit erreichen wollen.

»Wo ist er?«, frage ich wieder.

»Warum springst du nicht runter ins Erdgeschoss und holst dir einen aus dem Vorratslager?«, sagt der große Kerl. »Das schaffst du doch bestimmt.«

Darüber lachen sie und stoßen mit ihren Teebechern an.

Dann trifft eine Sturmböe auf den Rohbau, eine ziemlich heftige. Der Fußboden erbebt, und der große Kerl fällt auf seinen Hintern, die Augen vor Angst weit aufgerissen. Ich bleibe stehen. Ich spüre, wie sich etwas in diesem Turm verändert. Ich kann es durch meine Fußsohlen spüren. Ein lautes Knacken ist zu hören. Der Integritätsalarm ertönt.

»Evakuieren«, schreit einer aus dem C-Team.

Das muss ihnen keiner vorsagen. Sie rennen Richtung Evak-Schacht, springen kopfüber hinein und rutschen nach unten. Auf einmal sind sie total energiegeladen.

»Wartet!«, schreie ich durch das Jaulen des Alarms. »Wo ist der Dohaki?«

Niemand hört zu. Sie sind alle innerhalb von einer Minute verschwunden. So schnell haben sie es bei keiner Übung geschafft. Ich stolpere über den bebenden Fußboden am Generator vorbei und kicke den Wasserkessel beiseite. Dahinter entdecke ich den Dohaki, er lehnt an einem Pfeiler. Ich hebe ihn auf meinen Rücken und gehe los.

Ich erreiche eine Leiter und klettere nach oben. Sie wackelt ziemlich stark, wird aber halten. Ich schaffe vier Stockwerke in der Minute, meine Optimierung ist eigentlich nur für drei ausgelegt. Dann erreiche ich den 290. Stock und nehme die Kompassröhre in den westlichen Sektor. Ich krieche so schnell wie möglich, mein Kinn kratzt über den Stahlboden, damit ich genug Platz für den Dohaki auf meinem Rücken habe. Ich erreiche das Ende und betätige die Lukensperre.

Die Luke geht auf.

Das 290. Stockwerk ist verschwunden. Nur die Verstärkungsfasern sind noch da und flattern im Wind, nachdem sie ein Stockwerk tiefer hängen geblieben sind. Ich schaue nach unten und sehe, welchen Schaden die zusammengebrochenen Etagen an der Seite des Turms angerichtet haben.

Als ich die Luke schließe, entdecke ich Dingkoms Arm, der immer noch die Fasern umklammert.

Dem Boss wird das gar nicht gefallen.

HANDEL

Ich trat aufs Gaspedal. Der Schneesturm hatte sich in einen regelrechten Orkan verwandelt. In dem schwarzen, dicken Matsch war trotz der Scheinwerfer kaum noch eine Fahrbahn zu erkennen. Starvie klammerte sich mit beiden Händen ans Armaturenbrett und spähte angespannt nach draußen. Der Orkan nahm uns die Sicht, und wir konnten sehr leicht einen dringend benötigten Schutzraum übersehen.

Nach einer halben Stunde rief Starvie, sie hätte etwas gesehen. Ich stieg in die Bremsen, legte den Rückwärtsgang ein, und wir schlingerten über unsere eigene Spur durch den schmutzigen Schnee zurück. Ein offenes Tor tauchte auf, darüber ein Schild mit der Aufschrift ZU DEN GLEISEN.

»Wollen wir auf öffentliche Verkehrsmittel umsteigen?«

»Schau hin«, sagte sie.

Sie reichte mir die Nachtsichtbrille und ich schaute in die Richtung, in die sie deutete. Da unten war etwas, ein rechteckiger Klotz mitten im Schnee. Jedenfalls eine Art Unterschlupf. Ich warf Starvie die Nachtsichtbrille auf den Schoß und lenkte den Wagen über den Weg nach unten. Ich fuhr ein bisschen zu schnell, und der Landy kam so sehr ins Rutschen, dass ich beinahe die Kontrolle verlor.

Sehr schnell erkannten wir, was der Klotz darstellte. Wir fuhren direkt darauf zu. Starvie klammerte sich so sehr ans Armaturenbrett, dass sie sich nicht mehr bewegen konnte, aber Fatty wurde mit einem lauten Krachen gegen die Decke des Laderaums geschleudert. Mit dem Kopf knallte ich gegen das Lenkrad.

Ich spuckte ein paar Gummifetzen aus und wische mir Blut von der Nase. Als ich nach draußen blickte, bemerkte ich eine Reihe kleiner Fenster und einen Schriftzug mit den Worten NORTHERN COMMUTER RAIL, ein Eisenbahnwaggon.

Starvie schaute durch die Windschutzscheibe auf die dampfende Motorhaube des Landy.

»Hast du unseren Wagen zu Schrott gefahren?«, fragte sie.

»Bestimmt nicht. Außerdem ist das mein Wagen, nicht unserer.«

Sie ließ das Armaturenbrett los, durchsuchte ihre Taschen und holte eine Zigarette hervor. Sie zündete sie an und blies mir den Rauch ins Gesicht.

»Ich hab dir doch gesagt, du sollst das hier drinnen nicht tun«, sagte ich.

»Weißt du was? Ich mache das nur nach einem Unfall bei hoher Geschwindigkeit.« Sie hob ihre Koffer vom Wagenboden auf und sah nach, ob sie noch heil waren.

»Mit deinem kleinen Manöver hast du womöglich deinen Führer umgebracht«, fügte sie hinzu.

»Wir können ja mal nachschauen.«

Die Tür musste ich mit aller Kraft aufstemmen, weil der Wind dagegen drückte. Der Sturm wurde immer schlimmer, und die Temperatur war noch weiter gesunken. Ich packte Fatty, zog ihn von der Ladefläche und warf ihn mir auf den Rücken. Er schien nicht mehr zu atmen und war blauer als jemals zuvor. Ich stapfte durch den Schnee und sah, dass eine Tür des Waggons halb offen stand. Mühsam zog ich sie auf, bis die Öffnung groß genug war, um Fatty reinzuwerfen. Dann stieg ich über seinen regungslosen Körper hinweg hinterher. Starvie folgte mir hastig und zog die Tür so gut es ging zu.

Sie schaltete die Stablampe ein, und wir schauten uns kurz in unserem neuen Unterschlupf um. Der Waggon war leer. Nirgendwo waren erfrorene, halb skelettierte Leichen mit schmerzverrenkten Gliedmaßen zu sehen. Wenn man das Transportsystem vor dem Krieg gekannt hatte, konnte man sich denken, was hier passiert war: Wahrscheinlich war der Zug mit einem Defekt liegen geblieben, und die Passagiere hatten das Weite gesucht. Ich fragte mich, ob sie wohl den Lokführer am Leben gelassen hatten.

Wie üblich hatten die Realen sich über die Einrichtung hergemacht. Es gab nur noch wenige festgeschraubte Sitze, einen Fußboden aus nacktem Metall und ein bisschen Graffiti. Aber immerhin war der Waggon intakt, und es war ruhig hier drin. Ich riss die Polsterung aus den Sitzen, warf sie in einer Ecke übereinander und legte einen Stofffetzen zum Anzünden darunter. Als das Feuer brannte, schoben wir Fatty davor, schnitten seine Plastikfesseln auf und warteten, ob er sich wieder erholte. Ich saß im Feuerschein direkt neben ihm. Starvie sammelte die übrig gebliebenen Polster ein und schichtete sie in einer Ecke des Waggons auf.

Es dauerte nicht lange, und Fatty wachte auf. Funken sprühten, landeten auf seiner ausgetrockneten dünnen Haut und weckten ihn auf. Ich reichte ihm eine Flasche mit Wasser, einen Löffel und eine geöffnete Dose mit Bohnen. Das Wasser trank er in einem gierigen Zug aus und begann anschließend, sich die Bohnen mit den Fingern in den Mund zu schaufeln. Er schloss das heile Auge und summte eine kleine

Melodie, offenbar vor Freude und Befriedigung. Starvie öffnete ihren grünen Koffer, zündete sich eine Zigarette an und fing an, Fotos von unserem Gefangenen zu machen.

Als ich sicher war, dass er nicht gleich wieder in Ohnmacht fiel, holte ich meine Straßenkarte und breitete sie vor ihm auf dem Boden aus. Ich wollte endlich zur Sache kommen.

»Sprechen wir mal über unsere Route«, sagte ich.

»In Ordnung«, sagte Fatty. Er leckte die letzten Tropfen Bohnensud aus der Dose, warf sie zur Seite und setzte sich im Schneidersitz hin. Er schob seinen Pelz ein Stück zurück uns setzte sich mit dem Rücken zum Feuer.

»Zuerst möchte ich eine Frage stellen.«

»Nur zu.«

»Wann sind Sie das letzte Mal durch diesen Bereich gekommen?« Er kreiste mit dem Finger die Gegend zwischen Carlisle und Berwick ein.

»Vor einigen Monaten.«

»Tja, da kommt man jetzt nicht mehr durch. Jedenfalls nicht über die Route, die Sie sich vorstellen.«

»Erklären Sie mir das.«

Er zuckte mit den Schultern und pulte etwas zwischen den Zähnen heraus.

»Es gibt keine freien Wege mehr hier durch. Diese ganze Linie hier ist gespickt mit Stützpunkten und Verschanzungen. Da kann man nicht einfach so durchkriechen. Das ist alles abgeriegelt. Und natürlich sind sie schon in Alarmbereitschaft und erwarten Sie.«

Starvie schnippte ihre Zigarette in seine Richtung und traf ihn an der Nase. Fatty schniefte, schien sich aber nicht daran zu stören. Er war jetzt viel ruhiger, seit er satt war und im Warmen.

»Haben Sie die Feuer nicht bemerkt?«

»Feuer?«, fragte Starvie.

»Die Wachtfeuer«, sagte Fatty. »Die wurden jetzt überall hier im Norden eingerichtet. Es ist eine Art Warnnetzwerk, das auf den Anhöhen entlang der Grenze eingerichtet wurde. Wenn einer von euch auf eine Exkursion geht, dann wird ein Feuer am nächstliegenden Wachposten angezündet. Das Feuer sieht dann der Posten, der im Warnnetz am nächsten liegt, und zündet nun seinerseits ein Warnfeuer an und so weiter, bis die Warnung sich über alle Anhöhen verbreitet hat. Ziemlich altmodisch, aber es funktioniert. Der ganze Norden ist jetzt in Alarmbereitschaft. Alle in unserem Ort haben gesehen, wie das Feuer angezündet wurde. Warum, glauben Sie wohl, ist niemand während der Hellen Phase herausgekommen, um das Sonnenlicht zu genießen? Die Anweisung lautet, dass man sich flach auf den Boden legen soll, bis das Entwarnungssignal kommt.«

»Sie haben aber nicht so lange gewartet«, sagte ich.

»Wegen irgendeines Spinners auf einem Fahrrad, der vielleicht im Nachbarort auftaucht? Das kann ja monatelang dauern. Wenn man den Blauen Frosch hat, will man keine Zeit verlieren. Wie auch immer, wichtig ist doch, dass jeder Checkpoint jetzt eifrig darauf wartet, dass mindestens einer von euch perfekt aussehenden Freaks dort aufkreuzt. Jeder Militärposten wird einen Suchtrupp zusammenstellen, um euch auszuräuchern.«

Starvie drehte sich zu mir und deutete auf ihn.

»Oh, das ist einfach zu viel. Er lügt doch. Ich hab dir gleich gesagt, dass das kein guter Fang ist. Wir sollten ihn loswerden.«

»Wir werden uns schon einigen«, sagte ich. »Auch wenn

diese Feuer wirklich existieren, glaube ich nicht, dass es keinen Weg hindurch gibt. Es gibt immer einen Weg.«

Fatty lächelte, und ein abgebrochener gelber Zahn kam zum Vorschein.

»Sie haben recht«, sagte er. »Es gibt immer ein Durchkommen. Es ist nur eine Frage der Herangehensweise, mehr nicht. Ich will Ihnen ja bloß klarmachen, dass Sie Ihre Methode ändern müssen.«

Er kratzte sich an der schorfigen Kopfhaut und begutachtete dann die blutige Masse, die er anschließend auf seinen Fingern verschmierte. Die Realen waren immer fasziniert von ihren eigenen Krankheitsbildern.

»Da gibt es diesen Typen in Newcastle«, sagte er. »Nennt sich König.«

»Ich weiß. Was ist mit ihm?«

»Er ist derjenige, der das geschafft hat – die Grenze abzuriegeln.«

»Er?«

»Ich kann mir vorstellen, dass das für euch keinen Sinn macht. Zum Teufel, es macht nicht mal in meinen Augen Sinn. Der Typ hat sich von allen zurückgezogen. Aber er ist eine Führungspersönlichkeit, und das reicht den Leuten schon. Sie lieben es, Anordnungen zu befolgen. Er hat sie dazu gebracht, die Kommunikation zwischen euren Barrikaden zu unterbrechen. Sein Ziel ist es, euch Stück für Stück zurückzudrängen, nehme ich an. Wie auch immer, die Passage nach Norden ist abgeriegelt, auf ganzer Linie und absolut dicht, und steht unter einem einzigen Kommando. Wird bewacht von gut bewaffneten Fanatikern, die sich danach sehnen, einen frühen Opfertod zu sterben. Die kann man nicht übertölpeln. Sie könnten sich da vielleicht irgendwie durchmogeln, aber garantiert nicht mit dem Wagen. Nein, der einfachste Weg über die Grenze führt durch die Checkpoints.«

»Ach, wirklich?«, sagte Starvie. »Und wie sollen wir das anstellen, Sie Schlaumeier? Wir würden doch sofort bemerkt. Sie haben doch selbst gesagt, dass wir so perfekt aussehen. Ihr dagegen lauft herum wie Scheintote. Die erschießen uns, sobald sie uns sehen.«

Ich wartete ab, was Fatty dazu zu sagen hatte. Er legte seine Patschhändchen zusammen und rieb sie gegeneinander.

»Deshalb brauchen wir ja einen Plan«, sagte er. »Und mir ist gerade einer eingefallen.«

»Und der wäre?«

Starvie tippte mir auf die Schulter und bedeutete mir, mit ihr zu kommen. Ich folgte ihr ans andere Ende des Waggons. Ich war durchaus froh darüber. Der Gestank von Fattys Fell war so durchdringend, dass ich kaum wagte, durch die Nase zu atmen. Starvie legte eine Hand auf meine Schulter, stellte sich auf die Zehenspitzen und flüsterte mir ins Ohr.

»Du ziehst doch nicht ernsthaft in Erwägung, einen Plan mit diesem Stinktier auszuhecken?«, fragte sie. »Abgesehen davon, dass du damit die Richtlinien der Kontrolle missachtest, muss dir doch klar sein, dass er bei der erstbesten Gelegenheit abhaut. Oder uns in eine Falle führt.«

Ich schüttelte den Kopf.

»Er wird uns nicht ausliefern. Die Realen töten jeden Realen, der über einen längeren Zeitraum mit uns zu tun hatte. Ich mache mir auch keine Sorgen, dass er flüchten könnte. In seinem Zustand wird er uns bestimmt nicht entkommen, oder?«

»Es muss eine bessere Möglichkeit geben.«

Typisch Fahrgast. Ständig stellten sie die Route infrage. Sie blickte mich unzufrieden an. »Du hast überhaupt nicht die Absicht, meinem Rat zu folgen, stimmt's?«

Sie stolzierte zum Feuer zurück und baute sich vor Fatty auf.

»Dann erklär uns doch mal deinen Plan, du kleine Schmeißfliege.«

Er zuckte mit den Schultern und schlug mit der Hand auf die Karte.

»Also gut«, sagte er, »aber es wird Ihnen sowieso nicht gefallen.«

Er räusperte sich und deutete auf einen Punkt auf der Karte in der Nähe von Carlisle.

»Hier ist ein Checkpoint um eine ehemalige Tankstelle gebaut worden. Sie haben Benzin, Waffen und sonstige Dinge, die sie dort vorgefunden und beschlagnahmt haben. Die Überführung über der Autobahn ist gepanzert und normalerweise mit einem halben Dutzend Männern besetzt. Auf dem Dach sind Geschütze, mit denen sie die unmittelbare Umgebung und die Zufahrten zu ihrem Stützpunkt sichern. Ich weiß nicht, wie gut das alles funktioniert, da ja alles der Witterung ausgeliefert ist, aber dieser Checkpoint dürfte mindestens dreißig Mann stark sein. Aber wie auch immer, wir können es schaffen, dort durchzukommen.«

»Interessante Wahl«, sagte ich.

»Sie haben recht«, sagte Fatty. Er schaute zu Starvie auf dem Sofa. »Geben Sie mir mal eine von diesen Zigaretten, dann erkläre ich Ihnen, wie ich mir das gedacht habe.«

Starvie warf ihm das Päckchen zu. Fatty nahm sich begeistert eine heraus und wandte sich dann dem Feuer zu, um die Zigarette direkt an den Flammen zu entzünden. Schon nach dem ersten Zug bekam er einen heftigen Hustenanfall, aber das schien ihm zu gefallen. Er spuckte blauen Auswurf aus, würgte ein paar Mal und rauchte weiter.

»Sie wollten meine Bedingungen wissen«, sagte er und fasste sich an die Brust. »Meine Bedingungen sind der Grund, warum wir an dieser Stelle durchmüssen.«

Er zog das Fell aus, weil es ihm zu heiß geworden war.

»Der Blaue Frosch ist tödlich, da gibt es keinen Zweifel. Aber es gibt bestimmte Medikamente, entzündungshemmende Mittel, die die Symptome reduzieren und mein Leben eine Weile verlängern können. Und soweit ich weiß, befindet sich in diesem Checkpoint das größte Arzneimittellager des ganzen Nordens. Ich hatte geplant, ihnen mein wunderbar sauberes Wasser für ein paar von ihren Medikamenten zu verscherbeln. Aber dann hat Ihre Tussi meine Fässer zerschossen, und die Arbeit von einem ganzen Jahr ist in den Dreck geflossen. Aber ehrlich gesagt, habe ich mir über meine Chancen auf ein faires Geschäft mit denen keine Illusionen gemacht. Der Witz ist, dass meine Chancen besser geworden sind, seitdem ich Sie beide getroffen habe.«

»Wieso das?«

»Ganz einfach. Sie helfen mir, die Medikamente zu stehlen. Allein wäre ich dazu niemals in der Lage, aber mit zwei solchen Schwergewichten an meiner Seite ist es vielleicht machbar. Sie können sogar noch weiterkämpfen, nachdem Sie eine Kugel in den Kopf bekommen haben, stimmt's? Wenn Sie wirklich einen Deal machen wollen, dann ist das mein Angebot.«

Ich war enttäuscht.

»Vergessen Sie's. Ich werde doch nicht meine Zeit und meine Munition bei einem Gefecht verschwenden.«

»Es wird kein Gefecht geben. Sie werden uns einfach reinlassen.«

Starvie hob genervt die Arme.

»Ich sag's noch mal, Sie verräucherter alter Hering: Wie wollen Sie die Tatsache verbergen, dass wir Fizielle sind?«

»Das will ich ja gar nicht. Jedenfalls nicht in Ihrem Fall.« Er zwinkerte ihr zu und blies sich den Rauch durch die Nase.

»Das ist der Teil, der Ihnen nicht gefallen wird. Wissen Sie, ich habe nämlich durchaus bemerkt, dass Sie Jennifer E sind.«

Starvie starrte ihn ausdruckslos an.

»Fällt jetzt der Groschen, Blondie? Mein Plan, wie wir da durchkommen, ist total simpel.« Er grinste mich an und deutete auf Starvie. »Wir müssen nichts weiter tun, als sie dieser Truppe für ein paar Stunden überlassen. Keiner von denen wird sich das entgehen lassen. Und während sie sich wegen ihr in die Haare kriegen, schleichen wir uns rein und schnappen uns die Beute. Kapiert?«

»Und wie wollen Sie denen ihre Anwesenheit erklären?«

»Wir sagen einfach, dass wir sie bei einer Plünderung in Liverpool geschnappt haben. Seit die dortige Barrikade gestürmt wurde, sind so einige Sachen bei uns gelandet. Fast alle von euch wurden abgeschlachtet, aber ein paar besonders hübsche Exemplare wurden als Sklaven und Ähnliches übrig gelassen. Das werden sie uns abkaufen, da bin ich ganz sicher.«

Ich lehnte mich zurück, dachte darüber nach und sah Starvie dabei an.

»Sind Sie sicher, dass die sie in sexueller Hinsicht ansprechend finden?«

Fatty lachte, schlug sich mit den Händen auf die Oberschenkel und hielt sich den Bauch.

»In sexueller Hinsicht ansprechend«, wiederholte er. »Ihr habt wirklich eine irre Art, euch auszudrücken.«

»Beantworten Sie die Frage.«

Er wischte sich eine Träne aus dem Augenwinkel.

»Soll das ein Witz sein? Bei der Figur und den Haaren? Sie ist braun gebrannt, Mann, in einer Welt, in der die Sonne nicht mehr scheint. Abgesehen davon war sie eine Berühmtheit, eine der bekanntesten Figuren im Fernsehen. Jeder Mann auf diesem Planeten war verrückt nach ihr. Für sie würden sie alles tun und wären damit schon zufrieden.«

»Schön«, sagte ich. »Und wie kommen wir wieder dort weg?«

»Na ja, sie werden so abgelenkt sein wegen ihr, dass wir sie überlisten können. Wenn wir das haben, was ich brauche, können Sie nach Herzenslust selektieren, und anschließend hauen wir ab.«

Starvie wollte nichts mehr davon hören. Vielleicht war ihr das nur allzu bekannt. Sie holte den Schlafsack aus ihrem Gepäck und ging zur anderen Seite des Waggons, um es sich in einer Ecke bequem zu machen.

Fatty schaute interessiert zu, wie sie sich auszog. Eine Weile saßen wir da und horchten auf das Knacken des Feuers und das ohrenbetäubende Heulen des Windes. Schließlich brach ich das Schweigen. »Möchten Sie nicht ein bisschen Zeit mit ihr verbringen, als Teil Ihrer Bezahlung?«

Er deutete auf den Ring an seiner Hand und schüttelte den Kopf.

»Verheiratet«, sagte er. »Ich will lieber gar nicht erst darüber nachdenken, was sie mit mir tun würde.«

Dennoch konnte er nicht anders, als Starvie immer wieder anzustarren. Ich sah ihm an, dass er innerlich einen Kampf ausfocht.

»Was ist mit mir?«, fragte ich. »Wie wollen Sie den Posten am Checkpoint meine Anwesenheit erklären? Soll ich auch als Beutestück gelten? Das wäre nicht sehr glaubhaft.«

»Darüber hab ich auch schon nachgedacht«, sagte Fatty. »Hier kommt die gute alte Tarnung ins Spiel. Wir müssen Sie wie einen Realen aussehen lassen.«

Er erklärte mir, was er damit meinte. Ich sah ihm an, dass er von seiner Idee begeistert war.

»Vielleicht sollte ich Sie doch besser gleich erschießen«, sagte ich. »Dann erspare ich mir eine Menge Ärger.«

»Vielleicht«, sagte Fatty. »Wenn Sie das machen, ist es auch nicht weiter tragisch. Eine Zeit lang habe ich darüber nachgedacht, es selbst zu tun. Schauen Sie mich doch an. Aber dann, als ich hinten in ihrem Land Rover lag, hab ich mir überlegt, dass dies vielleicht die Gelegenheit ist, ein paar Jährchen mehr für mich herauszuschinden. Gerne würde ich noch ein paar Jahre hier bleiben, sogar in dieser Welt – für den Fall, dass es kein Leben nach dem Tod gibt.«

»Glauben Sie nicht daran?«

»Die Existenz unserer Spezies kann schon einen gewissen Zweifel säen.«

Da lag er vielleicht nicht ganz falsch. Ich holte ein neues Paar Plastikhandschellen, fesselte ihn an einen ziemlich solide aussehenden Sitzrahmen und verpasste ihm einen Schlag auf den Schädel, damit er eine Weile weggetreten war. Anschließend nahm ich meinen Schlafsack und gesellte mich zu

Starvie. Ich wusste, dass sie noch wach war. Ich streckte mich ein paar Meter neben ihr aus und bereitete mich aufs Einschlafen vor. Dann hörte ich, wie es raschelte, als sie sich in ihrem Schlafsack umdrehte.

»Ist es wirklich schon so weit gekommen?«, fragte sie.

»Was meinst du damit?«

»Müssen wir gegen sämtliche Vorschriften der Kontrolle verstoßen, um von einem Ende der Insel zum anderen zu kommen? Wie konnten sich die Dinge nur so schlecht entwickeln?«

»Gute Frage.«

Sie drehte sich um und rutschte etwas näher.

»Wieso gibt es mehr von denen als von uns? Wie konnte das passieren? Warum produziert die Kontrolle nicht neue Modelle, damit wir die Selektion zu Ende bringen können? Warum ist alles ins Stocken geraten?«

»Du bist die Reporterin«, sagte ich. »Weißt du es denn nicht?«

Sie seufzte.

»Ich kenne nur irgendwelche Gerüchte. Irgendwas ist mit der Atmosphäre, das verhindert, dass wir wieder mit der Produktion anfangen können.«

»Glaubst du, es stimmt?«

»Ich weiß nicht. Selbst wenn sie keine neuen Modelle mehr anfertigen können, verstehe ich nicht, warum die Kontrolle nicht mit uns redet. Ich weiß ja, dass sie das Signal wegen der Wolken nicht senden kann und so weiter ... aber sie könnte uns doch mal eine verdammte Postkarte schicken, oder? Wir könnten die Selektion trotzdem zu Ende führen, oder?«

Ich wandte mich ab. Die Unterhaltung langweilte mich.

Die größeren Zusammenhänge interessierten mich nicht. Ich wollte einfach nur fahren.

»Schlaf jetzt.«

Sie lag da und atmete gleichmäßig. Ich konnte hören, dass sie nachdachte.

»Ich werde es tun«, sagte sie schließlich.

Das hatte ich mir schon gedacht. Schließlich war sie dafür optimiert worden.

Nach drei Stunden Schlaf wachte ich auf. Ich ging zu den Überresten des Feuers und schaute Fatty an, der aufrecht sitzend schlief. Seine Zunge hing aus dem Mund. Ab und zu gab er ein Quietschen von sich, vielleicht war das ja seine Art zu schnarchen.

Mit der Stablampe in der Hand schob ich die Tür auf und trat hinaus in die Dunkelheit. Der Sturm hatte sich abgeschwächt und eine dichte Schneedecke hinterlassen. Ich ging den Zug entlang, inspizierte die Waggons und schaute hinein, auf der Suche nach etwas Nützlichem, aber überall sah ich nur noch mehr rote Sitze, Graffiti und zerbrochene Fenster.

Wir hatten uns den Waggon ausgesucht, der am besten erhalten war, da er im Schutz einer hohen Böschung stand. Die anderen waren dem Wetter ausgeliefert und arg verrostet, einige brachen zusammen oder zerfielen, und die Trümmer lagen auf den toten Gleisen unter der Karosserie. Ich erreichte den letzten Waggon, schaute auf die Gleise und dachte, wie großartig es doch wäre, wenn wir mit der Eisenbahn fahren könnten, über einen vorbestimmten festen Fahrdamm.

Ich ging zurück zum Landy und holte ein paar Werkzeuge aus dem Laderaum, weil mir danach war, etwas zu reparieren. Ich arbeitete etwa eine Stunde am Motor und bewunderte die großartige Konstruktion. Dann hörte ich ein Geräusch.

Es klang wie ein weit entferntes, unregelmäßiges Quietschen. Ich schaltete die Lampe aus, bückte mich in die Fahrerkabine und holte die Nachtsichtbrille und das Gewehr heraus. Dann hockte ich mich hinter den Anhänger. Das Geräusch kam weiter oben vom Hügel, in der Nähe des Tors.

Ein Realer auf einem Fahrrad näherte sich, den Blick auf den Boden gerichtet.

Die Spuren. Der Landy hinterließ tiefe, breite Spuren im Schnee, die sogar nach dem Sturm noch zu sehen waren. Eine weitere Gestalt tauchte rechts neben ihm auf, ging in die Hocke und stocherte im Matsch herum. Sie sprachen aufgeregt miteinander. Ich spuckte in die Hand und zielte sehr genau, als der Kniende sich wieder aufrichtete.

Zuerst schaltete ich seinen Begleiter aus. Der Schalldämpfer sorgte dafür, dass es so klang, als würde jemand durch einen Strohhalm pusten. Der Reale fiel um. Ich sah zu, wie der andere panisch mit seinem Fahrrad hantierte, und wartete ab, bis er das Bein hob, um sich in den Sattel zu setzen. Ich schoss erneut, verfehlte ihn und traf mit dem zweiten Schuss. Keiner von beiden hatte einen Laut von sich gegeben.

Ich wartete und schaute mich nach weiteren Verfolgern um, aber es tat sich nichts. Ich stieg den Hügel hinauf, spähte bis zum Horizont und horchte, ob weitere quietschende Fahrradketten zu hören waren. Innerhalb von zehn Minuten hatte ich die Leichen und die Fahrräder gefunden, sie zum Zug geschleppt und in einem der zusammengefallenen Waggons verstaut. Dem Toten, der meiner Größe am nächsten kam, zog ich den Schutzmantel aus und warf ihn in den Laderaum des Landy, falls ich ihn später mal brauchen sollte, dann ging ich in den Waggon zurück.

Ich baute mich vor Fatty auf, zog meine Pistole und richtete sie auf ihn. Ich dachte mir, dass es vielleicht das Beste wäre, sein Leiden zu beenden und die ganze Strategie neu zu überdenken. Sein Plan war sehr riskant. Es konnte darauf hinauslaufen, dass wir den Wagen verloren. Noch nie hatte ich ein Fahrzeug mutwillig in Gefahr gebracht, für keine Fracht und schon gar nicht wegen eines Führers.

Ich wollte gerade abdrücken, als Starvie neben mir auftauchte und gähnte.

»Was machst du denn da?«, flüsterte sie.

»Ich habe über den Plan nachgedacht«, sagte ich. »Er gefällt mir nicht. Wir könnten den Wagen dabei verlieren.«

»Nimm die Pistole runter.«

»Wir könnten den Wagen verlieren«, wiederholte ich.

»Sie werden den Wagen nicht verlieren«, sagte Fatty und setzte sich vorsichtig hin. Nach wie vor zielte ich mit der Pistole auf seinen Kopf, ließ ihn aber weiterreden.

»Warum nicht?«

»Zuerst mal müssen Sie mir die Fesseln abnehmen.«

Starvie kniete sich neben ihn und löste die Fesseln.

»Gut«, sagte Fatty. Er rieb sich die Handgelenke und wischte sich über das tote Auge. Daraus troff eine gelbe Flüssigkeit, die über seine Wange in seinen Mund lief. Er tupfte sie mit seinem Ärmel ab, der schon blau verfärbt war von seiner Spucke. Dann wischte er mit dem Ärmel über seinen Oberschenkel. Starvie legte die Hand vor den Mund und hielt die Luft an. Am liebsten hätte ich ihn jetzt erschossen. Fatty schien das zu merken und stand hastig auf.

»Entschuldigung. Hören Sie, wir werden den Wagen nicht verlieren, weil wir damit gar nicht bis zur Straßensperre fahren. Die würden uns doch sofort ausknipsen. Nur die reichsten Häuptlinge fahren mit Autos, und selbst die haben Probleme, sie zum Fahren zu kriegen. Wenn die Ihren aufgemotzten Land Rover mit Vierradantrieb sehen, dann eröffnen sie sofort und ohne nachzudenken das Feuer. Nein, wir stellen Ihren Wagen irgendwo unter und kommen zu ihm zurück, wenn wir die Sache erledigt haben. Ich kenne einen Platz, wo wir ihn gut verstecken können.

Wir machen meinen Hänger los, fesseln Jennifer und packen sie obendrauf, als wäre sie ein Beutestück.« Er deutete auf mich. »Sie ketten sich an den Hänger und ziehen ihn hinter mir her. Auf diese Weise sehen wir richtig schön authentisch aus, wenn wir uns nähern.«

Ich schob die Pistole ins Halfter, und Fatty entspannte sich.

»Aber wieso sind Sie denn auf einmal so nervös? Für einen Fiziellen sind Sie ganz schön angespannt.«

»Ich bin nicht nervös. Wir wurden verfolgt. Zwei Männer auf Fahrrädern.«

»A-ha«, sagte Fatty. »Wahrscheinlich Kundschafter, die Sie ausräuchern sollten, genau wie ich gesagt habe. Wir sollten los. Die werden bald vermisst.«

Er rieb sich das Kinn, dachte über die neue Situation nach, zuckte zusammen und zupfte an seinen schmutzigen Kleidern herum.

»Was ist denn?«

»Diese Klamotten zerkratzen meine Haut. Das tut höllisch weh.«

»Hier«, sagte ich. »Nehmen Sie das.«

Ich zog ein Hemd aus meiner Tasche und warf es ihm hin.

Ohne Vorwarnung zog er sein Oberteil aus, direkt vor unseren Augen. Es war kein angenehmer Anblick. Seine Brust war bedeckt mit Strahlenverbrennungen, riesigen Quaddeln und hässlichen schwarzen Beulen. Sein Rücken sah noch schlimmer aus. Es war kaum ein Stück gesundes Fleisch zu erkennen, allerdings schaute ich auch nicht so genau hin.

Starvie musste würgen und wandte sich ab. Fatty schnaubte verächtlich.

»Kein schöner Anblick, was?«, sagte er. »Manchmal wünschte ich mir, ich könnte mich wieder ekeln, aber was hätte ich schon davon? Es ist wahrscheinlich leichter, in dieser Welt zu existieren, wenn man sich an Krankheit und Verfall gewöhnt hat. Für euresgleichen ist das bestimmt hart, wenn ihr von allem schockiert werdet, was ihr seht. Vielleicht ist das ja eure Strafe.«

»Glauben Sie nicht, dass Sie auch gestraft werden?«, fragte Starvie.

»Oh, ich denke, wir alle haben unser Kreuz zu tragen. Nehmen wir Sie zum Beispiel.« Er knöpfte das Hemd zu und grinste hinter seinem Bart. »Ich wette, Sie hätten nie gedacht, dass Sie mal hier draußen die Hure für meine Artgenossen spielen würden. Ich weiß ja, dass Sie gefühllos sind, aber das muss Ihnen doch trotzdem ganz schön zusetzen.«

»Ich tue alles, was getan werden muss«, sagte Starvie.

Fatty lachte. Er griff nach seinem alten Hemd und wischte sich den blutigen Schweiß von der Stirn.

»Oh, da bin ich mir ganz sicher. Ihr macht doch alles mit besonderer Hingabe. Ich schätze, das ist es wohl, weshalb ihr diesen Genozid als ganz natürlich empfindet.«

Ich zog die Pistole und schoss eine Kugel wenige Zentimeter neben seinem Kopf in die Wand des Waggons. Er zuckte zusammen und warf die Hände hoch.

»Okay, tut mir leid«, stieß er hervor. »Ich meine ja nur. Vielleicht hättet ihr ja herausfinden können, wie das Leben mal gewesen ist, wenn ihr euch mit uns zusammengetan hättet. Dann hätten wir immer noch Sonnenschein, Tiere und halbwegs frische Luft. Ich erinnere mich, dass ich das sehr genossen habe.«

»Wir leben nicht in der Vergangenheit«, sagte Starvie. »Wir leben in der Gegenwart.«

»Ja, klar, und ihr seht ja, wohin euch diese Einstellung geführt hat.«

Ich warf ihm seinen Schutzmantel zu und befahl ihm, mit dem Gequatsche aufzuhören. Er stolperte nach draußen, schlang die Arme um sich und schaute hoch zur zerfetzten Wolkendecke. Dann drehte er sich um und schaute mich an wie ein gerissener Keilriemen.

»Wir werden ungefähr eine Stunde bis zum Checkpoint brauchen. Bis dahin wird das Licht ein bisschen durchgekommen sein. Das ist gut. Wenn wir den Wagen verstecken, erinnern Sie mich bitte daran, dass wir uns um Ihre Tarnung kümmern müssen.«

Damit ging er zum Landy und sprang in den Laderaum.

»Was für eine Tarnung?«, fragte Starvie.

»Es ist eher eine Verkleidung«, sagte ich und folgte dem dicken Kerl zum Wagen.

Ich spreche mit Dingkom, der im Regenerierungsschuppen neben mir hängt. Richtig herum. Nur sein rechter Arm, sein Rumpf und sein Kopf sind noch intakt. Er hat wirklich schon mal besser ausgesehen. Seine Nanos werden Monate brauchen, bis sie diese Verletzungen ausgemerzt haben. Vor allem die Wirbelsäule braucht Zeit. Die drei anderen, die heruntergefallen sind, wurden auch aufgehängt, aber sie schlafen. Dingkom sagt, er kann nicht schlafen.

Der Boss kommt durch die Luke und wedelt mit einem Papier herum.

»Rückruf!«, brüllt er. »Ein gottverdammter Rückruf!«

»Was ist denn, Boss?«

»Halt die Klappe, Zweiundvierzig!« Er schwitzt stark und bewegt sich eher taumelnd als laufend vorwärts. Heute hat er sich seinen Scotch selbst eingeschenkt.

»Dies hier«, sagte er und wedelt wieder mit dem Papier, »ist ein Generalrückruf. Ein gottverdammter Generalrückruf für alle Bauarbeiter-Modelle. Alle! Jeder!«

Ich schaue zu Dingkom.

»Rückruf, Boss?«

»Dieser verfluchte Computer in Brixton ruft euch alle zur Inspektion.«

Dingkom und ich sagen kein Wort. Wieso wissen wir nichts davon? Die Kontrolle hat uns nichts davon signalisiert. Es wäre schon schwer einzuschätzen, wie der Boss auf so eine Nachricht reagiert, wenn er nüchtern ist. Wenn er betrunken ist, könnte er sich dazu hinreißen lassen, uns zu erschießen oder den Schuppen abzubrennen.

»Hier steht, dass ich euch nach London fahren soll – nach London, um Himmels willen! Und dort soll ich euch der zentralen Kontrolleinrichtung übergeben.«

Er bleibt stehen und schaut mich an. Plötzlich findet er etwas lustig und lacht, wobei er mit den Händen schlenkert.

»Wieso erzähle ich euch das überhaupt?« Er kichert. »Ich könnte euch genauso gut mitteilen, dass die Bombe gerade herunterfällt, und ihr würdet mich genauso dämlich anglotzen. Ich könnte genauso gut mit den Bäumen quatschen!«

»Wieso werden wir zurückgerufen, Boss?«, frage ich.

»Ah, eine Antwort!«, sagt er. »Ein Lebenszeichen. Also schön, Zweiundvierzig, du bist doch ein Spezialmodell, hab ich recht? Besondere Qualitätsstufe, hm?«

»Ja, Boss.«

Er streckt die Hand aus und pikt mit dem Zeigefinger gegen meine Brust.

»Das ist eine gute Frage. Warum werdet ihr zurückgerufen? Das ist nämlich der ganze beschissene Hammer an der Sache, Leute. Ihr werdet zurückgerufen – ihr unbezwingbaren, unkorrumpierbaren, unzerstörbaren Burschen werdet zurückgerufen – weil ihr vielleicht allesamt krank seid.«

»Krank?«

»Krank! Die Kontrolle behauptet, ihr könntet möglicherweise an einem unvorhergesehenen technischen Problem leiden, das dringend beseitigt werden muss, sonst fallt ihr alle tot um. Tja, was denkt ihr darüber?«

Wir sagen nichts. Wir wissen ja, dass er seine Fragen nicht immer beantwortet haben möchte.

»Na sieh mal einer an«, sagt er. »Ihr denkt überhaupt nichts, richtig? Ihr tut einfach das, was man euch sagt.«

Der Boss lässt die Arme herabhängen und wendet sich ab.

»In einer Stunde fahren wir los, Zweiundvierzig.«

»Boss, ich brauche etwas Zeit, um die Sachen der anderen zu packen. Ich sollte besser ...«

»Nein, nur du, Zweiundvierzig. Im Brief steht, dass alle Modelle, die zu sehr beschädigt sind, um sich fortzubewegen, zerstört werden müssen. Schmeiß deine Kumpels in die Abfallgrube und komm dann raus zu mir.«

Er stolpert durch die Luke.

Dingkom schaut mich an.

»Eine Krankheit? Wir werden doch nie krank. Und wieso hat die Kontrolle uns nicht direkt davon unterrichtet?«

»Irgendwas geht da vor«, sage ich.

Dingkom nickt.

»Wirf uns lieber mal in die Grube, K. Du hast nicht viel Zeit.«

Ich schaue ihn an, wie er da vor mir hängt. Die Ventilatoren summen.

»Du hast recht, D.«

ZOLLABFERTIGUNG

Wir machten uns auf den Weg, fuhren die alte Eisenbahnstrecke entlang, geschützt von den Bergen, die rechts und links aufragten. In den abgestorbenen Bäumen entlang des Bahndamms hingen Plastiktüten, die langlebigsten Zeugnisse des Zeitalters des Todes.

Die beengte Trasse wurde mir irgendwann lästig, und nach fünfzehn Kilometern bog ich ab. Wir fuhren jetzt quer über unwegsameres Gelände. Der Landy schaukelte hin und her, während ich versuchte, möglichst schnell voranzukommen. Starvie klammerte sich an ihrem Sitz fest und stemmte die Füße gegen das Armaturenbrett. Fatty rollte auf der Ladefläche herum und fluchte, weil das nicht festgezurrte Gepäck ständig gegen und über ihn fiel. »Was ist denn mit der beschissenen Federung los?«, brüllte er.

Ich ignorierte ihn. Wir kamen gut voran.

Rötliche Streifen erschienen in der Wolkendecke über uns. Die Helle Phase brach an, und wir konnten die Silhouetten der verrosteten Hochspannungsmasten erkennen, die sich am Horizont abzeichneten.

Ich erwartete, dass Starvie ein Foto machen würde, aber sie war viel zu sehr damit beschäftigt, ihre Kamera auseinanderzubauen. Sie überprüfte die Mechanismen, polierte die Linsen und sortierte die Speicherkarten in Plastikkästchen ein. Ich war fasziniert, wie effizient und akkurat sie vorging, und schaute ihr zu, bis sie alles wieder wegpackte.

Dann drehte sie das Fenster herunter und ließ ihr Haar im Fahrtwind wehen. Sie schürzte die Lippen und starrte ins Nichts. Die Kontrolle hatte sie für eine bestimmte Sache optimiert, und daran hielt sie sich, egal wie oft sie sich dabei wiederholte.

Mit einem Mal erwachte sie wieder aus dieser eigenartigen Trance, als hätte jemand ihr einen Schlag versetzt. Sie wurde rot, murmelte vor sich hin und schüttelte den Kopf, als würde sie sich für etwas schämen. Dann fing sie wieder an Fotos zu machen, als müsste sie den vorangegangenen Moment kompensieren.

Sie knipste ständig weiter, wenn ich den Wagen verließ, um einen Zaun zu zerschneiden oder ein Gatter zu öffnen. Ich bemühte mich, ihr den Rücken zuzukehren, weil es mich allmählich nervte, ständig fotografiert zu werden.

Beim fünften Halt, nachdem ich ein Loch durch eine widerspenstige Steinmauer geschlagen hatte, merkte ich, dass sie keine Fotos mehr machte. Ich ging zurück zum Landy und stellte fest, dass sie ihr Gesicht im Schminkspiegel einer genaueren Inspektion unterzog. Die Kamera lag auf meinem Sitz. Ich nahm sie und machte ein Bild von ihr.

Das mochte sie überhaupt nicht. Sie wollte mir die Kamera aus der Hand reißen, aber ich hielt sie fest. Sie zog und zerrte, und ihre Augen leuchteten zornig auf. Ich ließ das Objektiv los, und sie fiel rückwärts gegen die Tür und stieß sich den Kopf.

»Bist du denn nicht daran gewöhnt, dass Bilder von dir gemacht werden?«, fragte ich.

»Die Ausrüstung ist sehr empfindlich«, sagte sie und knirschte mit den Zähnen. »Ich möchte nicht, dass irgendein Maurergeselle mit seinen groben Pranken was kaputt macht.«

Sie packte die Kamera weg und schloss den Koffer ab. Sie atmete schwer und schloss die Augen. Wahrscheinlich hatte sie mit einer Gefühlsaufwallung zu kämpfen. Ich setzte mich hinters Steuer, startete den Motor, fuhr aber noch nicht los.

»Fahr schon!« sagte sie und machte die Augen auf. »Was soll denn diese Verzögerung?«

Ich schaute sie eingehend an und versuchte herauszufinden, was sie gerade empfand. Sie bemerkte anscheinend, was ich tat, denn ihr Gesicht entspannte sich, und jeder wahrnehmbare Ausdruck verschwand. Ich fuhr los, und wir setzten unsere Reise fort.

Nach einer Weile tauchte Fatty im Rückspiegel auf. Die Leine, die ich um seinen Hals gebunden hatte, spannte sich.

»Entschuldigen Sie, wenn ich Sie unterbreche«, sagte er, »aber ich dachte, ich sollte es vielleicht erwähnen: Wir sind jetzt nahe genug am Checkpoint.«

Er deutete über das freie Feld auf einen abgestorbenen Nadelwald. »Das da scheint mir ein guter Ort zu sein, um den Wagen zu verstecken. Dahinter ist die Autobahn. Die Wachposten werden uns entdecken, wenn wir versuchen herumzufahren.«

»Runter da hinten«, sagte ich.

»Die Sonne spielt ganz gut mit«, sagte Fatty und deutete mit dem Zeigefinger Richtung Wolkenhimmel. »Wir sollten uns beeilen. Wir müssen Ihre Tarnung fertig haben, bevor es zu dunkel ist und niemand mehr mein Kunstwerk würdigen kann.«

»Runter.«

Manchmal muss man einen aggressiven Tonfall anschlagen. Er salutierte knapp und verschwand aus dem Sichtfeld. Ich wartete, bis ich hörte, wie er sich auf dem Boden des Laderaums ausstreckte, und fuhr weiter, indem ich den Landy vorsichtig über die Mauerreste lenkte.

Während wir das Feld überquerten, machte ich eine Lücke zwischen den Bäumen aus, durch die der Wagen passte. Dahinter befand sich eine Lichtung, die mit schwarzen Baumstümpfen übersät war. Offenbar hatten die Realen in ihrer Verzweiflung versucht, die verrotteten Eichen zu fällen, um Treibstoff daraus zu gewinnen.

Ich schaltete den Motor aus und stieg aus. Meine Stiefel versanken bis zu den Knöcheln im Schlamm. Starvie folgte mir, die Kamera in der Hand, hielt sie aber demonstrativ von mir weg, nach oben in das kahle Astwerk.

Ich öffnete die Heckklappe und band Fatty los. Er rieb sich die Hände an seinem Schutzmantel ab und durchsuchte dann die Ladung. Ich wusste, wonach er suchte.

»Heureka«, sagte er und zog grinsend einige Ersatzbatterien und die Reserveautobatterie hervor. Sein Gesicht spannte sich an, als er seinen Bauch von der Ladefläche wuchtete, und er stöhnte, als er sich den Rumpf am Metallboden aufkratzte. Er sprang in den Schlamm, taumelte und musste heftig husten. Sein schlimmes Auge trat aus der Höhle. Ich setzte mich auf einen Baumstumpf und ließ ihm eine Minute Zeit, um wieder zu Kräften zu kommen. Starvie fotografierte ihn während seines Hustenanfalls. Er schnappte nach Luft und richtete sich auf.

»Könnten Sie das Ding vielleicht mal herunternehmen?«, fragte er sie.

»Könnten Sie sich vielleicht mal die Zähne putzen?«

Er schnaubte verächtlich und zeigte seine lückenhafte Zahnreihe, dann wandte er sich an mich.

»Also gut, weiter geht's.«

Er nahm die Werkzeugkiste und die Batterien und kam zu mir. Er ließ sich auf die Knie fallen und öffnete die Werkzeugkiste, nahm die Bohrmaschine heraus und setzte einen Steinbohrer ein, während er ein fröhliches Lied vor sich hinsummte.

»Was macht er denn da?«, fragte Starvie.

»Also«, erklärte Fatty, »wie wir schon besprochen haben, ist unser Fahrer hier ein bisschen zu frisch und rosig, um als Realer durchzugehen. Wir sehen nicht alle aus wie Models auf dem Laufsteg, wissen Sie.«

Er nahm ein Päckchen mit kleinen Batterien heraus und schob sie in den Griff der Bohrmaschine. Dann drückte er auf den Einschaltknopf und nickte zufrieden, als der Bohrer sich drehte. Er sah zu, wie er sich einmal, zweimal, dreimal drehte, dann setzte er den Bohrer auf die Autobatterie.

»So«, fuhr er fort, »wir müssen jetzt Folgendes tun: Wir verwandeln dieses von Menschenhand fabrizierte Monster, das Sie sind, in eine vom Himmel geschickte reale Kreatur. Und es gibt nur einen Weg, das zu erreichen.«

Er drehte sich um und schaute Starvie an.

»Ihn hässlich machen.«

Er drückte auf den Einschaltknopf. Der Bohrer drang mit Leichtigkeit durch die Plastikhülle der Batterie. Ein paar Tropfen daraus spritzten auf Fattys Arm, aber das schien er gar nicht zu merken. Er war daran gewöhnt, sich die Haut zu verätzen.

Er legte den Bohrer beiseite, hob die Batterie an und

stand schwankend da. Dann hob er sie über meinen Kopf und schien ganz erpicht zu sein, sie über mir auszugießen.

»Sind Sie bereit?«, fragte er.

»Es kann losgehen.«

»Einen Moment noch!«

Starvie stieß die Batterie weg und versetzte ihm einen Schlag gegen den Brustkorb. Er landete auf dem Rücken. Die Batterie fiel zur Seite, und die Säure ergoss sich in den Matsch. Fatty schrie auf wie ein gequältes Tier und schlug die Hände vor die Brust. Durch ihren Stoß waren ein oder zwei seiner Eiterbeulen aufgeplatzt.

Er grapschte nach dem Bohrer und stand mühsam auf. Er drückte auf den Einschaltknopf und sprang auf Starvie zu. Flink wich sie ihm aus, und er landete erneut im Dreck. Sie lachte.

»Vom Himmel geschickt?«, schrie sie und deutete auf ihn. »Vom Himmel geschickt! Das Ding da soll unser Verbündeter sein? Unsere fünfte Kolonne? Das ist doch kein Mensch, das ist ein Stinktier. Ein fettes, verdorbenes Stinktier.«

Ich hatte noch nie gesehen, wie sie lachte. Sie bog sich vor Lachen, stemmte die Hände auf die Knie, und die Adern an ihrem Hals schwollen an. Fatty knurrte wütend und stieß mit dem Bohrer nach ihr. Er erwischte sie am Arm. Es war kein gezielter Stoß, aber sie war nicht darauf gefasst. Fatty warf sich auf sie, drückte sie mit den Knien zu Boden und zerrte an ihren Haaren. Er verpasste ihr einen heftigen Schlag.

»Mit Stinktieren ist wenigstens alles in Ordnung«, sagte er und prügelte weiter auf sie ein. »Immer noch besser als eine Ratte aus dem Labor so wie die hier.«

Starvie schleuderte ihn von sich. Er prallte gegen den Landy und knallte mit dem Kopf gegen den Rammschutz. Jetzt war ich alarmiert.

»Geht weg von dem Wagen!«

Keiner hörte auf mich. Starvie warf sich auf ihn und spreizte die Finger wie Krallen. Dann ballte sie die Fäuste und traktierte seinen Schädel rechts und links mit harten, gut gezielten Schlägen.

Sie lachte wieder, mit weit aufgerissenen Augen und voller Freude. Ihr dritter rechter Haken machte ihn bewusstlos. Wenn sie so weitermachte, würde sie ihn umbringen.

»Starvie«, sagte ich, »wir haben keine Zeit für so was. Du hast doch gehört, was er gesagt hat. Wir müssen das erledigen, solange es noch ein bisschen hell ist.«

»Wen interessiert denn, was er gesagt hat?« Sie lachte. »Er ist ein dreckiges, fettes Stinktier, sonst nichts. Ich hab die Schnauze voll von ihm.«

Sie hörte nicht zu. Sie zerrte den Bohrer aus Fattys lebloser Hand und richtete ihn zwischen seine Beine. Sie gab ihm eine Ohrfeige, um ihn wieder wach zu bekommen. Er schüttelte den Kopf und spuckte einen Zahn aus. Aus seinem schlimmen Auge tropfte wieder diese Flüssigkeit.

»Aufwachen, Stinktier!«, kreischte sie. »Wach auf, dann zeig ich dir, was ich mit deinen Freunden da drüben machen werde!«

Fatty bekam kaum mit, was vor sich ging. Er murmelte etwas in seinen Bart und sabberte bläulichen Schleim. Ich musste unsere Sache wieder auf den richtigen Weg bringen. Also schnappte ich mir die Batterie und hielt sie über meinen Kopf.

Der Effekt war interessant. Zuerst registrierte ich nur den Geruch von kochendem Fleisch, dann diesen metallischen Geschmack hinten in meinem Rachen. Schließlich verschwand die Hälfte meines Blickfelds mit einem schmerzhaften weißlichen Aufblitzen. Ich fiel auf die Seite, und eine Hälfte meines Körpers versuchte verzweifelt vor der anderen zu fliehen. Das stellte sich aber als schlechte Idee heraus, denn die Säure drang noch tiefer in meine nicht verbrannten Körperregionen ein. Ich warf mich hin und her, und mein brennendes Fleisch suhlte sich im kühlen Matsch.

Meine mutwillige Selbstverätzung brachte Fatty schlagartig zu Bewusstsein. Starvie kniete im Schlamm und starrte mich an. Mit einem Mal war es sehr still. Das konnte ja eine tolle Reise werden, wenn man zu solchen Maßnahmen greifen musste, um die Mitfahrer zur Vernunft zu bringen.

Ich versuchte etwas zu sagen, aber es kam nichts heraus bis auf ein sinnloses Pfeifen. Außerdem spürte ich den Wind in meinem Hinterkopf. Fatty wischte sich den Speichel vom Kinn.

»Dieser Trottel hat sich das ganze Zeug über die Birne gekippt.« Er kroch auf allen vieren zu mir und platschte durch den Schlamm wie ein Hund, der seinem Herrchen den Stock zurückbringt. Starvie saß regungslos da, den Bohrer immer noch in der Hand, und schaute mich an. Immerhin hatte sie mit dem Lachen aufgehört.

»Wofür, zum Teufel, soll das denn gut sein, du Zirkusfreak?«, fragte Fatty. Er legte seine Finger unter mein Kinn und hob meinen Kopf an, um den Schaden zu begutachten.

»Ich weiß ja, dass wir einen Deal gemacht haben, aber so viel Enthusiasmus habe ich nicht erwartet. Da sagt man einem Typen, er soll sich den Fuß absägen, weil er sonst sterben muss, und er hackt sich gleich das ganze Bein ab. O mein Gott … ich glaub, ich kann Ihr Gehirn sehen.«

Ich schaffte es, ein paar Worte zu sagen.

»… Kampf nutzlos«, sagte ich pfeifend und gurgelnd. »… beide nur Angst …«

»Also ich weiß nicht«, sagte Fatty kopfschüttelnd. »Heutzutage denkt doch jeder Taxifahrer, er sei Anthropologe. Wie lange wird's dauern, bis Sie sich wieder bewegen können?«

»Stunde?«, sagte ich.

»Und wie lange, bis alles wieder verheilt ist und Sie wieder aussehen wie Mr. Universum?«

»Schlaf macht besser.«

»Dann ist jetzt aber mehr als ein Nickerchen angesagt, okay?« Fatty ließ mein Gesicht in den Matsch fallen, der angenehm kühl war, und deutete auf Starvie.

»Und was ist mit ihr, hm?«, fragte er. »Sie knipst jeden mickrigen Busch von Glasgow bis hierher, aber jetzt macht sie gar nichts. Falls es jemals ein tolles Motiv gegeben hat … Ihr Gesicht ist wirklich ein Wahnsinnsanblick.«

Glücklicherweise war Starvie nicht dieser Ansicht. Fatty hatte sie an etwas erinnert. Sie ging zum Wagen, hob ihre Koffer heraus und holte einen Spaten aus dem Anhänger.

Sie fing an, im feuchten Boden ein Loch auszuheben. Fatty starrte sie immer wieder an, offenbar hin- und hergerissen, ob er nun zuschauen sollte oder nicht. Als sie eineinhalb Meter tief gegraben hatte, erreichte sie festeren Grund, hörte auf und stellte die Koffer hinein. Dann schaufelte sie die Grube wieder zu und markierte die Stelle mit dem Batteriegehäuse.

Als sie fertig war, lief ihr der Schweiß in Strömen herunter. Sie nahm sich eine Wasserflasche, hielt sie hoch und ließ den Inhalt über ihr Gesicht und den ganzen Körper laufen. Fatty seufzte und hielt sich eine Hand vor die Augen.

»Allmächtiger, das darf doch nicht wahr sein«, stöhnte er.

Da ich keine Zeit verlieren wollte, setzte ich mich auf. Ich hob meinen linken Arm und schaute mir den Schaden an. Sogar ohne ein funktionierendes linkes Auge konnte ich erkennen, dass die Säure sich durch meinen Arm und meinen Rumpf geätzt hatte. Ich konnte meinen Mund nicht öffnen. Die ganze linke Gesichtshälfte war geschmolzen. Die Verätzung hatte jetzt aufgehört. Ich sagte Fatty, dass ich bereit wäre.

»Großartig«, sagte er. »Dann müssen wir die Verkleidung ja nur noch ein wenig perfektionieren.«

Er warf mir die Tasche mit seinen Klamotten zu. Ich zog die stinkenden Sachen heraus und fragte mich, ob das nicht ein bisschen viel verlangt war. Starvie zündete sich eine Zigarette an und murmelte etwas.

Ich versuchte, mich umzuziehen. Ich hob mein rechtes Bein und bemühte mich, in den Overall reinzukommen, brach aber sofort zusammen. Ich fing noch mal an, mit dem gleichen Erfolg. Fatty schien es zu genießen, jedenfalls grinste er dämlich vor sich hin. Starvie schaute mich ebenfalls an, aber ihre Gedanken konnte ich nicht lesen.

Ich nahm mir vor, die beiden zu ignorieren. Ich warf mich im Matsch hin und her und versuchte, meine Klamottenreste abzustreifen, aber es war nur ein hilfloses Zappeln wie bei einem ertrinkenden Insekt.

Starvie fluchte vor sich hin und warf ihre Zigarette weg. Sie zog mich in eine sitzende Position, zog mir Hemd und

Hose aus und bemühte sich, so wenig Haut wie möglich dabei abzureißen. Nachdem sie mir geholfen hatte, die Kleider des Realen anzuziehen, ging sie zum Landy und nahm ein paar Eisenstäbe unseres Zeltes und bastelte daraus eine Schiene für mein Bein. Es gelang mir, Schmerzensschreie zu unterdrücken, während sie sie anlegte.

»Helfen Sie mir mal«, sagte sie zu Fatty. Sie schleppten mich zum Anhänger und hängten mich dran. Es erinnerte mich an das Gefühl, das man hat, wenn man beladen wird, um anschließend den Hope Tower hochzusteigen.

Fatty legte Starvie Plastikfesseln an. Sie wollte schon wieder anfangen, mit ihm zu streiten, aber nachdem sie mir einen kurzen Blick zugeworfen hatte, verzichtete sie darauf. Sie ließ sich die Fesseln eng um die Handgelenke legen und kletterte hinter mir auf den Hänger. Ich fragte mich, warum sie nicht immer so kooperativ war.

Mit der Schiene konnte ich immerhin aufrecht stehen. Den Anhänger zu ziehen kam mir eher leicht vor, auch wenn es extrem schmerzhaft war. Da ich nur ein gesundes Auge hatte, stolperte ich sehr oft, während wir uns den Weg durch den Wald bahnten. Ich wunderte mich, wie flink Fatty vorankam, obwohl er doch so stark behindert war.

Wir hielten uns Richtung Norden, bis wir eine Nebenstraße erreichten, die zwischen hohen, kahlen Hügeln hindurchführte. Wir stiegen einen morastigen Hügel hinab. Fatty und Starvie stemmten sich gegen die drückende Last des Anhängers. Als wir die Asphaltstrecke erreichten, schlugen wir den Weg Richtung Süden ein. Fatty übernahm wieder die Rolle des Anführers und ging einige Schritte voraus, während Starvie oben auf dem Hänger einfach nicht aufhören konnte zu fotografieren. Gelegentlich wartete Fatty auf uns und fragte, ob mit ihr alles in Ordnung sei. Sie antwortete nicht, warf ihm aber anscheinend einen Blick zu, der ihm gefiel. Entweder das, oder er war einfach nur froh, dass sie den Mund hielt.

Die Straße verlief steil nach unten und bog nach links ab. Wir erreichten eine alte Autobahn. Ich war überrascht, wie viele Wracks hier gestrandet waren. Hunderte Autos standen verstreut auf allen sechs Fahrbahnen herum. Die meisten waren mit dem Asphalt verschmolzene Skulpturen aus verbogenem Metall und teilweise zu Asche zerfallen, nachdem die Hitzewelle sie erfasst hatte und sie über Nacht abgekühlt waren. Offenbar waren sie auf dem Weg in einen Bunker gewesen, als die Explosion sie überraschte. Wir waren in der Nähe der Stelle, wo die Bomben hochgegangen waren, jene drei Explosionen, die den letzten und kürzesten Krieg ausgelöst hatten.

Ich bückte mich und warf einen Blick in eines der Wracks. Ein grinsendes Skelett saß auf dem Fahrersitz und sah aus, als wäre es versteinert und mit dem Lenkrad verwachsen. Die eine Hand klebte am Radio, als wollte sie einen besseren Sender suchen.

Es war anstrengend, den Anhänger zwischen den Autos hindurchzumanövrieren, aber ich fand es trotzdem faszinierend, wie viele verschiedenartige Wracks hier zu sehen waren. Es gab Fließhecklimousinen, Stadtautos, Kombis, Coupés … Ich fragte mich, ob es nicht zu pragmatisch gedacht war, immer einen Landy zu benutzen. Vielleicht sollte ich Rick das nächste Mal bitten, mir ein sportlicheres Modell zu besorgen.

Fatty hob unvermittelt die Hand und wir hielten an. Ein Stück weit vor uns war die Autobahn freigeräumt worden.

Der dunkle Schatten einer Überführung war zu erkennen. Wir hatten den Checkpoint des Königs erreicht.

Er lag an einer gut ausgewählten Stelle, auf dem Gipfel eines langen kahlen Hügels. Fatty schaute durch sein Fernglas und reichte es mir. Im Zwielicht konnte ich mehrfach verstärkte Betonverschanzungen ausmachen. Etwa hundert Meter weiter stand eine Hütte, die aus den Überresten rostiger Eisenteile zusammengefügt worden war. Sie diente als Wachposten neben der Abfahrt, die auf eine Tankstelle und ein Rasthaus zuführte. HERZLICH WILLKOMMEN stand auf einem Schild.

Ein paar Gestalten lehnten an einer aus Steinen aufgeschichteten Barriere oder hockten darauf und hielten Gewehre in den Händen. Betonpoller waren über die Fahrbahn verteilt worden. Um den Checkpoint zu passieren, mussten wir gezwungenermaßen die Ausfahrt nehmen und am Wachhäuschen vorbeigehen, um die andere Seite zu erreichen.

Die Raststätte auf der Seite, die Richtung Norden führte, lag hinter einem künstlich errichteten Erdwall und schien, soweit ich das sehen konnte, verfallen zu sein. Beide Seiten der Autobahn wurden durch eine Überführung verbunden, auf der drei fest verankerte Kanonen in Stellung gebracht waren. Gut möglich, dass irgendwo auch noch ein Panzer herumstand. Ich war überrascht, hier einen so gut organisierten Verteidigungsposten vorzufinden. Von dort oben konnten sie einen potenziellen Gegner jedenfalls gut unter Beschuss nehmen.

Fatty stieß mich in die Seite und deutete auf die Überführung.

»Sie haben uns ins Visier genommen«, sagte er. »Oben auf der Brücke.«

Er hatte recht. In der Mitte der Überführung standen drei Gestalten hinter einem Teleskop und starrten durch die Dämmerung zu uns herüber.

»Alles klar«, sagte Fatty. »Los geht's.«

Er hob die Arme hoch und winkte. Auf eine ganz bestimmte Art.

»Was ist das denn – eine Art Code?«, fragte Starvie.

»Sie halten besser den Mund und sehen hübsch aus«, sagte Fatty. »Und denken Sie lieber gar nicht erst darüber nach, jemandem mit der Bohrmaschine an die Eingeweide zu gehen. Ich sorge dafür, dass alles klappt, kapiert? Wenn Sie anfangen die Typen zu verprügeln und versuchen abzuhauen, ist alles für die Katz.«

Fatty hob den linken Arm und hielt den rechten auf vier Uhr. Dann bewegte er den rechten auf elf Uhr. Weitere Bewegungen folgten. Winksignale waren eine sehr altertümliche Art der Kommunikation, aber ich hatte sie schon bei anderen Milizgruppen beobachtet. Da ich die Bedeutung der Zeichen kannte, sah ich, dass er nicht um Hilfe bat, sondern ein langwieriges Geschäftsgespräch führte.

Fatty setzte die Nachtsichtbrille auf und las das Antwortsignal.

»Sie lassen uns rein«, sagte er.

»War das alles, was die von sich gegeben haben?«, fragte Starvie. »Die fuchteln doch mit den Armen herum, als ob sie losfliegen wollten.«

»Sie wollten wissen, wer Sie sind«, sagte Fatty. »Wer weiß, vielleicht haben Sie ja einen Fan da drüben.«

Er machte ein abschließendes Zeichen Richtung Überführung.

»Hören Sie«, sagte Fatty und hielt den linken Arm auf

acht Uhr und den rechten auf vier. »Ich weiß, dass Sie sauer sind, weil Sie die Hure spielen sollen. Aber schauen Sie mich nicht mehr so an, okay? Das Allerletzte, was ich mir wünsche, ist, dass sie uns fertigmachen, bloß weil Sie mir einen allzu vertraulichen Blick zuwerfen.«

Sie legte den Kopf zur Seite.

»Sie mögen es nicht, wie ich Sie ansehe?«, fragte sie mit verführerischer Stimme und schmachtendem Blick. Fatty wirbelte herum und starrte sie verblüfft an.

»Ich … Sie sind …«

Ich zerrte den Anhänger vorwärts und sah zu, dass ein Rad über seinen Fuß rollte, um ihn aus der Trance zu holen. Er fluchte und folgte mir.

Der Panzerturm drehte sich mit uns, während wir die Anhöhe hinaufstiegen. Auf der Brücke liefen Gestalten hin und her, stellten sich in Reih und Glied auf und nahmen ihre Positionen ein. Ich fand es erstaunlich, wie gut sie gedrillt worden waren.

Oben auf der Anhöhe stand ein Schild mit der Aufschrift UMLEITUNG. Der vorgesehene Weg führte von den Pollern fort auf eine einspurige Straße. An deren Ende standen Wachposten der Realen in Schutzmänteln, die Gesichter hinter Staubmasken und Nachtsichtbrillen verborgen.

Zunächst schauten sie noch apathisch zu, wie wir uns näherten. Dann bemerkten sie Starvie. Ich sah, wie die Erregung sie erfasste. Sie reckten und streckten sich, um sie besser betrachten zu können, stießen Pfiffe aus und jauchzten. Einer hob sein Gewehr hoch und schüttelte es wie einen Speer. Es hätte mich nicht gewundert, wenn sie uns überrannt hätten, aber so weit kam es nicht. Einer der Wachposten, der Kleinste von ihnen, hob die Faust. Die anderen vier traten zurück, knurrten mürrisch und murmelten etwas vor sich hin, beherrschten sich aber.

Der Kleine kam uns entgegen und zog seine Staubmaske ein Stück herunter. Sie war vom blutigen Schweiß rot verfärbt. Seine Augen waren hinter der Nachtsichtbrille nicht zu erkennen, aber ich konnte sie mir so ungefähr vorstellen.

»Herkunft?«, fragte er.

»Häh?«, sagte Fatty.

»Woher kommt ihr?«

»Oh, ich verstehe ... Ungefähr fünfzig Kilometer weit aus Richtung Nordwest, von der Küste.«

Der Wachposten nickte und deutete mit seiner behandschuhten Hand auf den Anhänger.

»Was habt ihr da drauf?«

»Beute«, sagte Fatty. »Beute zum Verkaufen, wenn ihr wollt.« Die Wächter schrien zustimmend und grölten Obszönitäten, aber der Kleine hob wieder seine Faust und sie verstummten.

»Ist sie eine Fizielle?«, fragte er.

»Das haben Sie aber gut erkannt«, sagte Fatty. »Eine Freuden-Fizielle. Sehen Sie sie nur an – diese Haare, diese Haut, diese Augen. Das ist eines der vollkommensten Exemplare, das die alte Welt je hervorgebracht hat.« Er beugte sich zur Seite, um die anderen Wächter auch anzusprechen. »Und ich biete sie euch zu einem Spottpreis an!«

Die Wächter schwiegen, glotzten aber neugierig und stießen sich gegenseitig an.

»Was haben Sie sonst noch dabei?«, fragte der Kleine.

Fatty war jetzt im Verkaufsmodus. Er schlenderte an mir vorbei und packte Starvie am Arm, um sie vom Anhänger herunterzuziehen.

»Sie meinen außer der hier? Das ist das beste Geschäft, das ich je machen werde, und Sie fragen mich, was ich sonst noch dabeihabe? Reicht das etwa nicht?«

Der Kleine blieb unbeeindruckt.

»Na schön«, sagte Fatty und schob Starvie zur Seite. »Abgesehen davon ... lassen Sie mich mal sehen, habe ich noch hundert Dosen Frühstücksfleisch und ein paar fast nagelneue Schutzmäntel. Außerdem ... einen Moment mal, ein paar DVDs, falls Sie die nötigen Geräte haben, Papier und verschiedene andere Kleinigkeiten.«

Shorty ging steif auf mich zu und zog die Kapuze meines Schutzmantels ab. Er prallte zurück, als er mein Gesicht sah, fing sich aber schnell wieder.

»Sind Sie beide Partner?«

»Er kann nicht sprechen«, sagte Fatty. »Ist im falschen Kanal schwimmen gewesen, vor ein paar Monaten. Seitdem hat er seine Stimme verloren, könnte man sagen. Na ja, er kann gewisse Geräusche machen, aber das wollen Sie lieber nicht hören.«

Ich gab jetzt ein paar Töne von mir. Ich merkte, wie mein Atem durch die Wangen wehte. Der Kleine nahm wieder Starvie ins Visier.

»Ist die Fizielle gut gesichert?«, fragte er.

»So sicher, wie es nur geht. Sie war ein bisschen anstrengend, um ehrlich zu sein, aber wir haben sie zur Vernunft gebracht.«

Der Kleine musterte uns abschätzig. Das war eine der typischen Autoritätsbekundungen der Realen, die dazu diente, bei anderen Abneigung zu erzeugen. Es wirkte eher kläglich, aber ihm schien es Spaß zu machen. Irgendwann hob er eine Hand und forderte die Wachposten auf, den Anhänger zu übernehmen. Sie schoben mich vorsichtig zur Seite, als hätten sie Angst, ich könnte zerbrechen, wenn sie mich zu hart anfassten. Ich nahm das Zaumzeug ab und bot es einem von ihnen an, aber er wehrte ab. Offenbar hatte er Angst, er könnte sich anstecken. Dann fassten sie jeder an einer Ecke an und schoben den Hänger die Straße entlang. Der Kleine deutete auf Fatty und mich.

»Sie beide kümmern sich um die Frau. Ich komme hinterher.«

Zusammen mit Fatty ging ich zu Starvie, und wir packten sie rechts und links am Arm. Der Kleine hob sein Gewehr und zielte damit auf Fatty, während wir vor ihm hergingen, was keine so schlechte Idee war.

Ich konnte Bewegung über uns wahrnehmen. Die Gestalten auf der Brücke beugten sich weit über das Geländer, um Starvie anzustarren. Ich hörte, wie sie aufgeregt mit den Füßen scharrten und miteinander flüsterten, aber mehr taten sie nicht. Vermutlich bemühten sie sich, ihre niederen Gelüste im Zaum zu halten, weil der Kleine dabei war, aber ich spürte, wie die Unruhe wuchs. Starvies Anwesenheit hatte den gewünschten Effekt.

Die Tankstelle war nicht so stark befestigt wie die Brücke. Das Gebäude war noch im gleichen Zustand wie vor dem Krieg. Ein Schild hing gefährlich schräg über dem Vorplatz. Ein Teil des Dachs war abgefallen und lag jetzt schräg über den Zapfsäulen. Auf dem Parkplatz standen zahlreiche Autowracks. Anscheinend war es den Realen zu mühsam erschienen, sie wegzuräumen. Ein alter Postlaster lag umgekippt da und war zum Teil mit dem Asphalt verschmolzen. Ein paar andere Lieferwagen klebten ebenfalls am Boden, genau an der Stelle, wo sie vor einiger Zeit geparkt worden waren. Auf einem kleineren Parkplatz hinter der Tankstelle war ein riesiger Scheiterhaufen errichtet worden, aus allem Brennbaren, das den Realen in die Hände gefallen war. Ein weiteres Signalfeuer also.

Der Wächter führte uns zum Raststättengebäude. Über dem Eingang war eine Aufschrift angebracht:

ZOLL

stand da in weißen Buchstaben.

»He«, sagte Fatty, »ich dachte, Sie lassen uns so durch. Sie haben nichts von irgendwelchen Abgaben gesagt.«

»Das hier ist der Zoll«, antwortete der Kleine. »Ihr Anhänger muss hier abgestellt werden, damit wir die Ladung inspizieren können.«

»Seit wann denn das?«

»Sie wollen doch Handel treiben, oder?«

»Ja, handeln, nicht abgeben.«

Der Kleine zuckte mit den Schultern.

»Alle Fracht, die hier durchkommt, muss registriert werden. Machen Sie sich keine Sorgen, Sie bekommen Ihren Anhänger ja zurück.«

»Mit allem, was drin ist?«

»Sie müssen nur eine kleine Abgabe zahlen. Die Fizielle ist eine andere Sache. Verbotene Ware muss vom Aufseher geprüft und genehmigt werden.«

Der Kleine deutete mit dem Gewehr ins Innere des Gebäudes. Wir passierten eine blockierte Schiebetür und betraten das Foyer. Interessanterweise gab es hier drinnen Strom, die Lichter unter der Decke leuchteten. Auf der linken Seite erstreckte sich eine lange Reihe mit Spielautomaten. Die meisten davon waren ausgebrannt, aber ein oder zwei funktionierten noch und gaben leise melodische Töne von sich, die zum Glückspiel animieren sollten.

Rechts war die Cafeteria, die etwa fünfzig Quadratmeter groß war. Überall standen Kisten mit Nahrungsmitteln herum oder stapelten sich auf Tischen und Stühlen. Nur der Kaffeeausschank war freigeräumt. Auf dem Tresen stand ein Schild mit der Aufschrift ZEHN MINUTEN PAUSE.

Der Kleine führte uns zu den Waschräumen und deutete auf die Herrentoilette. Ich ging rein und zog Starvie hinter mir her. Fatty musste sich ziemlich abmühen, weil die Tür sehr eng war.

Die Hälfte des Toilettenbodens war freigelegt worden, und man konnte zweieinhalb Meter tief in das untere Stockwerk blicken. Die Pissbecken hingen noch an den Wänden, aber ihre abgerissenen Rohre ragten nutzlos herunter. Drei ausgehobene Gänge verliefen durch das untere Geschoss und untertunnelten offenbar den ganzen Gebäudekomplex.

Der Kleine schob Starvie seinen Gewehrlauf in den Rücken.

»Spring runter«, sagte er.

Ich ließ Starvies Arm los. Fatty stieß sie in den Rücken, womit sie nicht gerechnet hatte. Sie fiel ungeschickt nach unten und landete auf der Seite. Der Wächter reichte mir ein Seil, dessen Ende an einem Abflussrohr befestigt war. Ich kletterte hinab, so gut es eben ging, hielt mich mit meinem gesunden Arm daran fest und ließ mein verätztes Bein herabhängen. Als Nächstes kam Fatty, der ungefähr so elegant wie ich nach unten rutschte. Wir stellten Starvie wieder auf die Beine und sahen zu, wie der Kleine mit geübten Handgriffen das Seil herabglitt.

Er deutete auf einen Gang, der in östlicher Richtung verlief, einen dunklen Tunnel, der von wenig überzeugend wirkenden Metallträgern abgestützt wurde. Schweigend gingen wir hindurch, der Kleine als Letzter. Sein Gesicht war noch immer von der Nachtsichtbrille verdeckt.

Der Tunnel wurde von einigen nackten Glühbirnen erhellt, die an Drähten hingen, was bestimmt nicht sehr sicher war, da der Regen durch das Dach tropfte. Ein Seil verlief entlang der Mauer, festgehalten von Metallringen. Es war eine ziemlich dilettantische Konstruktion. Typischer Realenpfusch.

Wir bogen nach rechts und kamen an einem Raum mit einer offenen Tür vorbei. Darin stand ein brummender Generator, ungefähr so groß wie ein Auto. Er sah aus wie ein Modell, das ich mal im Innern einer Barrikade gesehen hatte. Ist schon merkwürdig, solche Hightech-Apparate neben der schäbigen Technik der Realen zu sehen. Der Kleine trieb uns eine weitere Minute lang an, dann standen wir vor einer großen Luke aus Stahl.

Die war nun allerdings sorgfältig eingepasst worden. Ein großes Metallrad befand sich exakt in der Mitte. Über der Luke stand in ungelenk aufgemalten weißen Buchstaben LUFTSCHLEUSE, SAUBERE ZONE. Der Kleine schulterte sein Gewehr und betätigte das Rad. Nach vier Umdrehungen sprang die Tür auf.

Ein kurzer Gang führte auf eine schlichte Bürotür zu. Der kurze Weg war sehr sauber und mit weißem Beton ausgegossen.

Der Kleine deutete auf eine Reihe mit Wollsocken, die neben dem Eingang ordentlich aufgehängt waren, und auf eine Kiste mit Gummihandschuhen.

»Ziehen Sie Ihre Schuhe aus und ziehen Sie die Socken über«, sagte er. »Dann nehmen Sie sich die Handschuhe.«

Nachdem wir alle ordnungsgemäß ausgestattet waren, trat er vor die Tür und klopfte an.

»Gehen Sie nicht zu nah ans Glas heran«, sagte er, während er die Tür aufzog. »Bleiben Sie hinter der gelben Linie stehen.«

Ich sitze auf dem Beifahrersitz. Noch nie zuvor bin ich in der Fahrerkabine gewesen. Eine Postkarte mit dem Bild von Jesus klebt am Armaturenbrett. Der Aschenbecher ist voller Kippen. Papierfetzen von Knusperchips und Schokoriegeln liegen auf dem Fußboden, die Sitze sind mit Brandlöchern übersät. Die Windschutzscheibe ist an den Stellen, wo die Scheibenwischer nicht hinkommen, mit einer dicken Schmutzschicht bedeckt.

Wir stehen auf der provisorischen Brücke und stecken im Verkehr fest. Es hat einen ganzen Tag gedauert, so weit zu kommen, und wir sind nur bis in die Randgebiete der Stadt vorgedrungen. Wir nähern uns der Überflutungszone. Durch das Fenster kann ich über die Dächer der anderen Autos hinweg die schwimmenden Slums sehen, die sich über dem morastigen Feuchtgebiet ausgebreitet haben. Die eingewanderten Realen scheinen viel innovationsfreudiger zu sein als die Eingeborenen. Sie basteln sich aus allem, was sie finden, ihre Hütten. Ein Gebäude besteht auf der einen Seite aus zusammengepressten Plastiktüten, die alle von einer ganz bestimmten Supermarktkette stammen. Die andere Seite wird von orangefarbenen Plastiktüten einer konkurrierenden Firma bestimmt. Der Besitzer scheint Gefallen an Farbzusammenstellungen zu haben.

Der Boss starrt auf die Straße, umklammert das Lenkrad und wartet auf den Moment, wo der Verkehr wieder zu flie-

ßen beginnt. Ich sage ihm nicht, wie gering die Chancen dafür sind.

»Was hältst du davon, Zweiundvierzig?«, fragt er.

»Entschuldigen Sie, Boss?«

»Was hältst du von all dem? Von der Rückrufaktion, meine ich.«

Er schaut mich nicht an. Sitzt nur steif auf seinem Sitz und starrt nach vorn, als ob etwas Schlimmes passieren könnte, wenn er nur mal kurz wegschaut.

»Ich weiß nicht, Boss. Ich fühle mich nicht krank.«

»Was ist mit deinem Freund, Siebenunddreißig? Was hast du gefühlt, als du ihn in die Abfallgrube geworfen hast? Hast du nicht gedacht, dass das unnötig war?«

Er lässt das Lenkrad los und schaut mich an. Er steckt eine Hand in die Tasche und holt eine weitere Zigarre heraus. Er schiebt den Anzünder rein, der kurz darauf wieder herauskommt. Er steckt sich die Zigarre an. Das eine Ende beginnt zu glühen, und er pafft und pafft, während er mir in die Augen sieht. Der Boss kultiviert den Krebs.

Dr. Pander hat unsere Nanos so konstruiert, dass sie Krebszellen fressen, und dann hat er sie weiterentwickelt. Ich glaube, das ist sehr interessant, aber ich kenne mich damit nicht aus.

»Ich meine ja nur«, fährt er fort. »Das macht mich fuchsteufelswild, das kann ich dir sagen. Mir wird ein teures Gerät weggenommen, und dann erzählt man mir noch, die Übrigen könnten krank sein und bräuchten womöglich ebenfalls eine Wartung. Ich habe keine Ahnung, wie lange sie dich dabehalten. Und ich brauche eine Woche, um dich nach London und wieder heraus zu bringen. Sie haben gesagt, es würde eine Entschädigung geben, einen Scheck mit

der Post. Haha. Einen Scheck, unterschrieben von der Kontrolle, nehme ich an. Das Einzige, was mich beruhigt, ist, dass alle anderen das Gleiche tun müssen. Die Arbeit am Turm kann erst weitergehen, wenn dieses Durcheinander vorbei ist.«

»Ja, Boss.«

»Aber was ist, wenn die von S & G ihre Fiziellen vor mir zurückbekommen, hm? Die haben mehr Geld als ich. Nehmen wir mal an, die schieben jemandem in der Kontrolle ein paar Tausend zu und kriegen ihre eine Woche oder auch nur einen Tag vor mir zurück? Dann reißen die sich die Verträge für die nächsten hundert Stockwerke unter den Nagel, und ich kann mir nicht mal mehr dich leisten. Dann landest du auch noch in der Grube. Wie gefällt dir das?«

»Tut mir leid, Boss.«

Er schnaubt und schaut wieder auf die Straße. Ich könnte ihm jetzt sagen, dass es unmöglich ist, die Kontrolle zu bestechen, dass die Kontrolle existiert, um den Schaden zu reparieren, den der Ehrgeiz der Menschen verursacht hat, nicht, um ihn zu verstärken. Aber was würde das bringen?

»Entschuldige«, sagt der Boss, »aber du weißt ja gar nicht, was das bedeutet. Es hat dir nichts ausgemacht, dass deine Kollegen gestern in der Abfallgrube gelandet sind. Du hast nicht mal begriffen, warum du es tun musstest. Du hast nicht mal danach gefragt.«

Ich empfinde keine Gefühle, weder auf die eine noch auf die andere Art. Genauso wenig wie Dingkom. Gefühle wurden mir ausgebrannt, während ich aufwuchs.

Ich sehe den Aschenbecher, das verbrannte Plastik und die ganze Asche und denke, wie hässlich es ist.

Der Boss dreht sich wieder zu mir.
»Du bist keine reale Person«, sagt er. »Vergiss das nicht.«
Ich glaube, das meinte er als Beleidigung.

DIE AUFSEHERIN

Wir betraten einen Raum, der von einer dicken Glasscheibe in zwei Teile getrennt wurde. In der oberen rechten Ecke drehte sich ein Ventilator, der die Keime wegfilterte, die wir mitgebracht hatten. Darunter, ungefähr 1,20 Meter über dem Boden, befand sich ein Schubfach, durch das offenbar Essen und Trinken geschoben wurden. Eine gelbe Linie verlief auf unserer Seite über den Fußboden, im Abstand von ungefähr 1,80 Meter vor der Glasscheibe. Hinter dem Glas stand eine einfache Pritsche mit weißen Laken. Daneben befanden sich ein Waschbecken und ein Metallhaken, an dem ein weißes Handtuch hing. Eine ganze Palette verschiedener Seifen, Gels und Reinigungsprodukte lag darunter.

Die Aufseherin, eine Frau Mitte vierzig, saß an einem Edelstahlpult und schaute sich etwas im Fernsehen an. Es war der König von Newcastle, und er sang wieder dieses Lied. Es war das komplette Musikvideo, in dem der König mit realen Frauen tanzte und davon sang, dass er sein Mädchen zurückhaben will. Es sah aus, als wäre es in einem schlecht beleuchteten Kanalisationsschacht aufgenommen worden. Der König hatte so viel Make-up aufgelegt, dass man seine Gesichtszüge kaum erkennen konnte.

Die Aufseherin war bestimmt schon seit Monaten nicht mehr an der Oberfläche gewesen. Die Haut ihrer Hände hatte die gleiche Beschaffenheit wie bei Rick. Ihre blassblauen Augen starrten uns über eine grüne Gesichtsmaske hinweg an. Sie schaltete ihren knisternden kleinen Fernsehapparat wieder aus, allerdings sehr zögerlich.

»Aufseherin«, sagte der Kleine. »Das sind Händler aus dem Norden. Der Anführer sagt, eine von ihnen ist eine Fizielle – ein Beutestück aus Liverpool, der andere ist sein Mitarbeiter. Sie wollen handeln und Richtung Süden weiterreisen.«

Die Aufseherin stöhnte. Sie ließ Starvie nicht aus den Augen.

»Stimmt das?«, fragte sie Starvie. »Sind Sie eine Fizielle?«

»Ich habe sie erkannt«, sagte der Kleine. »Sie ist mal berühmt gewesen, vor dem Krieg. Ihr Name ist Jennifer E.«

»Ich heiße Starvie.«

Die Aufseherin lehnte sich zurück. Sie hatte einen von diesen beweglichen Bürostühlen, die vor dem Krieg sehr begehrt waren. Wenn ein Realer darin lässig von einer Seite zur anderen wippen konnte, kam er sich richtig toll vor.

»Künstlich hergestellte Lebensformen sind Schmuggelware«, sagte die Aufseherin. »Der König hat angeordnet, dass alle Fiziellen sofort getötet werden müssen, wenn sie irgendwo angetroffen werden.«

»Aber der ehrwürdige König hat doch sicherlich nichts dagegen, wenn wir einen von ihnen fangen und für uns arbeiten lassen«, sagte Fatty.

Die Aufseherin starrte Starvie mit unbewegter Miene an. Fatty schlug mit der Faust auf seine Handfläche.

»Hören Sie, ich finde, wir sollten ihnen nicht einfach eine Kugel in den Kopf jagen. Ich bin der Meinung, sie sollten das Durcheinander, das sie angerichtet haben, wieder in Ordnung bringen. Wir haben doch wohl das Recht dazu, sie dazu zu zwingen, oder?«

Die Aufseherin nickte langsam und bedächtig.

»Das ist wahr«, sagte sie. »Auf diese Weise haben wir diese Bunker hier gebaut. Zwei Fizielle in einem Panzer hatten den Anschlag überlebt und wurden gefangen genommen. Wir haben sie dazu gezwungen, diese Räume auszuheben, bevor sie ausgeschaltet wurden. Sie haben gute Arbeit geleistet, wenn man bedenkt, welches Material uns zur Verfügung stand. Sie konnten einen Monat durcharbeiten, nur mit Wasser.«

»Diese Starrköpfigkeit ist wirklich eine nützliche Eigenschaft, nicht wahr?«, sagte Fatty. Er stand auf und deutete mit dem Finger auf Starvie. »Ein Grund mehr für Sie, mir einen guten Preis zu machen. Sie steht zum Verkauf, und ich bin gern bereit, über Angebote zu diskutieren.«

»Ich fürchte, wir haben kein Interesse«, sagte die Aufseherin.

»Was? Warum denn nicht?«

»Ganz offensichtlich handelt es sich um ein Vergnügungsmodel. Ich sehe nicht, wie sie uns von praktischem Nutzen sein könnte.«

Fatty starrte die Aufseherin verblüfft an und suchte offenbar nach einer passenden Erwiderung.

»Aber vor allem ist sie doch eine Fizielle wie alle anderen auch. Wofür sie auch optimiert wurden, seien es nun Vergnügungen, Bauarbeiten oder Stepptanz, sie heilen schnell und gut. Das wissen Sie. Sie könnten ihr eine Schaufel in die Hand drücken, und sie würde einen drei Meter tiefen Graben rund um dieses Camp hier ausheben.«

Die Aufseherin nahm einen Ring mit Schlüsseln von ihrem Schreibtisch und ging sie einzeln durch. Geistesabwesend ließ sie einen nach dem anderen herabfallen.

»Sie ist trotzdem wesentlich weniger wert als ein Power-Modell, nicht wahr?«

Fatty bemühte sich, mich nicht anzusehen.

»Wie viele Männer haben Sie hier, Aufseherin?«, fragte er. »Zwanzig? Dreißig?«

»Mir untersteht eine größere Truppe«, sagte sie.

»Das ist bestimmt eine Horde schlecht gelaunter Kerle, ist es nicht so? Wenn die Geschichte uns eines gelehrt hat, dann dass gelangweilte Soldaten dazu tendieren, sich wie meuternde Hunde zu benehmen. Hab ich recht?«

Die Aufseherin lächelte, sagte aber nichts. Sie hielt jetzt einen der Schlüssel so fest, als würde er zu einem lange vergessenen Geheimnis gehören. Fatty redete weiter.

»Also, ich möchte ja nicht die Moral der Truppe untergraben, aber lassen Sie es mich mal so formulieren: Dieses Ding da wurde extra dafür konstruiert, die tiefsten Sehnsüchte eines Mannes zu befriedigen.« Fatty stiefelte jetzt um Starvie herum. Er erinnerte mich an Rick, wenn der einen seiner Wagen umkreiste, um ihn zum Verkauf anzupreisen.

»Ich verspreche Ihnen eine deutliche Erhöhung der Truppenmoral, nachdem Sie sie als Dessert des heutigen Abends serviert haben. Geben Sie jedem von ihnen eine Stunde mit ihr, und sie werden sehen, dass sich das sehr positiv auswirkt. Das garantiere ich Ihnen.«

Die Aufseherin legte die Schlüssel zurück in die Schreibtischschublade. Dann stand sie auf und schob ihren Sessel beiseite. Die Räder ratterten über den Betonboden. Sie ging auf Fatty zu, die Hände hinter dem Rücken verschränkt, und blieb einen Meter vor der Trennscheibe stehen.

»Meine Männer sind loyal und tüchtig«, sagte sie. »Sie

meutern nicht. Sie folgen den Anweisungen des Königs. Wollen Sie etwa ihr Pflichtgefühl in Zweifel ziehen?«

»Natürlich nicht.« Fatty hob abwehrend die Hände. »Natürlich nicht. Ich will einfach nur sagen, dass ein Mann gelegentlich mal Dampf ablassen muss. Das hier ist die perfekte Unterhaltung für sie. Schauen Sie sie doch bloß mal an.«

Die Aufseherin schaute Starvie an. Das hatte sie die ganze Zeit schon getan. Fatty trat näher an die Glasscheibe. Die Aufseherin prallte zurück und zog ihre Gesichtsmaske höher. Fatty wurde wieder hinter die weiße Linie gezogen. Das brachte ihn aber nicht von seinem Thema ab.

»Und ich glaube nicht, dass es falsch wäre, sie für diesen Zweck zu benutzen. Bedenken Sie, dass dieses Ding nichts weiter ist als ein verdammtes Produkt. Sie wurde entworfen und hergestellt, um einen bestimmten Job zu erledigen. Sie können sie genauso benutzen wie einen Fernsehapparat, es gibt keinen Unterschied. Aber wenn wir so tun, als gäbe es einen Unterschied, helfen wir ihnen nur zu triumphieren.«

Sogar der Kleine war jetzt gebannt von Fattys eloquenter Ansprache. Zum ersten Mal schaute die Aufseherin nun mich an. Ich tat mein Bestes, um einen jämmerlichen Eindruck zu machen. Es war nicht sehr schwer. Sie verlor ihr Interesse an mir und wandte sich wieder Fatty zu.

»Da wäre noch eine Sache«, sagte sie.

»Ja?«, sagte Fatty.

»Sie sehen so aus, als hätten Sie eine Krankheit, die sich gerade ausbreitet. Diese Seuche hat schon einige meiner Männer umgebracht.«

»Seien Sie unbesorgt«, sagte Fatty. »Ich bin nur hier, um

Geschäfte zu machen. Und wenn Sie hier damit zu tun hatten, dann wissen Sie ja, dass es nicht ansteckend ist.«

»Es ist *bisher* nicht ansteckend gewesen«, sagte die Aufseherin. »Aber Krankheiten entwickeln sich heutzutage ziemlich schnell weiter, nicht wahr?«

»In Ordnung. Zahlen Sie einfach, und ich verschwinde so schnell es geht aus Ihrer Kurklinik.«

»Ich weiß nicht«, sagte sie. »Ich will lieber keine verseuchte Ware kaufen. Haben Sie's mit ihr gemacht?«

Fatty kniff die Augen zusammen.

»Ich werde doch nicht mein bestes Produkt anstecken. Sie sind wohl verrückt!«

Der Kleine starrte die ganze Zeit Starvie an. Er war wie gebannt und völlig abwesend. Mir kam der Gedanke, dass wir ihn und seine Aufseherin jetzt ganz einfach töten könnten. Dann würden wir uns den Weg über die Brücke freischießen, um zu den Vorräten zu kommen. Warum schlugen wir uns bloß mit diesem idiotischen Täuschungsmanöver herum?

»Sie haben natürlich recht«, sagte die Aufseherin. »Sie wäre eine nützliche Anschaffung. Aber das täuscht nicht über die Tatsache hinweg, dass sie eventuell über Informationen verfügt, die für den Krieg des Königs nützlich sind, und deshalb kann sie nicht als Handelsobjekt verwendet werden.«

»Was?«, sagte Fatty. »Das Ding ist eine Nutte – was soll es denn schon wissen?«

»In der Gesellschaft der Fiziellen gibt es keine *Nutten*«, sagte die Aufseherin. »Und anders herum betrachtet, kann man sie hervorragend als Spione einsetzen. Mr. Thomas hier ist ganz offensichtlich nicht in der Lage, seinen Blick von ihr zu wenden. Wenn sie also einen meiner besten Männer von seinen Pflichten ablenkt, dann dürfte sie perfekt als Spionin geeignet sein, finden Sie nicht auch?«

Sie lächelte. Der kleine Mr. Thomas hob entschuldigend die Schultern. Die Aufseherin ging wieder zu ihrem Sessel hinter dem Schreibtisch zurück.

»Nein, ich fürchte, Ihre Ladung muss beschlagnahmt werden.«

»Wir haben doch noch gar keinen Handel beschlossen«, grummelte Fatty.

»Sie wird festgesetzt und einem Verhör unterzogen.«

»Ach, kommen Sie!«, sagte Fatty. »Sie wissen doch, dass es keinen Sinn macht, diese Dinger zu verhören. Da finden Sie ja mehr heraus, wenn Sie eine Stehlampe befragen.«

»Es gibt durchaus Methoden, die brauchbare Ergebnisse liefern«, sagte sie. »Mr. Thomas, bringen sie die Vergnügungsfizielle bitte in eine Zelle. Und sprechen Sie bitte kein Wort mit ihr, verstanden?«

Ohne ein Wort zu erwidern, packte Thomas Starvie am Arm und führte sie hinaus.

»Das empfinde ich nicht als ein gutes Geschäft«, sagte Fatty.

»Wir haben jetzt Gesetze«, sagte die Aufseherin. »Das Gesetz des Königs wird befolgt.«

Fatty spuckte gegen die Scheibe. Die Aufseherin zuckte zusammen. Wir alle sahen zu, wie der blaue Speichel langsam herunterlief.

»Ich glaube nicht«, sagte Fatty, »dass noch andere Händler hier durchkommen werden, wenn ich Ihnen davon erzählt habe. Ich hab ihr kleines Vorratslager da oben gesehen. Sie müssen ja jeden armen Tropf, der hier vorbeikam, ausgenommen haben.«

Die Aufseherin streckte die Hände aus und studierte ihre Finger, die weiß und pergamentartig aussahen.

»Ich wage doch sehr zu bezweifeln, dass Ihre Freunde auf die Idee kämen, eine Fizielle durch den Checkpoint zu schleusen«, sagte sie. »Und ich kann Ihre Motive nicht nachvollziehen.«

Sie ließ das eine Weile im Raum stehen.

»Dabei sollte wenigstens eine Entschädigung herausspringen.«

Die Aufseherin war noch immer mit dem Studium ihrer Hand beschäftigt.

»Sie haben das Recht, alles, was Sie dabeihaben, zu den üblichen Konditionen zu verkaufen. Sie haben vier Stunden Zeit dafür, das ist unser absolutes Maximum, um zu essen und ihre Waren anzubieten. Dann müssen Sie verschwinden.«

Fatty knurrte unzufrieden.

»Dürfen wir Ihre Einrichtung benutzen?«

»Solange Sie in der Cafeteria bleiben, dürfen Sie das. Versuchen Sie nicht, die Überführung zu betreten oder eine andere verbotene Zone. Im Erdgeschoss gibt es genug zu essen.« Mit dem Finger deutete sie auf mich. »Kann er in seinem Zustand etwas zu sich nehmen?«

»Zumindest kann er mir dabei zuschauen«, sagte Fatty.

Ihr Sicherheitssystem hatten die Realen nicht im Griff. Sie ließen uns unbeaufsichtigt durch die Gänge laufen. Ich schätze, in den Augen der Aufseherin sahen wir viel zu jämmerlich aus, um als Gefahr eingestuft zu werden. Wir kamen zu den Toiletten und trennten uns, um die anderen Gänge zu erforschen. Ich nahm den Tunnel Richtung Westen, einen langen, ziemlich schlecht abgestützten Bau. Darin fand sich nichts Bemerkenswertes bis auf eine weitere verschlossene Stahltür. Darauf stand:

WASSERVERSORGUNG.
KEIN ZUTRITT.

Ich ging den ganzen Weg zurück, und als ich bei den Toiletten ankam, wartete Fatty schon auf mich.

»Wasser hier«, sagte ich mit pfeifender und quiekender Stimme. Die Worte kamen trotz meiner verätzten Zunge wieder besser heraus. »Sauberes.«

»Ha«, sagte Fatty. »Da fühle ich mich doch gleich besser, nachdem Jennifer meine Fässer kaputtgeschossen hat. Hier scheint's ja alles im Überfluss zu geben.« Er grinste mich an und zwinkerte. Ich deutete mit dem Kopf in den Gang Richtung Osten.

»Was gefunden?« Ich wollte mich nicht mit ganzen Sätzen herumquälen. Nicht mit diesem verätzten Hals.

Fatty zuckte mit den Schultern und kratzte sich am Bart.

»Baracken. Leer. Viele Betten allerdings. Jede Menge Betten und ziemlich viel Durcheinander. Wenn sie genug Leute haben, um alle Betten zu belegen, dann müssen es fünfzig Mann sein. Eher mehr sogar.«

»Starvie?«

»Nicht zu sehen. Anscheinend haben sie sie irgendwo hingebracht, wo keiner sie zu Gesicht bekommt.«

Er schaute in den westlichen Tunnel, dann in den südlichen und wieder hinter sich. Er nagte an der Oberlippe und überlegte.

»Was?«

»Irgendwas hier ist eigenartig«, sagte er. »Niemand redet mit uns.«

»Nicht normal?«

»Jedes Mal, wenn ich bei einem Checkpoint ankomme, werde ich umzingelt von vielen Leuten, die mir Fragen stellen – was ist im Norden los, welche Barrikaden werden belagert … Die wollen alles von mir wissen. Aber hier … habe ich das eindeutige Gefühl, dass man uns meidet. Das ist seltsam.«

Ratlos hob er die Schultern.

»Na ja, aber wo wir schon mal hier sind, sollten wir uns eine Erfrischung gönnen.«

Er griff nach der Leiter und stieg nach oben in die Herrentoilette. Ich folgte ihm, und wir gingen zurück in die Cafeteria.

Zwei Soldaten saßen in der Nähe des Tresens an einem Plastiktisch, nippten an einer orangefarbenen Masse und starrten auf einen tragbaren Fernseher. Die Hälfte der Pixel des Apparats war defekt, außerdem hatte er keinen Ton, aber sie saßen gebannt davor. Es war eine der Foltersendungen des Königs. Ein paar Fizielle wurden von einem Mann in einem orangefarbenen Trainingsanzug und einem Polizeihelm auf dem Kopf mit einer Machete zerhackt. Keiner der Fiziellen gab natürlich einen Ton von sich. Sie schauten einfach nur verwundert zu, während der immer stärker frustrierte Folterknecht versuchte, sie zu irgendeiner Reaktion zu provozieren. Der Film stammte aus Liverpool. Ich erkannte das an dem brennenden Cunard-Gebäude im Hintergrund.

Das Café hatte geöffnet. Fatty schnalzte mit der Zunge und führte mich hin.

Hinter dem Tresen saß ein Mann in einem Rollstuhl. In der einen Hand hielt er ein Buch mit der Abbildung eines Chromosoms auf dem Titelblatt. In der anderen hielt er ein blutiges Tuch, das er gegen seine Brust drückte, als wäre es ungeheuer kostbar. Sein Gesicht wurde zur Hälfte von einem Muster dichter Narben verunstaltet, die von seinem Kinn bis zum Haaransatz verliefen und auch das eine Auge in Mitleidenschaft gezogen hatten, das geschlossen war.

»Was gibt's denn Schönes?«, fragte Fatty.

»Das Angebot ist ziemlich begrenzt«, sagte der Mann.

»Irgendwas Spezielles?«

»Nur das, was Sie riechen können.«

»Das nehmen wir«, sagte Fatty.

Der Mann seufzte tief, so als wäre dies die allerletzte Nachricht, die er hören wollte, hob die Vorderräder des Rollstuhls an und bewegte sich Richtung Küche.

»Noch zwei, Leonard!«, rief er.

Eine schwarz behaarte, gelbliche Hand mit einer Schöpfkelle tauchte in der Durchreiche auf. Zwei Becher wurden mit einem orangefarbenen Schaum gefüllt und dann abgestellt. Der Mann im Rollstuhl brachte sie uns und wandte sich dann wieder seiner Lektüre zu.

Fatty führte mich zu einem Tisch am Fenster. Ich setzte mich und schaute hinaus zur Überführung, zu den verfallenen Gebäuden auf der anderen Seite der Autobahn und den rötlichen Streifen der Hellen Phase, die zwischen den Wolken verblassten. Die Spuren von Fattys Anhänger waren bereits unter weiteren Schichten von Asche und Schnee verschwunden.

Die orangefarbene Masse schmeckte grauenhaft, aber nicht so schlecht wie manches Essen in den Barrikaden. Fatty verzog das Gesicht. Ich hob eine Hand an meine Wange und bemerkte, dass die Flüssigkeit durch ein Loch darin herausfloss. Ich verschluckte mich und hustete, und das Essen sprühte wieder heraus oder landete in Bereichen meines Körpers, wo es überhaupt nicht hin sollte.

»Vielleicht sollten Sie mal überlegen, eine Zeit lang zu fasten«, sagte Fatty.

Ich versuchte es noch mal, neigte den Kopf nach rechts und ließ das Zeug auf der Seite meines Halses herunterlaufen, die noch intakt war.

Nach einigen weiteren Löffeln schob ich den Becher weg. Fatty schaute es interessiert an, aber nach einem kurzen Blick auf mich verzichtete er darauf, es zu requirieren. Mit den Fingern trommelte er auf die Tischplatte, schaute zu, wie die Posten auf der Überführung rauchten und mit den Füßen im Schnee aufstampften.

»Das gefällt mir nicht«, sagte er. »Was tun die da? Die sollten sich gegenseitig massakrieren, weil sie an Jennifer rankommen wollen. Aber was machen sie? Sie bleiben auf ihren Posten, als würden sie vor dem Buck-Palast oder so stehen. Das macht alles kaputt.«

Er bekam einen seiner Hustenanfälle.

»Ruhig bleiben«, gurgelte ich. Fatty schlug sich gegen die Brust, und der Husten hörte auf.

»Sagen Sie mir nicht, dass ich ruhig bleiben soll. Ich sitze hier in der Kantine zur Hölle und trinke mit meinem halb weggeätzten Entführer einen orangefarbenen Kaffee. Wie soll ich mich da beruhigen?«

Ich hob einen Finger an meinen Mund. Fatty redete zu laut.

»Warten Sie ab«, ermahnte ich ihn.

Fatty seufzte, nickte und kratzte sich am Bauch.

»Das ist alles bloß die Schuld von diesem großmäuligen König«, sagte er. »Ständig muss er neue Gesetze erlassen und Disziplin fordern. Der sollte sich mal lieber um seine eigenen Angelegenheiten kümmern.«

»Wieso gehorchen die Realen ihm denn?«

Das hätte ich wirklich gern gewusst. Fatty gähnte und streckte sich.

»Er ist eine Berühmtheit, das ist alles. Die Leute erinnern sich daran, was er vor dem Krieg war. Ich schätze, das erinnert sie an bessere Zeiten. Soweit ich weiß, hat er in Newcastle angefangen, mit ein paar Hundert Anhängern. Hat seinen Einfluss ausgebaut, indem er Kuriere herumschickte, die den Clans Generatoren und Fernseher schenkten. Er zeichnet alles auf, was er tut, und schickt seine Reiter los, damit sie die DVDs überall verteilen. Er hat den Menschen das Fernsehen zurückgebracht, und dafür lieben sie ihn.«

Ich schob den Ärmel meines verletzten Arms hoch. Er sah immer noch sehr übel aus, aber ein großer Teil war rekonstruiert worden. Der Knochen war schon nicht mehr zu sehen. Auch Fatty hatte etwas bemerkt.

»Ihr Hals ist auch schon ein Stück weit verheilt«, sagte er. »Ich dachte, Sie müssten schlafen.«

»Dachte nicht, dass es Essen gibt.«

»Das reicht schon, was? Man muss nur die Batterien auswechseln, und Sie sind so gut wie neu. Na ja, das ist jetzt auch egal. Da sie uns in ein paar Stunden rausschmeißen, müssen wir uns ziemlich schnell was überlegen.«

Vom Haupteingang her kam ein Geräusch. Ein junger Realer rannte auf uns zu, seine Sportschuhe quietschten auf dem Fußboden. Er blieb neben dem Kaffeetresen stehen und klopfte an eine rote Tür mit der Aufschrift NUR FÜR MITARBEITER. Kurze Zeit später ging die Tür auf. Der Typ im Rollstuhl erschien und hinter ihm ein großer Mann mit einer Schöpfkelle in der Hand.

Der Soldat wechselte einige Worte mit ihnen und rannte wieder nach draußen. Leonard murmelte dem Rollstuhlfahrer etwas zu, ließ die Kelle fallen und folgte dem Mann. Der Typ im Rollstuhl sackte in sich zusammen und sah seinem Kollegen nach. Dann rollte er zurück hinter den Tresen.

Fatty nahm unsere Tassen und ging zur Theke. Ich verdeckte mein Gesicht so gut es ging hinter dem Mantelkragen und folgte ihm, wobei ich eifrig darauf bedacht war, den Anschein eines verunstalteten Unfallopfers zu erwecken, der dem Großen Fatty blind ergeben ist.

Der Typ im Rollstuhl hatte sich wieder seinem Buch zugewandt und hockte genauso da wie vorher, nur dass er jetzt finster dreinblickte. Fatty stellte eine der Tassen lautstark auf dem Tresen ab. Der Rollstuhlfahrer schaute ängstlich auf, beruhigte sich aber, als er bemerkte, dass es Fatty war.

»Ja?«

»Großartiges Getränk«, sagte Fatty. »Ich hab meinem Kumpel hier gerade erzählt, wie gut es tut, endlich mal wieder etwas Nahrhaftes zu sich zu nehmen. Sie sind ein guter Barista.«

»Ich will nur hoffen, dass Sie sich in einer Stunde immer noch so fühlen«, sagte der Man und wandte sich wieder dem Buch zu. Fatty ließ die andere Tasse aus noch etwas größerer Höhe auf den Tresen fallen. Der Rollstuhltyp schaute wieder auf, jetzt deutlich angespannter.

»Ich spreche von dieser ganzen Unternehmung hier«, sagte Fatty. »Sie haben es wirklich gut, da gibt es keinen

Zweifel. Es ist erfrischend, zu sehen, dass es Menschen gibt, die sich organisieren können und etwas zuwege bringen. Jeder hier hat ja ganz offensichtlich eine bestimmte Aufgabe, das meine ich.«

Der Typ im Rollstuhl legte den Kopf zur Seite, musterte Fatty und fragte sich offenbar, ob der sich über ihn lustig machte. Fatty schaute ihn treuherzig an.

»O ja, wirklich. Sie haben hier anscheinend alles im Griff. Ich meine damit, das wirkt hier auf eine Art organisiert, die eigentlich im letzten Krieg verschüttgegangen ist. Dieser junge Bengel zum Beispiel, der da eben reingerannt kam, um eine Nachricht zu überbringen. Dem hat man angesehen, dass er die Rangordnung anerkennt. Respekt. Ich respektiere Respekt.«

Der Rollstuhltyp streckte die Hand nach unseren Tassen aus und stellte sie auf die Ablage hinter ihm.

»Er hat keine Nachricht überbracht«, sagte er. »Er ist ein Kumpel von Leonard.«

»Wer ist das? Der Chef?«

»Das ist ein großes Wort für das, was er darstellt.«

»Na, wie auch immer«, sagte Fatty. »Aber wer bewacht denn die Straßensperre und wer verbirgt sich im Schnee? Für mich sieht es aus, als wäre alles gut organisiert.«

Der Rollstuhltyp legte sein Buch beiseite.

»Entgeht Ihnen gerade irgendein wichtiges Ereignis?«, fragte Fatty.

»Nichts, was mich betreffen könnte. Mr. Thomas hält gerade eine Auktion ab wegen Ihres Vergnügungsmodells. Er will es an den Höchstbieter verkaufen.«

Fatty zuckte nicht mal mit der Wimper.

»Tatsächlich?«, sagte er. »Die Eingeschlossene da unten

hat uns erzählt, Thomas würde sie einem Verhör unterziehen.«

»Die Aufseherin kriegt nicht so viel mit«, sagte der Rollstuhltyp. »Sie hat keine Ahnung, was Thomas im Schilde führt. Morgen wird er ihr dann die Leiche präsentieren und behaupten, sie hätte zu flüchten versucht. Was nicht heißen soll, dass Foltern grundsätzlich nichts bringt.«

»Nun ja, es wäre einen Versuch wert«, sagte Fatty grinsend und tupfte sich sein tränendes Auge mit einem Stück Stoff ab. »Sie machen bei der Versteigerung also nicht mit?«

»Ich kann nichts bieten. Und außerdem konnte ich mit diesen Vergnügungsmodellen nie was anfangen.«

Es gab noch einen anderen eindeutigen Grund, warum er nicht mitbieten konnte, aber das kam nicht zur Sprache.

»Meinen Sie, es macht denen was aus, wenn wir zuschauen?«, fragte Fatty.

»Ich bezweifle, ob das überhaupt jemandem auffällt. Gehen Sie einfach über den Parkplatz zum Tankstellengebäude. Gehen Sie außen herum, dann wird Thomas Sie nicht bemerken.«

»Vielen Dank, Kumpel«, sagte Fatty. »Sie sind echt nett.«

»Gern geschehen«, sagte der Rollstuhltyp. »Eine höfliche Unterhaltung ist mal eine erfrischende Abwechslung.«

Fatty beugte sich über den Tresen und gab dem Rollstuhlfahrer die Hand. Der nahm sie und schüttelte sie bescheiden und freundlich. Ich fragte mich, wie viele Giftstoffe und Krankheitserreger sie wohl mit dieser einen Geste austauschten, Fatty mit seiner von Eiter besudelten Hand und der Rollstuhlfahrer mit seinen Pickeln und Blasen.

Fatty gab mir einen ordentlichen Klaps auf die Schulter und forderte mich auf, ihm zu folgen. Ich verbeugte mich ein wenig vor dem Rollstuhltypen, weil ich vermutete, dass das ein angemessener Abschied für einen Realen war, aber er war schon wieder in sein Buch vertieft.

Ich eilte hinter Fatty her und ging dann neben ihm zum Ausgang. Wir erreichten den Parkplatz. Überall war ein aufgeregtes Murmeln zu hören, das gelegentlich von einem Schrei übertönt wurde. Wir gingen auf die Überführung zu, so schnell es unsere ramponierten Körper erlaubten. Ich bemerkte vier Posten, die in der Nähe Stellung bezogen hatten und ihre Taschen leerten, deren Inhalt sie auf dem Betonboden stapelten.

»Sieht so aus, als würden sie ihre Reichtümer zusammensuchen, um an der Versteigerung teilzunehmen«, sagte Fatty und nickte eifrig. »Das ist eine gute Nachricht. Wir können unseren ursprünglichen Plan wieder verfolgen.«

Der ganze Parkplatz wurde in grelles Licht getaucht. Wir drehten uns um. Auf dem Dach der Tankstelle war ein Flutlicht angebracht. Die Soldaten versammelten sich um die heruntergekommenen Tanksäulen, und alle versuchten in das Gebäude zu spähen. Im Vergleich mit der perfekten Kreatur da drinnen wirkten sie wie Wachhunde, die Alarm schlagen. Es befanden sich auch weibliche Reale darunter, die hysterisch kreischten. Auch sie schienen Angst zu haben, womöglich eine wilde Party zu verpassen. Fatty und ich versteckten uns hinter dem Wrack eines ausgebrannten Geländewagens, weil wir fürchteten, Mr. Thomas könnte uns entdecken. Fatty versuchte, die Situation einzuschätzen.

»Mist.«

Da hatte er nicht ganz unrecht. Unser Plan wirkte inzwischen ziemlich lächerlich. Es waren viel mehr Reale da, als wir erwartet hatten, und sie verteilten sich über ein größeres

Gebiet. Es war ziemlich unrealistisch, zu glauben, wir könnten sie alle selektieren. Selbst wenn wir Fattys Ausrüstung hätten und es bis zu unserem Landy schafften – wer sollte verhindern, dass die Überlebenden sich neu gruppierten und uns angriffen, wenn wir versuchten durchzubrechen? Vielleicht hatte Starvie ja recht gehabt. Vielleicht war Fatty eine schlechte Wahl gewesen.

Das Gemurmel der Realen rund um die Tankstelle wurde immer lauter, und schließlich ertönten gellende Rufe überall auf dem Parkplatz.

»Da kommt sie«, sagte Fatty.

Auf dem Dach ging eine Luke auf, und drei Gestalten kletterten heraus. Zuerst kam Mr. Thomas, der eine Hand hob, als er die Jubelrufe der Meute unten auf dem Platz hörte. Ihm folgte ein weiblicher Wachposten, die Starvie hinter sich herzog.

Sie sah schlimm aus. Sie hatten ihr ein grässliches rosa Kleid angezogen, das ihren ganzen Körper entblößte, bis auf die Stellen, die sie am meisten erregten. Die Männer der Realen fanden es oftmals interessanter, ein Versprechen vor sich zu haben als das, um was es tatsächlich ging.

Ihr Gesicht hatten sie nicht angerührt, aber an ihren unsicheren Bewegungen konnte ich erkennen, dass sie sie in der Mangel gehabt hatten. Sie bemühte sich, den Kopf aufrecht zu halten, aber die Wärterin hatte ihr eine Leine um den Hals gelegt, an der sie zog, sodass Starvie den Kopf senken musste.

Thomas hob die Arme und bat um Gehör, aber das Geheul wollte nicht verstummen. Das ärgerte ihn. Er ging zu seiner Begleiterin, die die Leine losließ, ihr Gewehr durchlud und ein paar Schüsse in die Luft abgab. Die Menge beruhigte sich. Es geht doch nichts über ein paar Gewehrschüsse, um eine Versammlung in geordnete Bahnen zu lenken.

Mr. Thomas hob ein Megafon hoch und hielt es sich vor den Mund. Wenn ich eine Waffe gehabt hätte, hätte ich ihn jetzt gleich ausschalten können.

»Meine Herren«, sagte er mit blecherner Stimme. »Wir haben heute Abend ein besonderes Angebot für Sie! Sie haben Sie singen gehört, Sie haben ihre Filme gesehen, Sie haben jede Nacht von ihr geträumt. Tja, Jungs, heute Abend habe ich das besondere Vergnügen, euch ankündigen zu dürfen, dass eure kühnsten Träume wahr werden … wenn ihr bereit seid, den korrekten Preis dafür zu bezahlen. Meine Herren, ich präsentiere Ihnen … Jennifer E!«

Thomas war wohl in der Vergangenheit mal Entertainer gewesen. Er wusste genau, wie man mit einer Menschenmenge umgehen muss. Sofort flammte ein weiterer Suchscheinwerfer auf dem Dach des Raststättengebäudes auf und strahlte Starvie an. Die Wärterin schlug ihr auf den Rücken und zerrte an der Leine, sodass Starvie mit erhobenem Kopf auf dem Dach landete. Das Gebrüll der Menge wurde immer frenetischer. Ich tippte Fatty auf die Schulter. Er zuckte zusammen und richtete sein gesundes Auge auf mich.

»Was denn?«, fuhr er mich an.

»Wir müssen. Wärter kommen nicht. Haben Streit.«

»Wir warten noch.«

»Nein, nicht«, sagte ich. »Sie wollen Drogen, dann gehen wir jetzt. Töten Wärter, während es laut ist. Nehmen ihre Waffen.«

Fatty schob meine Hand fort.

»Hören Sie auf, wie ein Trottel zu reden.« Zornig wandte

er sich wieder der Versteigerung zu. Irgendwas stimmte nicht mit ihm. Er war wie elektrisiert. Sein gutes Auge war weit aufgerissen.

Mr. Thomas ging am Rand des Dachs entlang und ließ die Hysterie anschwellen. Mir kam das alles nur wie Zeitverschwendung vor. Diese Männer konnten nicht noch rasender werden. Aber er genoss seine Macht.

»Gefesselt und geknebelt, um Ihnen zu Diensten zu sein«, plärrte es aus dem Megafon. »Sie gehört Ihnen, Sie können sie mit nach Hause nehmen. Das Einzige, was Sie dafür tun müssen, ist, zu bieten. Es gibt nur zwei Regeln dabei: Erstens, alle Angebote dürfen nur von Einzelpersonen kommen!«

Das kam nicht sehr gut an. Protestierende Stimmen meldeten sich zu Wort. Eine Gruppe, die ziemlich weit vorne stand, bewarf Thomas mit Müll und unterbrach ihn empört.

»He, ihr von der F-Schicht, hört auf, mich zu beschimpfen«, sagte Thomas. »Genau ihr seid der Grund für diese Regel. Mit der letzten Lieferung seid ihr nicht gerade sorgsam umgegangen, stimmt's? Habt den Tunnel nur halb fertig gebaut, weil ihr unbedingt mit euren Messern rangehen wolltet, oder?«

Die Menge lachte und johlte.

»Genau so ist es«, sagte Thomas. »Es kann nur einer allein bieten. Die zweite Regel ist, dass ihr sie nur hier in der Tankstelle haben könnt und dabei beaufsichtigt werdet. Jennifer ist viel zu schade, um in einer Nacht kaputt gemacht zu werden. Wir können alle eine Menge Spaß mit ihr haben, wenn wir uns ein bisschen zurückhalten und fair sind.«

Einer von der F-Schicht warf etwas auf Thomas.

»Scheiß auf fair, gib sie her!«

Starvie trat um sich und zerrte an den Fesseln, weil sie keine Lust mehr hatte, den Stiefel der Wärterin im Rücken zu spüren. Sie schaffte es beinahe, sich frei zu machen, was die Masse dazu brachte, ihr zuzujubeln, bevor die Wärterin sie wieder nach unten drückte. Die Menge brüllte noch mehr.

Fatty packte mich, zog mich an sich und flüsterte: »Schau mal, wer da kommt.«

Vier Soldaten kamen über die Überführung auf uns zu. Wie wir gehofft hatten, trugen sie Gewehre bei sich. Endlich funktionierte mal etwas nach Plan. Fatty beugte sich nach unten, zog ein Messer aus einem Halfter am Schienbein und richtete sich wieder auf. Wir warteten. Sie hatten uns immer noch nicht bemerkt, sondern schlugen einander aufgeregt auf die Schultern und gaben Jubelrufe von sich.

Fatty trat ihnen in den Weg.

»Einen Moment noch, Jungs.«

»Wer sind Sie denn?«, fragte einer.

»Mr. Thomas sagte, dass es keine Bietergemeinschaften geben darf heute Abend. Jeder bietet nur für sich.«

»Was?«

»Das ist doch unfair!«, rief ein anderer.

Fatty warf sich auf den, der ihm am nächsten stand, und stach mit dem Messer zu. Die anderen erstarrten für einen kurzen Moment. Ich nutzte die Gelegenheit und packte den Nächsten mit meiner gesunden Hand am Hals. Ich drückte fest zu, sodass mein Daumen und meine Finger sich trafen und seine Luftröhre blockierten. Er schaute mir in die Augen, ein Blick voller Fragen, bis ich seine Wirbelsäule gefunden hatte und verdrehte. Er fiel zu Boden. Der dritte Posten zielte mit dem Gewehr auf mich und gab einen

Schuss ab, der danebenging. Ich packte die Waffe und setzte ihm den Lauf ans Kinn, dann legte ich seinen Finger auf den Abzug und schoss ihm beinahe vollständig den Kopf weg. Fatty riss das Messer aus dem Bauch seines Gegners und zog es einmal über die Fußgelenke des Vierten. Der schrie auf vor Schmerz und stürzte auf Fatty. Ich trat mit dem Fuß auf den Hals des ersten Soldaten, der noch immer gurgelnde Geräusche von sich gab, und griff nach seiner Pistole. Dann, als der Vierte es gerade geschafft hatte, mit seinem Gewehr direkt auf Fattys Gesicht zu zielen, verpasste ich ihm einen Schlag gegen den Kopf, und er fiel bewusstlos zu Boden.

Fatty lag da und schnappte nach Luft. Die Menge lief nicht auseinander. Sie hatte uns überhaupt nicht bemerkt.

Ich reichte Fatty eine Hand und zog ihn hoch. Er stöhnte und fasste sich an die Brust. Durch den Kampf waren seine Wunden wieder aufgebrochen.

Ich schaute mir die Waffen an. Sie waren in einem recht guten Zustand, aber es waren alte Modelle aus der Zeit vor dem Krieg, billig und bekannt dafür, dass sie im falschen Moment blockierten. Ich suchte die beiden am besten erhaltenen aus, reichte eine davon Fatty und schleppte die Leichen zu den Überresten eines SUV und versteckte sie dort.

Das Geschrei der Menge wurde immer drängender und bösartiger. Offenbar hatte Thomas seine Aufgabe zu gut erledigt. Seine Verkaufsansprache hatte die möglichen Interessenten in eine unkontrollierbare Raserei versetzt.

»Verdammt, zurückbleiben!«, schrie er durch sein Megafon. »Wir werden das hier wie zivilisierte Menschen erledigen!«

Hastig ging er in die Knie, als eine Ladung Steine, Müll und Metallteile von unten nach ihm geworfen wurde. Die

Menge schlug gegen die Tür der Tankstelle, wurde immer lauter, aufgepeitscht von Wut und Lüsternheit.

»Wenn ihr das versucht, werde ich euch erschießen!«, schrie er.

»So ein Vollidiot«, stellte Fatty fest.

Ich sah, wie etwas die Wächterin neben Thomas im Gesicht traf. Sie fiel um und verschwand aus dem Sichtfeld. Mr. Thomas hockte auf dem Dach, die Arme über den Kopf gelegt, und wartete auf das Unvermeidliche. Starvie war nirgends zu sehen.

»Okay«, sagte ich zu Fatty. »Gehen wir und erledigen alles. Jetzt oder nie.«

Fatty bewegte sich nicht von der Stelle.

»Sie sind drin«, sagte er. Die F-Schicht führte eine Gruppe aufs Tankstellendach. Oben angekommen brüllten sie laut und gebärdeten sich wie ein entfesselter Mob. Thomas wurde hochgehoben und nach unten in die Menge geworfen. Die anderen suchten nach Starvie. Der Anführer, ein Monster von ein Meter achtzig mit blutigem Schweiß im Gesicht, schrie auf, packte etwas und zerrte Starvie auf die Füße. Die Menge unter ihm kreischte auf vor Begeisterung.

Das Monster hielt sie am Hals fest, streckte die Arme aus und ließ sie über der Menge baumeln. Dann riss er ihr mit einer unvermittelten Bewegung das rosafarbene Kleid vom Leib. Sie wehrte sich und versuchte, ihn mit dem Kopf zu rammen, aber er schien das gar nicht zu merken, sondern starrte Starvies Körper gebannt an. Einige seiner Kumpane versuchten sich ihr zu nähern, was ihn aus seiner Trance weckte. Er drängte sie zurück und stieß einen Kriegsruf aus.

»Die werden sie in Fetzen reißen«, sagte Fatty. Er nagte an seiner Unterlippe und knirschte mit den Zähnen. Allmählich schien er in einen ähnlich erregten Zustand wie die Menschenmenge zu geraten.

»Ihr geht's gut«, sagte ich. »Na ja, vielleicht nicht gut, aber sie ist dafür gemacht, einiges einzustecken. Wir sollten jetzt unsere Sachen holen. Je eher wir fertig sind, umso eher sind wir wieder zurück.«

Fatty hörte nicht zu. Sein Gesicht verfiel in ein chaotisches Zucken.

»Man sollte meinen, dass wir, nachdem wir das Ende der Welt mitgemacht haben, ein wenig mehr Respekt vor dem Leben haben«, stieß er hervor.

Ich rannte zur Überführung und ging davon aus, dass Fatty mir folgte, wenn er erst mal bemerkt hatte, dass ich auf dem Weg war.

Da hatte ich mich geirrt.

Ich war schon drei Stufen hochgestiegen, als ich ihn schießen hörte. Ich drehte mich um und sah, wie er auf dem Asphalt kniete, das Gewehr im Anschlag.

»Mist«, sagte er. »Daneben.«

Die Menge blieb unbeeindruckt. Offenbar waren die Männer viel zu sehr in Rage, um es zu bemerken.

»Was machen Sie denn?«, fragte ich. »So haben wir das nicht abgesprochen.«

»Ist mir egal.«

»Was ist mit den Medikamenten?«

»Scheiß auf die Medikamente.«

Ich hob meine Waffe, wollte ihm mit dem Kolben einen Schlag auf den Kopf versetzen, um ihn anschließend über die Brücke zu tragen, aber es war zu spät. Sein nächster Schuss traf. Das Monster taumelte, ließ Starvie los und stürzte auf das Dach wie ein formloser Fleischsack. Das

Geheul der Menge veränderte sich: Jetzt waren alle verwirrt und wütend. Ich kniete mich neben Fatty und brachte das Gewehr in Anschlag.

»Was für eine blöde Idee.«

Ich suchte das Dach ab. Die drei übrigen Angehörigen der F-Schicht prügelten sich mit Starvie. Fatty schoss und streckte den nieder, der ihr am nächsten war. Ich schaltete die anderen beiden aus. Starvie war schlau genug, liegen zu bleiben. Die Menge lief voller Panik auseinander, alle suchten Deckung. Davon gab es jede Menge.

»Das war falsch«, stellte ich fest.

»Und wenn schon«, sagte Fatty. »Suchen Sie sich einen anderen Platz, okay? Wenn Sie hier bleiben, dann kriegen sie uns beide.«

Das hätte er mir nicht sagen müssen, aber er hatte recht. Die Realen erwiderten unser Feuer. Vor uns wurde der Asphalt durchlöchert, und Teer spritzte auf. Fatty ließ sich hinter den SUV fallen, klammerte sich seitlich daran und schoss zurück. Ich humpelte auf den Raststätteneingang zu. Davor gab es ein paar Betonpoller, hinter denen man in Deckung gehen konnte. Gerade als ich dort ankam, wurde etwas Großes abgefeuert.

Die Realen auf dem Raststättendach hatten eine Weile gebraucht, um zu kapieren, was los war, aber nun feuerten sie mit einem schweren Maschinengewehr ungefähr in meine Richtung. Das war ein Problem. Die Hälfte des Pollers, auf den ich zurannte, zerbarst in weiße Brocken. Ich ließ mich nach links fallen, rollte zu Seite, kniete mich hin und hob mein Gewehr. Sofort konnte ich sie durch das Zielfernrohr ausmachen – zwei Reale, der eine feuerte, der andere führte den Patronengürtel zu. Drei Kugeln sausten direkt vor meiner Nase vorbei, so dicht, dass ich sie riechen konnte.

Ich warf mich erneut zu Boden und kroch unter dem ziemlich konfusen und zufälligen Beschuss weiter, sprang schließlich auf und rannte auf den Eingang zu. Dort befand ich mich endlich in Deckung, hinter einem Erdhaufen, der als Seitenbegrenzung aufgeschüttet worden war. Daneben verliefen verblasste gelbe Linien, und die Worte LANGSAM FAHREN waren auf die Fahrbahn geschrieben. Kaum war ich dahinter gesprungen, hatten die Typen auf dem Dach mich auch schon wieder ins Visier genommen. Die Erde um mich herum spritzte auf, als sie versuchten mich festzunageln, damit ihre Kameraden mich einkreisen konnten.

Es sah ziemlich übel aus. Zum ersten Mal erwog ich, wenn auch nur für einen kurzen Moment, meinen Fahrgast im Stich zu lassen. Wenn ich einfach nur die Auffahrt entlang in südlicher Richtung rannte, dann würde ich wahrscheinlich entkommen. Aber da wurde das Maschinengewehrfeuer eingestellt.

Ich hob den Kopf, nur so weit, dass ich sehen konnte, wie vier Reale vorsichtig auf mich zu krochen und den Bereich vor sich mit den Gewehren abtasteten, da sie im Staub und Rauch, der vom Asphalt aufstieg, halb blind waren. Die armen Trottel merkten nicht, dass ihre Silhouetten sich vor dem Licht der Scheinwerfer abzeichneten. Ich gab vier gut gezielte Schüsse ab, und sie blieben regungslos liegen, obwohl einer nur einen Streifschuss abbekommen hatte.

Ich schwenkte die Waffe herum, spähte durchs Zielrohr und suchte das Dach der Raststätte ab. Ich konnte nur die Kanone erkennen, die jetzt schwieg und aus deren Lauf dünner Rauch aufstieg. Die Besatzung war in Deckung gegangen vor dem Beschuss, der von der Tankstelle herkam.

Starvie.

Sie hatte sich von ihren Fesseln befreit, lud ihre Waffe, ein langes nacktes Bein ausgestreckt, einen Fuß auf dem Rand des Dachs. Sie trug einen Schutzmantel, den sie einem der Männer abgenommen hatte. Ihr Haar flatterte im Wind. Die Realen, die es eben noch nach ihrem Blut gedürstet hatte, drängten sich gegen die Wände der Tankstelle und schossen wild über ihre Köpfe hinweg, um sie abzulenken. Wahrscheinlich fanden sie Starvie nie begehrenswerter als in diesem Augenblick.

Ich schoss auf zwei von ihnen, die gerade versuchten, durch ein Fenster zu klettern, dann duckte ich mich wieder hinter den Erdwall, um nachzuladen. Als ich das Magazin einschob, dachte ich darüber nach, wie schnell die Dinge sich doch ändern konnten. Mit Starvie oben auf dem Dach hatte sich die Lage eindeutig zu unseren Gunsten entwickelt. Falls Fatty noch lebte.

Trotzdem war es angebracht, in Bewegung zu bleiben. Ich sprang aus meiner Deckung und rannte auf ein paar große blaue Abfallbehälter zu, die vor einer Baumreihe umgekippt auf der Seite lagen. Sofort begann das Schießen erneut. Zwei Männer kamen mir durch den Schnee entgegen. Sie rannten und schossen dabei, wofür die Realen kein besonders großes Talent haben. Ich verpasste den beiden jeweils einen Kopfschuss. Dann erwischte mich jemand von rechts her wesentlich besser und traf mich an meinem schlimmen Bein. Die Schiene splitterte und fiel ab, die Kugel durchschlug meinen Knöchel.

Das brachte mich zu Fall, und ich knallte mit dem Kopf

unsanft auf den Boden. Und wieder schien sich das Glück zu wenden. Ich stemmte den Schaft meines Gewehrs auf den Asphalt und drehte mich um, um meinen Angreifer auszumachen. Ich entdeckte ihn sofort.

Leonard.

Ich zielte so, dass das Fadenkreuz direkt zwischen seinen Augen stand, und drückte den Abzug durch.

Klick.

Leonard grinste und zielte jetzt sehr genau. Mir wurde klar, dass ich völlig hilflos war. Ich löste das Magazin, ließ es auf meine Hand fallen, holte weit aus und warf es nach ihm. Ich erwischte ihn an der Schläfe. Er schaute kurz verwirrt drein, dann verlor er das Bewusstsein.

Zum ersten Mal seit einiger Zeit schoss niemand mehr auf mich. Die meisten der Realen waren in Deckung gegangen, aber einige bewegten sich noch im Freien. Ich bemerkte einige, die an der Wand der Tankstelle Posten bezogen hatten und von dort aus Fattys SUV unter Beschuss nahmen. Beleuchtet vom Flutlicht warfen sie lang gestreckte, schwarze Schatten. Tja, das war Pech für Fatty. Er musste jetzt durchhalten.

Zunächst musste ich meinen Fahrgast zurückholen. Das würde nicht ganz einfach werden, da mein Knöchel zerschmettert war, aber ich musste es versuchen. Ich benutzte das Gewehr als Krücke, holte so weit aus wie möglich und zog mich dann hinterher.

Ich erreichte einige tote Reale, nahm ihnen ein paar Patronen ab, lud durch und nahm den Rand des Tankstellendachs ins Visier. Ein paar Reale drängten sich noch immer gegen die Wände und schauten ängstlich nach oben, aber von Starvie war nichts zu sehen. Es war eine Art Pattsituation. Ich entschied, ihr eine Verschnaufpause zu gönnen, und bestrich die Raststätte mit einer Salve. Drei Reale gingen zu Boden. Der Vierte war nicht getroffen worden, entschied aber, dass ihm das alles zu viel wurde, und suchte Schutz zwischen den Baumstümpfen. Dadurch wurde einiges leichter, aber nicht sehr. Bis dorthin zu gelangen würde in meinem Zustand Tage dauern.

Ich entdeckte einen Einkaufswagen, der zwischen zwei blauen Mülltonnen stand. Er schien noch intakt zu sein, hatte vier Räder und war groß genug für mich. Ich stemmte mich auf meinem gesunden Bein hoch und wuchtete meinen Körper hinein wie eine riesige Einkaufstüte. Mein schlimmes Bein hing über den Rand herab, mit dem guten stützte ich mich im Wagen ab, um das Gleichgewicht zu halten. Ich streckte die Arme aus und fasste mit beiden Händen nach den Mülltonnen rechts und links und ruckte mit dem Einkaufswagen vor und zurück, um möglichst viel Schwung zu erzeugen. Dann katapultierte ich mich mit ganzer Kraft über den Parkplatz.

Ich hatte ziemlich gut gezielt und raste direkt auf die Tankstelle zu. Ich beglückwünschte mich zu meiner genialen Idee, bis ich mit einem Mal nach rechts abdriftete. Das eine Vorderrad blockierte leicht und sorgte dafür, dass ich vom Kurs abkam und auf die ausgebrannten Wracks zufuhr, hinter denen sich einige Real-Posten neu gruppierten.

Sie wurden auf den quietschenden Einkaufswagen aufmerksam und stellten sich in Position. Etwas sauste pfeifend durch die Luft. Es war eine Granate, aber sie war viel zu hoch abgeschossen worden, weshalb sie in den Mülltonnen hinter mir explodierte. Ich rollte weiter, direkt auf das riesige, verrostete Wrack eines Postlasters zu. Ich rammte es mit großer Geschwindigkeit, prallte ab, konnte mich aber aufrecht halten.

Hinter einem der Räder tauchte ein Mann auf, aber ich erwischte ihn rechtzeitig. Dann eröffnete ein zweiter das Feuer auf meinen Einkaufswagen und bescherte meinen Nanos zwei weitere frische Wunden, um deren Heilung sie sich kümmern mussten. Ich hob mein Gewehr und schoss ihm den halben Kopf weg.

Rasch katapultierte ich mich von dem Laster weg und peilte die Tankstelle an. Diesmal berechnete ich das defekte Rad mit ein. Die Realen schossen und brüllten in alle Richtungen, aber sie trafen mich nicht. Ich prallte gegen das Gebäude, bemerkte es aber kaum. Ich war völlig fertig.

Jetzt hatte ich so viele Wunden, dass ich so gut wie am Ende war. Meine Kräfte verließen mich. Ich hob das Gewehr und warf einen Blick durchs Zielrohr, um nach Fatty zu sehen.

Seine Angreifer hatten sich hinter der östlichen Wand des Rasthauses zusammengeschart. Sie tuschelten miteinander und waren sich offenbar nicht über ihren nächsten Schritt einig. Am liebsten hätte ich ihnen laut zugerufen, dass sie sich gefälligst mal organisieren sollten. Sie machten es uns wirklich zu leicht. Aber dann wurde ich vom Schmerz überwältigt und ließ mein Gewehr fallen. Mein Kinn sank auf die Brust.

»Das war's«, sagte ich, an niemand Speziellen gerichtet.

Der Boss ist ziemlich zappelig geworden. Die einzige Emotion, die ich erkennen kann, ist Angst.

»O Jesus«, flüstert er. »O Jesus.«

Auf diesen Jesus kommt mein Boss nur dann zu sprechen, wenn er Angst hat.

»Seit wann ist es nur so schlimm geworden?«

Auf der Straße und an den Fenstern sind viele Menschen, sie ergießen sich wie Unrat auf die Straßen, dünne ausgemergelte Gestalten mit leeren Augen. Menschen verschiedener Hautfarbe, verschiedener Größe, in verschiedener Kleidung, die, während wir an ihnen vorbeifahren, gegen die Tür unseres Wagens trommeln – bettelnd, schreiend, schimpfend. Einige werden von Soldaten in Transporter gedrängt.

Wir fahren um die letzte Kurve und befinden uns auf dem höchsten Punkt der Brixton Hill, der Verbindungsstraße im Süden von London. Ich kann schon das Tor der Zentralen Kontrolle erkennen, deren Gebäude sich auf der anderen Straßenseite befindet. Der Eingang wird von Hunderten Real-Soldaten in Tarnanzügen umringt, hier und da ist auch ein Soldaten-Fizieller zu sehen, der die anderen um gut einen halben Meter überragt. Alle tragen riesige Gewehre, sind in Habtachtstellung und warten auf Befehle.

Ich frage mich, ob die Soldaten überhaupt wissen, was sie da schützen. Haben sie mal danach gefragt, was sich da tief unter ihnen befindet? Die meisten verstehen gar nicht, was die Kontrolle ist. Der Boss hat die Vermutung, dass es sich um einen Computer handelt, eine Kiste mit dämonisch aufblitzenden roten LEDs. Was würde er denken, wenn er wüsste, dass die Kontrolle Augen hat und Hände und Füße? Was würde er tun, wenn er herausfände, dass sie ein zusammengewachsenes Bewusstsein ist, kombiniert aus sieben besonders fähigen Modellen, deren Intelligenz gebündelt wurde, um uns aus der Dunkelheit zu führen? Würde ihn das beruhigen oder ihm Angst machen?

Der Boss möchte nicht weiterfahren, aber es spricht für ihn, dass er sich trotzdem den Weg bahnt. Die Menschenmassen verlieren sich und werden von Real-Soldaten abgelöst, die genauso aufgeregt und verängstigt sind. Gelegentlich hören wir einen Schuss, und der Boss schaut sich angstvoll um.

»Keine Sorge«, sage ich. »Das war ziemlich weit entfernt.«

Er beugt sich vor, sein Kinn berührt beinahe das Lenkrad.

»Halt den Mund, Zweiundvierzig«, sagt er. »Halt einfach den Mund, okay?«

Wir fahren hinter einem nicht speziell gekennzeichneten weißen Lieferwagen her, der wiederum das Ende einer ganzen Kolonne weißer Lieferwagen bildet. Wir rollen ganz langsam den Berg hinab. Die Posten am Tor scannen die Barcodes und machen Mundabstriche bei allen Realen, die reinwollen. Das könnte die längste Warteschlange werden, in der wir bis jetzt gelandet sind.

Der Boss zieht die Handbremse und zündet sich mit zittrigen Händen eine neue Zigarre an. Ich schaue in den Rückspiegel und sehe zu, wie Soldaten die Menschen den Berg hinauf prügeln. Ich sehe die Banner der Wahrheitsliga und kann lesen, was darauf steht, obwohl sie im Wind flattern. Ich sehe Leute, die Parolen rufen und mit den Fäusten drohen, vereint in Angst. Von hier aus wirken sie wie ein riesiger vibrierender Organismus. Ich versuche mir vorzustellen, wie die Straße aussähe, wenn diese vielen Menschen nicht mehr da wären und ich die Chance hätte, alles neu aufzubauen.

Der Boss schaltet das Radio ein und hat prompt eine Nachrichtensendung erwischt. Er wechselt sofort den Sender und sucht nach etwas, das nichts mit der Wirklichkeit zu tun hat.

Schließlich findet er einen Sender, wo jemand ein Lied anstimmt:

Baby if I made you mad
for something I might have said
Please forget the past
the future looks bright ahead
Don't be cruel
to a heart that's true

Der Boss atmet tief durch und lehnt sich zurück. Die Musik scheint ihn zu beruhigen. Er trommelt im Rhythmus aufs Lenkrad und murmelt etwas davon, dass das noch echte Musik ist.

ENTDECKUNG

Tiefrote Flecken wirbelten durch mein Gesichtsfeld. Ich ließ sie das eine Weile tun. Es roch nach Pulverdampf und Mörtelstaub. In der Ferne war das Geräusch einer Autotür zu hören, die aufging und wieder zugeworfen wurde.

Vorsichtig strich ich mir über den Kopf und tastete nach weiteren Verletzungen. Meine Beine fühlten sich besser an. Als ich nach unten sah, bemerkte ich, dass der Bruch verheilt war und die Wunde am »gesunden« Bein nicht mehr blutete. Auch die Verätzungen waren schon gut abgeheilt. Ich spürte, dass sich neue Haut auf meinem Gesicht gebildet hatte.

Starvie trug noch immer den Schutzmantel und hielt ein Gewehr in der Hand. Irgendwie war es ihr gelungen, mich auf das Dach zu bekommen. Ihre Haare wehten noch immer auf eine völlig abwegige Art.

»He«, sagte ich.

Sie drehte sich um und sah mich an. Sie hatte eine üble Wunde an der Wange, schien sonst aber nichts abbekommen zu haben.

»Schön, dass du wieder da bist«, sagte sie. »Du siehst besser aus.«

»Wie kommt das?«, fragte ich.

»Ich hab dir ein bisschen was hiervon eingeflößt.« Sie zog etwas aus der Tasche und reichte es mir. Es war ein kleines rechteckiges Fläschchen, das man in der Jackentasche mit sich führen kann. Ein hübsches Objekt aus der Mitte des zwanzigsten Jahrhunderts. Ich drehte den Verschluss auf und roch daran. Es verströmte den gleichen durchdringenden Geruch wie der Kaffee im Rasthaus.

»Es ist der gleiche Fusel, angereichert mit Drogen«, erklärte Starvie. »Der Gorilla, der mich hier hochgeschleppt hat, trank davon. Ich dachte mir, dass es deinen Motor vielleicht ein bisschen ölt. Dieses Zeug und das kleine Nickerchen haben dir anscheinend gutgetan.«

Fusel. Das erklärte so einiges, was Fattys Verhalten betraf. Seine eigenartigen heroischen Aktionen in letzter Minute waren wahrscheinlich durch die Drogen befeuert worden.

»Wie lange bin ich bewusstlos gewesen?«

»Vier Stunden. Hat schon eine Weile gedauert.«

»Vier Stunden?«, sagte ich. »Was … Denkst du denn, es ist eine gute Idee, den Realen Zeit zu geben, sich neu zu formieren?«

»Hab ich dir nicht gesagt, dass Kämpfen in dein Ressort fällt, Herzchen? Ich denke, ich habe schon viel mehr als meinen Fahrpreis für diese Reise beigetragen.«

Sie hatte recht. Ich setzte mich hin und bemerkte die Leichen der F-Schicht, die übereinandergestapelt in einer Ecke auf dem Dach lagen. Das war so eine ihrer merkwürdigen Angewohnheiten.

»Was ist mit Fatty?«

»Hat sich tapfer geschlagen«, sagte Starvie. »Sie haben ihn ein paar Mal angegriffen, aber er konnte sie zurückschlagen, mit bescheidener Unterstützung meiner Wenigkeit. Ein paar andere haben versucht, das Leuchtfeuer mithilfe von Granaten anzuzünden, aber ich hab sie davon abgebracht. Ich hab versucht, das zweite Flutlicht auszuschalten, aber ich konnte nicht den richtigen Winkel finden.«

Sie zitterte und stellte den Mantelkragen auf. Die Luft fühlte sich an, als würde bald noch mehr Schnee fallen.

»Und wieso habt ihr das Feuer eröffnet, bevor sie mit mir angefangen haben?«

»Das war Fatty. Seine ritterliche Seite. Ich denke, es lag vor allem an diesem Zeug hier.«

Ich deutete auf das Fläschchen.

»Ich finde trotzdem, dass er nicht der Typ ist, der sich bei der Rettung anderer hervortut«, sagte sie. »Falls es überhaupt so jemanden gibt.«

»Wir sollten ihn besser mal herholen.«

»Damit bin ich nicht einverstanden«, sagte sie. »Es gibt keinen Grund, ihm zu helfen. Sein Plan ist auf ganzer Linie fehlgeschlagen. Ich denke, es ist besser, wir geben zu, dass unsere Tarnung aufgeflogen ist.«

»Nein, wir brauchen ihn noch. Zumindest, bis wir in York sind.«

Ich versuchte aufzustehen, aber mein Knöchel spielte nicht mit. Starvie stützte mich und half mir bis zur Luke. Ich stieg die Leiter hinunter und stellte fest, dass ich den Knöchel immerhin ganz kurz belasten konnte. Starvie reichte mir zwei Gewehre nach unten und folgte mir. Ihre nackten Füße auf den Leitersprossen sahen klein und zierlich aus.

»Brauchst du nicht ein Paar Stiefel?«, fragte ich.

»Ich hab ihre anprobiert«, sagte sie und deutete die Leiter hinauf, »aber die waren alle zu groß.«

Sie ging an mir vorbei. Ihr Mantel öffnete sich ein wenig und entblößte ihren Körper. Ich konnte immer noch nicht verstehen, weshalb die Realen darüber so in Aufregung gerieten. Neugierig streckte ich die Hand aus und legte sie auf ihren Bauch. Sie ließ es mich tun, wischte dann aber meine Hand weg.

»Es ist jetzt nicht der richtige Zeitpunkt, neugierig zu werden«, sagte sie.

»Lass mich nur eins noch sehen.« Ich umfasste ihre Hüfte. Sie war schmal. So schmal, dass ich beinahe herumfassen konnte. Ich hob sie hoch und versuchte, ihr Gewicht zu schätzen. Ich legte meinen gesunden Arm um sie und zog sie an mich.

Sie hörte auf, sich zu wehren, ließ die Arme seitlich herabfallen. Ganz langsam näherte sich ihr Gesicht dem meinen, bis unsere Nasenspitzen sich berührten. Sie machte große Augen und schaute mich an. Dann ruckte sie den Kopf zurück, ließ ihn nach vorne schnellen und stieß die Stirn gegen meine Nase. Jetzt hatte sie, was sie wollte. Ich ließ sie los. Sie schob mich beiseite und ging zur Tür.

»Reiß dich zusammen«, sagte sie.

Sie warf die Haare über die Schulter, ihr Abgang sollte dem eines Filmstars entsprechen, aber sie wurde unterbrochen, als eine Gewehrsalve das Gebäude traf, Glas splitterte, und der Fußboden spritzte auf.

Ich ließ mich flach auf den Boden fallen. Starvie warf mir eine grüne Stofftasche zu. »Nimm die. Das ist das einzig Brauchbare, was diese Gorillas hatten.«

Ich zog die Tasche auf und fand darin sechs ordentlich verstaute Handgranaten. Zwei davon warf ich aus dem Fenster in Richtung des Postlasters und eine weitere auf den Vorplatz. Der Lastwagen explodierte mit einem orangefarbenen Blitz und schleuderte zwei Reale zur Seite.

Wir gingen in Deckung und horchten. Jemand schrie um

Hilfe. Ich schaute kurz auf und sah, wie zwei Männer dem Verwundeten zu Hilfe eilten. Pech gehabt. Ich knallte sie ab und ging wieder in Deckung.

Ich deutete auf die Tür. Starvie wusste schon, was zu tun war. Sie rannte los, während ich ihr Feuerschutz gab. Dann folgte ich ihr so schnell, wie mein gebrochener Knöchel es erlaubte.

Ich war darauf gefasst, eine längere Strecke unter großen Schmerzen zurücklegen zu müssen, weshalb es mich wunderte, dass Starvie auf einmal umkehrte. Sie stieß gegen mich, und wir fielen zusammen durch die Tür zurück ins Gebäude.

»Weißt du überhaupt, was du willst?«

»Panzer!«, schrie sie.

Der Fußboden bebte. Wir hörten ein klatschendes Geräusch und ein Pfeifen, und dann explodierte die Hälfte der Tankstelle und zerfiel zu Staub.

»Tja, wir sollten wohl lieber nicht hier drin bleiben«, sagte ich und schob Starvie weg, die auf mir gelandet war. »Geh hinten raus und mach dich auf den Weg zum Rasthaus. Ich gehe vorne raus und lenke das Feuer des Panzers auf mich. Hab ein Auge auf die anderen Realen und pass auf, dass mich kein Scharfschütze erwischt.«

»Aber die sind doch schon da!«, sagte sie.

Ich packte sie am Hals und an einem Bein und warf sie durch das frische Loch in der Mauer. Dann schnappte ich mir die Stofftasche und rannte nach vorn, wo ich beinahe mit einem panzerbrechenden 76mm-Geschoss kollidierte. Es rasierte mir die rechte Wange, bevor es ein zweites Loch neben das erste in die Mauer sprengte.

Ich sah, wie sich der Lauf der Kanone in meine Richtung

bewegte, der Panzer war jetzt noch knapp vier Meter entfernt. Ich sprang beiseite und ließ ihn an mir vorbei in die Tankstelle rasen, wo er sämtliche Wände flachlegte. Er hielt an, ruckte hin und her, der Motor heulte auf, und der Panzer verkeilte sich in den Trümmern.

Ich rannte auf den Postlaster zu. Ein Reifen hatte nach dem Granatentreffer Feuer gefangen. Ich zog eine der Handgranaten aus der Stofftasche und tunkte sie kurz in die zerschmolzene Gummimasse, dann humpelte ich zurück zum Panzer.

Der Fahrer versuchte verzweifelt, wieder freizukommen, die Raupen drehten durch, mal nach vorn, mal zurück. Die Luken des Panzers waren alle verschlossen, was bestimmt clever war. Ich klatschte die gummiüberzogene Granate auf eins der Antriebsräder und kletterte über den Auspuff und auf der anderen Seite wieder hinunter, bevor das Ding explodierte. Die Kette des Panzers blockierte, und die Besatzung konnte jetzt darüber rätseln, was gerade passiert war. Dann geriet der Fahrer in Panik und trat aufs Gaspedal. Der Panzer ruckte ein Stück vor, schaffte es aus dem Schutt, aber dann flatterte die Kette herum, weil sie von der Granate zerfetzt worden war. Der Panzer kam nicht mehr vom Fleck. Ich kletterte auf den Auspuff.

Die obere Luke ging auf. Ein Real-Soldat spähte über den Rand. Ich packte seinen Kopf mit beiden Händen und verdrehte den Schädel so weit, dass er sich vom Rückgrat löste, und zerrte ihn aus der Luke. Dann zog ich den Sicherheitsstift der Handgranate heraus.

»Das ist der Grund, warum ich gepanzerte Fahrzeuge meide.«

Ich ließ die Granate hineinfallen und schlug die Luke zu.

Die Explosion war nur gedämpft zu hören, Rauch drang durch die Ritzen in der Panzerung. Ich sprang zu Boden, und mein Knöchel erinnerte mich daran, dass er gebrochen war. Ich schaute nach unten und sah ein Stück Knochen hervortreten.

Starvie tauchte schnaufend neben mir auf.

»Ich glaube, ich hab die Nachzügler ausgeschaltet«, sagte sie. »Die meisten Soldaten sind abgehauen.«

»Was ist mit Fatty?«

»He, ihr Freaks!«, rief jemand aus dem SUV. »Worauf wartet ihr denn? Ich hab hier ein Problem.«

Starvie deutete hinter sich.

»Hörst du diesen schrillen Ton in seiner Stimme?«, fragte sie. »Er bricht zusammen. Das hab ich bei vielen meiner Kunden vor dem Krieg beobachtet. ›Runterkommen‹ nennen sie das. Eine ziemlich jämmerliche Angelegenheit. Der ist jetzt erst mal ein paar Stunden lang zu nichts zu gebrauchen. Und gefährlich wird er auch sein. Bist du sicher, dass du ihn nicht lieber gleich erschießen willst?«

»Schauen wir ihn uns erst mal an.«

Eine beeindruckende Zahl von toten Realen lag rund um Fattys Standort herum. Er war ein wirklich guter Schütze, auch wenn er sich den Kopf mit irgendwelchem Zeug vernebelt hatte.

Als wir zu ihm kamen, sahen wir, dass er sich am Hinterrad des Wagens festhielt. Sein gesundes Auge war geschlossen, das kranke aufgerissen, und diese Flüssigkeit lief heraus. Er kauerte da, als wollte er sich verkriechen, und schien völlig fertig zu sein. Er schluchzte und sabberte blauen Speichel.

»Es ist alles nur ein Traum«, jammerte er. »Alles … ein

Traum … O nein, wo ist mein Gesicht? Wo ist mein Gesicht?«

Er zupfte hektisch an seiner Nase herum, stellte fest, dass seine Gesichtszüge noch intakt waren, und fing wieder an zu schluchzen.

»Na ja, besonders gefährlich sieht er nicht aus«, stellte ich fest. »Er lebt.«

Starvie schüttelte den Kopf, hob ihn hoch und warf ihn sich über die Schulter. Sie trug ihn in die Raststätte, und ich humpelte hinterher.

Die Lichter waren immer noch eingeschaltet. Das Café allerdings war jetzt verlassen. Starvie wollte weiter zur Überführung gehen, aber ich hielt sie zurück.

»Warte hier mit ihm«, sagte ich und deutete auf das Häufchen Elend über ihrer Schulter.

»Warum?«

»Wenn wir sein Zeug holen wollen, müssen wir in den Lagerraum. Ich will aber nicht zu viel Zeit verschwenden, um da reinzukommen, zumal wir nicht wissen, was uns erwartet. Wir brauchen einen Schlüssel.«

»Die Aufseherin«, sagte Starvie.

Fatty zappelte und zerrte und rutschte schließlich von ihrer Schulter. Er klammerte sich an ihr nacktes Bein und sabberte auf ihre Füße. Sie gab ihm einen ordentlichen Tritt, und er kroch davon.

»Wofür die ganze Anstrengung?«, fragte Starvie. »Da unten sind vielleicht noch mehr. Wenn du unbedingt willst, dass dieser Jammerlappen am Leben bleibt, meinetwegen. Aber wir müssen ihm doch nicht auch noch seine Drogen besorgen.«

»Doch, das werden wir«, sagte ich.

»Warum denn? Je länger wir hier bleiben, umso größer das Risiko, dass Verstärkung kommt, verstehst du? Wir sollten unseren Grips benutzen, Herzchen.«

»Irgendwas stimmt nicht mit diesem Checkpoint«, sagte ich. »Irgendwas geht hier vor. Auf der anderen Straßenseite muss noch was sein. Wir sollten uns das mal ansehen.«

»Du willst doch nicht etwa an dem Deal festhalten, den du mit diesem Drecksack gemacht hast?« Sie trat mit einem Fuß gegen Fattys Hintern.

»Bleib bei ihm und hör auf damit«, sagte ich und humpelte Richtung Herrentoilette. »Ich glaube nicht, dass er sich besser fühlt, wenn du ihn trittst.«

Ich ließ ihr keine Gelegenheit, etwas zu erwidern. Die Toilettentür knallte hinter mir zu. Ich legte mich flach vor die Grube und spähte in den Tunnel. Dort unten bewegte sich nichts, und es war nichts zu hören bis auf das Tröpfeln des Kondenswassers. Ich kletterte am Seil herunter, wieder sehr ungelenk und voller Schmerzen, aber diesmal schon etwas routinierter. Kurz überprüfte ich die anderen Tunnel. Als ich mich versichert hatte, dass sie verlassen waren, betrat ich den Gang zum Büro der Aufseherin. Den Tunnel entlangzugehen war vergleichsweise leicht, denn ich konnte mich an dem Seil festhalten, das an der Wand entlanglief, und mit seiner Hilfe das Gewicht von meinem kaputten Knöchel verlagern. Die Luftschleuse war geschlossen. Ich legte mein Ohr dran und horchte.

Nichts.

Ich drehte das Rad, die Tür schwang auf, und die Plastiksperre, der weiße Betonboden und die Überschuhe aus Stoff in einer Ecke tauchten vor mir auf. Ich überlegte, ob ich die zweite Tür eintreten sollte, entschied dann aber, dass es wegen meines gebrochenen Knochens sinnvoller war, anzuklopfen. So zivilisiert und zurückhaltend, wie die Aufseherin es sich wünschte.

»Ja?«, meldete sich eine Stimme. Ich drückte die Klinke.

Die Aufseherin hockte in ihrem Plastikkäfig hinter dem Schreibtisch aus Metall und schaute fern. Sie saß da mit offenem Mund und wippte auf ihrem Stuhl vor und zurück. Sah sich wieder dasselbe Musikvideo an.

»Ganz schön was los da oben«, sagte ich. »Sie haben was verpasst.«

Sie musterte mich, als wäre ich eine Ratte, die sie in der Vorratskammer ertappt hat.

»Was machen Sie denn hier?« Die Zettel auf ihrem Schreibtisch flatterten herum. Sie warf einen ängstlichen Blick hinter mich.

»Bitte«, sagte sie. »Schließen Sie doch die Tür.«

»Nein«, sagte ich. »Es wird Zeit, dass Sie mal hier rauskommen.«

Sie drückte sich die Sauerstoffmaske aufs Gesicht.

»Was wollen Sie von mir?«, japste sie. Ihre Augen wurden groß und füllten sich mit Tränen. Sie fing an zu hyperventilieren. Ihr ganzer Körper zitterte. Ich sah, wie ihre Halsarterie pulsierte und ihr dünnes, aufwallendes Blut durch den Körper gepumpt wurde.

»Sie müssen uns zu Ihrem Tresor auf der anderen Straßenseite bringen«, sagte ich. »Und ihn für uns öffnen.«

Sie starrte mich an und überlegte fieberhaft.

»Meine Soldaten werden Sie nicht durchlassen.«

»Sie sind nicht mehr so richtig in der Lage, mich aufzuhalten«, antwortete ich. »Eine Weile wird niemand mehr die Frage ›wer ist da?‹ stellen.«

Sie bemerkte etwas in meinem Gesicht.

»Ihr Gesicht verheilt«, stellte sie fest. »Sie sind ein Fizieller.«

»Gut erkannt«, sagte ich. »Und jetzt machen Sie den Fernseher aus und kommen da raus.«

»Sie kommen nicht hier weg«, sagte sie und schüttelte energisch den Kopf.

»Sie wären überrascht, was ich alles tun kann.« Ich legte das Gewehr an und gab einen Schuss auf die Scheibe ab. Es war gutes Glas. Es zerplatzte nicht, sondern bekam nur Risse rund um ein kleines Loch. Die Aufseherin schrie auf und rannte zur Scheibe und hielt das entstandene Loch mit einem Finger zu.

»Kommen Sie jetzt raus, dann bleiben Sie am Leben«, sagte ich.

»Da draußen kann man nicht leben!«

Ich hatte keine Lust auf eine Diskussion. Ich schoss eine zweite Kugel durch die Scheibe und zielte dabei auf den Fernsehapparat dahinter. Diesmal zersprang das Glas, und die Scherben fielen zu Boden. Der Fernseher explodierte mit einem angenehm lauten Knall. Die Aufseherin schrie und raufte sich die Haare. Ich trat in den Bereich des Glaskubus. Sie stand wie angewurzelt da und hielt den Atem an. Ich holte die Schlüssel aus ihrem Schreibtisch und ließ sie in ihre Tasche fallen.

»Los, kommen Sie. Zeigen Sie mir den Weg.«

Sie bewegte sich nicht. Ich legte den Gewehrlauf an ihr Ohr.

»Schon gut! Schon gut!«

Ich folgte ihr durch die Luftschleuse. Mit zögernden, ängstlichen Schritten ging sie den Tunnel entlang und hielt sich von der Wand fern, peinlich darauf bedacht, nichts zu berühren. Als wir die Herrentoilette erreichten, blieb sie stehen und schaute das herabhängende Seil misstrauisch an.

»Was ist?«, fragte ich.

»Das fasse ich nicht an«, sagte sie. »Bakterien.«

Ich hätte ihr noch mehr drohen können. Stattdessen warf ich sie über meine heile Schulter und kletterte nach oben, wo ich sie auf die Kacheln fallen ließ. Wimmernd und jammernd blieb sie liegen und klammerte sich an mein Bein. Ich musste sie in die Cafeteria zerren.

Starvie stand da und erwartete uns. Die Hände in die Hüften gestemmt, die Lippen geschürzt, starrte sie durch das Fenster nach draußen in die Nacht. Sie hatte eine Position gefunden, in der das immer noch eingeschaltete Flutlicht von draußen ihre Gesichtszüge akzentuierte. Das musste man erst mal schaffen. Fatty lag zusammengekrümmt vor ihr auf dem Boden und schaute zu ihr hoch, als wollte er sie anbeten. Der Geruch von Schießpulver drang vom Parkplatz herein.

»Du hast sie also gefunden?«, stellte Starvie fest und deutete mit dem Kopf nach unten. »Meiner hängt mir auch wie ein Klotz am Bein. Anscheinend mögen sie Füße oder so.«

»Sie soll uns den Weg zeigen.«

Starvie schaute mich überrascht an.

»Sie sieht nicht gerade aus wie jemand mit Führungsqualitäten.«

Die Aufseherin kniete hinter mir, drückte sich die Schutzmaske aufs Gesicht und starrte Fatty ängstlich an.

»Der soll mir nicht zu nahe kommen!«, schrie sie. Ich verpasste ihr einen Schlag auf den Kopf.

»Schluss mit dem Geschrei. Wir gehen jetzt über die Brücke zu Ihrer Schatzkammer. Dort werden Sie uns reinlassen. Wenn es irgendwelche Schwierigkeiten gibt, kommen wir auch ohne Sie zurecht. Haben Sie das verstanden?«

Sie schloss die Augen und flüsterte etwas. Ich konnte nicht erkennen, ob sie zu Gott oder dem König betete, aber es schien ihr Kraft zu geben. Sie stand auf.

»Ich bin bereit.«

Ich legte ihr eine Hand auf die Schulter.

»Gut.«

Wir gingen hintereinander über die Brücke, die Aufseherin als Erste mit meiner Hand auf der Schulter. Wir passierten den verlassenen Schießstand und mussten uns den Weg durch den herumliegenden Müll bahnen. Sie erschauerte und blickte sich um, als fürchtete sie, die Luft könnte sie beißen.

Die Brücke war übersät mit obszönen Graffiti. Ich konnte einige Buchstaben erkennen, aber keine Worte. An anderen Stellen waren die Schmierereien abgekratzt oder weggeschabt worden. Es sah aus, als hätte irgendwas daran genagt. Ich schaute Richtung Süden über die Autobahn. Im Flutlicht zeichneten sich vereinzelt herumstehende Plastikpfeiler ab, die in die Dunkelheit führten wie unregelmäßig verteilte Schnipsel einer Schnitzeljagd.

Fatty ging gebeugt, die Hände in den Taschen. Ich vermutete, dass er darüber nachgrübelte, was er alles getan hatte. Womöglich fühlte er sich jetzt wie ein Verräter. Ich hätte ihm natürlich sagen können, dass es nichts zu verraten gab, aber das hätte auch keinen Unterschied gemacht.

Die Kontrolle hatte recht, man konnte mit den Realen nicht vernünftig reden. Wenn sie nicht gerade Angst hatten, waren sie wütend. Wenn sie nicht wütend waren, fühlten sie sich schuldig. Aber trotzdem, überlegte ich, mussten sie über ziemlich viel Kraft verfügen, um all das ertragen zu können, was in ihren Köpfen vor sich ging. Zumindest in dieser Hinsicht waren sie widerstandsfähiger als wir.

Am anderen Ende führte die Brücke auf den löchrigen und zerborstenen Asphalt. Um einen leeren Parkplatz standen dunkle Gebäude, die geplündert worden waren. Hinter der alten Tankstation für Lastwagen war ein glatter weißer Würfel zu sehen, mit einer Luke an der Oberseite. Außerdem weitere typische Bestandteile einer Barrikade. Die Aufseherin zog einen Bund mit Schlüsseln hervor und zählte sie ab. Den neunten Schlüssel schob sie in das Schloss der Luke und drehte ihn um. Der Mechanismus knackte, und die Lukentür ging auf. Starvie hob sie hoch und spähte hinein.

»Lassen Sie mich jetzt gehen?«, fragte die Aufseherin.

»Zuerst schauen wir nach, was Sie da unten haben.«

Ihre Tränen waren versiegt. Einen Moment lang starrte sie durch mich hindurch, dann stieg sie über die Leiter zur Luke hinauf und kletterte hinein. Starvie folgte ihr, dann Fatty und ich. Der Bunker war tiefer gebaut als der auf der anderen Autobahnseite, und die Tunnelanlage war besser konstruiert. Als wir am Ende der Leiter ankamen, standen wir vor einer weiteren Schleuse. Auch die war nach den üblichen Qualitätsstandards der Fiziellen gebaut. Die Aufseherin wählte einen weiteren Schlüssel aus. Ich war froh, dass wir sie dabeihatten. Wir hätten Tage gebraucht, um die ganzen Schlösser aufzubrechen.

Sie trat hindurch und blieb seitlich stehen. Ein Hitzeschwall kam uns entgegen, dann ein ziemlich durchdringender Geruch. In der Mitte des Raums waren zwei röhrenartige Behälter zu sehen, etwa vier Meter hoch, die dampften und blubberten. Dunst quoll aus einem stählernen Auspuff und strömte unter die Decke. Neben den Behältern führte eine gewundene Treppe zu einem Laufsteg aus Metall und einem Kontrollpult in der Mitte der beiden Röhren. Entlang der Bunkerwände stapelten sich Tausende von Kisten, auf die rote Kreuze gemalt waren. An der Wand neben dem Eingang hingen Gasmasken, die eine ziemlich altertümliche Form hatten.

Fatty führte einen Freudentanz auf, anscheinend waren die Nachwirkungen seines Rauschs nicht mehr so stark. Er lief zur nächstliegenden Kiste und zerrte am braunen Klebeband. Starvie stieg die Treppe zum Computerterminal hinauf.

»Was gibt's denn da oben?«, fragte ich.

»Temperaturkontrolle und Zugang zur Datenbank«, sagte sie.

Fatty schien mit dem Inhalt der ersten Kiste nicht zufrieden zu sein und warf sie wütend beiseite. Schaumschlieren verteilten sich auf dem Fußboden.

»Erkennst du diesen Geruch?«, fragte Starvie. »Das ist dieses Aufputschmittel. Sie produzieren es hier in Massen.«

Die Aufseherin stand nervös in einer Ecke.

»Was tun Sie da rein?«, fragte ich sie.

Sie antwortete nicht.

»Die haben alles hier unten«, sagte Fatty. »Aufputschmittel, Beruhigungsmittel – das ist ein chemisches Labor. Ich kann die Entzündungshemmer nicht finden, aber ...«

»Deshalb sind Sie also gekommen?«, fragte die Aufseherin. »Sie wollen Drogen, mit denen Sie Ihren Zustand verbessern können? Da haben Sie sich ja auf einen feinen Handel eingelassen, um Ihre eigene Art zu verraten.«

Fatty lachte.

»Oh, habe ich gegen Ihre Prinzipien verstoßen? Wo sind die Entzündungshemmer?«

Die Aufseherin verschränkte die Arme und blickte streng drein.

»Ich habe nicht die leiseste Ahnung«, sagte sie. »Schauen Sie sich doch um. Sehe ich so aus, als wüsste ich, was in jeder einzelnen Kiste ist?«

Fatty hatte keine Lust zu warten. Er stieß einen Schrei aus, stürzte sich auf die Kisten, zerrte wild an ihnen herum und schnaufte gierig.

»Nur die Ruhe«, sagte ich. »Wir werden das Zeug schon finden.«

Ich schaute zu Starvie hoch. »Ist irgendwas im Computer verzeichnet?«

»Ja, die Inventurliste«, sagte sie. »Entzündungshemmer sind nicht vorrätig. Die wurden alle aufgebraucht. Dann können wir genauso gut weiterfahren.«

Fatty schaute zu, wie Starvie die Stufen hinabstieg, und versuchte zu verarbeiten, was er gerade gehört hatte. Er brach zusammen, zunächst noch halbwegs gefasst, aber dann schluchzte er auf und trommelte wütend auf den Fußboden. Es sah erbärmlich aus. Die Aufseherin zog ihre Maske ab und grinste. Sie fing an zu lachen.

Fatty schaute auf, Tränen und gelber Schleim vermengten sich auf seinem Gesicht. Mit einem Mal fing auch er an zu grinsen. Er erwiderte ihr Lachen, schaukelte vor und zurück und schlug sich auf die Schenkel.

»Was ist denn mit Ihnen los?«, fragte die Aufseherin.

»Ja, was ist bloß mit mir los!«, jaulte Fatty auf.

Starvie warf mir einen erstaunten Blick zu.

»Die Dämpfe«, sagte ich und deutete zur Decke. »Der

ganze Raum hier ist voller Chemikalien. Sie sind schon total bedröhnt.«

Die Aufseherin ließ sich zu Boden fallen, umklammerte ihre Knie und schüttete sich aus vor Lachen. Fatty tat so ungefähr das Gleiche. Starvie packte ihn am Kragen und zerrte ihn hoch.

»Wir gehen.«

Fatty war kaum zu halten, er schlug wild um sich, kicherte und prustete.

»Wir gehen. Haben Sie das gehört?«, fragte er die Aufseherin. »Sie sagt, wir gehen!«

Starvie schleppte ihn zur Luke.

»Los, hoch da«, knurrte sie.

»Was ist mit Howard Hughes?«, fragte Fatty und deutete auf die Aufseherin, kaum in der Lage, seine Verzückung für sich zu behalten.

Ich hob mein Gewehr und zielte zwischen die Augen der Aufseherin. Sie grinste mich dämlich an und schielte. Ich drückte den Abzug durch, und sie brach zusammen. Ihr Gehirn spritzte über die Wand. Das war zu viel für Fatty. Er jaulte auf und jubelte, warf die Arme in die Luft und versuchte, sich von Starvie freizumachen.

»Ja, weiter!«, schrie er. »Mehr Töten!«

Starvie packte ihn am Ohr.

»Lass mich los«, schrie er und schlug nach ihr. Eine Rauferei begann, und ich kann nicht behaupten, dass ich auf eine der beiden Rassen stolz gewesen wäre.

Starvie zwang Fatty zu Boden, legte ihren Arm auf seinen Hals und drückte zu. Fattys Augen quollen hervor, bis das Milchige so aussah, als würde es herausfallen. Er wehrte sich, schlug um sich, aber es nützte nichts.

Ich holte mit dem Gewehr aus und schmetterte Starvie den Schaft gegen die Schläfe. Sie ließ den zappelnden Fettwanst los und funkelte mich böse an.

»Warum hast du das gemacht?«

»Wir haben uns diesen Raum hier nicht sorgfältig genug angeschaut. Sieh dich mal um.«

Ich deutete auf die Wände. Dort verliefen zwei lange Stahlrohre parallel zueinander, die über dem zweiten Behälter aus der Wand kamen.

»Was hältst du davon?«

»Das sind Rohre, was sonst?«

»Schau mal, wohin sie führen.«

Sie führten über den zweiten Behälter hinweg, knickten dann im Neunzig-Grad-Winkel ab und verschwanden in der hinteren Wand.

Fatty drehte sich stöhnend um.

»Ich bring euch alle um«, knurrte er.

Ich ging zu den Gasmasken, suchte eine aus und reichte sie ihm.

»Setzen Sie die auf und versuchen Sie, sich zu beruhigen.«

Fatty zog sie übers Gesicht und stand auf.

»Mit diesem Ding kann ich nicht atmen«, sagte er.

Ich trat hinter die Behälter, legte meinen Kopf gegen die Wand und klopfte mit den Knöcheln die Oberfläche ab. Dann ging ich ein paar Schritte weiter und machte das Gleiche noch mal. Ich trat zurück und versuchte, einen Überblick zu bekommen.

»Das ist nur eine provisorische Wand«, sagte ich. »Ziemlich dünn. Wir müssen sie einreißen.«

Starvie trat gegen die Wand und fluchte.

»Ach, komm«, sagte sie. »Willst du etwa das ganze Gebäude freilegen? Das ist doch nur ein weiterer Unterschlupf für Stinktiere. Wir müssen weiter!«

»Wir haben jede Menge Zeit, um uns umzusehen«, sagte ich.

»He«, meldete sich Fatty zu Wort. »Glauben Sie, dahinter könnten noch mehr Medikamente sein?«

»Das bezweifle ich«, sagte ich. »Aber dahinter atmet etwas.«

Ich bearbeitete die Wand mit Fußtritten. Ich musste nur drei- oder viermal dagegen treten, und schon erschienen einige Risse im Putz. Fatty war sofort begeistert und machte mit. Er warf sich mit aller Kraft dagegen, so heftig, wie es sein schlaffer Körper und sein maskiertes Gesicht zuließen. Starvie hatte nackte Füße und konnte nicht mithelfen.

Nach einigen Minuten steckte ich einen Fuß durch die Wand. Fatty buddelte wie besessen weiter, und kurz darauf war das Loch groß genug, um durchschauen zu können.

»Da ist noch eine Kammer«, stellte Fatty fest. »Und Strom. Und Licht.«

Starvie ging in die Hocke und schlängelte sich durch das Loch, eingehend beobachtet von Fatty. Als er versuchte, ihr zu folgen, blieb er stecken. Ich musste ihm einige Tritte verpassen, damit er weiterkam.

In der verborgenen Kammer befand sich ein weiteres Labor, das allerdings wesentlich anspruchsvoller aussah. Vor einem langen Schreibtisch, der eine ganze Seite einnahm, standen zwei Drehstühle aus Metall. Eine Batterie Festplatten summte in der hinteren Ecke vor sich hin. Ein Bildschirmschoner, der eine Schlange zeigte, die sich wie eine Acht schlängelte, war auf vier nebeneinander stehenden Monitoren zu sehen. Auf der anderen Seite war eine weitere verschlossene Luke. Gegenüber dem Schreibtisch waren wissenschaftliche Apparaturen aufgebaut, die denen ähnelten, die wir im anderen Raum vorgefunden hatten. Eine Stahlröhre von sechzig Zentimetern Durchmesser erhob sich mehr als zwei Meter hoch bis zur Decke. Ein Ikon, das vor biologischen Gefahrenstoffen warnte, klebte darauf. Daneben stand ein Superskop, eines von diesen technischen Geräten, die ich seit meinem Ersten Tag nicht mehr gesehen hatte. Fatty ließ sich erschöpft und mutlos auf einen der Metallstühle fallen und zog die Maske vom Gesicht, als seine Atemprobleme sich erneut bemerkbar machten.

»Noch mehr Technikkram«, sagte er. »Aber das hier erinnert mich an etwas.«

Ich untersuchte das Superskop, aber es war nichts auf dem Objektträger. Starvie setzte sich vor den Computer und fing an zu tippen. Auf dem Bildschirm erschien ein Fenster und fragte nach dem Passwort.

»Es ist alles gesichert«, sagte sie. »Ich komm da nicht rein.«

Ich deutete auf die Ausrüstung.

»Das sind Optimierungsgeräte«, stellte ich fest.

»Großartig«, sagte Fatty. »Das ist ja schön und gut, hilft mir aber medizinisch betrachtet überhaupt nicht weiter.« Er tupfte sich die Augen ab, schlug die Hände vors Gesicht und gab ein langes tiefes Stöhnen von sich. Offenbar gefiel ihm das Geräusch, das er gemacht hatte, und er wiederholte es.

»Eigenartig«, sagte ich. »Das passt doch gar nicht zu den Realen heutzutage, dass sie sich mit Optimierung beschäftigen.«

»Tja«, sagte Starvie und schlug sich auf die Schenkel. »Hier gibt's anscheinend nichts zu holen für den Dicken.

Aber wir haben ziemlich viel Lärm verursacht. Es wäre besser, zum Wagen zurückzugehen.«

»Damit du deine Kamera holen kannst? Und um die aufregende Story deiner Gefangennahme und Flucht zu dokumentieren?«

»Glaub es oder nicht, aber ich bin wirklich nicht sehr erpicht darauf, diese Episode festzuhalten«, sagte sie. »Egal wie viele Reale wir selektiert haben. Wir sollten jetzt direkt nach London fahren. Dort gibt es bestimmt mehr zu dokumentieren. Im Moment habe ich hier nur die Story von einem Taxifahrer, der verdammt weite Umwege fährt.«

»Na, vielleicht gibt's hier ja doch noch was Interessantes«, sagte Fatty. Er hatte eine Zigarettenpackung auf dem Fußboden unter den Optimierungsapparaturen entdeckt. Er ließ sich auf die Knie fallen und kroch darunter, um sie aufzuheben. Dann nahm er wieder Platz und machte das Päckchen auf.

»He«, sagte er. »Was ist denn das?«

Starvie nahm ihm das Päckchen aus der Hand und schaute hinein.

»O nein.«

Ich ging zu ihr, um nachzuschauen, was das Problem war. Sie hielt mir das Päckchen hin. Darin waren gar keine Zigaretten, nur ein kleines digitales Display, auf dem stand:

30

dann

29

dann

28

»Wir müssen hier raus«, sagte Fatty und rannte auf das Loch zu, das wir in die Wand getreten hatten.

»Nein, halt«, sagte Starvie. »Diese Röhren können in Brand geraten. Die ganze Konstruktion wird zusammenbrechen. Besser, wir nehmen die andere Luke!«

Ich zog den Schlüsselbund der Aufseherin heraus und probierte sie aus. Es waren ziemlich viele. Fatty sah zu, wie ich einen nach dem anderen ohne Erfolg ausprobierte.

»Schneller!«, rief er.

»Das hilft nicht.«

Einige Sekunden lang schwiegen sie, dann sah ich aus dem Augenwinkel, wie ein Ausdruck der Erkenntnis sich auf Fattys Gesicht ausbreitete.

»Orange!«, sagte er. »Den orangefarbenen versuchen!«

Normalerweise hätte ich nicht auf einen Realen gehört, da sie nur über begrenzte Vernunft verfügen, aber im Moment lief in meinem Kopf der Countdown ab und zwar so:

12

11

10

Und das machte seinen Hinweis überzeugend. Ich fand den Schlüssel mit der orangefarbenen Markierung und steckte ihn ins Schloss. Mit einem Zischen sprang die Luke auf. Ohne ein Wort zu verlieren, drängte Fatty mich beiseite und tauchte durch die Tür in einen Tunnel.

Starvie mühte sich mit der Festplatte ab und versuchte, die Verbindung zu unterbrechen. Ich schnappte sie und schleuderte sie so weit wie möglich in den Durchgang hinein, dann zog ich die Luke hinter mir zu, im gleichen Moment, als die Explosion ertönte.

Ich konnte die Luke nicht mehr rechtzeitig verschließen. Die erste Druckwelle riss die Tür zurück und zerquetschte mich beinahe, aber zum Glück dämpfte sie den größten Teil der Explosion ab. Ich machte mir mehr Sorgen wegen der Behälter. Ich hechtete zurück, zog die Luke wieder zu und drehte den Schlüssel um, bevor die zweite Explosion die gesamte Umgebung erzittern ließ. Teile des Tunnels lösten sich und fielen herab. Ich spürte, wie mir einzelne Bruchstücke ins Gesicht flogen. Ich wurde umgestoßen und landete auf dem Rücken.

»Das Ding bricht zusammen!«, schrie Fatty. Seine Schritte verschwanden hastig.

Ich stand auf und folgte ihm. Der Boden des Tunnels war aus glattem Beton und verlief leicht schräg nach oben. Ein Seil an der Wand, das in Hüfthöhe angebracht war, wies den Weg.

Der Gang führte zur nördlichen Seite der Autobahn. Die hochschlagenden Flammen hinter uns warfen einen rötlichen Schimmer über die Straße. Ich drehte mich um und sah, dass das ganze Gebäude hinter uns zusammengebrochen war.

Fatty stemmte die Hände auf die Knie, beugte sich vor und hustete Schmutz und blaue Spucke.

»Woher haben Sie das mit dem orangefarbenen Schlüssel gewusst?«, fragte ich.

»Das kam mir so in den Sinn«, sagte er. »Die Farbe von diesem Schaumzeug.«

»Das war der Gedanke dahinter?«

»Es hat funktioniert, oder?« Er warf den Kopf zurück und schnappte verzweifelt nach Luft.

Das Rumpeln ließ nach. Starvie trat hinter Fatty und legte eine Hand über seinen Mund und seine Nase.

»Lass ihn in Ruhe«, sagte ich.

»Still.« Sie hielt den fetten Mann fest, der mit den Armen ruderte. »Hör doch.«

»Was denn?«

Sie schaute auf. »Ein Fahrzeug.«

Sie hatte recht. Ein unregelmäßiges Quietschen war von der anderen Seite der Autobahn zu hören. Von der Ausfahrt.

»Da«, sagte Starvie und deutete hinüber.

»Der?«

Fatty schlug Starvies Hand weg und stellte sich neben uns.

»Was ist denn los?«, fragte er.

»Das ist der Typ aus der Raststätte.«

Fatty schnaubte ungläubig, aber als seine Augen sich an die Dunkelheit gewöhnt hatten, sah er ihn auch. Der Typ im Rollstuhl fuhr die Ausfahrt entlang und versuchte eine der Barrieren zu passieren.

Starvie ging los. Wir folgten der Spur, die der Rollstuhl im Schnee machte, nachdem er sich einen Weg durch die Barriere gebahnt hatte und nun auf die Rampe zurollte. Fatty stolperte durch die Asche, stieß ständig gegen ein Hindernis und fluchte vor sich hin, aber der Rollstuhltyp hörte uns nicht. Ich machte dem fetten Kerl ein Zeichen, dass er stehen bleiben sollte, und folgte Starvie über die Ausfahrt.

Der Rollstuhltyp hatte es eilig. Aber er schaffte es nur mit kurzen Schüben voranzukommen, jedes Mal einen knappen halben Meter.

Ich legte meinen Arm um seinen Hals. Er schrie auf. Es war ein durchdringender Schrei, der die Realen in der Nähe alarmieren sollte. Starvie schaute sich um, aber es bewegte sich nichts.

»Vielen Dank für das kleine Geschenk, das Sie uns hinterlassen haben«, sagte ich. »Wir sind sehr angetan.«

Der schrille Schrei schien ihm gutgetan zu haben, jedenfalls war er jetzt still. Er hatte diesen Blick eines Mannes, der sein Todesurteil erwartet. Ich wollte ihn in dieser Hinsicht nicht enttäuschen. Ich hob meine Faust und wollte schon zuschlagen, als Starvie mich zurückhielt und den Kopf schüttelte.

»Warte«, sagte sie.

Sie beugte sich zu dem Typen hinunter und musterte ihn aus nächster Nähe. Dann legte sie eine Hand auf die verbrannte Seite seines Gesichts und drehte es so, dass er sie anschauen musste.

»Wie heißen Sie?«, fragte sie.

»Wen interessiert denn, wie der heißt?«, fragte ich.

»Sagen Sie mir Ihren Namen«, wiederholte sie.

»Sie kennen meinen Namen«, antwortete er.

Starvie schaute mich an. Ein Lächeln umspielte ihre Lippen.

»Hast du diesen Typen heute nicht schon mal getroffen?«, fragte sie.

»Klar.«

»Und du hast ihn nicht erkannt?«

»Was gibt's da zu erkennen?«

Starvie schaute auf den zitternden armen Schlucker im Rollstuhl.

»Sagen Sie es ihm«, verlangte sie. »Sagen Sie dem Mann Ihren Namen.«

»Sagen Sie ›dem Ding‹ Ihren Namen, wäre wohl korrekt«, knurrte der Kerl im Rollstuhl. Er seufzte, und sein Kinn sank auf die Brust. »Mein Name ist Leo Pander.«

»*Doktor* Leo Pander«, korrigierte Starvie. Sie schaute mich an und ließ ihre blendend weißen Zähne in Hollywood-Manier aufblitzen.

»Tja, *das* ist doch eine tolle Geschichte.«

Einige Hundert von uns sind hier. Allesamt Bauarbeiter-Modelle. Ich habe Power-8- bis Power-10-Modelle gesehen, aber keine vom Typ darunter. Ich nicke den anderen Neunern höflich zu und suche mir einen Sitzplatz.

Wir wurden in das alte Kino an der Coldharbour Lane geführt. Es ist ein idealer Versammlungsort für uns: Ein erstaunlich gut erhaltenes Beispiel für ein Lichtspielhaus der Edwardianischen Epoche, das sich außerdem direkt über dem Hauptbunker von Brixton befindet.

Der Bunker soll ein Juwel der Ingenieurskunst sein, das letzte wirklich großartige Bauwerk der Menschen. Ich bin mir da nicht so sicher. Ich habe mir das Projekt angeschaut, die Blaupausen dieses Gebäudes in Helm-Form, das angeblich jede Flut und jede Explosion überstehen kann. Ich würde es mir gern von innen anschauen, bevor ich es unverwüstlich nenne. Andernfalls kann man nie sicher sein. Man muss mit den eigenen Händen die Oberflächen abtasten, um sich zu vergewissern, ob das Ding wirklich was aushält.

Aber im Moment ist das ein müßiger Gedanke. Die Kontrolle wird es uns schon mitteilen, wenn sie möchte, dass wir dem Gebäude einen Besuch abstatten. Es ist ein eigenartiges Gefühl, der Macht so nahe zu sein. Mir kommt es beinahe so vor, als könnte ich es denken hören.

Im Auditorium ist es ruhig und friedlich. Ich sitze auf einem abgenutzten blauen Sessel, schaue nach oben zur halb-

runden Bühne und lasse anschließend meinen Blick über die Wände, die Pfeiler, die Vertäfelung und die Verzierungen schweifen.

Dann tritt ein Soldaten-Modell vor der Leinwand auf die Bühne und stellt sich als Regmiron vor.

Es gibt keine Seuche.

Das ist das Erste, was er uns mitteilt. Er lässt uns etwas Zeit, die Nachricht zu verarbeiten.

Das bedeutet, es wird keine Tests geben, keine Aufenthalte in Regenerierungsschuppen und keine Abfallgruben. Er sagt, wir seien hergerufen worden, um eine neue Direktive der Kontrolle entgegenzunehmen. Er erklärt uns langsam und deutlich, worum es geht.

Als er damit fertig ist, bittet er uns, Fragen zu stellen. Neben mir hebt jemand die Hand. Er nickt dem Betreffenden zu.

»Warum wurden wir extra hierher bestellt? Warum hat die Kontrolle uns das nicht einfach per Signal übermittelt?«

»Die Notstandsregierung hört die Signale ab.«

Diese Enthüllung verursacht einige Unruhe unter den Anwesenden.

»Wir können nicht mit Bestimmtheit sagen, ob unsere Kommunikation mit der Kontrolle verstanden wird, aber in diesem Fall müssen wir auf Nummer sicher gehen.«

Ein anderer meldet sich zu Wort.

»Und welche Konsequenz hat dies für das Super-City-Projekt?«

»Es ist abgeblasen, Kumpel. Natürlich wird es keinen Bedarf für derart viele Unterkünfte geben, wenn die neue Direktive durchgeführt wird.«

Eine weitere Hand hebt sich. Wieder ein Nicken.

»Aber das gilt doch genauso für alles andere, oder? Es macht doch keinen Sinn, irgendwas zu bauen, wenn wir die Absicht haben, sie allesamt auszumerzen.«

»Es wird jede Menge Arbeit für euch alle geben«, entgegnet der Soldat. »Ihr werdet dafür gebraucht, die ganze Insel neu zu gestalten. Vergesst nicht, dass sich wegen des Bevölkerungsschwunds ganze Ballungsräume leeren werden. Ihr sollt darüber entscheiden, welche davon den Elementen überlassen und welche neu errichtet beziehungsweise bewahrt werden sollen.«

Ich hebe meine Hand. Regmiron sieht mich und nickt.

»Ja?«

»Was geschieht mit dem Hope Tower?«

Noch bevor ich das Wort »Tower« ausgesprochen habe, äußern die anderen Modelle schon unverblümt ihre Meinung über dieses Projekt. Regmiron lächelt.

»Ich glaube, Sie haben Ihre Antwort schon bekommen«, sagt er. »Sieht nicht so aus, als würde er auf die Liste der erhaltenswerten Gebäude kommen, oder?«

»Ich habe eine Frage«, meldet sich ein anderer zu Wort.

»Ja, bitte«, sagt Regmiron.

»Das ist jetzt eine Frage direkt an Sie.«

»Nur zu.«

»Glauben Sie denn ernsthaft, dass die ganze Bevölkerung sich freiwillig der Reihe nach aufstellt und dann auf die Ladefläche der Laster springt?«

»Ich glaube gar nichts. Die Kontrolle ist der Ansicht, dass die Drohung mit einem Atomangriff dafür sorgen wird, dass die Realen kooperieren, wenn wir ihnen klarmachen, dass wir für ihre Sicherheit sorgen.«

»Haben Sie denn nicht mitbekommen, was da draußen

los ist? Die machen überhaupt nicht den Eindruck, als wollten sie kooperieren.«

Zustimmendes Murmeln ertönt und breitet sich im Publikum aus. Wir haben alle das Gleiche gesehen, als wir hierherkamen. Regmiron hebt die Arme.

»Das ist nur die erste Phase. Die Drohung wurde ja noch nicht ausgesprochen. Wenn es erst mal so weit ist, werden sie sich fügen.«

»Ich glaube nicht, dass es funktionieren wird«, meldet sich eine andere Stimme zu Wort. »Es gibt immer einen, der sich nicht sagen lässt, was er tun soll.«

»Hören Sie«, sagt der Soldat. »Jeder, der nicht mitmacht, wird augenblicklich selektiert. Wir haben ihre Barcodes und können sie per Satellit verfolgen. Die Kontrolle hat das alles genauestens ausgearbeitet. Sie müssen nichts weiter tun, als an Ihre Arbeitsplätze zurückzukehren und mitzumachen, wenn die Zeit gekommen ist.«

Ich hebe erneut die Hand.

»Was denn?«

»Wie mir scheint, basiert der Plan auf der Grundlage eines nur angekündigten Atomangriffs. Dazu fallen mir diese verrückten Gottesanbeter im Fernsehen ein. Ich kann Ihnen versichern, dass die es ernst meinen. Die sind so durchgeknallt, die könnten das wirklich tun.«

»Das ist ein ernst zu nehmender Einwand«, sagt Regmiron. »Aber machen Sie sich keine Sorgen deswegen. Die Kontrolle hat den Zeitplan dieser Leute vorhergesagt. Deshalb fangen wir mit dem Selektieren ja so früh an. Erst bringen wir unseren eigenen Laden in Ordnung, und dann befassen wir uns mit diesen Gottesspinnern auf dem Kontinent.«

Regmiron nimmt noch einige Fragen entgegen und erklärt dann, dass er jetzt los müsse, um die Selektionstrupps zu organisieren.

Wir bleiben im Saal zurück und diskutieren darüber, was erhalten werden sollte und wie die neue Realen-freie Welt der Kontrolle aussehen soll. Keine Menschen mehr. Wie lange wird es wohl dauern, bis wir das Chaos aufgeräumt haben, das sie uns hinterlassen?

GOTT

Pander sackte auf seinem rostigen Rollstuhl zusammen.

Ich hatte Fragen. Viele Fragen. Was machte er hier draußen mitten im Nirgendwo? Woran arbeitete er in diesem Labor? Und wieso schenkte er Rauschmittel hinter der Theke einer Raststätte aus?

Nur der Gedanke an den Landy bewahrte mich davor, sofort an Ort und Stelle die Antworten aus ihm herauszuprügeln. Ich musste den Wagen zurückholen. Ich schob Pander über die Zufahrt auf den Parkplatz und kippte ihn aus dem Rollstuhl auf den Asphalt.

»Pass auf ihn auf«, sagte ich zu Starvie.

Fatty kam mit mir, um nach seinem Anhänger zu suchen. Wir liefen über das Schlachtfeld auf die Überreste der Tankstelle zu. Der Panzer stand immer noch mitten in der Ruine, Rauchschwaden stiegen über ihm auf. Sie hatten Fattys Hänger nach unserer Ankunft irgendwo dahinter geschoben. Ich glaubte nicht, dass noch sehr viel von seinem Zeug übrig war, aber es konnte nicht schaden, mal nachzusehen. Abgesehen davon mussten wir miteinander reden.

Als wir außer Sichtweite waren, packte ich Fattys Arm, drehte ihn auf den Rücken und stieß ihn gegen die heiße Stahlwand des Panzers.

»He, was zum Teufel soll das?«, schrie er.

»Seien Sie still«, sagte ich. »Ich will nur die Ereignisse des Tages Revue passieren lassen.«

»Dafür musst du mir doch nicht den Arm brechen, du beschissener Homunkulus.«

Seine Kleider dampften auf dem heißen Metall und verbreiteten einen stechenden Geruch.

»Wussten Sie, dass er hier ist?«

Fatty zuckte zusammen. »Wer?«

»Von wem spreche ich wohl gerade?«

»Pander? Natürlich nicht. Wie zum Teufel hätte ich das wissen sollen?«

Ich schob seinen Arm ein Stück höher. Fatty fluchte heftig, aber ich war inzwischen so weit wiederhergestellt, um ihn unter Kontrolle zu halten. Sein Bart wurde angesengt und begann zu rauchen.

»Sie sind ja verrückt! Sie sind gottverdammt verrückt, Mann!«

»Nein, nur ein bisschen neugierig. Sie haben uns zu seinem Versteck geführt. Sie haben die Bombe in der Zigarettenpackung gefunden. Dann haben Sie den richtigen Schlüssel gefunden, damit wir gerade noch rechtzeitig flüchten konnten.«

»Glauben Sie etwa, ich habe das geplant?«

»Ich weiß nicht, was ich glaube«, sagte ich. »Klären Sie mich auf.«

»Wie ich schon sagte, ich wollte wegen der Drogen hierher. Aber sie waren nicht da, okay? Das bedeutet, dass ich sterben werde. Sind Sie jetzt zufrieden?«

Einen Moment lang dachte ich darüber nach und ließ ihn los. Er fiel zu Boden, rieb sich den Arm und starrte auf den Asphalt.

»Sie können mich auch gleich töten. Dafür wurden Sie doch gebaut, oder?«

»Nein. Wieso kapiert ihr das eigentlich nicht?«

Ich trat hinter dem Panzer hervor und schaute mich nach Starvie und Pander um. Beide waren vollkommen ruhig. Ich gab Fatty einen Tritt.

»Sie kommen mit uns. Ich brauche Sie, damit Sie uns bis nach York navigieren.«

Fatty knurrte.

»Ehrlich gesagt bin ich nicht mehr sehr motiviert, euch zu helfen.«

Ich stieg über ihn hinweg.

»Brauchen Sie Unterstützung?«

Das fasste er offenbar als Drohung auf, denn er trat mit dem einen Fuß direkt gegen meinen kaputten Knöchel. Ich stürzte zu Boden. Fatty sprang auf mich und versuchte, den Lauf seiner Pistole in mein rechtes Nasenloch zu schieben.

»Rate mal, wozu ich so richtig motiviert bin?«, sagte er und legte den Finger an den Abzug.

»Ich wollte Ihnen gar nicht drohen«, sagte ich. »Ich wollte nur darauf hinweisen, dass diese Fahrt vielleicht doch nicht völlige Zeitverschwendung ist.«

»Ach, wirklich?« Er lachte. Ich deutete mit dem Kopf zur Raststätte.

»Sie könnten ja das Wasser mitnehmen. Diese unterirdische Kläranlage produziert garantiert sauberes, frisches Wasser, wenn Fizielle sie gebaut haben. Es ist bestimmt viel besser als der radioaktiv verseuchte Schlamm in den Fässern, die Starvie zerschossen hat.«

»Wasser«, sagte Fatty und fuhr sich mit der Zunge über die Lippen. Wegen des Aufruhrs und der Schießerei hatte er ganz vergessen, wie durstig er war. Und wahrscheinlich auch hungrig. Ich brachte meine Nase aus seinem Schussfeld.

»Hören Sie, unsere Abmachung gilt immer noch. Sie bringen uns nach York, und anschließend gehen Sie Ihrer Wege. Sie können dann immer noch den Plan verwirklichen, den Sie hatten, als Sie Ihr Dorf verließen. Dann tauschen Sie das Wasser woanders gegen Drogen ein. Es gibt bestimmt noch mehr Orte, wo es dieses Zeug gibt, das Sie brauchen.«

Er dachte darüber nach, konnte sich aber nicht von der Idee verabschieden, mir eine Kugel in den Kopf zu jagen. Wahrscheinlich hatte er die ganze Zeit davon geträumt. Es bestand auch immer noch die Möglichkeit, dass er glaubte, ich würde ihn anlügen. Tatsächlich haben die Realen nie verstanden, dass wir so etwas einfach nicht tun.

»Okay«, sagte er. »Dann zeigen Sie es mir.«

»Mach ich«, sagte ich, riss ihm die Waffe aus der Hand und schleuderte ihn zur Seite. Der Kerl hatte die typische Reaktionsfähigkeit eines Realen. Ich rammte ihm die Pistole ins Ohr.

»Keine Spielchen mehr, okay?«

Er nickte eifrig.

Ich half ihm beim Aufstehen und bemerkte etwas an der Wand. Es war ein weißer Kasten mit einem roten Kreuz darauf. Ein Erste-Hilfe-Koffer. So was war nützlich, wenn der Körper eines Realen zu Schaden gekommen war. »Hier«, sagte ich und reichte ihn Fatty. »Als kleine Anerkennung für geleistete Dienste.«

Wir setzten unsere Suche nach dem Anhänger fort und fanden ihn ohne Spuren von Zerstörung unter einer Plane in der Nähe der Baumreihe. Von der Ladung war nichts zu sehen.

»Das war ja klar«, sagte er.

Wir zogen den Hänger zur Raststätte und ließen ihn vor dem Eingang stehen. Wir gingen rein, an der Cafeteria vorbei in die Herrentoilette und stiegen dann in den Tunnel, den wir bis zu der verschlossenen Tür entlanggingen. Ohne die Schlüssel der Aufseherin war ich gezwungen, sie aufzuschießen. Fatty bekam einen Splitter ab, der ihm die Wange ritzte, und brüllte wütend herum.

»Was ist denn los mit Ihnen?«

Wie ich vermutet hatte, war die Kläranlage in einem sehr guten Zustand und darauf ausgelegt, sehr fein zu filtern. Mehrere Reihen gebogener Röhren für die Ultrafiltration führten drei Meter nach oben, fünfzehn Meter zur Seite und summten blau leuchtend vor sich hin. Schon allein der Anblick dieser Anlage schien Fatty zu erfrischen.

Jede Menge dicker Plastikbehälter stapelten sich vor der einen Wand neben einem schlichten Wasserhahn. Fatty kniete sich hin, drehte ihn auf und hielt seinen widerlichen Mund in den Wasserstrahl. Gierig schluckte er so viel Wasser, wie er nur konnte, hinunter. Dann zog er die Kleider aus und wusch sich den blutigen Oberkörper, ein Anblick, den ich nicht unbedingt haben musste. Ich ließ ihn eine Weile machen und nahm mir die Zeit, um die Maschine zu untersuchen, die Sandfilter und den Turm für die Ozonbehandlung. Die Technik war ziemlich ausgereift und viel moderner als die Tunnel und die Bunker. Pander hatte sich ganz schön ins Zeug gelegt.

Als Fatty sich ausreichend nass gemacht hatte, vollführte er einen kleinen Freudentanz und hatte den Tod anscheinend völlig vergessen. Wir begannen damit, Behälter abzufüllen und sie nach oben zum Anhänger zu schaffen. Als kein Platz mehr übrig war, ging ich ein letztes Mal hinunter und schoss eine Kugel in den Computer der Anlage.

»Warum haben Sie das gemacht?«, fragte Fatty.

»Verbrannte Erde.«

Wir zogen den Anhänger rüber zu Starvie. Pander lag zusammengekrümmt zu ihren Füßen und umklammerte sein blutiges Tuch. Ich hob ihn hoch und warf ihn auf den Hänger zwischen die Behälter.

»Vorsichtig, Dummkopf!«, rief Fatty.

Starvie deutete auf ihn.

»Du hast ihn also nicht selektiert«, sagte sie. »Was ist er jetzt also? Unser Maskottchen?«

»Wir haben eine Abmachung getroffen«, sagte ich.

Ich sprang auf den Anhänger neben Pander, um sicherzugehen, dass er nichts Unüberlegtes tat. Fatty und Starvie packten das Seil, und wir rollten Richtung Autobahn und schlugen wieder den Weg nach Norden ein. Ich legte mich hin. Neben mir zitterte Pander wie Espenlaub. Er war zu nichts zu gebrauchen.

Während wir über die Straße rumpelten, musste ich die ganze Zeit an den Landy denken. Meine Optimierung sollte mich eigentlich vor nutzlosen und paranoiden Gedanken bewahren, aber ich konnte nicht anders, als mir den Wagen in den verschiedensten Ausprägungen der Verwüstung auszumalen. Zuerst stellte ich mir vor, er sei ausgebrannt und nur noch ein leeres schwarzes Skelett. Dann sah ich ihn ohne Reifen und aller Bestandteile beraubt vor mir, ausgeweidet und ohne Räder auf Ziegelsteinen liegend.

Wir erreichten die Autobahn B und ließen den Hänger stehen, um ihn später zu holen. Fatty erhob Einspruch und meinte, es sei Wahnsinn, die ganzen Waren zurückzulassen, und bot an, als Wache zu bleiben. Ein kleiner Tritt in den Hintern belehrte ihn eines Besseren. Ich nahm Pander auf den Rücken und legte eine Hand auf Starvies Schulter, um mich abzustützen. Wir trotteten über die matschige Böschung und stapften ins Unterholz.

Als ich den Eindruck hatte, dass wir fast da waren, ließ ich Pander fallen und rannte auf die Lichtung zu. Ich beeilte mich, spürte, wie die Zweige mir ins Gesicht schlugen, und fragte mich, um was es hier eigentlich ging. Ob ich nun rannte wie ein Blöder oder nicht, änderte auch nichts mehr an der Tatsache, ob der Landy nun da war oder nicht. Es änderte auch nichts daran, ob er noch heil war, oder am Zustand seines Motors.

Trotzdem rannte ich. Ich rannte und brach durch Dornengestrüpp und gelblich-weißen Matsch, bis ich ihn gefunden hatte. Der Landy stand immer noch da, niemand hatte ihn gefunden, und alles war gut. Ich hätte schwören können, dass er mich anlächelte, als ich auf ihn zuging.

Ich begann sofort mit der Inspektion, prüfte die Reifen, ließ meine Hände über die Karosserie gleiten, die in der Dunkelheit kaum zu erkennen war, und fühlte, ob es irgendwo einen Schaden gab. Ich bemerkte kaum, dass Starvie und Fatty jetzt auch ankamen und Pander hinter sich herzerrten wie ein unhandliches Möbelstück.

Als ich befriedigt festgestellt hatte, dass der Landy in gutem Zustand war, hoben wir Pander hoch und setzten ihn auf die Ladefläche. Ich erwartete Fattys Protest, weil er nicht zusammen mit ihm dort hinten sitzen wollte, aber er sprang zufrieden hinein. Er machte es sich zwischen dem Zelt und den Kanistern bequem und fiel sofort in einen tiefen Schlaf, den er offenbar dringend nötig hatte.

Starvie suchte den schlammigen Boden mit der Taschenlampe ab und fand die leere Batterie. Sie tastete den Matsch mit den Händen ab, bis sie ihre Koffer gefunden hatte, und rieb sie mit dem Zipfel ihres Mantels sauber. Dann holte sie einige Kleidungsstücke aus ihrem Seesack und zog sich um. Es dauerte ewig.

Ich drehte den Zündschlüssel um und horchte auf das Geräusch des anspringenden Motors. Ich ließ meine Hand über das Lenkrad gleiten und durchsuchte gründlich alle Fächer in der Kabine. Als ich mich versichert hatte, dass alles in bester Ordnung war, drückte ich das Gaspedal herunter, löste die Handbremse und steuerte den Wagen vorsichtig von der Lichtung.

Starvie bot an, meine Schiene zu reparieren, damit ich besser fahren konnte, aber ich lehnte ab. Eigentlich brauchte ich nur einen Fuß und wollte unbedingt weiterkommen. Wir rasten über das Feld, erreichten den Zubringer und fuhren weiter, bis wir den Anhänger erreicht hatten. Ich sprang aus dem Wagen, hängte ihn an und sah bei der Gelegenheit nach unseren Passagieren auf der Ladefläche. Fatty schlief tief und fest. Pander bemerkte mich überhaupt nicht. Vielleicht heckte er in seinem Gehirn ja irgendwas aus.

Wir fuhren auf die Autobahn, und kurz darauf bahnten wir uns den Weg zwischen den Wracks hindurch. Als wir die Hindernisse passiert hatten, ließ ich das Seitenfenster herunter, gab Gas und steuerte die Ausfahrt an.

Wir rollten über den Parkplatz und hielten Ausschau nach irgendwelchen versprengten Soldaten auf den Dächern oder hinter den Bäumen. Aber kein menschliches Wesen war zu sehen. Das Einzige, was sich bewegte, war ein zerfledderter Vogel mit gestutzten Flügeln. Er pickte an einer verkohlten Leiche herum, die auf dem Vorplatz lag.

»Und täglich grüßt das Murmeltier«, sagte Fatty.

Einigen der Wachposten war offenbar die Flucht gelungen. Es konnte nicht mehr lange dauern, bis ein weiteres nächtliches Warnfeuer angezündet wurde. Wir rollten über die Auffahrt und erreichten wieder die Autobahn. Die Fahrbahn war frei, so weit die Scheinwerfer leuchteten. Auf einem Schild am Straßenrand stand ENDE DER UMLEITUNG.

Ich trat aufs Gas und beschleunigte den Landy bis auf hundertzehn Stundenkilometer. Normalerweise fahre ich nicht so schnell über eine dicke Ascheschicht, aber ich war die ganze Zeit zu Fuß unterwegs gewesen und wollte endlich mal wieder spüren, dass wir vorankamen. Starvie schlang die Arme um ihre grünen Koffer, legte die Beine übereinander und schlief ein. Ich bemerkte, dass ihre Füße zerschnitten und zerkratzt waren vom vielen Herumlaufen und bluteten. Ich zog eine Plastikscherbe aus ihrer Ferse. Sie wachte nicht auf, also zog ich noch ein paar weitere heraus, während ich fuhr. So hatte ich immerhin einen Zeitvertreib.

Irgendwann verließ ich die Autobahn und wählte eine abgelegene Landstraße, die ich bis dahin noch nie benutzt hatte. Wir fuhren durch eine verlassene, leblose Gegend, möglichst weit entfernt von irgendwelchen Sammelpunkten der Realen.

Eine hohe Backsteinmauer tauchte auf, verlief entlang der Straße und markierte die Grenze eines Landbesitzes. Nach eineinhalb Kilometern fiel das Licht der Scheinwerfer auf Steinsäulen, die von Skulpturen wilder Hirsche gekrönt wurden. Ich bremste den Wagen ab und gab Starvie einen

Stups, damit sie aufwachte. Sie rieb sich die Augen und blinzelte.

»Sind wir schon da?«

»Jedenfalls sind wir irgendwo«, antwortete ich. »Sieht aus, als könnte man hier einen Zwischenstopp einlegen. Wir müssen tanken.«

Ich fuhr durch das Tor, und wir gelangten auf eine Kieszufahrt. In der Dunkelheit erhob sich ein großes dreistöckiges Gebäude, eines dieser herrschaftlichen, dem Geld geweihten Monumente. Ein Gebäudeflügel war verkohlt, ausgebrannt und baufällig. Der restliche Teil war größtenteils intakt und mit einer ein Meter dicken Ascheschicht bedeckt. Was ich darunter erkennen konnte, sah nach einer Arbeit von Wetherall oder Cassels aus, aber ich war mir nicht ganz sicher. Ich konnte nur sehen, dass es groß genug war, um eine Menge Reale zu beherbergen. Sogar so weit draußen konnte man nicht sicher sein, wer oder was darin lauerte. Ich schaltete den Motor aus, und die letzten fünfzig Meter rollten wir durch die Dunkelheit.

Starvie wollte schon aussteigen, aber ich legte meinen Arm um sie und bat sie, im Wagen zu bleiben. Wir horchten eine Weile auf den Wind, bis Fatty auftauchte und mir mit seiner Lampe ins Gesicht leuchtete. Ich ließ das Fenster herunter.

»Was machen Sie denn da?«, fragte er. Sein Atem dampfte. »Genießen Sie die Aussicht? Es ist ziemlich kalt hier draußen. Wir sollten reingehen.«

»Wie geht's dem Doktor?«, fragte Starvie.

Fatty zuckte mit den Schultern.

»Ich hab ihm nicht die Kehle durchgeschnitten, falls Sie das befürchten.«

Wir sahen zu, wie er die Treppen hochstieg und dann zielstrebig auf den Eingang zulief, ein großartiges Portal, das von dorischen Säulen gesäumt wurde. Dass die Tür abgeschlossen war, schien Fatty nicht zu gefallen. Er warf sich dagegen und war dabei so diskret wie eine Saturnrakete. Beim fünften Versuch brach die Tür auf.

»Wieso ist der fette Kerl nicht gefesselt?«, fragte Starvie. Das war eine gute Frage. Ich war so sehr mit Pander beschäftigt gewesen, dass ich gar nicht darüber nachgedacht hatte. Ich zog eins der Gewehre aus der Halterung, reichte Starvie eine Pistole und sprang aus dem Wagen.

Fatty stand in einer Art Eingangshalle und leuchtete mit der Taschenlampe das Treppenhaus ab. Gemälde mit Jagdszenen und ein gigantischer Kristalllüster waren zu sehen.

»Ganz schön großkotzig«, sagte er.

Wir schwärmten aus und suchten die Stockwerke ab. Unsere Schritte hallten wider. Ich durchstreifte den ersten Stock, der bestimmt mal prächtig ausgestattet gewesen war. Er war jetzt ziemlich leer, und kürzlich waren offenbar ein paar Reale hier gewesen. Die Holzvertäfelung und die antiken Porträts waren mit Graffiti beschmiert. Unregelmäßig verteilte Abdrücke von Schuhen, die vorher durch gelblichen Matsch gelaufen waren, bedeckten die Teppiche. Die Schlafzimmer waren verwüstet und mit Körperflüssigkeiten und Exkrementen verunreinigt. Möbel und Verzierungen waren zerschlagen, auf einen Haufen geworfen und angezündet worden. Ich fragte mich, ob der Besitzer den Krieg nur überlebt hatte, um anschließend von diesen Vandalen heimgesucht zu werden.

Starvie und Fatty bemerkten nichts Interessantes. Die Küche war bis auf den letzten Krümel geplündert, aber sie fanden eine Packung mit dicken Kerzen und ein paar Sturmlaternen. Im zweiten Stockwerk lagen drei verbrannte Leichen.

»Ist nicht gerade das Hilton«, stellte Fatty fest. »Aber vergessen wir nicht, dass es hier jede Menge Krempel zum Verbrennen gibt. Wir können es uns richtig gemütlich machen.«

Er ging hinaus zum Landy und holte die Brechstange von der Ladefläche. Dann fing er an, den Fußboden aufzureißen und die Bohlen vor dem Kamin im Speisezimmer aufzuschichten. Meiner Ansicht nach war es keine so gute Idee, ein Feuer anzuzünden – ein guter Kundschafter würde es sofort riechen –, aber wie Fatty schon richtig gesagt hatte, waren wir weitab vom Schuss. Es würde tagelang dauern, bis sie uns auf die Pelle rückten, denn sie hatten ja bloß Fahrräder.

Wir brachten Pander herein und ließen ihn in der Nähe des Feuers schlafen. Dann holten wir vier Wasserbehälter aus Fattys Anhänger und füllten eine Badewanne im ersten Stock damit.

Fatty meinte, das sei nichts als Verschwendung, bis Starvie erklärte, sie wolle als Erste ein Bad nehmen. Mit einem Mal wurde er ganz geschäftsmäßig.

»Soll mir nur recht sein«, sagte er. »Vernünftigen Argumenten bin ich durchaus zugänglich. Und offen für eine Abmachung. So wie es aussieht, habe ich das Wasser geliefert, also sollten Sie mir im Gegenzug auch etwas geben.«

»Was könnte das sein?«, fragte Starvie.

»Nun, ich denke, ich sollte das Recht haben, Ihnen beim Baden zuzuschauen.«

Zunächst fragte ich mich, ob er das wirklich ernst meinte,

aber dieses Zucken in seinem Gesicht deutete darauf hin, dass es so war.

»Ich fasse Sie nicht an«, sagte er. »Versprochen. Ich stell mir einfach nur einen Stuhl da hin und sehe zu. Das ist doch ein faires Angebot, oder?«

»Wollen Sie, dass ich Ihnen wieder Fesseln anlege?«

»Ach, kommen Sie«, sagte er. »Dafür wurden Sie doch entworfen, oder? Sie mögen es doch, wenn man sie anschaut. Tun Sie einem sterbenden Mann einen Gefallen.«

»Sie sind kein sterbender Mann, sondern ein sterbendes Stinktier«, sagte sie. »Das ist ein Unterschied.«

Fatty murmelte etwas in seinen Bart. Irgendwas an der Kombination von Starvie und Badewasser schien ihn immens zu interessieren.

Starvie zog ein Handtuch aus ihrem Seesack und stieg die Treppe hinauf, rechts und links je einen grünen Koffer in der Hand. Fatty scharrte mit den Füßen und fluchte vor sich hin.

»Und was ist mit Ihrer Frau?«, fragte ich.

»Halten Sie die Klappe!«

Ich ging nach oben, um das nächste Bad zu nehmen. Starvie hatte einen schwarzen Schmutzfilm auf dem Wasser hinterlassen, also ließ ich es dabei bewenden, die letzten paar Tropfen aus den Behältern auf meine frisch gewachsene Haut zu träufeln und zu verstreichen. Als ich wieder nach unten kam, hatte Starvie es sich auf dem Fußboden bequem gemacht. Sie trug Bluejeans, ein weißes T-Shirt und saß neben Pander, der sich ebenfalls im Schein der Flammen wärmte. Sie war schon eingeschlafen.

Fatty lehnte neben dem Kamin an der Wand und starrte sie an.

»Nicht zu fassen«, sagte er. »Ein kurzes Bad in kaltem Wasser, und schon sieht sie aus wie eine Göttin.«

»Wie sehe ich aus?«, fragte ich.

»Knackig«, antwortete er. »Als hätte man Sie ein bisschen zu lange auf dem Grill liegen lassen. Aber es wird allmählich besser. Das muss wirklich angenehm sein.«

Auf jeden Fall war es besser als bei ihm. Fatty hatte sich gewaschen, aber seine Haut war immer noch bläulich verfärbt und von Beulen und Quaddeln übersät, die niemals heilen würden. Immerhin half das Zeug aus dem Erste-Hilfe-Kasten ein wenig.

Er hatte sich den Haarschopf ins Gesicht gekämmt, seine aufgeschürfte Kopfhaut verbunden, die entzündeten Stellen um seine Augen gesäubert und seinen aufgeblähten eitrigen Oberkörper bandagiert.

Wir teilten uns ein paar Dosen mit Vanillepudding, die ich im Gepäck gehabt hatte. Fatty konnte sich kaum einkriegen deswegen. Hastig aß er alles auf und fing dann an, eine weitschweifige Geschichte zu erzählen, wie er als Kind einmal Vanillepudding gegessen hatte. Dann legte er sich auf die Seite und schaute Starvie an, bis ihm die Augen zufielen. Bald begann er auf seine typisch unregelmäßige, stockende Art zu schnarchen.

Ich sah Pander an und geriet ins Grübeln. Die Realen verbrachten viel Zeit damit, über ihren Schöpfer nachzudenken, diskutierten darüber, wer er war und was er von ihnen erwartete. Es schien sie ganz schön zu frustrieren, dass sie nicht genügend Antworten zu diesem Thema fanden.

Und ich schlief jetzt im selben Zimmer wie mein Schöpfer. Ich konnte ihm die Hand schütteln, wenn ich wollte, und ihm erzählen, was er meiner Ansicht nach falsch gemacht hatte.

Aber so wie es aussah, war ich gar nicht so scharf darauf. Er war ja bloß ein gebrochener alter Mann. Ich verstand wirklich nicht, was diese ganze Aufregung sollte.

Der Boss hat mich wieder abgeholt. Wir sind auf dem Rückweg. Die Straßen sind jetzt viel leerer. Die vielen Leute sind verschwunden. Eine gründliche Operation wurde durchgeführt. Gelegentlich rennt jemand aus dem Schatten auf uns zu und schreit, wir sollen anhalten und ihn mitnehmen, aber der Boss gibt Gas und will sich in nichts hineinziehen lassen.

Die nächste Phase beginnt, als wir die überflutete Ebene durchqueren. Im Radio kommt die warnende Durchsage, die Kontrolle habe einen Atomangriff vorhergesagt. Weiter heißt es, die bevölkerungsreichen Gebiete würden evakuiert, und alle, die nicht mitkämen, sollten sich bei ihrer örtlichen Polizeidienststelle melden. Von dort aus würde man sie an einen sicheren Ort im Netzwerk der unterirdischen Bunker bringen, die die Kontrolle vorsorglich gebaut hat. Alle Angehörigen der Wahrheitsliga werden ebenfalls aufgefordert, dorthin zu kommen. Ihnen wird versichert, dass sie dort in Sicherheit sind.

Der Boss schaltet das Radio aus.

»Blödsinn«, sagt er.

»Boss, Sie werden sich doch melden, oder?«

»Selbstverständlich werde ich mich nicht melden. Atomangriff? Das ist doch ein Witz. Als ob diese Idioten da drüben überhaupt noch eine Rakete haben, die funktioniert.«

»In der Meldung wurde nicht davon gesprochen, von

wem der Angriff ausgeht, Boss. Es könnte auch jemand anderes sein.«

»Unsinn. Dieses Land hier ist die letzte Hoffnung der Menschheit. Ich habe mir Filme über das Festland angeschaut, und da sah es gar nicht gut aus. Dort ist alles völlig tot, meinten sie. Großbritannien ist eine der letzten Gegenden auf diesem Planeten, wo man noch leben kann. Wer würde uns denn angreifen?«

Eine Weile fahren wir schweigend weiter. Der Boss zündet sich eine Zigarre an, starrt auf die Straße und versucht, die Antwort auf seine eigene Frage zu ignorieren. Er greift nach einer Musik-CD und schiebt sie rein in der Hoffnung, dass dann seine unangenehmen Gedanken verfliegen. Es ist ziemlich altertümliches Zeug, ein Mann und eine Gitarre.

Der Boss wiegt den Kopf hin und her und seufzt tief.

»Du kannst dich darauf verlassen, dass ich oben bleiben werde, Zweiundvierzig«, sagt er. »Wir müssen diese Situation zu unserem Vorteil nutzen. Morgen nehme ich einen Termin wahr, bei dem es um die Auftragsvergabe für die nächsten Stockwerke im Tower geht. Ich werde der einzige Anwesende sein, denn die großen Firmen werden ihre Leute allesamt in die Bunker schicken. Das könnte der Durchbruch für mich werden. Nur eine unabhängige Firma kann aus so einer Situation einen Vorteil schlagen. Solange wir ruhig bleiben, wird alles gut.«

Er umfasst das Steuer ein wenig fester und setzt sich bequem hin.

»Und auf jeden Fall ist es großartig, eine leere Straße entlangzufahren.«

Ich muss ihm beipflichten. Noch nie habe ich eine so leere Autobahn gesehen. Die Sonne steht hoch über den Feldern und Häusern. Der Himmel ist blassblau. Die Musik verwandelt die Welt, während wir durch sie hindurch fahren, verändert die Landschaft und verlangsamt die Zeit.

EINE BESONDERHEIT

Ich ließ die anderen schlafen und ging nach draußen, um ein wenig am Auto herumzubasteln. Meine Wunden waren beinahe vollständig verheilt. Das zerschmetterte Fußgelenk funktionierte wieder halbwegs. Die verätzten Stellen waren zugewachsen. Ich konnte atmen, ohne seltsame Pfeifgeräusche von mir zu geben. Das war gut. Ich war mir selbst schon auf die Nerven gegangen. Etwa eine Stunde werkelte ich vor mich hin und versuchte alles, was noch möglich war, aus dem Motor herauszukitzeln.

Dann ging ich wieder rein. Starvie lag da, den Kopf auf einen der grünen Koffer gebettet, die Arme verschränkt. Fatty und der Doktor waren verschwunden.

Ich verließ das Esszimmer und ging in den Flur. Durch den Spalt unter der gegenüberliegenden Tür drang ein Lichtschimmer. Ich hörte die Stimme von Dr. Pander, trat näher und horchte.

»… behaupten, dass ich das alles beabsichtigt habe? Dass ich ein schlechter Mensch bin? Nun, das ist so nicht wahr. Ich weiß, dass es leichter für Sie ist, es so zu sehen, aber es ist nicht wahr.«

Fatty räusperte sich und spuckte aus.

»Sie haben meine Ideale von einer großartigen Zukunft zerstört, wissen Sie das überhaupt? Als ich ein kleiner Junge war, hieß es, es würde fliegende Autos geben und Roboter. Das haben Sie alles kaputt gemacht.«

Ich hörte, wie Fatty hin und her tigerte. Ich fragte mich, warum er den Doktor ins andere Zimmer geschoben hatte. Vielleicht wollte er einfach nur unter vier Augen mit Pander sprechen, von einem Realen zum anderen. Andererseits könnte er auch vorhaben, ihn umzubringen.

Ich ließ sie reden in der Hoffnung, dass Pander vielleicht etwas ausplauderte, das er gegenüber einem Fiziellen niemals äußern würde. Abgesehen davon hatte ich noch nicht entschieden, was ich mit ihm anfangen wollte. Ich brauchte keinen weiteren Fahrgast, um den ich mir Sorgen machen musste, aber ich wusste auch, dass er zu bedeutend war, um ihn zurückzulassen.

Pander seufzte.

»Das langweilt mich. Ich hab das Gleiche schon zu Tausenden Folterknechten gesagt, die mich dafür verantwortlich gemacht haben, dass ich ihren Planeten ruiniert habe.«

»Was haben Sie gesagt?«, fuhr Fatty ihn an.

»Dass der Krieg, die Selektion … alles auch ohne mein Zutun passiert wäre. Unsere Art ist nicht fähig, rational zu denken oder zusammenzuarbeiten, um ein Problem zu lösen. Wir sind darauf erpicht, uns gegenseitig umzubringen, das hat nichts mit meiner Erfindung zu tun.«

Das gefiel Fatty überhaupt nicht.

»Immerhin gäbe es dann keinen Krieg. Immerhin würden die Fiziellen dann nicht versuchen, uns auszumerzen.«

»Ja, sicher«, sagte Pander. »Ohne sie würde die Apokalypse bestimmt viel angenehmer verlaufen.«

Fatty knurrte böse. Er klang sehr aufgebracht, deshalb entschloss ich mich einzugreifen. Ich schob die Tür auf.

In einer Ecke flackerten zwei Lampen, die den Raum nur spärlich erleuchteten. Pander saß gebeugt da, den Rücken gegen die Wand gelehnt, die Beine gespreizt, sein Tuch gegen die Brust gepresst. Fatty stand vor ihm mit geballten Fäusten. Der Wind blies Asche durch das hohe, zerschlagene Fenster.

»Ich mag nicht, dass ihr beiden euch einfach so davonstehlt«, sagte ich. »Die Reisegruppe sollte immer zusammenbleiben.«

Fatty verschränkte die Arme.

»Wir haben uns nur unterhalten. Da ist doch nichts dabei.«

»Um was geht es denn?«

»Er hat mir Fragen über Ihre Art gestellt«, sagte Pander. »Er möchte wissen, warum ich euch kreiert habe. Er glaubt anscheinend, ich hätte damit sein Leben ruiniert.«

»Da könnte er sogar recht haben.«

Fatty blickte mich finster an. Das Gespräch mit Pander hatte ihn zornig gemacht, das sah ich ihm an. Dass ich jetzt fast wiederhergestellt vor ihm stand, machte seine Laune auch nicht besser. Er mochte die Kreatur genauso wenig wie ihren Schöpfer. Er spuckte mir etwas blauen Speichel vor die Füße.

»Es ging nicht nur darum. Ich habe ihn auch gefragt, warum ihr euch gegen uns gewendet habt.«

Pander lächelte und deutete mit seinem Lumpen auf mich.

»Ich habe ihm gesagt, dass er Sie danach fragen soll.«

Fatty schaute mich erwartungsvoll an. Ich konnte nicht glauben, dass er es nicht längst wusste.

»Die Kontrolle hat uns gesagt, dass ihr wegmüsst.«

Fatty schüttelte den Kopf.

»Ist das alles? Ihr habt einfach Befehle befolgt?«

»Nein … wir haben darüber diskutiert.«

»Oh! Ihr habt also diskutiert, tatsächlich?«, schrie Fatty und fuchtelte aufgeregt mit den Händen. »Bei einer Tasse Tee mit Keksen vielleicht?«

»Verstehen Sie denn immer noch nicht, dass sie weder Schuld noch Mitleid kennen?«, fragte Pander. »Die Kontrolle wurde als unkorrumpierbare Autorität entworfen, als absolut vertrauenswürdige Führung …«

»Das Ding ist ein Mörder!«

»Nein, es agiert völlig rational. Es hat die Situation analysiert und ist zu dem Ergebnis gekommen, dass es nicht möglich ist, den Planeten und unsere Art zu retten. Und dann hat es das Ergebnis dieser Analyse der Optimierten Art unterbreitet. Die waren von der Logik des Gedankengangs überzeugt und fingen mit der Selektion an.«

Fatty lief hektisch auf und ab.

»Großartig«, sagte er. »Dann haben wir also bekommen, was wir verdient haben, richtig?«

»Ich bin kein Philosoph«, entgegnete Pander.

»Tja, das sollten Sie aber sein, nicht wahr?«, schrie Fatty erbost. Er packte den alten Mann am Hemd und schüttelte ihn. »Wenn ich es gewesen wäre, der die Welt zerstört hat, dann hätte ich mir aber ein paar drängende Fragen gestellt.«

Jemand räusperte sich theatralisch.

»Ich stelle dann die Fragen, vielen Dank.«

Ich drehte mich um, und da stand Starvie, bekleidet mit einer weißen Bluse, in Unterwäsche und kniehohen Stiefeln. Sie hatte eine Hand auf die Hüfte gelegt, in der anderen brannte eine Zigarette, die Kamera hing um ihren Hals. Ihr blondes Haar war hochtoupiert und sah aus wie ein Trullo-Dach. Sie hatte sich die Lippen und die Augen mit Farbe bemalt. Fatty ließ Pander los und starrte die Erscheinung in der Tür an.

Starvie lächelte. »Versucht ihr beiden etwa, mein Exklusivinterview zu stehlen?«

»Sie diskutieren über die Kontrolle«, sagte ich. »Es ist ganz interessant.«

Starvie schnalzte mit der Zunge und warf Pander einen Blick zu.

»Ich könnte mir auch ein heißeres Thema vorstellen.«

Sie hob die Kamera und öffnete dabei wie zufällig ein paar Knöpfe ihrer Bluse. Dann begann sie den verkrüppelten Doktor zu fotografieren und benutzte ein sehr grelles Blitzlicht. Fatty und ich mussten uns die Augen zuhalten. Pander starrte in den Lichtschein, als hoffte er, dieser könnte ihn verschlingen. Starvie sah sich die Ergebnisse auf dem Kamera-Display an.

»Sie sind ein Vergnügungsmodell«, stellte Pander fest. Er wandte sich an Fatty. »Das ist tatsächlich ein Beispiel dafür, bei dem ich zugebe, dass alles falsch gelaufen ist. Nachdem ich meine Erfindung an ein privates Unternehmen verkauft hatte, produzierten sie als Erstes diese Dinger. Und jedes einzelne war absolut wertlos.«

Er musterte mich mit zusammengekniffenen Augen und ließ seine Finger über die Ränder seines Lumpentuchs gleiten.

»Warum transportieren Sie dieses Ding? Warum töten Sie es nicht? Es hat überhaupt keinen Nutzen.«

»Ich lasse mich nicht provozieren«, sagte Starvie. Sie nahm die Kamera herunter, richtete sie aber weiterhin auf den Doktor. »Darf ich Sie mal was fragen, alter Mann? Warum haben Sie Ihr Labor in die Luft gejagt?«

Pander verzog das Gesicht, sagte aber nichts.

»Wir haben eine technische Anlage zur Optimierung gefunden. Was haben Sie damit gemacht?«

»Ich war ein Gefangener«, erklärte er.

Starvie schüttelte den Kopf.

»Gefangenen gibt man keine gefährlichen Chemikalien in die Hand. Was haben Sie da unten gemacht?«

Pander antwortete nicht. Ich verpasste ihm einen Schlag auf den Kopf, der seine Zunge löste.

»Der König hat mich dort hingeschickt.«

Fatty wandte kurz seinen Blick von Starvies Beinen ab.

»Sie arbeiten für diesen Psychopathen? Blödsinn. Der würde Sie doch sofort in einer seiner Fernsehsendungen abschlachten, wenn er Sie zu fassen bekäme.«

»Er war ja schon im Real-TV«, sagte ich. Pander wand sich vor Verlegenheit. »Ihr Geständnis ist eine der beliebtesten Sendungen beim Edinburgher Stamm. Die meisten von uns dachten, Sie wären danach umgebracht worden.«

Pander strich sich über den Kopf.

»Im Gegenteil. Der König hat mich gerettet. Nach dem Krieg hatte ich das Pech, von einer Gruppe von Überlebenden erkannt zu werden, die Vergeltung verlangten. Das waren diejenigen, die das Geständnis gefilmt haben. Sie hatten außerdem die Absicht, meine Kreuzigung festzuhalten, glaube ich. Aber dann machten die Leute des Königs mich ausfindig und brachten mich nach Newcastle.«

»Warum sollte der König Interesse daran haben, Sie am Leben zu lassen?«, fragte Fatty.

»Weil der Doktor schlau ist«, sagte Starvie. »Und das kann man nicht von vielen Realen behaupten.«

»Das Vergnügungsmodell hat recht«, sagte Pander. »Der König wollte, dass ich ihm etwas über eure Art beibringe. Er wollte herausfinden, ob ihr eine Schwäche habt. Er versprach, euch zu besiegen, versteht ihr. Wenn er nicht bald eine Methode findet, eure Barrikaden zu schleifen, wird er die Unterstützung seiner Leute verlieren. Und die sind, jedenfalls im Augenblick, völlig fanatisiert.«

Starvie ließ ihre Zigarette fallen und zertrat sie mit dem Stiefelabsatz.

»Er hat Ihnen also dieses tolle Labor eingerichtet, damit Sie Ihre Arbeit fortsetzen können.«

Pander schaute sie an.

»Genau.«

»Seine Arbeit fortsetzen?«, sagte Fatty. »Sie wollen doch nicht etwa noch mehr von diesen Freaks bauen?«

»Das ist doch Unsinn«, erwiderte Pander. »So etwas würde der König nie in Betracht ziehen.«

»Nein«, sagte Starvie. »Ihre Kameraden in der Raststätte hätten da bestimmt nicht mitgemacht. Die haben wahrscheinlich nicht mal gewusst, wer Sie sind, sonst hätten sie Sie den Gorillas zum Fraß vorgeworfen.«

»Ganz recht«, sagte Pander und deutete auf sein missgestaltetes Gesicht. »Deshalb diese Tarnung, mit der mich der König freundlicherweise ausgestattet hat.«

Fatty starrte mich an.

»Und was zum Teufel haben Sie da unten gemacht?«

Pander schnäuzte sich in sein Tuch und drückte es dann wieder gegen die Brust.

»Ich habe eine Waffe entwickelt.«

Starvie versuchte, ihre Erregung zu unterdrücken. Sie trat näher, die Kamera immer noch auf ihn gerichtet.

»Und? Haben Sie die Entwicklung dieser Waffe abgeschlossen?«

»Ja«, sagte Pander. »Ja, das habe ich.«

Er hob den Kopf und schaute mich an.

»Wie funktioniert diese Waffe denn?«, fragte Starvie.

»Wasser«, sagte Pander. »Ihr besonders hoch entwickeltes Immunsystem hat nämlich eine immanente Schwäche.«

Er machte eine dramaturgische Pause. »Tja, wo soll ich anfangen? Nun, wie Sie wissen, übernehmen künstliche Nanozellen die Funktion Ihres Immunsystems. Sie verleihen Ihnen außerdem die Fähigkeit, sich von extremen Verletzungen vollständig zu erholen und natürlich auch den nuklearen Winter zu ertragen, den wir gerade erleben. Das Ergebnis ist, dass Sie so gut wie unzerstörbar sind.

Das einzige Problem bei dieser Konstruktion ist, dass Ihr eigenes Immunsystem unterdrückt wird. Wenn das nicht so wäre, würde es die Nanozellen attackieren. Wenn es uns nun gelänge, Ihr Nanosystem auszuschalten oder zu zerstören, dann würde das bedeuten, dass Ihr Körper noch weniger in der Lage wäre, Infektionen zu bekämpfen, als der Ihres dicken Freundes hier. Bei dem Klima, das derzeit vorherrscht, würde dies Ihren schnellen und schrecklichen Tod bedeuten.«

»Und Sie haben eine Möglichkeit gefunden, wie dies erreicht werden kann?«, fragte Starvie.

»Ja. Ich habe eine neue Zelle entwickelt, die, wenn sie in den Körper eines Fiziellen eingebracht wird, das Nanosystem attackiert. Diese Zelle hat, das nur nebenbei, keinerlei negativen Effekt auf den Körper eines Realen.«

Starvie nagte an ihrer Lippe, die Kamera immer noch auf den alten Mann gerichtet.

»Und wie wollten Sie diese Waffe zur Anwendung bringen?«

»Wie gesagt, mithilfe von Wasser«, sagte Pander. Er sprach erstaunlich ruhig, klang beinahe selbst wie ein Fizieller. »In euren Barrikaden verteilt ihr das Wasser gleichmäßig über ein universelles Verteilungssystem. Das ist genau das Problem, eure eigene Effizienz. Man muss nämlich nur eine kleine Probe dieser gefährlichen Zellen in das Wasserversorgungssystem einer Barrikade einbringen. Da die dortige Bevölkerung nicht schnell genug reagieren kann, wird sich die Infektion innerhalb eines Tages ausbreiten und die gesamte Population auslöschen.«

Fatty lachte.

»Damit wären Sie dann für zwei Genozide verantwortlich, was? Der Zerstörer zweier Welten?«

»Ich denke schon«, sagte Pander.

»Ich kapiere das nicht«, sagte Fatty. »Selbst wenn das wahr wäre, wieso helfen Sie dann diesen Freaks hier, indem Sie ihnen davon erzählen? Sogar nachdem Ihr verlorener Sohn Ihnen eine Tracht Prügel verpasst hat?«

Pander dachte einen Moment lang darüber nach.

»Ich hatte was zu tun.«

Nach dieser Antwort musste ich Fatty zurückhalten. Schließlich beruhigte er sich wieder, aber erst, als Starvie ihn mit einer Hand berührte. Das genügte schon, um ihn völlig zu verwandeln. Auf einmal sah er aus, als wollte er sich zu ihren Füßen zusammenrollen und vor sich hinschnurren.

Starvie blickte misstrauisch drein. Ihre Sensationsstory schien sie nicht zu erfreuen.

»Aber wo ist diese Waffe jetzt?«, fragte sie. »Wurde sie nicht mit Ihrem Labor vernichtet?«

»Die Männer des Königs kamen vor ein paar Tagen und nahmen sie mit«, sagte Pander. »Sie werden sie ausprobieren. Ich glaube, als Testgebiet haben sie sich die Barrikade von York ausgesucht. Meiner Ansicht nach ist es ein Ziel, das den größtmöglichen Erfolg verspricht.«

Er hob sein Tuch ans Kinn und fing an, sich das Gesicht damit abzutupfen, und schaute unsicher von einem zum anderen.

»Werden Sie mich jetzt umbringen?«, fragte er. Er sah aus, als würde er es geradezu erhoffen.

»Was hältst du von der Geschichte?«, wandte Starvie sich an mich.

»Ich weiß nicht. Selbst wenn es stimmt, muss die Kontrolle doch eine Gegenmaßnahme ergreifen können!«

»Da haben Sie wahrscheinlich recht«, sagte Pander. »Ich bin mir ziemlich sicher, dass die Kontrolle in der Lage ist, jede von mir entworfene nanotechnische Attacke abzuwehren. Das Problem ist nur, das ich den Eindruck habe, dass sie nicht in der Lage ist, zu kämpfen.«

»Wovon reden Sie denn da?«

»Das ist ganz einfach. Meiner Ansicht nach ist die Kontrolle tot.«

Ich wollte ihm erzählen, was ich davon hielt, ließ es aber bleiben, als ich sah, was Fatty machte. Er stand vor dem kaputten Fenster und horchte auf etwas.

Jetzt hörte ich es auch. Es war dieser allzu bekannte Ton, ein Quietschen, das klang wie verrostete Ketten, die als Keilriemen benutzt werden.

Fatty machte schon den Mund auf, aber dann kam ein weiteres Geräusch dazu. Ein kreischendes Jaulen. Fatty war der Erste, der es einordnete.

»Eine Rakete!«

Ich schaue auf meine Armbanduhr. Die Stunde null ist gekommen und verstrichen. Wahrscheinlich sind sie jetzt hinter uns her. Wir fahren schon seit einiger Zeit auf Reserve, aber alle Tankstellen, die wir anfahren, sind geschlossen. Alle Infotafeln an der Autobahn sind leer. Andere Autos fahren nicht. Dem Boss gefällt die Idee nicht, der letzte Mensch auf der Welt zu sein, der nachts über eine leere Autobahn fährt. Er hat das dringende Bedürfnis, nach Hause zu kommen, als ob es da sicher wäre.

Er kaut an seiner Zigarre und sieht verzweifelt aus. All die Jahre, seit ich ihn kenne, hat er sich über den Verkehr aufgeregt, aber jetzt, nachdem er vier Stunden allein über eine verlassene Autobahn gefahren ist, bricht er beinahe in Panik aus. Er vermisst den Verkehrskollaps. Typisch Realer.

Plötzlich schreit er auf. Er hat eine Tankstelle entdeckt, deren Lichter noch leuchten. Wir fahren ab und nähern uns.

Wir halten vor den Tanksäulen mit der Aufschrift »Diesel« an. Eine Gestalt in einem Overall kommt aus der Werkstatt. Sie winkt uns zu und deutet auf das Schild über den Zapfsäulen:

Es ist uns eine Freude, Ihren Tank zu füllen.

»Ha!«, sagt der Boss und klatscht in die Hände. »Weißt du was, Zweiundvierzig, ich kauf dir was zu essen. Wir gön-

nen uns ein nettes Abendessen, und dann fahren wir nach Hause.«

»Er greift in seine Tasche und zieht das Portemonnaie hervor. Die Gestalt im Overall nähert sich und passiert die Fahrertür. Sie trägt eine Sonnenbrille.

Die Gestalt greift nach der Zapfpistole und beginnt, unseren Tank zu füllen. Ich sitze da und schaue zu, wie die Anzeige sich dreht und Liter und Pfund angibt. Der Preis für das Benzin hat für niemanden eine Bedeutung außer für den Boss. Er zählt das Geld ab und schiebt die Münzen über den Barcode auf seinem Handballen.

Die Gestalt im Overall taucht vor dem Fahrerfenster auf und klopft gegen die Scheibe. Der Boss lässt das Fenster herunter.

»Alles in Ordnung, Kumpel?«, fragt der Boss. »Sie haben wohl keine Angst vor der Apokalypse, hm?«

»Eigentlich nicht.«

Ich tippe dem Boss auf die Schulter.

»Was denn?« Er dreht sich zu mir um.

»Es tut mir leid.«

Ich nehme an, das ist es, was die Realen in solchen Fällen sagen.

Die Gestalt reißt die Tür auf, zerrt den Boss von seinem Sitz und schleudert ihn auf den Betonboden. Einen Moment lang bringt er überhaupt nichts heraus, weiß nicht, wie ihm geschieht. Dann fängt er an, sich heftig zu wehren. Er schlägt der Gestalt die Brille vom Gesicht, woraufhin deren leuchtend grüne Augen zu sehen sind. Der Boss schreit auf und brüllt meinen Namen.

Das Soldaten-Modell schlägt den Boss an Ort und Stelle tot.

Ich nutze die Zeit, um den Transporter zu säubern. Ich fange mit dem Aschenbecher an, steige aus und leere den Inhalt in einen extra dafür vorgesehenen Mülleimer neben den Zapfsäulen.

Ein Feuerball schoss durch das Fenster und schlug direkt über Pander in die Wand ein. Staub und Steinbrocken fielen auf ihn, während er die Arme hob, um den Angriff zu begrüßen. Ich rief nach Starvie. Eine Hand umfasste mein Bein und sie zog sich hoch.

»Die haben uns aber erstaunlich schnell gefunden«, sagte sie.

Eine zweite Rakete traf das Haus drüben auf der anderen Seite. Das war nicht gut. Sie kreisten uns ein. Dann fiel mir siedend heiß etwas ein.

»Der Landy!« Ich sprang auf und rannte in die Eingangshalle. Starvie folgte mir.

»Was machst du denn?«, rief sie. »Die sind doch da draußen! Wir müssen hinten rum!«

Ich hörte nicht auf sie. Das Einzige, an was ich denken konnte, war der Landy. Ich nahm mir eine Waffe und spähte hinaus in die Dunkelheit. Ich hörte, wie sie hinter mir herrief, als ich hinausschlüpfte.

»Idiot!«

Da lag sie nicht ganz falsch. Ich hatte die Nachtsichtbrille vergessen. Das merkt man sehr schnell, wenn man mitten in der Nacht eine Auffahrt entlang rennt und auf einen geschossen wird. Ich warf mich zu Boden, rollte zur Seite und dachte dabei, wie sehr ich doch meine Nanozellen liebte und wie schrecklich es wäre, wenn sie von Panders Neuentwicklung zerstört würden. Ich verharrte kurz, sprang wieder auf und gab einige ungezielte Schüsse ab.

Ich rannte auf den Landy zu, leider im falschen Moment, denn eine weitere Rakete schoss durch die Nacht, rammte das Hausportal und brachte mich aus dem Gleichgewicht.

Ich taumelte auf den Wagen zu, sprang hinein und startete den Motor.

»Warte!«, rief eine Stimme.

Fatty kletterte auf den Sitz neben mir. Ich schaute ihn an.

»Los! Los! Los!«, schrie er. Ein Kugelhagel ging dicht neben dem Wagen nieder.

»Sie sitzen auf dem Beifahrersitz!«, sagte ich.

»Na und?«, rief er händeringend. *»Fahren Sie doch endlich los!«*

»Sie sind aber nicht mein Passagier, Sie sind bloß die Ladung.«

Er warf mir einen so vernichtenden Blick zu, wie das mit seinem einen Auge nur möglich war. Dann stieg er aus dem Wagen und schwang sich auf die Ladefläche.

»Zufrieden?«, schrie er. *»Bist du jetzt zufrieden, du kranker …«*

Ich legte den Rückwärtsgang ein und trat aufs Gaspedal. Wir schossen nach hinten und prallten gegen irgendwas. Es war einer der Angreifer: Ich machte eine Kehre, um die Gegner direkt vor mir zu haben, und schaltete die Scheinwerfer ein. Fünf oder sechs Reale standen in der Auffahrt und wurden von dem grellen Lichtschein geblendet. Sie hoben die Arme, um ihre Augen abzuschirmen. Ich schaltete die Scheinwerfer aus und hielt direkt auf sie zu. Sie verursachten schreckliche Dellen in der Karosserie, aber daran konnte ich jetzt nichts ändern. Ich musste so schnell wie möglich aus dem Zielbereich der Rakete kommen, die jeden Moment auf uns abgefeuert werden konnte.

Wir rasten ungefähr hundert Meter die Auffahrt entlang, bevor ich die Handbremse betätigte und den Wagen herumriss. Nun standen wir wieder frontal vor dem Haus. Ich stellte den Motor aus und klopfte gegen das Rückfenster. Fattys Gesicht tauchte auf, mit vor Zorn weit aufgerissenen Augen.

»Was ist denn? Warum halten wir an?«

»Wo ist Starvie?«, fragte ich.

»Sie rannte nach hinten. Ich weiß nicht, ob sie es nach draußen geschafft hat.«

»Und was ist mit Pander?«

»Tot und begraben«, sagte Fatty.

Ich stellte mir Pander vor, wie er mit gebrochenen Knochen unter einem Haufen Schutt lag. Ich überlegte noch, wie stolz die Realen jetzt wohl auf sich waren, obwohl sie gerade den letzten ihrer Art umgebracht hatten, der etwas Großes vollbracht hatte.

Ich zog eine Pistole aus dem Waffenhalter, schob die Tür auf und trat auf den Kiesweg. Einige Schüsse peitschten durch die Luft, schlugen immer näher ein. Ich ging um den Landy herum und reichte Fatty die Pistole.

»Was soll ich denn mit dem Ding?«, fragte er. »Wollen Sie etwa wieder da rein?«

»Scheint so«, sagte ich. Fatty schüttelte den Kopf und spannte den Hahn seiner Pistole.

»Hört dieser Scheiß denn nie auf?«

Darauf brauchte er keine Antwort.

Ich stieg wieder in den Wagen, startete den Motor und fuhr zurück zum Haus. Eine verirrte Kugel traf die Windschutzscheibe und landete direkt in der Fahrerkabine. Fatty erfand wieder ein paar neue Flüche und gab einen Schuss in die Dunkelheit ab, genauso wild und unberechenbar wie die anderen Realen. Auf halbem Weg war eine Lücke zwischen den Bäumen zu erkennen, dorthin lenkte ich den Wagen, fuhr über eine Wiese und hielt direkt auf den abgebrannten Teil des Hauses zu. Wir erreichten die Mauer, die das Anwesen umgab, ohne einen neuen Treffer eingefangen zu haben, und fuhren eine Böschung hoch. Fatty klopfte gegen das Fenster.

»Dieses Geräusch kommt mir bekannt vor«, sagte er.

Ich kannte es auch. Einen schlecht gewarteten 1000-PS-Dieselmotor auf Hochtouren kann man kaum mit etwas anderem verwechseln.

Ich schaltete die Scheinwerfer ein. Und da tauchte der Panzer vor uns auf, genau in der Lücke, die er eben in die Mauer gesprengt hatte. Die Realen hatten ein paar brennende Fackeln am Kanonenrohr und einige merkwürdige, bunte Flaggen in den Ritzen der Panzerung befestigt.

»Jesus Christus!«, schrie Fatty. Diesen Namen hatte ich schon eine ganze Weile nicht mehr gehört.

Der Schwenkturm des Panzers drehte sich und nahm uns ins Visier. Ohne über den Sinn seiner Aktion nachzudenken, schoss Fatty in seine Richtung. Er gab es auf, als ich Gas gab und rückwärts fuhr, um hinter dem Gebäude Schutz zu suchen. Wir rutschten die Böschung hinunter und dann durch einige längst abgestorbene Blumenbeete. Der Panzer gab seinen ersten Schuss ab. Ein ohrenbetäubender Knall erschütterte den Garten und die Bäume. Sie verfehlten uns ein ganzes Stück, aber eine Ecke des Hauses wurde zerstört. Ich steuerte den Wagen durch eine Wolke aus Steinstaub und Glassplittern zurück auf den Rasen vor dem Gebäude. Fatty tauchte plötzlich vor dem Heckfenster auf und blockierte meine Sicht. Er schlug wie ein Wilder gegen das Glas und deutete auf etwas hinter uns. Ich brüllte zurück.

»Dann geh doch aus dem Weg, damit ich was sehen kann!«

Er ließ sich zur Seite fallen. Ein weiteres Paar brennender Fackeln kam direkt auf uns zu. Ich wendete um neunzig Grad und hielt auf die Umfassungsmauer zu.

Das war es. Die Entscheidung war gefallen. Zum ersten Mal in meinem Leben musste ich einen Passagier zurücklassen. Ich würde später zurückkommen und sie abholen. Jetzt kam es erst einmal darauf an, diesem Hinterhalt zu entrinnen. Jemand musste die Nachricht von Panders neuer Waffe weitergeben.

Ich streifte die Wand und lenkte den Wagen Richtung Kiesweg. Wir fuhren unter zwanzig Stundenkilometer. Das laute Heulen des Panzers übertönte den Motor des Landy. Ich sah, wie ihre Fackeln sich einander näherten und die Panzerbesatzungen sich verwirrt gegenseitig anbrüllten.

Wir erreichten die Zufahrt. Ich konnte nirgendwo eine Bewegung erkennen. Als ich den Landy zwischen zwei eng stehenden Bäumen hindurchlenkte, gab es ein grässliches Geräusch, aber die Realen waren viel zu orientierungslos, um das mitzubekommen. Ich fuhr direkt auf das offene Tor zu, gab Gas und brach mit einem lauten Knall hindurch.

Ein Knall?

Wir fuhren schon schneller als sechzig Stundenkilometer, als der Wagen hin und her schwankte und nicht mehr zu beherrschen war. Ich versuchte, ihn aufrecht zu halten, aber wir rammten etwas und stürzten um. Der Landy schlitterte knirschend über den Kiesweg, prallte mit voller Wucht gegen die Mauer, drehte sich einmal um sich selbst und blieb schließlich regungslos liegen.

Eine Nagelsperre. Eins von diesen Dingern, die man über die Straße legt, um die Reifen flüchtender Fahrzeuge zu zerstören. Kaum zu glauben, dass sie mich auf eine so simple Art gekriegt hatten. Ich hörte das Benzin aus dem Tank tropfen und das Zischen von Wasserdampf.

Ich sah Fatty beziehungsweise seine Umrisse. Er kroch ein Stück vom Landy weg und brach dann zusammen.

»He!«, flüsterte ich. »Alles in Ordnung?«

»Fragen Sie nicht so blöd.«

Die Panzer näherten sich. Die Realen jauchzten voller Begeisterung über ihren Sieg.

»Haben Sie die Pistole noch?«

»Das Einzige, was ich habe, sind Schmerzen.«

»Gehen Sie in Deckung und bleiben Sie da. Ich lenke sie auf mich. Versuchen Sie das offene Feld zu erreichen, und rennen Sie, so weit sie können. Unsere Abmachung dürfte damit beendet sein.«

»Wie nobel«, sagte er. »Ich möchte Ihnen ja nicht zu nahe treten, aber ich bin nicht bis hierher mitgekommen, um dann zurückgelassen zu werden. Mit diesem Bein kann ich nicht gehen.«

Vom Weg her waren Schritte zu hören. Stiefel auf Kies, ein Flüstern in der Dunkelheit.

»Das wird übel enden«, sagte Fatty.

Ich tastete das Innere der Fahrerkabine nach dem Waffenregal ab, bis ich merkte, dass ich direkt darauf lag. Ich griff nach einem Gewehr und kroch durch das kaputte Fenster. Weiter oben sah ich die Fackeln des ersten Panzers, der unbeholfen durch das Tor kroch. Die Ketten drehten auf dem Asphalt durch. Er rumpelte noch ein Stück weiter, blieb aber stehen, als ich gerade schießen wollte.

Eine Stimme ertönte.

»He, Sie da! Wir haben Sie im Visier. Versuchen Sie nicht, wegzulaufen, sonst eröffnen wir das Feuer. Lassen Sie Ihre Waffen fallen, stehen Sie auf und kommen Sie langsam mit erhobenen Händen her.«

»Ich hoffe doch, dass Sie als Fizieller auf diese Situation eine perfekte Antwort haben, oder?«, sagte Fatty.

»Tun Sie, was sie verlangen.«

»Ich kann nicht aufstehen, du Trottel.«

Ich streckte die Hand aus und tastete im Dunkeln nach ihm. Ich fasste ihn um die Hüfte und hob ihn hoch, während er die Arme um meinen Hals schlang.

Die Realen vor uns auf der Straße waren jetzt ganz ruhig. Das einzige Geräusch war das Knistern der Fackeln. Ich trat einen Schritt vor, als das Flutlicht eingeschaltet wurde. Zuerst war es nur eine Lampe, dann eine zweite, dann eine dritte. Grelle weiße Scheinwerfer hüllten uns in ein brutal helles Licht. Fatty wurde geblendet, noch bevor er sich die Hand vors Auge halten konnte, und war praktisch blind. Ich ging weiter die Straße entlang und fragte mich, woher sie wohl die Energie dafür hatten.

Ich konnte jetzt die ganze Gruppe erkennen, die sich vor uns wie eine Wand aufgebaut hatte. Die beiden Panzer standen direkt nebeneinander, ihre Motoren im Leerlauf. Ungefähr fünfzig Reale hatten sich hinter ihnen versammelt, um genügend Deckung zu haben. Ich fragte mich, warum sie nicht das Feuer eröffneten.

»Gut so«, sagte die Stimme aus dem Megafon. »Bleiben

Sie da stehen.« Ich konnte den Sprecher jetzt erkennen. Es war ein dünner Mann, dem der Angstschweiß auf der Stirn stand. Er saß auf einem der Panzer.

»Drehen Sie sich um und knien Sie sich hin.«

Ich setzte Fatty neben mir ab und gehorchte, während die Realen nervös auf mich zukamen. Ich starrte die exakt gemalte, weiße Markierung auf der Straße an. Fattys Blut tropfte auf eine davon, was mich ziemlich aufregte. Diese Straße war doch immer noch in einem sehr guten Zustand, wie konnte er sie da mit seiner Körperflüssigkeit verunreinigen? Ich gab ihm einen kleinen Stoß, um ihm deutlich zu machen, dass er damit aufhören sollte. Das regte die Realen total auf, sie richteten ihre Waffen auf mich und riefen:

»Keine Bewegung! Hände hoch! Ganz ruhig bleiben!«

Ich blieb ganz ruhig, und ungefähr hundert schmutzige, deformierte Hände begrapschten mich, drückten mich zu Boden und fesselten mich an Händen und Füßen. Das Gleiche machten sie mit Fatty, wobei sie gegen sein verletztes Bein traten. Er schrie laut auf, was ihnen offenbar gefiel. Jetzt wollten alle auf ihm herumtrampeln. Sie waren so erpicht darauf, dass sie sich sogar gegenseitig traten.

Bevor sie das mit dem Treten besser organisiert hatten, ertönte ein Schuss, und der mit dem Megafon rief:

»Genug! Schafft sie in den Wagen. Schlagt sie nur, wenn sie Widerstand leisten. Wir brauchen sie in heilem Zustand.«

Der Mob nörgelte unzufrieden, gehorchte aber. Ich wurde auf den Bauch gerollt. Zwei der Realen schleppten ein langes Stahlrohr herbei, das sie sorgfältig durch die Fesseln an meinen Händen und Füßen schoben. Dann hoben sie mich hoch wie ein Stück Fleisch, das sie über dem Feuer rösten wollten, und trugen mich zu den Panzern. Viele spuckten mich an oder verhöhnten mich, aber keiner schlug zu.

Die Menge teilte sich und gab den Weg frei auf zwei weiße Transporter, auf deren Dächern jeweils eine riesige Flutlichtlampe montiert war. Sie warfen mich in den nächstliegenden, und Fatty landete neben mir.

Sie schienen sich sehr zu freuen, nachdem sie uns hineingeworfen hatten. Sie schossen mit ihren Gewehren in die Luft und stießen Triumphgeheul aus. Es war wirklich unterhaltsam. Einige der Realen hatten die Wasserkanister auf Fattys Anhänger gefunden und kippten sich gegenseitig den Inhalt über die Köpfe, balgten sich darum und verteilten es auf der Straße und über dem Matsch. Ein paar schwächlichere Exemplare warfen sich daraufhin zu Boden und versuchten, die Pfützen aufzulecken.

»Lauter Irre«, sagte Fatty.

Neben dem zweiten Truck tauchte ein Mann auf. Es war der mit dem Megafon. Hinter ihm stand eine weitere Gestalt.

An ihrer Körperhaltung erkannte ich sofort, dass es Starvie war. Und natürlich daran, dass sie die einzige Person mit nackten Beinen war. Niemand schien sie in irgendeiner Weise zu behindern. Der Typ mit dem Megafon führte sie durch die Menge. Nach und nach verfielen die versammelten Realen in Schweigen und starrten sie gierig an. Ich erwartete, dass sie sich auf sie stürzten, aber nichts geschah. Stattdessen fielen sie auf die Knie und hoben die Hände wie zum Gebet.

Der Typ mit dem Megafon verbeugte sich vor ihr und ging dann in die Knie genau wie die anderen.

»Herrschaften«, rief er aus. *»Die Königin!«*

»Die Königin«, antwortete die Menge.

Fatty starrte mich an.

»Was denn für eine Scheiß-Königin?«

Starvie blickte mich eiskalt an. Sie hätte auch zwinkern können.

»Das passt«, sagte ich.

Das Soldatenmodell im Overall zerrt die Leiche zwischen die Bäume und kommt dann zurück. Er stellt sich als Shersult vor und wischt sich die Hände an seinem Overall ab.

Er fordert mich auf rüberzurutschen, setzt sich neben mich und sagt, ich solle losfahren. Ich sage ihm, dass ich noch nie vorher gefahren bin, und er sagt, das spiele überhaupt keine Rolle. Er will, dass ich ihn zum Haus von meinem Boss bringe. Nur dass es nicht mehr das Haus von meinem Boss ist. Denn meinem Boss gehört jetzt überhaupt nichts mehr.

Ich frage Shersult, warum er dorthin will. Er sagt, er muss den Rest der Familie selektieren. Er gehört zu einer Säuberungsabteilung und liegt in seinem Zeitplan weit zurück. Viel mehr Reale als von der Kontrolle erwartet hätten sich geweigert, in die Bunker zu gehen.

Ich drehe den Zündschlüssel um und umfasse das Lenkrad aus Plastik. Es ist immer noch warm. Ich drehe mit einer Hand daran, die andere behalte ich im Schoß, genau wie mein Boss es immer getan hat. Bis eben war ich ihm auf Gedeih und Verderb ausgeliefert gewesen. Er hatte die Entscheidungen gefällt, die Geschwindigkeit festgelegt, den Weg ausgesucht. Jetzt übernehme ich die Kontrolle.

Wir fahren schweigend dahin. Shersults Augen leuchten hell auf in der dunklen Fahrerkabine. Er schnappt sich das Bild von Jesus und pult zwischen seinen Zähnen herum.

»Ich würde dich gerne mal was fragen«, sage ich. »Was wirst du tun, wenn das alles erledigt ist?«

»Wenn was erledigt ist?«

»Die Selektion«, präzisiere ich.

»Was meinst du mit ›tun‹?«

»Ich meine, wenn sie alle selektiert sind, was bleibt dann noch zu tun? Du zum Beispiel wurdest optimiert, um zu töten, richtig? Welchen Nutzen wirst du dann noch haben?«

Er schaut auf die Straße. Wahrscheinlich hat er sie auch noch nie so leer gesehen, genau wie ich.

»Es gibt jede Menge Arbeit für einen wie mich in Übersee. Viel mehr als hier. Wir müssen diese Gottesanbeter ausmerzen, bevor sie uns bombardieren.«

»Aber die sterben doch sowieso aus, oder?«

»Verletzte Tiere«, sagt er, »sind am gefährlichsten.«

Er hat recht. Die Realen mögen nicht gern daran erinnert werden, wenn andere Reale etwas besser können. Es wundert mich, dass diese Verrückten im Ausland uns nicht schon längst angegriffen haben. Was haben die denn sonst noch zu tun, außer zu hungern?

»Aber was ist, wenn sie alle tot sind?«, frage ich. »Alle in Übersee. Was dann?«

Shersult geht nicht auf meine Frage ein, sondern starrt einfach nur nach vorn, dorthin, wo seine grünen Augen sich spiegeln.

Hat er wirklich noch nie darüber nachgedacht? Sogar ein Soldaten-Modell muss sich doch ab und zu Fragen stellen.

Der Lieferwagen, in dem wir fahren, wird ohne die Realen keinem Zweck mehr dienen. Inwieweit unterscheiden wir uns denn davon? Wir sind Werkzeuge für einen bestimmten Zweck, wir wurden erbaut, um das zu tun, was die Rea-

len nicht tun können. Indem sie uns optimiert haben, wollten sie ihre Gesellschaft vervollkommnen. Wenn wir diese Aufgabe nicht mehr wahrnehmen, was sollen wir dann tun? Was kann dann überhaupt noch verbessert werden?

»Ich denke, wir werden einige neue Fertigkeiten entwickeln müssen«, sage ich.

Weiter vorn auf der Straße kommt es zu einem Tumult. Eine Schießerei findet statt, und Autos versuchen zurückzusetzen. Menschen mit Koffern unter dem Arm rennen schreiend davon und suchen Schutz zwischen den Bäumen.

Shersult greift nach seinem Gewehr.

»Fahr schneller«, sagt er.

Der Transporter roch nach Desinfektionsmittel. Der metallene Unterboden war glatt und kalt. Fatty und ich lagen da und hörten zu, wie die Party draußen verebbte und allmählich ein Ende fand.

Ich hörte, wie die vorderen Türen geöffnet und wieder zugeschlagen wurden, als unsere Fahrer einstiegen und den Motor starteten. Die Innenbeleuchtung wurde eingeschaltet. Fatty war sehr blass. Sein Bein stand in einem seltsamen Winkel ab.

»Bei einem Autounfall verkrüppelt«, sagte er. »Wirklich sehr außergewöhnlich in diesen Zeiten.«

»Ist es sehr schlimm?«

»Ich spüre das Bein nicht mehr«, sagte er. »Schätze, das ist ein schlechtes Zeichen.«

Wir wurden hin und her geworfen, als der Wagen über eine unebene Fläche rollte. Dann wurde es ruhiger, wir konnten uns ausstrecken, und ich drehte mich um und zog Fatty zu mir.

»Ihre Leute haben sich ja ganz gut organisiert«, sagte ich.

»Das sind nicht meine Leute. Und sie sind nicht organisiert. Sie sind nur unterwürfig und denken nicht nach, genau wie ihr. Wenigstens haben sie uns nicht umgebracht. Allerdings frage ich mich, ob das ein gutes oder ein schlechtes Zeichen ist. Scheiß drauf, kann mir doch egal sein.«

»Nicht zu fassen, dass sie jetzt den Wagen haben. Haben Sie gesehen, was sie damit gemacht haben?«

»Wen interessiert das denn? Machen Sie sich lieber Sorgen um uns.«

Er schaute sich im Transporter um, versuchte offenbar unsere Lage einzuschätzen.

»Wahrscheinlich bringen sie uns zum König«, sagte er.

»Darüber scheinen Sie sich nicht gerade zu freuen.«

Fatty schnaubte abfällig.

»Er wird uns vor Gericht stellen. Und bevor Sie ›Känguru‹ sagen können, hängen unsere Gedärme unter der Tyne Bridge. Und diese Drecksnutte wird uns womöglich noch zublinzeln, wenn sie uns fertigmachen.«

»Starvie?«

»Na klar. Wenn sie seine Königin ist, dann wird sie sich ihrem Volk zeigen müssen. Alle wollen doch das königliche Paar bewundern, oder?«

Aus der Fahrerkabine ertönte ein Lachen, aber es war nicht an uns gerichtet, jedenfalls nicht als Reaktion auf unsere Unterhaltung.

»Dann wussten Sie also nicht, dass sie mit diesem Kerl verheiratet ist?«, fragte ich.

Fatty stemmte sich hoch, um mir ins Gesicht zu sehen.

»Für Promis habe ich mich nie interessiert«, sagte er. »Ich hatte nie den Eindruck, dass das wichtig ist. Ich habe ein paar von den Liedern des Königs gehört, aber nie die Klatschblätter gelesen oder so was. Was mich betrifft, könnte er auch zehn gottverdammte Ehefrauen haben.«

Ich dachte über den Zeitungsartikel nach, auf den ich in der Raststätte gestoßen war, am ersten Abend mit Starvie. Ich hatte mir nur die Bilder angeschaut.

»Trotzdem ziemlich eigenartig«, stellte Fatty fest.

»Wieso das?«

»Warum stellt der König so eine ziemlich aufwendige Operation auf die Beine, nur um eine Fizielle zu retten? Also, wenn man nur von ihrer Persönlichkeit ausgeht, würde ich sagen, sie ist menschlich. Aber in Wirklichkeit ist sie genauso fiziell wie Sie. Und deshalb frage ich mich, wieso ein Typ, der ein ganzes Königreich aufgebaut hat, um eure Art zu bekämpfen, ausgerechnet eine von euch heiratet. Wie hat er seine Leute dazu gebracht, sich vor ihr zu verneigen und sie *Ma'am* zu nennen? Die müssen doch nur einen einzigen Blick auf sie werfen, um sofort zu erkennen, dass sie keine Reale ist. Sie sieht aus, als wäre sie direkt einem Werbespot für eine Hautcreme entsprungen. Das ist schon ziemlich eigenartig, finde ich.«

Ich fragte mich, ob ich überhaupt etwas über Starvie wusste. Eine Grundregel des Taxigewerbes war, niemals Fragen über einen Passagier zu stellen. In der Vergangenheit war ich damit sehr gut klargekommen, aber jetzt kam es mir ziemlich dumm vor. Genauso gedankenlos wie die Tatsache, dass ich den Zeitschriftenartikel nicht gelesen hatte.

»Jetzt sind Sie wohl ganz schön beunruhigt, was?«, fragte Fatty.

»Was meinen Sie damit?«

»Ich meine damit, dass ich eine Menge über die Solidarität unter den Fiziellen gehört habe. Und darüber, dass eure Leute unkorrumpierbar sind und alle zusammenstehen. Aber was tut Ihre Artgenossin? Sie sitzt in der Kutsche des Königs. Und was ist mit Ihrer Kontrolle? Diesem einzigen Ding, das Ihnen sagen kann, was Sie tun sollen? Tot!«

»Wir wissen doch gar nicht, ob das stimmt«, sagte ich. »Jedenfalls nicht mit Sicherheit.«

»Aber macht Sie das nicht nachdenklich?«

»Worüber soll ich denn nachdenken?«

»Über alles!«

»Regen Sie sich nicht auf. Das bringt nichts.«

»Stimmt. Sie drehen ja nie durch, was? Sie sind viel zu edel, um durchzudrehen.«

»Das ist wahr.«

Fatty grunzte abfällig.

»Erzählen Sie mir nicht so was. Der einzige Unterschied zwischen Ihnen und mir ist, dass Sie weiße Zähne und eine makellose Haut haben. Aber das wird nicht so bleiben, Kumpel – Pander hat nämlich einen Weg gefunden, das alles zu zerstören. Und welcher Unterschied bleibt dann noch?«

Ich dachte darüber nach und fragte mich, ob ich diese Diskussion wirklich weiterführen wollte. Fatty regte sich immer mehr auf und würde wahrscheinlich seine Angst und seine Wut an mir auslassen. Aber schließlich fiel mir doch noch eine Antwort ein, die ich dann loswurde.

»Also eins steht jedenfalls fest, wir verlieren nicht die Kontrolle über uns, wenn wir mit einer Person des anderen Geschlechts konfrontiert werden.«

»Na klar.«

»Ja, genau, das kann uns nicht passieren.«

Fatty schien verärgert.

»Tut mir leid, aber ich kann nicht glauben, dass Pander euch das wirklich völlig ausgetrieben hat. Wenn Sie mich fragen, dann haben Sie keinen Sex, weil das so etwas wie eine Religion ist. Weil Ihnen eingebläut wurde, dass es eine Sünde ist. Ich wette, Sie haben dieselben Bedürfnisse und Triebe wie alle anderen. Sie können das nur nicht vor sich selbst zugeben.«

»Ich bin mir sicher, dass diese Idee Ihnen hilft, sich besser zu fühlen«, sagte ich. »Aber die Religion hat Ihre Art nicht davon abgehalten, sich über Tausende von Jahren völlig danebenzubenehmen. Wir haben es geschafft, uns zu beherrschen. Ich könnte noch hinzufügen, dass wir Sie niemals fesseln und in einen Transporter werfen würden. Wir würden Sie einfach nur erschießen. Wir machen keine leeren Versprechungen. Bei uns gibt es nicht diese endlosen Lügen, die Ihre Art offenbar ständig produzieren muss.«

»Und was ist mit der Königin, Sie Dummkopf? Hat sie uns etwas nicht die ganze Zeit angelogen?«

Ich schaute ihn erstaunt an.

»Das ist in der Tat verwirrend.«

»Er ist verwirrt«, sagte Fatty zu einem imaginären Publikum. Er stemmte sich gegen seine Fesseln, versuchte, sie zu lockern, gab es aber bald wieder auf. Er seufzte und starrte zur Wagendecke, bevor ihm ein weiterer Gedanke kam.

»Sie haben sie nie nach ihrer Geschichte gefragt?«

»Falls Sie es nicht bemerkt haben sollten: Sie ist nicht gerade eine Person, mit der man locker kommunizieren kann. Ich bezweifle sehr, dass es sich gelohnt hätte, sie auszufragen.«

»Großartig«, sagte Fatty und spuckte gegen die Hecktür. Wir sahen zu, wie der blaue Auswurf langsam die Tür hinunterlief.

»Ich hätte mal wieder Lust auf Cheddar-Käse«, sagte er.

»Was?« Ich hatte nicht die leiseste Idee, woher dieser Gedanken auf einmal kam.

»Ich hab regelrecht Sehnsucht nach Cheddar-Käse, gut gereiften kanadischen.« Fatty seufzte und starrte ins Nichts.

»Als ich noch klein war, hat meine Mutter uns immer Sandwiches mit reifem kanadischen Cheddar und Frühlingszwiebeln gemacht. Verdammte Scheiße, Frühlingszwiebeln. Knuspriges helles Brot. Dazu bekam ich ein Glas Cola und an besonderen Tagen noch ein Päckchen mit Chips.«

»Na und?«

»Ganz einfach, wenn wir jetzt einen Stapel von diesen Sandwiches hätten, um alle in diesem Konvoi zu versorgen, dann würden wir einfach anhalten und zusammen essen, und alles wäre gut. Wir haben schließlich alle Geschmacksknospen, oder?«

Wir fuhren weiter. Fatty gelang es zu schlafen, obwohl er an ein Stahlrohr gefesselt war. Es dauerte Stunden, bis der Transporter endlich anhielt, mit einem dumpfen Schlag und einem Ruck. Fatty regte sich nicht. Er genoss seinen Schlaf. In der Ferne waren Schüsse zu hören. Das bedeutete, dass wir uns einer Barrikade näherten.

Die Türen wurden aufgerissen, und fünf Reale mit Gewehren fragten, ob es uns was ausmachen würde, auszusteigen. Ich erinnerte sie daran, dass ich nicht in der Lage war, aufzustehen. Nach einer kurzen Beratung waren sie sich einig, dass sie, da ich nun mal an ein Rohr gefesselt war, selbst die Initiative ergreifen mussten. Sie stiegen ein und schleppten mich aus dem Lieferwagen wie eine Teppichrolle. Der Schusswechsel nahm an Heftigkeit zu, und auch die weiter entfernten Einschläge von Geschossen wurden lauter. Der starke Geruch nach brennenden Autoreifen übertönte etwas noch Schlimmeres.

Sie mussten Fatty mit einem Gewehrlauf anstoßen, damit er aufwachte. Sie lachten ihn aus, als er langsam wieder zu sich kam. Dann schnitten sie die Bänder durch, mit denen er an die Stange gefesselt war, und schnürten ihm die Hände auf den Rücken.

»Los komm schon, Schweinekotelett, beweg dich«, sagt einer von ihnen und trat ihm gegen die Rippen.

Mich machten sie nicht von der Stange los. Einer beugte sich nach unten, um mich anzustarren. Er war unglaublich hässlich, sein Gesicht war mit einem Netz aus Brandnarben übersät, seine Stirn bräunlich verfärbt, weil er Blut schwitzte. Zum Glück verband er mir die Augen. Ich wurde fortgeführt. Hinter mir wurden die Geräusche der Schläge, die sie Fatty verpassten, immer leiser. Hunderte von Stimmen waren zu hören, es summte wie in einem Bienenstock.

Wir stiegen einige Stufen hinauf. Ich hörte, wie ein Riegel betätigt wurde, und wir betraten einen warmen Raum. Ich wurde von der Stange befreit und anschließend an etwas Stabileres gefesselt. Ich versuchte, mich aufzusetzen, aber meine Gelenke wurden sofort zusammengezogen. Ich war mit etwas sehr Widerstandsfähigem verbunden.

»Er ist da«, sagte eine bekannte Stimme.

Der Mann mit dem hässlichen Gesicht nahm mir die Augenbinde ab. Er schien nervös zu sein wegen jemandem, der hinter ihm saß.

Starvie hatte sich auf einem Ledersofa ausgestreckt. Sie hatte eine schwarze Jeans an und ein weißes Top mit einem Ausschnitt, der bis zu ihrem Bauchnabel reichte und von Schnürbändern zusammengehalten wurde. Ihre Haare waren eine einzige Lockenflut, die ihr über die Schulter fiel. Sie hatte jede Menge Make-up aufgelegt. Ihre Augen waren schwarz umrahmt mit angedeuteten Flügeln, ihre Lippen und Fingernägel waren weiß. Sie sah aus, als sollte sie für ein Herrenmagazin fotografiert werden.

Vielleicht hatte der Typ neben ihr ja so etwas im Sinn. Zuerst hielt ich ihn für einen Fiziellen, schon allein deshalb, weil er keinen Schutzmantel trug, nur eine Hausjacke und bequeme Pyjamahosen. Seine Brust und seine Füße waren nackt, zeigten aber keine Anzeichen von Verletzung oder Krankheit. Sein Gesicht war intakt, ohne die üblichen röt-lichen Kratzer oder dieses nervöse Zucken eines erkrankten Nervensystems. Er schaute auf und musterte mich lächelnd. Seine Zähne waren so weiß, als seien sie gemalt.

Er entließ den Mann mit dem hässlichen Gesicht, stand auf, klopfte sich auf den Bauch und kam herüber, um mich anzuschauen.

»Vorsichtig«, sagte Starvie. »Komm ihm nicht zu nahe.«

»Keine Sorge, Herzchen«, sagte er. »Ich will mich nur mit ihm unterhalten.«

Als er näher kam, bemerkte ich, dass sein Gesicht eigen-artig aussah. Die Haut war nicht normal. Sein ganzer Kopf sah aus, als hätte er ihn in einen Topf mit Klebstoff getaucht, um ihn anschließend trocknen zu lassen. Seine Gesichtszüge bewegten sich nicht, wenn er sprach. Ein unangenehmer süßlicher Geruch ging von ihm aus.

»Erlauben Sie, dass ich mich vorstelle«, sagte er. »Ich bin der König von Newcastle.«

»Könnten Sie bitte etwas zurücktreten«, sagte ich. »Sie riechen ganz furchtbar.«

Der König antwortete nicht. Er machte eine effektvolle Pause, die sehr lange dauerte.

Ich nutzte die Zeit, um mich in dem Raum umzusehen. Ich war mit besonders widerstandsfähigem Faserband an einen Stahlreifen gebunden, der an der Wand hing. Es gab einige schmale Fenster mit Metallrahmen und eine enge Tür auf der linken Seite, allesamt fest verschlossen. Hinter dem Sitzbereich mit dem Sofa befanden sich eine Einbauküche und ein Frisiertisch mit zahlreichen Utensilien für die männliche Körperpflege. Ein Spiegel mit Goldrahmen dominierte die Wand dahinter, an der Bilder des Königs in seinen triumphalsten Momenten hingen. Auf allen hatte er langes, welliges Haar und einen sorgfältig gestutzten Bart. Auf der Hälfte der Bilder trug er einen Frack und stand auf einem roten Teppich zusammen mit Jennifer E, die ihn untergefasst hatte.

Ich fand es eigenartig, dass der König sich Bilder von seinem längst zerstörten Gesicht an die Wand hängte. Was wollte dieses gedehnte und geklebte Monster mit diesen Bildern? Sich selbst weismachen, dass er noch immer dieser Mensch war?

»Meine Frau hat mir von Ihren Abenteuern berichtet«, sagte er. Er schlenderte in den Küchenbereich und fand etwas Alkoholisches aus vergangenen Zeiten im Schrank und goss eine bernsteinfarbene Flüssigkeit in zwei Gläser. Dann schlurfte er zurück und reichte eins davon Starvie. Er setzte sich auf die Lehne des Sofas und spielte mit ihren Locken. »Aus einem Hinterhalt flüchten, einen meiner Checkpoints über den Haufen schießen und sogar eine blödsinnige Rettungsaktion durchziehen. Ich möchte mich bei Ihnen bedanken, Kumpel.«

»Nein, das wollen Sie nicht«, sagte ich. »Sie wollen sich über mich lustig machen. Aber Sie müssten eigentlich wissen, dass das bei mir nicht funktioniert. Ich reagiere nicht beleidigt und ich drehe auch nicht durch deswegen. Wenn Sie über ein bestimmtes Thema sprechen wollen, warum nehmen wir es uns dann nicht direkt vor und verzichten darauf, uns gegenseitig zu beleidigen?«

Der König nippte an seinem Drink.

»Sie fühlen nichts? Sie sind kein bisschen sauer, dass die schärfste Frau, die jemals entworfen wurde, Sie hinterrücks verraten hat? Nach allem, was Sie für sie getan haben? Ich meine, sie hat nicht mal Danke schön gesagt. Sie hat Sie einfach direkt in die Arme Ihres großartigsten Feindes geführt.«

Ich entschied, dass es nicht nötig war, den Begriff *großartig* zu kommentieren. Das würde ihn nur verärgern. Ich wollte nur eines wissen:

»Warum bin ich immer noch am Leben?«

Der König schüttelte den Kopf. »Ach, kommen Sie, wenn es Ihnen nicht mal gelingt, sich wegen Jennifer zu echauffieren, dann können Sie gar nicht am Leben sein, glauben Sie mir.«

Er stand auf und trank sein Glas aus. Kaum hatte er das getan, hustete er und verzog theatralisch das Gesicht. Der Typ war eine echte Knallcharge. Na schön. Wenn er mir nicht sagen wollte, warum ich noch am Leben war, konnte ich auch wichtigere Themen anschneiden.

»Wo ist mein Auto?«

»Oh, ich glaube, es wird gerade draußen repariert. Es ist wirklich kein schlechter Wagen. Ein hübscher Zweitwagen für kleinere Spritztouren. Ich dachte, ich schenke ihn Jennifer.«

Er setzte wirklich alles daran, mich wütend zu machen.

»Und was ist mit den fettem Kerl?«, fragte ich.

»Er wird verhört. Sagen Sie mal, Kenstibec ... Sie wurden doch für Bauarbeiten optimiert, ist das richtig?«

»Ja«, sagte ich.

»Welche Art von Bauarbeiten?«

»Ich habe an Prototypen von Solarbrunnen gearbeitet, an Kühltürmen ... zumeist ziemlich große Projekte. Warum? Sind Sie an ultrahohen Gebäuden interessiert?«

»Ich versuche nur herauszufinden, was für eine Sorte Fizieller Sie sind. Es ist wirklich schade, dass Sie uns nicht aushelfen können, Kenstibec. Ich bin nämlich mit der Konstruktion einer ganz speziellen Sache beschäftigt. Es ist eine echte Herausforderung für die Ingenieurskunst und würde Ihnen bestimmt gefallen.«

»Lassen Sie mich raten. Vielleicht eine Art Statue von Ihnen?«

»Ha, nicht ganz.« Der König und Starvie lachten und lächelten einander zu.

»Im Moment ist es, wie Sie wissen, ziemlich schwierig, eine halbwegs vernünftige Fernseh- oder Radioübertragung hinzubekommen. Diese blöde Wolke stört ständig die Funksignale. Darüber hinaus hat der Krieg die gute alte Zeit beendet, als jeder Haushalt einen Fernsehapparat im Wohnzimmer hatte. Genauer gesagt hat dieser ganze Mist die Existenz so gut wie aller Haushalte beendet.

Das hat uns trotzdem nicht aufhalten können. Die meisten Clans haben einen oder zwei Generatoren, ein paar geklaute Fernseher und Monitore. Sie senden ihr eigenes Programm, aber am meisten mögen sie meine Shows. Im ganzen Land versammeln sich die Leute vor ihren schäbigen kleinen Flimmerkisten, um sich mein Zeug anzuschauen. Ich gebe ihnen Hoffnung.«

»Worauf wollen Sie hinaus?«

»Ich will darauf hinaus, dass das völlig ineffektiv ist. Es dauert viel zu lange, um meine Botschaften zu verbreiten. Und wenn sie nicht ständig fernsehen, vergessen sie mich.

Ich muss sie dazu bringen, dass sie die ganze Zeit meine Shows anschauen. Wenn sie mir folgen wollen, müssen sie mich erst mal kennenlernen. Mein wahres Ich.«

Er hielt inne und biss die Zähne zusammen, während er eine Hand an die Stirn legte. Er stöhnte und fiel beinahe um, als ihn ein heftiger Schmerz erfasste. Starvie ging in die Küche und kam mit zwei Pillen und einem Glas Wasser zurück. Der König schluckte die Pillen und richtete sich wieder auf. Ich lächelte ihn an.

»Ist das Ihr wahres Ich?«

Er verpasste mir einen rechten Haken gegen die Wange. Dann versenkte er eine Linke in meinem Bauch. Es waren nicht gerade großartige Schläge, aber er schien trotzdem zufrieden zu sein. Er warf Starvie einen Beifall heischenden Blick zu. Sie zündete sich eine Zigarette an und blies ihm den Rauch entgegen.

»Süßer, glaubst du etwa, dass mich so was beeindruckt? Dann kannst du ja gleich auf einen Sandsack eindreschen. Sag ihm doch endlich, was du von ihm willst.«

Das brachte ihn wieder auf den Boden der Tatsachen, aber er erholte sich rasch. Immerhin war er der König. Er schlenderte zu ihr und küsste sie auf die Stirn. Dann setzte er sich hin und bemühte sich um so viel majestätische Würde wie möglich.

»Meine Leute haben alle ihre Fernsehapparate behalten. In was für einem Höllenpfuhl sie auch Schutz suchen mussten, wie sehr sie auch verletzt waren, sogar wenn sie keine Elektrizität mehr hatten, behielten sie doch ihre TV-Geräte. Das zeigt, wie stark ihr Glaube ist, Kenstibec. Der Glaube an eine neue Welt. Und ich werde sie für diesen Glauben belohnen.

Ich werde ein ganz neues Übertragungssystem aufbauen. Ich werde ihnen wieder vierundzwanzig Stunden Unterhaltung am Tag liefern. Ich werde in jeden Bunker, in jeden Unterschlupf und in jeden Schützengraben in diesem Land senden und mein Volk unter meiner Flagge vereinen. Pander hat für mich ein neuartiges Übertragungsnetz entworfen – ein System, mit dem ich in die ganze Welt senden kann, trotz der ätzenden Wolke über uns. Der Mann war ein echtes Genie.

Und jetzt komme ich auf den entscheidenden Punkt zu sprechen: Dieses System könnte in der Hälfte der veranschlagten Zeit gebaut werden, wenn Sie mir dabei helfen. Jennifer ist der Ansicht, dass Sie uns nicht assistieren wollen, aber ich wollte mich einfach mal mit Ihnen zusammensetzen, von Angesicht zu Angesicht, und Sie nach Ihrer Meinung fragen.«

Starvie saß einfach nur da und starrte vor sich hin.

»Tja, vielen Dank für das Angebot«, sagte ich. »Aber ich glaube nicht, dass Sie mich wirklich fragen. Einen Fiziellen zu beschäftigen, der Ihre Frau entführt hat, wäre eine ziemlich riskante Angelegenheit, finden Sie nicht? Nicht dass ich behaupten möchte, Ihre Real-Politik zu verstehen. Immerhin ist Ihre Frau ja so fiziell, wie es nur geht. Wie konnten Sie das den Leuten überhaupt schmackhaft machen, nur mal nebenbei gefragt?«

»Die Leute mögen es halt, wenn jemand gut aussieht«, sagte der König. »Und sie stellen keine Fragen, deren Antworten sie nicht hören wollen. Sie akzeptieren sie, weil sie so reizend ist. Die Männer wollen sie besitzen, und die Frauen wollen wie sie sein. Wir sind so eine Art Vorbild, verstehen Sie? Wir führen den Leuten ein erstrebenswertes Leben vor.«

Ich verstand nicht, was er damit meinte, nickte aber, als hätte ich es kapiert.

»Na gut, aber trotzdem wollen Sie in Wahrheit ja gar nicht meine Hilfe. Sie brauchen sie natürlich, denn angesichts der Leute, mit denen Sie arbeiten, ist absehbar, dass Ihr System nicht funktionieren wird. Aber ich bin trotzdem der Ansicht, dass Sie mir hier was vorspielen. In Wirklichkeit können Sie es gar nicht erwarten, mich wieder loszuwerden.«

»Haben alle Taxifahrer so eine Begabung für psychologische Spitzfindigkeiten?«

Starvie zuckte mit den Schultern. »Er glaubt, er würde das menschliche Verhalten studieren.«

»Nun gut, immerhin hat er recht«, sagte der König. Er stand auf und ging zu einem der Fenster, um hinauszuschauen und seine Truppe zu begutachten.

»Wissen Sie überhaupt, wo Sie sich befinden?«

»Einer Ihrer Untergebenen hat etwas von York gesagt.«

»Das stimmt. Na ja, jedenfalls ein paar Kilometer davon entfernt. Meine Armee hat die Stadt umzingelt. Meine Männer sind bestens darauf vorbereitet, die Stadt zu erobern. Panders Waffe funktioniert großartig.«

»Und?«

»Und ich brauche Sie. Sie sollen mir einen Gefallen tun. Ich möchte, dass Sie da reingehen und Ihren Leuten eine Botschaft übermitteln.«

»Sie wollen, dass ich nach York gehe, in die Stadt?«

»Genau. Und ihnen eine Botschaft überbringen.«

»Was für eine?«

»Die Botschaft ist: Die Kontrolle ist tot, und es macht keinen Sinn weiterzukämpfen. Die Botschaft ist: Ergebt euch, und ich werde Milde walten lassen.«

Ich warf Starvie einen Blick zu, die mich mit leerem Blick anstarrte. Ich wandte mich wieder an den König.

»Das werden sie bestimmt nicht tun.«

»Das weiß ich«, sagte der König und wandte sich vom Fenster ab. »Aber ich weiß, wie ein Drama funktioniert. Ich könnte einfach im Fernsehen zeigen, wie Ihre Leute gehäutet und bei lebendigem Leib verbrannt werden, aber das haben meine Anhänger schon hundertmal gesehen. Das Publikum vor den Fernsehschirmen braucht was Neues. Etwas, das eine Geschichte erzählt.

Und die werden Sie mir liefern. Sie werden in diese Stadt marschieren, während meine Kameras mitlaufen, und Ihren Leuten dort mein Gnadenangebot unterbreiten. Wenn Ihre Freak-Gemeinde mein großzügiges Angebot ablehnt, ist das ein Schlag ins Gesicht. Ich stehe dann als der noble König da, der brüskiert wurde. Der Eindruck, der dadurch entsteht, wird in Kombination mit meiner neuen Moderatorin«, er deutete auf Starvie, »seinen besonderen Reiz haben. Es wird ein großer Moment in der Fernsehgeschichte werden.«

»Sie wollen mich also einfach so in die Barrikade gehen lassen?«

»Ganz genau.«

Starvie formte Ringe aus Zigarettenrauch und sah zu, wie sie zur Decke schwebten.

»He«, sagte ich zu ihr. »Was soll das alles? Wieso hängst du hier mit diesem Kadaver herum?«

Starvie lächelte.

»Er ist sehr begabt.«

Ich wusste nicht, was ich darauf antworten sollte, also wechselte ich das Thema.

»Na schön, und warum musstest du mich dafür extra aus Edinburgh holen? Du könntest doch jederzeit da reinmarschieren. Niemand würde darauf kommen, dass du eine Verräterin bist.«

Sie beugte sich vor und drückte ihre Zigarette aus.

»Ich brauchte halt ein Taxi«, sagte sie und schaute mich direkt an. »Ich hatte ein paar schwere Einkäufe zu tragen.«

Sie hob etwas vom Fußboden auf und legte es sich auf den Schoß. Es war der andere grüne Koffer. Sie klappte ihn auf und drehte ihn herum, damit ich hineinsehen konnte.

Sie hatte recht. Ihr Gepäck war wirklich sehr schwer. Es besaß beinahe eine kritische Masse. Atomwaffen sind so.

»Warum zeigst du ihm das?«, fuhr der König sie an.

»Du hast hier alles unter Kontrolle, Liebling«, sagte sie. »Es kann überhaupt keinen Schaden anrichten.«

»Wohl wahr«, sagte der König. Er versuchte zu lächeln, aber das schien ihm Schmerzen zu bereiten. Er legte seine Arme um sie.

»Sie musste sichergehen, dass sie die Bombe heil dort herausbringt«, sagte der König. »Es wäre sehr gefährlich gewesen, sie ganz allein damit loszuschicken. Die Clans rund um Edinburgh habe ich nicht im Griff, jedenfalls noch nicht. Sie brauchte jemanden, der sie beschützt, damit sie mir die Bombe bringen kann. Ich werde sie benutzen, Sie werden es sehen. Ich werde London zerstören.«

»Im Ernst?«

»Ja.«

»Das kommt mir ziemlich unsinnig vor. Wieso der Aufwand, wenn Sie doch über Panders Geheimwaffe verfügen? Warum setzen Sie die nicht ein?«

»Nein, nein, nein. Diese Waffe ist sehr nützlich, ganz bestimmt, aber sie ist zu klinisch. Das ist etwas für geheime Aktionen. Aber meine Leute wollen etwas Effektvolles sehen, ein Feuerwerk. Etwas, bei dem sie das Gefühl haben, sie hätten Ihrer Art den entscheidenden Vernichtungsschlag verpasst. Wenn sie in York einmarschieren und dort nur noch Tote vorfinden, dann wird dies das Gegenteil von einem Höhenflug sein. Sie werden nicht das Gefühl haben, dass sich der Aufwand gelohnt hat, wenn Ihre Leute schon tot herumliegen, bevor sie überhaupt einen Schuss abgegeben haben.

Ich muss den neuen Sender mit einem großen Knall starten. Es wird der größte TV-Coup der Geschichte sein: Ein Atomangriff auf das Herz der Fiziellen-Plage. Das wird das Ruder herumwerfen.«

»Das wage ich zu bezweifeln.«

»Natürlich«, sagte der König. »Weil Sie das Prinzip des Showgeschäfts nicht verstehen. Deshalb mögen Sie solche Personen wie Jennifer nicht. Weil Sie sie nicht verstehen.«

»Sie ist nicht wirklich eine Person, mein Herr«, sagte ich. »Und ich verstehe sie von Mal zu Mal besser.«

Starvie schüttelte den Kopf und schnalzte mit der Zunge.

»Kenstibec«, sagte sie. »Wie kannst du mich verstehen, wenn du mich nicht ficken willst?«

Das gefiel dem König. Es machte ihn an. Er fiel neben ihr auf die Knie, bellte und hechelte eine paar Sekunden lang. Starvie schaute mich an, während sie ihm den Kopf tätschelte. Der König tat so, als würde er aus Spaß nach ihrem Bein schnappen, dann riss er sich wieder zusammen, richtete sich auf, setzte sich direkt neben Starvies Füße und lehnte sich mit dem Rücken gegen das Sofa. Sie legte ihre Hand auf sein zerzaustes Haar.

»Ich habe überhaupt nichts gegen Panders Waffe«, sagte er. »Soweit ich das beurteilen kann, bringen wir niemanden damit um. Ihre ganze Art stirbt doch sowieso schon.«

»Ich lebe noch«, sagte ich. »Anscheinend sehe ich das anders.«

»Nun, was Sie auch tun, mir kommt es nicht wie Spaß vor. Aber das langweilt mich jetzt. Werden Sie kooperieren und meine Botschaft in die Stadt bringen, oder soll ich Sie live im Fernsehen häuten lassen?«

Ich dachte über beide Optionen nach. Andere Modelle hätten es vielleicht abgelehnt, durch das Niemandsland zu gehen und im Namen des Königs an das Tor der Stadt York zu klopfen. Aber sie fänden es bestimmt auch nicht gut, wenn ich mich in einer dieser Exekutions-Shows im Real--TV häuten ließe. Abgesehen davon gab es vielleicht noch eine Möglichkeit für mich, York zu helfen, etwas gegen dieses feiste Grinsen des Königs zu unternehmen. Und das war es allemal wert.

»Klar«, sagte ich. »Ich mach es.«

»Super!«, schrie der König.

»Soll ich dann losgehen oder was?«

»Also, es gibt da noch einen weiteren Aspekt unserer Abmachung, den ich mit Ihnen besprechen muss«, sagte der König. »Wenn es Ihnen nichts ausmacht.«

»Schießen Sie los.«

»Dieser fette Kerl. Der Mann, der mit Ihnen gemeinsame Sache gemacht hat.«

»Was ist mit ihm?«

»Nun ja, er könnte die Einschaltquoten ganz ordentlich in die Höhe treiben. Bisher wurde nämlich noch nie ein Kollaborateur gefangen genommen. Das liegt vor allem daran, wie Sie sicherlich wissen, dass die Fiziellen, die sich einen Führer nehmen, diesen normalerweise umbringen, sobald sie ihn nicht mehr brauchen.«

»Das ist wahr«, sagte ich. »Also?«

»Deshalb will ich etwas Besonderes mit ihm veranstalten. Ich möchte, dass sein Schicksal noch über das Übliche hinausgeht, was in der ›Stunde der Exekution‹ oder der ›Woche der Folter‹ gezeigt wird. Ich möchte ihn als Teil einer ganz besonderen Show benutzen. Wären Sie damit einverstanden?«

»Was soll ich denn tun?«

»Nichts. Sie müssen überhaupt nichts tun. Sie sollen ihn nur mit nach York nehmen, dorthin, wo Ihre Freunde sind.«

Der König griff nach Starvies Hand auf seinem Kopf und führte sie an den Mund, um sie zu küssen. Es war abscheulich, ihm dabei zuzusehen. Er konnte kaum die Lippen spitzen. Seine Haut spannte sich bei diesem Versuch und sah aus, als könnte sie jeden Moment zerreißen.

»Die werden ihn sofort selektieren, sobald er einen Fuß in die Stadt setzt.«

Der König legte seinen Kopf auf Starvies Oberschenkel und seufzte zufrieden. Ich musterte Starvie sehr genau, auf der Suche nach einem Hinweis auf ihre Gefühle, aber ihr Gesicht war kalt und ausdruckslos wie eine polierte Klinge.

»Könnte sein«, sagte er. »Das wird meinen Leuten zeigen, was mit Kollaborateuren passiert.«

Er lächelte und rieb sich die Hände.

»Jennifer hat mir erzählt, dass Sie schon seit Wochen mit dem fetten Mann unterwegs sind. Sie meint, Sie könnten sich vielleicht mit ihm angefreundet haben. Wäre das möglich? Würde Sie es denn gar nicht gefühlsmäßig tangieren, wenn Sie ihn töten müssten?«

»Nein«, sagte ich. »Wenn Sie wollen, dass ich ihn töten soll, dann töte ich ihn. Anschließend gehe ich in die Barrikade und überbringe Ihre Botschaft. Wenn das erledigt ist, komme ich zurück, um meine Fahrt fortzusetzen.«

Der König grinste und klatschte in die Hände.

»Das klingt gut«, sagte er. »Das wird ein Riesenspaß.«

Der letzte Schuss. Der letzte Schrei. Vier Soldaten-Modelle erledigen das alles in einer halben Stunde. Sie zählen die Leichen, schichten sie am Rand der Autobahn auf, zapfen Benzin aus den Tanks der Autos und zünden den Scheiterhaufen an. Der Rauch von vierhundert Realen steigt in den Himmel. Ich ziehe mir das T-Shirt übers Gesicht.

Die Soldaten-Modelle verfolgen die aktuellen Daten über den Fortschritt der Selektion auf einem Flexi-Bildschirm. Die Kontrolle überträgt die Zahlen kontinuierlich und addiert sie.

»Laut ersten Schätzungen sind neunzig Prozent aller Personen in den Bunkern selektiert«, sagt der Soldat, der die Verbindung aufrechterhält.

»Wie machen sie es?«

»Mit Gas«, sagt ein anderer. »Das ist am einfachsten. Sauber und schnell.«

»Zwölfeinhalb Millionen sind noch übrig«, sagt Shersult.

Ich werfe einen kurzen Blick auf den Bildschirm. Darauf erkenne ich eine leuchtende weiße Landkarte, mit einem Zoom-Ausschnitt des Bereichs, in dem wir uns befinden. Schwarze Punkte verfolgen Schatten, die sich bewegen. An manchen Stellen ballen sich viele zusammen, an anderen sind nur vereinzelte zu sehen. Jeder Reale in diesem Land wird isoliert und dann zur Strecke gebracht.

Ich mache eine Überschlagsrechnung. Drei Soldaten-

Modelle töten vierhundert Personen in dreißig Minuten. Insgesamt wurden sechshundert Soldaten-Modelle gebaut …

Die Soldaten haben sich um den Flexi-Bildschirm versammelt wie um ein Lagerfeuer. Ich frage mich, was sie wohl tun, wenn die Verbindung unvermittelt abbricht.

»Hier«, sagt einer der Soldaten und deutet auf den Schirm. »Wir fangen an dieser Stelle an, treiben so viele wie möglich zum Fluss hinüber, und dann schwärmen wir aus, um die anderen zu suchen.«

Alle stimmen sofort zu, außer Shersult, der die Straße entlangblickt, über die Wracks des Konvois hinweg.

»Ohne mich«, sagt er. »Es war mir ein Vergnügen, euch bei eurer Treibjagd zu begleiten, aber ich habe eine Aufgabe mit höchster Priorität zu erledigen. Ich soll Häuser in Augenschein nehmen, in denen Optimierungsausrüstung vorhanden ist. Ich werde mit ihm losgehen.«

Er deutet auf mich.

Plötzlich reißen alle Soldaten ihre Gewehre hoch und richten sie in die gleiche Richtung.

Ich kann es auch hören. Es ist die Stimme eines Realen.

»Dies kann nicht unbeantwortet bleiben.«

Die Soldaten senken ihre Waffen. Shersult sucht sich einen Weg zwischen den Autowracks hindurch und kramt im Heck eines Personentransporters herum, bis er einen kleinen tragbaren Fernseher heraushoIt.

Er trägt ihn zu uns.

Der Mann auf dem Bildschirm hält ein Kreuz in der Hand.

»Der Tag des Herrn ist gekommen! All jene, welche die seelenlosen Dämonen gerufen haben, werden in ihren Betten gemeuchelt, liebe Brüder und Schwestern. Ihr Stolz hat

sie so tief fallen lassen. Vergesst nicht eure Schrift. Vergesst sie nicht! Und ich sah einen seiner Köpfe, und er war tödlich verwundet, und diese Wunde wurde geheilt: Und die ganze Welt staunte über das Tier. Und ich sah, und es war wie ein gläsernes Meer, mit Feuer vermengt; und die den Sieg behalten hatten über das Tier und sein Bild, standen an einem gläsernen Meer und hatten Gottes Harfen. Und sie sangen: Groß und wunderbar sind deine Werke, Herr Allmächtiger Gott! Gerecht und wahrhaftig sind deine Wege, du König der Völker. Wer sollte dich, Herr, nicht fürchten und deinen Namen nicht preisen?

Euch allen, die ihr mich hört und die ihr weilt auf diesem fluchbeladenen Eiland, sage ich: Wir werden sie niederstrecken mit einer Stimme, die wie eine Posaune aus dem Himmel schallt! Wir werden sie niederstrecken und uns seiner Gnade würdig erweisen.«

»Ist dieser Kerl nicht ein vorrangiges Ziel?«, frage ich.

»Wegen dieser Verrückten müssen wir uns sicher keine Gedanken machen«, sagt Shersult.

»Aber die Kontrolle sagte doch, sie hätten noch nicht das Feuer erwidert. Die Kontrolle sagte, sie hätten noch nichts von der Selektion mitbekommen. Sollten wir das nicht überprüfen?«

»Das ist doch nur ein verrückter Realer.« Shersult fordert mich auf, ihm durch die brennenden Wracks hindurch zu folgen. Ich gehe mit. Seine Kleidung ist tiefrot getränkt.

»Ich weiß nicht«, sage ich. »Ich glaube, dieser Kerl sollte absoluten Vorrang haben. Wenn die alle so wären wie er, dann hätten wir eine gewaltige Schlacht zu schlagen.«

»Aber sie sind nicht alle so, oder?«

FÜNFZEHN MINUTEN

Der König verschwendete keine Zeit. Er ging mit Starvie los, um das Produktionsteam zusammenzustellen. Mich ließen sie an die Wand gekettet zurück wie ein ungeliebtes Kuscheltier der königlichen Familie. Irgendwann kam der Typ mit dem verunstalteten Gesicht hereinmarschiert, dicht gefolgt von einem brutal wirkenden Kerl, der einen Schweißinverter hereintrug, einen Dohaki 4. So ein Gerät hatte ich bei meinem ersten Job benutzt, als es darum ging, einige armselige, von Realen verbrochene Reparaturen zu korrigieren.

»Nimm ihn dir vor und bring ihn anschließend rüber«, sagte der Verunstaltete.

»Ja, Sir.«

»Und merk dir das: Niemand weiß, wo wir ihn hingebracht haben – und der König hat ausdrücklich verboten, dass irgendwas über die für heute Abend geplante Aktion nach draußen sickert. Steck ihn in eine Maske und einen Mantel, schnall ihn in deinem Wagen fest und bleib in Bewegung. Wir wollen nicht, dass ein paar übereifrige Idioten ihn sehen und die Abendshow ruinieren.«

»Ja, Sir«, sagte der Schlägertyp.

Er trat zu mir und drückte die Elektroden auf meinen Brustkorb.

»Gute Nacht«, sagte er.

Er drückte auf den Einschaltknopf, und alles wurde schwarz.

Einen Moment lang dachte ich, ich wäre wieder in meinem Landy. Ich hörte einen Dieselmotor und spürte ein leichtes Rumpeln. Meine Zähne kribbelten noch immer wegen des Stromstoßes. Ich öffnete mein rechtes Auge einen schmalen Spalt und stellte fest, dass ich eine Gasmaske trug. Ich schaute nach unten und bemerkte schwarze Plastikhandschuhe an meinen Händen, die über die Ärmel des leuchtend grünen Schutzmantels reichten, den ich trug. Meine Hand- und Fußgelenke waren mit Handschellen gefesselt. Irgendjemand betätigte eine Hupe.

Der Schlägertyp saß auf dem Fahrersitz, eine Hand am Steuer. Der Motor des Transporters jaulte auf, als wäre er am Ende seiner Kräfte. Ich fragte mich, ob ich dem Kerl einen Vortrag über die korrekte Benutzung der Gangschaltung geben sollte, aber das war die Mühe nicht wert. Er war viel mehr daran interessiert, die Hupe zu betätigen.

Wir fuhren durch Tausende von Realen, die über einen breiten, aufgeschichteten Steinweg liefen. Die Straße sah ich zum ersten Mal. Anscheinend hatten die Männer des Königs sie gebaut, um die Menschen im Belagerungsring besser hin und her bewegen zu können. Der eine Rand des Wegs wurde von langen, brennenden Fackeln markiert, die ein tiefrotes Licht über die Landschaft warfen. Auf der anderen Seite führte eine Böschung schräg nach unten in eine aus Lehm, Müll und Metallresten gebaute Barackensiedlung, wo die Frauen und Kinder der Armeeangehörigen im hüfthohen Hochwasser der Überschwemmung herumwuselten.

Die Armee des Königs bereitete sich für den Angriff vor. Alle redeten durcheinander, hatten weit aufgerissene Augen und grinsten wie besessen vor sich hin. Pander hatte ihnen ganz offensichtlich das Rezept für seine Droge verraten. Sie waren bis unter die Haarspitzen vollgedröhnt. Es roch auch ziemlich stark, ein grauenhafter, durchdringender Gestank hing in der Luft, im Auto und in meinen Kleidern.

Ich sah, wie zwei Männer mit Fackeln in den Händen die Arbeit einer Gruppe von Kindern beaufsichtigten. Sie errichteten einen riesigen TV-Bildschirm über der Siedlung. Er war bereits angeschlossen und zeigte das Logo des Königs als Testbild. Wahrscheinlich handelte es sich um die neue wetterunabhängige Übertragungsart, die Pander entwickelt hatte. Eine jämmerlich aussehende Horde von Realen balgte sich um die besten Plätze. Sie erwarteten offenbar eine große Show.

Als ich zur anderen Seite schaute, durch die flackernden Fackeln hindurch, konnte ich die grauen Umrisse der Barrikade von York sehen. Es war die beste jenseits von Brixton. Sie verlief entlang der A1237 und der A64. Sie war schon immer ein guter Ort für einen Zwischenstopp gewesen, um aufzutanken und die Beine hochzulegen. Falls stimmte, was der König gesagt hatte, waren die Realen jetzt dabei, ihn zu zerstören, so wie sie alles zerstört hatten.

Wir kamen nur langsam voran. Schließlich fuhr der Transporter über eine Rampe nach unten in die Siedlung und über eine weitere rumpelige Straße, die aus Baumstämmen gefertigt war. Mehrere Male hingen wir fest und wurden von aufgeregten jungen Kerlen angeschoben. Mitten in der Siedlung war eine Art Erhöhung zu sehen. Ich fragte mich, was es wohl war. Ansonsten gab es keine Hügel oder Berge in der Nähe.

Es dauerte eine Weile, bis ich erkannt hatte, dass sie von Menschenhand erbaut war. Als wir näher kamen, sah ich, dass sie aus Autowracks, Müll und Bauschutt errichtet worden war und von Lehm zusammengehalten wurde. Die ganze Konstruktion war ungefähr fünfzehn Stockwerke hoch und neigte sich gefährlich zur Seite. Oben auf dem Gipfel funkelte ein Licht. Die Untertanen des Königs hatten ihrem Herrn eine Pyramide errichtet.

Die behelfsmäßige Straße führte in einer Spirale hinauf, sodass wir den ganzen Weg bis nach oben fahren konnten. Der Transporter wackelte stark, und der Motor jaulte auf, weil er zu hochtourig gefahren wurde.

Oben auf der Spitze waren die Realen mit aufgeregten Vorbereitungen beschäftigt. Sie bauten Audio- und Video-Gerätschaften auf und bereiteten eine Art Übertragung vor. Lautsprecher wurden mit Kabeln verbunden, Mikrofone getestet, Scheinwerfer an Generatoren angeschlossen. Das alles gehörte bestimmt zu der von Pander entworfenen Anlage.

Der Schlägertyp stieg aus und sprach mit einigen von ihnen und erklärte, was es mit der maskierten Gestalt im Transporter auf sich hatte. Vorsichtig wurde die Beifahrertür geöffnet. Fünf Handpaare packten mich und warfen mich auf die zerklüftete, grobe Oberfläche der Pyramide. Sie halfen mir auf die Beine, was wirklich sehr freundlich war.

Die Aussicht war überwältigend. Ich konnte den ganzen Belagerungsring überblicken, den weiten Kreis brennender Fackeln, der York wie eine Schlinge umgab, die Straße und die Siedlung mit den herumwuselnden Realen unter uns. Aus der Ferne betrachtet, schien die Barrikade noch vollständig intakt zu sein. Es gab dort immer noch Strom. Hinter dem Wall flackerten Lichter, trotz der gelegentlichen Bombardierungen. Niemand in der Stadt schoss zurück.

Dann entdeckte ich den Landy. Die Karosserie war trotz des Unfalls noch erstaunlich gut in Schuss. Sogar das Schild mit der Aufschrift GEBAUT FÜR DIE EWIGKEIT steckte noch hinter der Stoßstange. Was mich irritierte, war sein Standort.

Er thronte auf einer riesigen Skischanze, festgezurrt auf einer wackeligen Plattform aus gepresstem Stahlblech. Die Schanze verlief in einem wahnwitzigen Neigungswinkel ungefähr zweihundert Meter seitlich der Pyramide nach unten, erhob sich über der Siedlung und schwang sich dann am Ende hinauf, um einen Sprung über die Fackelreihe hinweg zu ermöglichen. Wenn der Landy losgelassen wurde, so rechnete ich mir aus, würde er mit etwas Glück ungefähr dreißig Meter über das Gebiet der Realen hinausfliegen. Dort würde er im nächtlichen Niemandsland aufkommen, genau in der Mitte zwischen der Befestigung der Realen und der Barrikade. Wahrscheinlich würden wir dort im Morast versinken.

Ein paar riskant konstruierte Metallgerüste erhoben sich rechts und links der Schanze, darauf befanden sich Plattformen, auf denen die Kamerateams des Königs sich auf die Übertragung vorbereiteten. Soldaten liefen im unteren Bereich der wackelnden und quietschenden Gerüste herum. Die Kameraleute riefen ihnen zu, sie sollten dort wegbleiben, aber es nützte nichts.

Ich wandte mich wieder meinen Entführern zu, die sich im Halbkreis um mich geschart hatten und mich nervös anstarrten. Hinter ihnen war etwas sehr Eigenartiges zu sehen. Ein kleines würfelförmiges Gebäude, dekoriert mit Laternen, Kerzen und hübschen Girlanden. Um den Rand des Dachs war eine verzierte Balustrade angebracht. Es war wirklich hübsch. Es wirkte wie ein Schrein. Vielleicht wollten sie mich ja doch noch opfern.

Der Schlägertyp trat mit dem Dohaki auf mich zu und riss mir die Gasmaske vom Gesicht. Neben ihm tauchte ein einarmiger Realer auf. Er bibberte geradezu, hatte einen Kopf in Form einer Zitrone, den üblichen entzündeten, kahlen roten Schädel und sah insgesamt jämmerlich aus. Er trug eine Brille, die ihm eindeutig nicht passte. Die Augen dahinter schielten. Mit zittriger Hand nahm er sie ständig ab und setzte sie wieder auf. Er baute sich vor mir auf und sprach mich an.

»Hallo«, sagte er. »Mein Name ist Spencer.«

»Freut mich. Wie geht es Ihnen, Spencer?«

»Nun ja«, sagte er, offensichtlich überrascht von meinem freundlichen Ton. »Danke der Nachfrage. Ich präsentiere das heutige Abendprogramm. Die da oben auf den Türmen sind meine Kameramänner.«

»Sie sind der Moderator? Und was ist mit dem König?«

»Der König tritt nicht live auf«, sagte Spencer.

Das passte. Der Kerl wollte seinen Status als Legende nicht gefährden. Er wollte nicht, dass sein zusammengeklebtes Gesicht in einer Nahaufnahme zu sehen war.

»Heute Abend haben wir einen besonderen Programmpunkt, wie man Ihnen sicherlich schon gesagt hat«, fuhr er fort. »Um ehrlich zu sein, ich bin nicht sehr glücklich darüber, einen Fiziellen bei einer Liveübertragung dabeizuhaben. Leute Ihrer Art sollten nur in besonders inszenierter Form gezeigt werden, aber das geht in diesem Fall nun mal nicht. Ich arbeite für den Fernsehkanal des Königs und tue, was mir gesagt wird. Man könnte auch sagen, dass ich dafür optimiert wurde.«

»Das würde ich nicht sagen«, entgegnete ich.

Er kratzte sich nervös am Kopf.

»Ja, nun, ich will ja auch nur mit Ihnen den Plan durchsprechen, damit alle Beteiligten wissen, was sie zu tun haben. Ich hoffe, dass wir heute alle Teil eines großen Ereignisses sein werden. Wir übertragen die Sendung live für die Menschen im Belagerungsring und kopieren alles auf DVDs, die wir im ganzen Land unter den Anhängern des Königs verteilen. Gleichzeitig werden wir unser neues Übertragungssystem testen, um zu prüfen, ob es bis nach Liverpool reicht. Es ist also eine große Sache, und wir müssen alles richtig machen.

»Also, Sie wundern sich bestimmt, wozu die Rampe da ist?«

»Ich hab da so eine Idee.«

Spencer nickte begeistert, als würde er mit einem besonders begabten Schüler reden. »Gut. Also, wie Sie sich denken können, soll dies der große Auftakt für unsere Sendung werden. Es ist immer wieder interessant, welches Ausmaß von Bestrafung jemand Ihrer Art ertragen kann, und unser Publikum liebt eindrucksvolle Stunts. Deshalb haben wir diese Rampe hier errichtet, die, wie Sie zweifellos schon vermutet haben, dazu da ist, Sie über die Linien hinweg ins Niemandsland zu katapultieren. Anschließend werden wir Sie mit unserer wunderbaren neuen Ausrüstung dabei filmen, wie Sie versuchen, mit der Botschaft des Königs die Stadt zu betreten. Wenn Sie sich bemühen könnten, diesen Teil möglichst schnell zu erledigen, wären wir Ihnen sehr verbunden.«

Spencer wollte schon gehen, als ein lautes Fluchen ertönte. Fatty wurde an einer Leine den Berg hinaufgeführt, auf allen vieren kriechend. Drei Reale verpassten ihm ab und zu einen Schlag, damit er am Boden blieb.

»Ah«, sagte Spencer. »Unser zweiter Hauptdarsteller.«

Fatty sah gar nicht gut aus. Sie hatten ihn zusammengeschlagen und ihm den Verband vom Leib gerissen. Sie wollten, dass er den Wind auf seiner empfindlichen Haut spürte. Außerdem war er von Kopf bis Fuß mit Schlamm verkrustet. Das einzige Zugeständnis, zu dem sie bereit gewesen waren, war der Verband an seinem verletzten Bein, wahrscheinlich um sicherzugehen, dass er den Weg bis zur Spitze der Pyramide schaffte.

Seine Wächter wurden ganz aufgeregt, als sie mich erblickten. Sie fingen an, ihn noch härter zu schlagen. Fatty fiel zu Boden und hielt sich die Arme über den Kopf, während sie weiter auf ihn einprügelten. Er schrie nicht. Die einzigen Geräusche kamen von seinen Wächtern.

»He, dein Herrchen ist hier!«, sagte einer von ihnen. »Du bist sein Schoßtier, deshalb musst du auf allen vieren kriechen. Geh hin zu ihm, Kleiner, sei ein braver Junge. Geh zu deinem Herrchen. Vielleicht will er ja mit dir spielen.«

Alle lachten, außer mir und Spencer. Fatty warf sich herum und grinste den Soldaten böse an.

»Du bist ja ein echter Witzbold«, würgte er zwischen seinen zerschlagenen Zähnen hervor. »Bist du das Vorprogramm?«

Sie schlugen erneut auf ihn ein, dann zerrten sie ihn durch den Matsch. Die Leine legte sich enger um seinen Hals. Fatty versuchte, die Hand zwischen Hals und Schlinge zu schieben. Der Anführer der Gruppe trat ihm in den Rücken, schob ihn in eine Pfütze und warf die Leine auf ihn drauf.

»Vielen Dank, meine Herren«, sagte Spencer. »Das dürfte genügen. Ich würde allerdings vorschlagen, dass wir unsere Hauptdarsteller nicht schon vor der Show erwürgen. Das dürfte dem König bestimmt nicht gefallen, meinen Sie nicht?«

Auf diesen Gedanken waren sie anscheinend noch gar nicht gekommen. Sie zogen sich eilig zurück, dumm glotzend und mürrisch vor sich hinmurmelnd.

»Los jetzt«, sagte Spencer. »Wir haben nur noch ein paar Minuten bis zur Sendung.«

Der Schlägertyp gesellte sich zu seinen Leuten. Sie machten sich über Fatty her, packten ihn unter den Armen und zerrten ihn neben mich. Sie legten uns vor einem Verschlag ab, der auf den Schrein ausgerichtet war. Der Schlägertyp hob seinen Schweißinverter hoch, schlang die Arme darum und bezog etwa zehn Schritte entfernt seinen Posten. Spencer unterhielt sich mit seinem Team. Fatty fiel mir vor die Füße, aus seinem Mund quoll bläulicher Schaum. Ich war mir nicht sicher, ob er bis zur Sendung durchhielt.

Ich überlegte, wie ich den Landy wiederbekommen könnte, um zu flüchten. Aber mit diesem Schlägertypen, der auf mich aufpasste, war das nicht ganz einfach. Ziemlich rasch kam ich zu der Erkenntnis, dass mir nichts anderes übrig blieb, als den Sprung zu riskieren und darauf zu hoffen, dass ich es durch den Morast schaffte. Wenn sie dumm genug waren, mir eine Chance zu geben, dann musste ich sie auch nutzen.

Aber es würde vielleicht gar nicht so weit kommen, wenn Fatty vorher starb.

»Fatty. He, Fatty!«, sagte ich. »Geht's Ihnen gut?«

Er würgte etwas heraus und räusperte sich.

»Ich dachte, ich hätte dir gesagt, du sollst mich das nie

wieder fragen.« Er brachte die Worte nur ganz langsam heraus.

»Haben Sie mitbekommen, was hier abläuft?«

»Die veranstalten eine Zirkusvorstellung, und wir sind die Clowns, richtig?«

»Machen Sie sich keine Sorgen«, sagte ich. »Halten Sie durch, sonst kommen wir nie aus diesem Schlamassel … und aus diesem Gestank.«

»Ziemlich heftig, was?«

Scheinwerfer flammten auf. Der Lichtstrahl kam direkt vom Schrein. Eine Gruppe Realer kam im Gänsemarsch heraus.

Es war die eigenartigste Ansammlung von Realen, die ich seit dem Krieg gesehen hatte. Voraus ging eine Kapelle. Alle trugen eine Uniform, die irgendwann einmal rot gewesen war, jetzt aber nur noch verwaschen rosa. Sie hatten Blechblasinstrumente, bis auf einen, der eine Snare Drum an einem Band um den Hals trug. Dahinter kamen einige Real-Frauen. Sie waren noch in ganz gutem Zustand, bekleidet mit staubigen Perücken und zerschlissenen kurzen Kleidchen. Sie trugen grelle Pompoms, die schon steif waren von der Farbe, in die man sie getunkt hatte. Die Mädchen würden sich schlimm verätzen, weil sie zu wenig anhatten.

Die ausgezehrte Truppe versammelte sich unterhalb des Landy an der Schanze und gruppierte sich rund um Spencer. Einer der Realen hatte einen Kopfhörer auf und gab mit den Händen ein Kommando. Sie hörten auf zu plappern und blieben angestrengt lächelnd dort stehen.

Der Reale mit den Kopfhörern stellte sich gegenüber von Spencer auf und richtete eine Kamera auf ihn. Er hob die Hand – drei Finger, dann zwei, dann einer. Die riesigen

Bildschirme unten in der Siedlung flammten auf, und Spencers Gesicht war zu sehen. Rund um die Pyramide brach lautes Geheul aus.

»Guten Abend, meine Damen und Herren«, sagte Spencer. »Ich bin Spencer Ayday, und dies ist der Angriff auf York, und Sie sind live dabei!«

Die Kapelle intonierte eines der Lieder des Königs – irgendein Stück, das es für eine Weile an die Spitze der Hitparade geschafft hatte wie eine Taube, die vom Wind nach oben getragen wird. Glücklicherweise sang niemand den Text mit.

Ich behielt den Schlägertyp im Auge, um herauszufinden, ob die Vorstellung ihn ablenkte, aber er starrte mich die ganze Zeit über an und bewegte sich nur, um sich zu kratzen. Er war wahrscheinlich bei den Proben dabei gewesen.

Die Cheerleader vollführten eine ziemlich lockere Darbietung. Die Choreografie war so armselig, dass ich schon dachte, eine von ihnen würde gleich von der Pyramide fallen. Spencer schien sich auch Sorgen zu machen. Er stand hinter der Kamera und hielt sich mit einer Hand verzweifelt den Kopf, als würden sie alle seine schönsten Träume kaputt tanzen. Die Kapelle stümperte sich noch weitere zwei Minuten durch das Stück, bis alles gegen Ende mehr oder weniger zusammenbrach. Der Kameramann wandte sich wieder Spencer zu.

»Vielen Dank, das waren die King's Dancers!«, sagte Spencer mit breitem Grinsen. Er hätte geklatscht, wenn es möglich gewesen wäre. Das TV-Team übernahm das für ihn, sie jubelten und jauchzten, während die Mädchen davon gänzlich unberührt blieben. Sie kratzten sich die nackte Haut und rannten schnell wieder ins schützende Innere des

Schreins, wo aufmerksame Real-Männer sie erwarteten, um ihnen die Schutzmäntel umzuhängen. Die Musiker fielen übereinander, keuchten und rangen nach Atem nach der großen Anstrengung, die sie vollbracht hatten. Das Einatmen der verseuchten Luft musste besonders bei Zirkularatmung schlimme Folgen haben. Das hätte natürlich keinen besonders guten Eindruck gemacht, weshalb Spencer die Kamera vom Landy weg dirigierte und das durchzog, was Starvie wahrscheinlich eine »Walk & Talk«-Einleitung genannt hätte. Er kam auf uns zu.

»Meine Damen und Herren, Sie wissen natürlich alle, warum wir heute Abend hergekommen sind«, sagte er. »Wir haben uns hier für die großartigste Show der Welt versammelt, die uns vom König von Newcastle präsentiert wird.« Er zwinkerte in die Kamera und hielt sich das Mikrofon ganz nah an den Mund, um in einer Art Bekenntniston fortzufahren:

»Heute Abend zeigen wir Ihnen den Anschlag auf York live und ungeschnitten. Wir liefern Ihnen das vollständige Geschehen ganz direkt und erklären Ihnen jede einzelne Action-geladene Minute bis ins Detail, noch während es passiert. Und falls Ihnen das nicht genügt, haben wir noch einen besonderen Überraschungsgast bei uns, der Ihnen im wahrsten Sinne des Wortes einen erregenden Abend bescheren wird!«

Die Rhetorik war erbärmlich, aber mir war schon klar, wen er damit meinte. Ich war allerdings nicht gerade erpicht darauf, ihre Rolle in diesem Spiel vor Augen geführt zu bekommen. Spencer dirigierte seinen Kameramann so nah an uns heran, wie er sich traute, ungefähr zwei Meter, und deutete mit dem Mikrofon auf uns.

»Und diese beiden hier«, fuhr er fort, »gehören zum ersten Teil unserer Show. Sie haben vielleicht davon gehört, dass die Soldaten des Königs es geschafft haben, einen Fiziellen zu fangen, und zwar dreißig Kilometer von York entfernt. Bitte schön, hier ist der Beweis, dass diese Meldung stimmt. Sehen Sie da zu meiner Rechten diesen Mann mit der perfekten Haut?«

Spencer klang angewidert, als er das sagte. Dabei sah ich gar nicht perfekt aus. Meine Wunden waren zwar halbwegs verheilt, aber ich hatte immer noch ziemlich viel gerötete Haut wegen der Verätzungen und außerdem ein paar ernsthafte Verletzungen, die ich mir bei der Verhaftung zugezogen hatte. Ich vermutete, dass er solche Bemerkungen seinem Publikum schuldig war.

»Jetzt fragen Sie sich vielleicht, wer denn wohl dieses kleine Schweinchen ist, das da neben dem Fiziellen liegt? Nun, das ist sein Komplize. Ja, Sie haben richtig gehört. Im Gegensatz zu Ihnen, die Sie loyale Untertanen sind, hat dieser Mann sich von allem Natürlichen in dieser Welt abgewandt, von jedem gottgegebenen Instinkt, den wir besitzen, und hat den Fiziellen geholfen. Den Gefälschten. Den Abartigen.«

Ein lautes *Buh* ertönte unten in der Siedlung.

Spencer machte weiter.

»Ich wette, Sie fragen sich jetzt, warum wir ihn nicht gleich erschossen haben. Nun, wir wollten sichergehen, dass er wirklich das bekommt, was er verdient – und seine Strafe wird viel gnadenloser ausfallen als ein Kopfschuss.«

Spencer änderte den Tonfall und machte weiter wie ein typischer Spielshow-Moderator.

»Vergessen Sie nicht, dass Sie auf die Gefangenen und

ihre Überlebenschancen Wetten abschließen können. Werden sie es durch das Niemandsland schaffen? Die Buchmacher des Königs sind überall im Belagerungsring unterwegs und nehmen Ihre Wetten entgegen. Also beeilen Sie sich, wenn Sie die Chance nutzen wollen, von ihrem Schicksal zu profitieren!«

»Wetten«, murmelte Fatty vor sich hin. »Ich frage mich, was zum Teufel die glauben, dass sie gewinnen können?«

»Wahrscheinlich geht es mehr darum teilzunehmen, als etwas zu gewinnen.«

»Seien Sie nicht so beschissen besserwisserisch«, grummelte Fatty.

Spencer bemerkte, dass wir miteinander sprachen, und wollte an der Unterhaltung teilhaben. Noch immer hatte er Angst, uns zu nahe zu kommen, aber er brüllte uns gern ein paar Fragen aus sicherer Entfernung zu, während der Schlägertyp mit dem Dohaki hinter ihm lauerte.

»Sie sehen«, sagte er in die Kamera, »dass der Fizielle und der Verräter miteinander reden. Ich bin sicher, es interessiert Sie alle brennend, was die Mordmaschine und der Wendehals sich zu sagen haben. Also fragen wir sie doch mal danach.«

»He, Fettwanst! He, Sie fetter Kerl«, rief Spencer. »Wie lauten Ihre letzten Worte?«

»Was?«, fragte Fatty.

»Wie fühlen Sie sich? Bereuen Sie, dass Sie mit diesen scheußlichen Dingern kollaboriert haben? Bitten Sie den König um Vergebung?«

»Fick dich ins Knie«, sagte Fatty.

»Ich denke, wir dürfen wohl sagen, dass er Angst vor dem gerechten Zorn des Königs hat«, sagte Spencer. »Er bibbert am ganzen Körper und denkt über die schlimmen Dinge nach, die er getan hat, und welch grausige Strafe ihn ereilen wird, nachdem er diese Welt verlassen hat.«

»Das hab ich nicht gesagt«, schrie Fatty. »Fick dich ins Knie.«

Es war eine typische Realen-Gesprächssituation. Man musste sich darüber nicht aufregen. Die Leute hören nicht, was gesagt wird, sondern das, was ihrer Meinung nach gesagt werden sollte. Spencer drehte sich so um, dass er mich jetzt hinter sich auf dem Bild hatte.

»Und was ist mit Ihnen, Fizieller?«, fragte er. »Haben Sie noch etwas zu sagen, bevor alles vorbei ist?«

Ich dachte eine Sekunde nach.

»Melde mich zur Selektion.«

»Und da haben wir es wieder«, sagte Spencer, während er hastig Richtung Rampe davonging und die Kamera ihm folgte. »Das war die typische gedankenlose Antwort eines seelenlosen Automaten. Haben wir etwa mehr erwartet? Ist dies nicht der endgültige Beweis dafür, dass wir es hier mit einer Kreatur zu tun haben, mit der man überhaupt nicht verhandeln und mit der man kein vernünftiges Gespräch führen kann? Gewalt ist die einzige Sprache, die sie verstehen. Die tödliche Kraft der allmächtigen Faust des Königs.«

Unter uns wurde gejubelt. Fatty schüttelte den Kopf.

»Hätten Sie sich nicht was Harmloseres ausdenken können als ausgerechnet ›Melde mich zur Selektion‹?«

»Es kam einfach so raus.«

»Unglaublich«, sagte Fatty. »Sie können noch nicht mal einen Spielshow-Moderator rhetorisch austricksen.«

»War Ihre Antwort etwa besser?«

»Ich weiß jedenfalls, was sie bei der Wiederholung zeigen.«

Spencer stand jetzt am Fuß der Rampe und deutete auf den Landy. »Sie haben sicher alle schon diese Konstruktion bemerkt. Ja, Sie haben richtig geraten, das ist das Fahrzeug, mit dem der Fizielle und sein Helfershelfer durch unser Land gefahren sind, eine Blutspur hinter sich herziehend.

Sie sind uns mehrfach entkommen in diesem Ding und konnten sich dem Arm der Gerechtigkeit entziehen. Aber jetzt wird dieses Fahrzeug in ein Werkzeug der Rache umgewandelt, das sie zerstören wird. Wir werden Ihnen einen der aufregendsten Stunts zeigen, dem die Welt je beigewohnt hat, wenn unsere zwei Gefangenen, auf die Sitze geschnallt, hinüber ins Niemandsland katapultiert werden!«

Ein weiterer dröhnender Jubelschrei.

»Und wenn sie erst mal dort draußen angekommen sind, und falls sie den Aufprall überleben, werden sie sich den Weg durch das Niemandsland bahnen müssen, um die Stadt zu erreichen und um Einlass zu bitten. Und jetzt frage ich Sie: Können Sie sich etwas Unterhaltsameres vorstellen als das?«

Fatty sah aus, als wollte er aus seinem Herzen keine Mördergrube machen, aber da ertönte eine elektrische Rückkopplung aus den Lautsprechern, die um uns herumstanden.

»Einen Moment, bitte«, meldete sich eine sinnliche Stimme. »Ich habe noch eine Frage.«

Spencer schaute sich theatralisch um in gespielter Verwirrung.

»Wer wagt es, eine Livesendung des Königs zu unterbrechen?«, fragte er. »Wer nimmt sich das Recht dazu?«

»Nur die Königin selbst, Herzchen.«

»Was für ein Kitsch«, sagte Fatty.

Die Band fing wieder an zu spielen, diesmal mit mehr Einsatz als beim einleitenden Stück. Vielleicht, weil sie glaubten, dies sei ein ganz entscheidender Moment. Der Kameramann schwenkte herum auf den Schrein. Eine oder zwei Sekunden vergingen, ohne dass etwas geschah. Dann flammte ein greller weißer Lichtschein auf. Und nun war Starvie zu sehen. Sie stand auf dem Dach des Schreins und war von Kopf bis Fuß silbern angemalt. Sie stand da, die Hände auf die Hüften gelegt, und starrte regungslos in Richtung Belagerungsring. Sie sah wahnsinnig majestätisch aus.

Spencer hampelte wieder vor der Kamera herum und begann mit einem Gesichtsausdruck, als würde er vor Begeisterung geradezu explodieren, laut zu proklamieren:

»Heil dir, Jennifer E! Ein Hoch auf unsere Königin!«

Die Kapelle setzte ein mit allem, was ihr zur Verfügung stand, damit die Menge sich mit vor Stolz geschwellter Brust und erhobenen Hauptes dem Jubel anschließen konnte. Starvie brauchte diese Unterstützung gar nicht. Wir standen alle in ihrem Bann. Sie sah aus wie ein Wesen aus einer anderen Welt, unbefleckt und perfekt. Ihre Augen brannten Löcher in den nächtlichen Himmel. Sie hob einen Arm und versprühte silbrigen Staub, der im Licht der Scheinwerfer glitzerte. Sie hob ein Bein in einem unmöglichen Winkel bis ans Kinn und kletterte vom Dach herunter.

Die Menge hielt hörbar den Atem an. Die Kapelle geriet beinahe aus dem Takt, aber, das muss man fairerweise sagen, es gelang den Musikern, gleichzeitig zu gaffen und zu spielen. Nur der Schlägertyp mit dem Dohaki blieb unbewegt und starrte weiterhin konsequent in unsere Richtung.

Starvie glitt durch die Luft, von einigen deutlich sichtbaren Drähten getragen. Sie vollführte dabei eine Art Bauchtanz, machte mit den Armen mysteriöse Bewegungen, wurde langsam herabgelassen und landete direkt neben dem einarmigen Moderator. Sogar ein Profi wie Spencer musste sich schwer zusammenreißen, um nicht vor ihr auf die Knie zu fallen, aber es gelang ihm, aufrecht zu bleiben und ihr ein Mikrofon zu geben.

Starvie lächelte ihr strahlendstes Lächeln und entblößte ihre vollkommenen weißen Zähne. Dieses Lächeln hatte ich vorher noch nie gesehen.

»Guten Abend, Spencer«, sagte sie. »Ich freue mich, dass ich hier sein darf.«

»Es ist uns eine Ehre, Majestät«, antwortete Spencer und starrte sie unterwürfig an. Sie gab ihm einen Klaps auf den Kopf, um ihn aus seiner Starre zu wecken, damit er wieder in seine Rolle zurückfand. Er marschierte vor die Kamera und rief:

»Bitte ein lautstarkes und herzliches Willkommen für unsere Königin!«

Eine Sekunde verstrich, bevor die Aufforderung auf den Bildschirmen erschien. Dann erschallte ein donnerndes Hurra aus der Menge. Es war das gleiche Aufheulen, das sie schon einmal in der Raststätte bewirkt hatte, nur dass es da bösartiger geklungen hatte. Die ganze Pyramide erbebte unter dem lauten Gebrüll. Dieser Klang versöhnte mich wieder mit meinem »Melde mich zur Selektion«-Ausspruch.

»Danke, danke, vielen Dank«, sagte Starvie.

»Also, Jennifer«, sagte Spencer, »ich weiß, dass eine Menge Leute da unten in der Armee des Königs sich fragen, warum wir dieser gemeingefährlichen Tötungsmaschine eine

Chance geben zu entkommen. Damit will ich sagen, warum lassen wir überhaupt zu, dass er sich womöglich seinen Kumpanen in der Stadt anschließt? Können Sie diese Frage für uns beantworten?«

»Natürlich kann ich das, Spencer«, sagte sie. »Wissen Sie, der König ist sehr gnädig, und er möchte nicht mehr Blut vergießen als nötig. Er möchte nicht, dass auch nur ein realer Mensch zu viel stirbt, um die Verbrechen der Fiziellen zu sühnen.

Wir schicken unseren gefangenen Fiziellen nach York, damit er seinen Freunden unsere Bedingungen mitteilt. Sie müssen nur mit erhobenen Händen rauskommen, und wir werden ihr Leben schonen. Sie können dann damit beginnen, das wieder aufzubauen, was sie zerstört haben.«

Spencer wandte sich der Kamera zu und richtete seine nächste Frage an Starvie.

»Und was ist, wenn sie sich nicht ergeben wollen, Eure Hoheit?«

»Nun, wenn sie sich nicht ergeben wollen, Spence – dann werden sie es schmerzlich bereuen.«

Lautes Jubelgeschrei. Ein Jubel, als wäre die Sonne wieder zum Vorschein gekommen und würde auf ergrünende Felder scheinen, während die Vögel zwitscherten. Ein Jubel voller Hoffnung und Stolz. Er hielt eine ganze Weile an. Starvie und Spencer lachten und umarmten sich und taten so, als wären sie alte Freunde. Aber nicht mal das brachte den Schlägertypen mit dem Dohaki aus der Ruhe. Der Kerl ließ uns nicht für eine Sekunde aus den Augen.

»Aber jetzt mal ernsthaft, Spencer«, sagte Starvie. »Ich hab da noch eine Kleinigkeit, um sicherzugehen, dass unsere Freunde hier keine allzu große Chance haben.«

Sie drehte sich zu der Menge der Realen um und winkte jemanden heran. Eine zerbrechliche kleine Frau in einem Schutzmantel und mit einer Gesichtsmaske aus Lumpen tapste nach vorn und reichte Starvie eine Plastikflasche.

»Was ist das, Jennifer?«, fragte Spencer. »Sollen wir auf etwas anstoßen?«

»Ganz genau, Spencer«, sagte sie und warf ihm einen verführerischen Blick zu, woraufhin er sich wie benebelt hin und her wiegte.

»Aber nicht wir werden das trinken, sondern der Fizielle. In dieser kleinen Flasche hier habe ich nämlich etwas sehr Aufregendes. Es ist eine spezielle Mixtur, die unsere Freunde in York schon probieren durften.«

»Oh, bist du aber *gemein!*«, rief Spencer aus.

Starvie nahm der alten Frau die Flasche aus der Hand und legte ihr die andere aufs Haupt, als wolle sie sie segnen. Die Frau spürte die Berührung der Göttin, stolperte zur Seite, fasste sich an die Brust und taumelte auf die Musiker zu, die interessiert zuschauten. Der Kameramann passte gut auf, dass er das alles einfing. In gewisser Weise konnte ich verstehen, warum Starvie das alles so genoss. Es war auf jeden Fall spannender, als in Edinburgh als Moderatorin hinter einem Pult zu sitzen und mit monotoner Stimme die neuesten Nachrichten herunterzuleiern.

»So, und jetzt verabreichen wir diesem Freak den Trank, den er verdient hat!«, schrie sie auf. Sofort stimmte die Kapelle ein, und die Scheinwerfer begannen zu rotieren wie in einer billigen Diskothek, wenn die Stimmung den Höhepunkt erreicht.

Starvie stolzierte zu uns, macht- und selbstbewusst, mit wiegenden Hüften. Neben dem Schlägertyp blieb sie stehen und deutete mit dem Kopf in meine Richtung. Fatty wandte sich seufzend ab und ließ den Kopf auf die Brust sinken. Er mochte sich das alles nicht ansehen. Der Schläger trat vor und hob grinsend den Dohaki. Ohne ein Wort zu sagen, drückte er auf den Einschaltknopf. Das war erstaunlich. Ich hatte erwartet, dass er mir erst nur einen kleinen Schlag verabreicht.

Als der Stromschlag mich erwischte, erwartete ich, erneut das Bewusstsein zu verlieren. Aber er hatte das Gerät neu eingestellt, und statt in ohnmächtiger Dunkelheit zu landen, bekam ich nur einen schweren Stromschlag. Alle meine Muskeln vibrierten, jeder Körperteil erbebte durch den Energieschub. Ich konnte mich nicht mehr bewegen, aber ich war bei Bewusstsein. Sie wollten, dass ich den großen Moment bei vollem Bewusstsein miterlebte.

Der Schlägertyp trat beiseite, um Starvie den Weg frei zu machen. Ihre silbernen Augenlider zitterten verführerisch, und sie warf mir einen aufmunternden Blick zu. Sie kniete sich hin und legte einen Finger unter mein Kinn. Am liebsten hätte ich ihr eine Gerade verpasst, aber ich war gelähmt und völlig hilflos.

»Ich denke, es wird dir gefallen, ein Mensch zu sein«, sagte sie. Sie hob einen silbrig schimmernden Zeigefinger und schob ihn zwischen meine Lippen, drückte die Zähne auseinander und legte ihn auf meine Zunge. Der Finger schmeckte salzig. Sie musste kaum Druck ausüben, schon klappte meine Kinnlade herunter, und ich war bereit.

»Auf den König«, sagte sie und fing an, die Flüssigkeit in meinen Rachen zu gießen. Ich hustete, aber das meiste floss da hin, wo es hin sollte. Ich schmeckte überhaupt nichts, aber in meinen Ohren summte es, als wäre mein Gehirn ein

Moskito, und mein Körper war völlig gefühllos. Wahrscheinlich hätte ich nicht mal ein Steak geschmeckt.

Sie hob die Flasche ganz hoch, um sicherzustellen, dass ich auch noch den letzten Tropfen abbekam, dann stand sie auf und schlenderte zurück zu Spencer. Sie legte den Arm auf seine Schulter, um sich das Mikrofon mit ihm zu teilen, wobei ihre Brüste gegen ihn stießen. Er versuchte, etwas zu sagen, war aber völlig sprachlos. Starvie ergriff die Initiative und schaute mit strahlendem Lächeln in die Kamera.

»Tja, ich glaube, jetzt ist es so weit, Spence. Jetzt sollen die Leute endlich ihren Spaß haben!«

Sie gab Spencer ein paar feste, aber spielerische Klapse auf die Wangen und bewirkte damit, dass er wieder klar denken konnte. Forsch schaute er in die Kamera und wedelte mit seinem Armstumpf.

»Genau so ist es, liebe loyale Untertanen«, sagte er. »Es wird Zeit, dass die Party beginnt!«

Ein paar nervöse Reale näherten sich und hoben mich hoch. Ganz offensichtlich hatten sie Angst, ich könnte ihnen trotz des Stromschlags noch Schwierigkeiten machen. Sie beeilten sich sehr und wollten mich so schnell wie möglich wieder loswerden. Sie hätten sich wirklich keine Sorgen machen müssen. Ich konnte ja nicht mal den Kopf heben.

Sie schleppten mich über eine schief gezimmerte, gefährlich aussehende Treppe zum höchsten Punkt der Sprungschanze und ließen mich ein paar Mal vor Erschöpfung fallen.

Wie lange würde es wohl dauern, bis ein kleiner Aufstieg wie dieser meine Kräfte erschöpfte? Wie lange würde es dauern, bis Panders Anti-Nano-Trunk sich in meinem Kreislauf so weit ausgebreitet hatte, dass ich aussehen würde wie ein Realer, stinken würde wie ein Realer und fühlen würde wie ein Realer? Würde ich leiden? Würde ich einen ganz langsamen Tod sterben?

Es machte keinen Sinn, darüber nachzugrübeln. Wir erreichten die Spitze der Schanze und standen vor dem Landy. Mit Bedauern stellte ich fest, dass sie die Reifen abgenommen hatten. Nun stand der Wagen auf den Felgen in Rillen, die über die ganze Länge der Rampe ausgefräst worden waren. Zumindest das Lenken dürfte also kein Problem werden.

Der Wagen war mit einem Seil an einem Stahlpfosten festgezurrt. Wenn sie mich als Berater genommen hätten, wäre die Konstruktion sogar in diesem Klima so solide geworden, dass sie locker hundert Jahre überdauert hätte. So wie es jetzt aussah, dürfte sie kaum bis zum Morgen halten. Trotzdem verdienten die Erbauer Anerkennung. In diesen Zeiten und angesichts des Zustands der Arbeitskräfte war es durchaus eine beachtliche Leistung.

Meine Eskorte wuchtete mich durch die Tür des Landy auf den Fahrersitz und schnallte mich mit den Gurten fest. Sie beeilten sich. Offenbar bekamen sie Angst, weil der Wagen unter meinem Gewicht ächzte und knarrte. Sie lösten sogar die Fesseln an meinen Füßen, was wirklich sehr aufmerksam von ihnen war, auch wenn sie mir die Handschellen nicht abnahmen.

In meine Fingerspitzen kehrte wieder etwas Gefühl zurück. Meinen Kopf konnte ich gerade so weit anheben, um die Rampe hinunterzublicken, dorthin, wo die wogende Masse der Realen sich versammelt hatte. Ich bemerkte eine kleine Kamera, die auf der Motorhaube des Landy befestigt worden war.

Dann hörte ich Fatty. Er gab irgendwelche lahmen und nicht sehr überzeugenden Beschimpfungen von sich. Sie hatten ihm wieder Fesseln angelegt und zerrten ihn zu mir. Die Beifahrertür ging quietschend auf, und sie schoben ihn auf den Sitz neben mich wie eine Blockbatterie, die in ein Fach für Mignonzellen gequetscht wird.

»... deine Mutter! Und dich selbst! Alle deine Mütter!«, brüllte er. Sie lachten und warfen die Tür zu.

»Was sollte denn dieser Hinweise auf diverse Verwandte?«, fragte ich.

»Was hat diese Schlampe Ihnen verabreicht?«, fragte er. »War das etwa dieses Gesöff von Pander? Geht's Ihnen schlecht?«

»Warum soll's mir schlecht gehen?«

»Ich meine, ob es irgendwas bei Ihnen bewirkt?«

»Kann ich nicht beurteilen. Im Moment kann ich sowieso kaum etwas bewegen.«

Fatty schaute sich im Wagen um, suchte nach einer Fluchtmöglichkeit, bis er die Rampe der Sprungschanze bemerkte. Er riss sein gesundes Auge weit auf.

»Das Ding sah nicht so steil aus von dort drüben«, sagte er und nagte an seiner Unterlippe. »Was glauben Sie, wie unsere Chancen stehen?«

»Keine Ahnung. Lassen Sie mich mal testen, ob ich die Füße bewegen kann ...«

Ich schaffte es gerade mal, den linken Fuß auf die Bremse zu stellen. Ich drückte auf das Pedal und stellte fest, dass es nicht mehr funktionierte. Dann schaute ich das Zündschloss an. Es war noch intakt, aber der Schlüssel fehlte.

»Na ja, wir werden nicht bremsen können«, sagte ich. »Alles hängt vom Untergrund ab. Die Gegend um York besteht größtenteils aus Sumpf. Wenn wir da aufkommen, müssten wir es eigentlich schaffen. Jedenfalls, wenn es uns gelingt, aus dem Wagen zu kommen, bevor er versunken ist.«

»Toller Plan«, sagte Fatty. »Aber wie soll das gehen, wenn ich verschnürt bin wie ein Weihnachtspaket?« Er bäumte sich auf, stöhnte und ballte wütend die Fäuste.

»Ehrlich gesagt dürfte es unser kleinstes Problem sein, aus dem Landy zu kommen.«

Fatty hörte auf, an seinen Fesseln zu zerren.

»Was? Sie behaupten, es gibt noch was Schlimmeres? Was soll denn das sein?«

Ich überlegte, ob ich es ihm einfach nicht sagen oder ihn anlügen sollte. Es war schwer zu beurteilen, wie er darauf reagieren würde. Ich entschied, es ihm geradeheraus zu sagen.

»Ratten.«

Seine Mundwinkel zuckten.

»Was ist mit denen?«

»Die in York haben schon seit einiger Zeit Probleme mit ihnen. Das fiel mir erst wieder ein, als ich hier oben angekommen war. Sie kennen doch diesen Geruch?«

»Leichen«, sagte er.

»Genau«, sagte ich. »Da liegt ziemlich viel verwesendes Fleisch herum. Die Realen bombardieren die Stadt seit Monaten ununterbrochen. Die Rattenpopulation ist rapide angestiegen. Die ernähren sich von den Leichen der Realen. Es gibt Hunderte von diesen Viechern dort. Sie sind sehr groß. In manchen Fällen bis zu ein Meter achtzig von der Schnauze bis zur Schwanzspitze. Deswegen haben die Realen diese Feuer überall, um sie fernzuhalten. Im Wagen würde ich mir keine Sorgen wegen ihnen machen. Aber zu Fuß ...«

»Was denn? Greifen die uns an?«

»Diese Möglichkeit sollten wir in Betracht ziehen.«

Fatty seufzte. Er starrte die Rampe hinunter und zog die Nase hoch. Diese schreckliche gelbliche Flüssigkeit tropfte wieder aus seinem kaputten Auge.

»Na, wenigstens darf ich diesmal vorne sitzen.«

Die Realen machten noch ein paar letzte Checks. Sie wollten auf jeden Fall sicherstellen, dass wir einen richtig guten Sprung vollführten.

Ich versuchte erneut, meine Zehen zu bewegen, und stellte fest, das es jetzt ging, wenn auch nur ein klein wenig. Auch in meine Arme kehrte wieder Gefühl und Kraft. Ein Kribbeln breitete sich in meinem Brustkorb aus und reichte bis zu meinem Bauch, als die Betäubung durch den Dohaki-Schlag nachließ.

Ich sah Fatty an, dass er mit widerstreitenden Gefühlen kämpfte. Dann breitete sich ein Ausdruck von Schock und Panik auf seinem Gesicht aus, als er durch die Windschutzscheibe hindurch etwas bemerkte. Ich folgte seinem Blick und sah unsere Gesichter, riesengroß und in High-Definition-Qualität auf den TV-Bildschirmen in der Siedlung da unten.

»Ich sehe ja fürchterlich aus«, stellte Fatty fest.

»Spielt das jetzt wirklich eine Rolle?«

»Es spielt für die da unten eine Rolle.«

Dann gab es einen Schnitt, und auf dem Bildschirm erschien das Bild von Spencer, der neben Starvie vor dem Schrein stand. Spencers Stimme dröhnte als Echo über die Rampe direkt zu uns.

»So, jetzt ist der große Moment gekommen, auf den Sie alle gewartet haben, liebe treue Untertanen. Es wird Zeit, die Show auf den Weg zu bringen – oder besser gesagt auf die Rampe.«

Er gab Starvie einen Stups mit dem Ellbogen, und sie lachte nachsichtig, legte eine Hand auf seine Schulter, als wollte sie seine Ausgelassenheit ein wenig zähmen. Ihr Scherz wurde nach unten auf die Bildschirme übertragen, und die Realen reagierten genauso fröhlich und aufgeregt. Starvie schien in der entstandenen Kakofonie und dem Gelächter geradezu zu baden, ihre Augen funkelten.

»Würde es Sie sehr überraschen«, fragte Fatty, »wenn ich mitteile, dass ich diese Frau mehr als je zuvor begehre?«

»Sie können ja nichts für Ihre Gefühle«, antwortete ich. »Sie wollen halt immer das, was Sie nicht kriegen können.«

Fatty drehte sich so weit er konnte zu mir, um etwas zu erwidern, aber Spencer unterbrach ihn.

»Nun, Jennifer«, sagte er. »Wir sind alle so glücklich über Ihre Rückkehr, dass es nur fair und gerecht ist, wenn wir Ihnen die ehrenvolle Aufgabe übertragen, das Seil zu kappen und unsere Jungs auf die Reise zu schicken.«

»Oh, das kann ich nicht, Spencer«, sagte Starvie und hielt sich in gespieltem Schreck die Hand vor den Mund. »Das ist doch Ihre Show!«

»Ach was«, sagte Spencer. Und dann rief er laut: »Wer möchte, dass unsere Königin das Seil durchschneidet? Wollen wir sie nicht überreden?«

Die Bewohner der Siedlung brüllten erneut ihre Zustimmung.

»Ist völlig egal, was dieser Idiot sagt«, meinte Fatty, »die schreien immer.«

»Also dann«, stellte Spencer fest. »Es sieht so aus, als ob wir große Zustimmung gefunden hätten.«

Starvie sah aus, als wäre sie den Tränen nahe. Sie konnte diese ganze Gefühlsduselei wirklich hervorragend spielen, und ihr Publikum liebte sie dafür. Ich fragte mich, wie viele ihrer Kunden in der Vergangenheit genauso überzeugt gewesen waren.

»Vielen Dank«, sagte sie. »Vielen Dank, dass ihr alle so lieb zu mir seid.«

Jemand, der ein Beil in der Hand hielt, trat ins Bild, verbeugte sich und bot es Starvie an. Sie nahm es entgegen und legte erneut ihre heilende Hand auf die Stirn des Lakaien.

Dann schaute sie direkt in die Kamera und hob die Axt über ihren Kopf.

Fatty gelang es, seine Füße gegen das Armaturenbrett zu stemmen, um sich ein wenig abzustützen. Er murmelte irgendwas vor sich hin. Vielleicht ein Gebet, allerdings klang es doch etwas persönlicher. Ich sah, wie seine bläulichen Lippen den Namen einer Frau sagten. Vielleicht war es ja der seiner Ehefrau, von der er mal gesprochen hatte. Ich war mir ziemlich sicher, dass sie längst tot war.

»Macht's gut, Jungs«, sagte Starvie. »Und gute Reise.«

Sie schwang das Beil und hieb damit auf das Seil. Der Kameramann zoomte nahe genug heran, sodass das Publikum zusehen konnte, wie das Seil riss und der Wagen freikam. Ich biss die Zähne zusammen und wartete.

Nichts geschah. Wir saßen ruhig da.

Fatty schaute auf. Auf dem riesigen Bildschirm erschienen erneut unsere Gesichter. Wir sahen gespannt und verwirrt aus. Fatty, der jetzt realisierte, dass wir uns nicht bewegten, stieß einen Freudenschrei aus.

»Ha-ha! Wie findet ihr das? Wie findet ihr das, ihr Versager?«

Er konnte nicht sehr lange triumphieren. Das war dem armen Kerl einfach nicht gegeben. Ein schrilles Quietschen war zu hören, und dann begann der Wagen sich zu bewegen, zuerst langsam, dann immer schneller. Das Letzte, was wir von den versammelten Realen dort unten hörten, war ihr Gejohle, das Fattys Freudenschrei sehr ähnelte. Das Gebrüll schien den Wagen geradezu anzutreiben. Ich schaute auf die Geschwindigkeitsanzeige: Dreißig, vierzig, fünfzig.

Jetzt, entschied ich, war es an der Zeit, dass meine Kraft wieder zurückkehrte. Ich schaute auf meine Handschellen und versuchte, meine rechte Hand zu befreien. Ich zerrte ganz fest daran, aber es brachte nichts. Die Vibrationen waren unglaublich, und ich war noch immer zu schwach, um das Steuer herumzuwerfen.

Als wir uns gerade eingepegelt hatten, brach der Landy aus der Spur, schwenkte nach rechts und begann zu kippen. Ich dachte schon, wir würden das Ende der Rampe nie erreichen, aber wir hatten so viel Schwung, dass wir nicht anhalten konnten. Wir wurden über den Rand der Rampe geschleudert, tangierten den Kameraturm auf der rechten Seite und sorgten dafür, dass die Kameraleute in alle Richtungen Reißaus nahmen.

Wir flogen über die Masse der Realen hinweg. Einen Moment lang schien alles ganz langsam zu geschehen. Durch das Fenster hindurch sah ich einen kleinen Jungen, der neugierig zu mir aufsah, als wäre ich eine neue Farbnuance in der Wolkendecke über ihm. Aber dann war da nichts weiter als Dunkelheit und das eindeutige Gefühl, nach unten zu stürzen.

Als wir schließlich unten aufkamen, war ich beinahe schon gelangweilt, weil es so lange gedauert hatte.

Es geschah leise. Alle Kollisionen, die ich bislang miterlebt hatte, waren mit einem eindeutigen Geräusch des Aufpralls und dem gewaltsamen Zerdrücken von Metall verbunden gewesen. Dies hier war ganz anders. Es gab einen sehr verhaltenen dumpfen Schlag, als wir auf meiner Seite aufkamen. Der Türrahmen und die Karosserie wurden eingedrückt, sonst aber nichts. Wir kamen kaum zu Schaden.

Wir waren mitten im Sumpf gelandet. Direkt vor uns drang schon zähflüssiger Schlamm in die Fahrerkabine. Fatty schlug zögernd die Augen auf. Ganz offensichtlich konnte er kaum glauben, noch immer heil und in einem Stück zu sein. Dann sah er mich. Ich war bereits zur Hälfte in der ansteigenden Flut von gelblichem Morast versunken.

»Wir sind noch am Leben«, stellte er fest.

»Gut beobachtet.«

»Können Sie sich bewegen?«

»Ich versuche es, glauben Sie mir.«

Der Schlag von dem Dohaki hatte mir alle Kräfte geraubt. Ich zog und zerrte, so fest ich konnte. Nichts passierte, es tat bloß weh. Dann streckte ich meine Arme zurück in den Schlamm und fand die Lenksäule, legte die Handschellen hinter das Lenkrad und zog erneut daran. Diesmal spürte ich am Gelenk, dass die Kraftanstrengung zumindest einen – wenn auch geringen – Effekt hatte. Die Handschellen wurde ich trotzdem nicht los.

Ich überlegte mir, dass es gar nicht mal das Schlechteste wäre, hier an Ort und Stelle im Landy zu sterben. Dann aber entschied ich, dass es eine ziemlich morbide Geste wäre, wenn ich jetzt einfach wie irgendein dämlicher Kapitän mit meinem Schiff im Sumpf versank. Die typische Handlungsweise eines Realen, aber nichts für mich. Ich zerrte noch einmal mit aller mir zur Verfügung stehenden Kraft an den Handschellen. Schließlich gaben die Knochen nach, mein Daumen schob sich in den Handballen, und ich konnte meine rechte Hand aus der Fessel ziehen.

»Ja«, sagte Fatty. »Ja, ja, ja. Wir wollen hier nicht sterben. Sie helfen mir doch raus aus diesem Schlamassel, oder?«

»Das Wichtigste ist jetzt erst mal, aus dem Wagen zu kommen«, sagte ich. »Können Sie Ihre Tür öffnen?«

Fatty nahm seine Beine herunter und versuchte mit diversen Verrenkungen den Türgriff zu erreichen. Es war nicht ganz einfach.

»Es geht nur, wenn ich den Gurt löse – aber dann falle ich auf Sie drauf.«

»Kein Problem.« Ich löste meinen Sicherheitsgurt und drehte mich so, dass ich meine Füße gegen das Lenkrad stemmen konnte. Ich machte Fattys Gurt ab und stützte ihn ab. Er drehte sich zu mir um, schob seine gefesselten Hände aus der Tür und schaffte es, die Verrieglung zu lösen.

»Gut«, sagte ich. »Das könnte jetzt wehtun.«

»Was könnte wehtun?«

Ich beugte die Knie, und Fatty kam mir ein Stück entgegen. Dann drückte ich ihn gegen die Tür. Er stieß mit dem Kopf dagegen, und ich schob ihn fast ganz durch die Öffnung, bis seine Füße in der offenen Tür hängen blieben. Kurz fürchtete ich, ihn ernsthaft verletzt zu haben, aber als ich hörte, wie er fluchte und mich beschimpfte und meinen Namen dabei klar und deutlich aussprach, wusste ich, dass es ihm gut ging. Ich kroch aus dem Schlamm, wobei ich meine unverletzte Hand benutzte und mich mit den Füßen auf der Konsole zwischen den Sitzen abstützte.

Ich schaute kurz nach, ob jemand zufällig hinter den Sitzen eine Waffe liegen gelassen hatte. Beim Herumtasten erwischte ich etwas, das sich wie ein Griff anfühlte. Ich zog es aus dem Schlamm und stellte fest, dass ich einen von Starvies grünen Koffern in der Hand hielt.

Ich machte ihn auf. Es war die Kamera. Ich nahm sie heraus und legte mir den Gurt um den Hals. Dann suchte ich weiter nach etwas, das einer Waffe mehr ähnelte. Ich riss ein gezacktes Stück Metall aus dem Türrahmen und hielt es zwischen den Zähnen fest. Dann packte ich den Türrahmen und zog mich hinauf zu Fatty.

Der Geruch traf mich viel härter als der Aufprall im Sumpf. Kaum dass ich eingeatmet hatte, musste ich mich übergeben. Fatty war mir in dieser Hinsicht schon ein Stück voraus. Er krümmte sich und versuchte vergeblich, sein Gesicht vor dem stinkenden süßlichen Gestank zu schützen.

Aus den Reihen der Realen wurden Schüsse abgegeben – *popp, popp, popp* – insgesamt drei, alle in die Luft. Die Leuchtgeschosse tauchten die Umgebung in ein grelles Rot. Sie wollten den Kameras ein bisschen Licht verschaffen. Außerdem konnten sie auf diese Weise unsere Position bestimmen.

Die Linien der Realen hatten wir schon ein ganzes Stück hinter uns gelassen – vielleicht hundert Meter. Ich konnte die Umrisse der einzelnen Soldaten ausmachen, die sich gegeneinander drängten, um eine bessere Sicht zu bekommen. Jene ganz vorn versuchten, nicht nach hinten geschoben zu werden, und mussten gleichzeitig verhindern, in die Flammen der Fackeln zu fallen. Ich konnte nicht erkennen, was jetzt auf den riesigen Bildschirmen zu sehen war, aber es war merkwürdig ruhig. Der König bekam jedenfalls seine

Show. Über der ganzen Siedlung herrschte angespanntes Schweigen.

Ich ging zu Fatty, nahm das Metallteil aus dem Mund und sägte damit das Seil an seinem Handgelenk durch.

»O Gott«, sagte er. »Ich hab da gerade etwas gesehen, das sich bewegt hat. Es ist eine … eine … »

»Schauen Sie nicht hin«, riet ich ihm. »Wenn sie kommen, kommen sie, wenn nicht, dann nicht.«

»Wir müssen doch durch sie hindurch, oder?«

Das stimmte. Wir versanken ziemlich schnell. Der Landy war schon zur Hälfte verschwunden. Mit einem Mal bäumte er sich auf und sank noch tiefer in den Sumpf. Ich hatte Fatty noch nicht ganz befreit. Er verlor das Gleichgewicht und fiel mit dem Kopf voran in den Schlamm. Sein ganzer Oberkörper verschwand im Dreck.

Die Realen hinter uns brachen in Jubel aus.

Ich packte Fattys Fuß und zerrte ihn um den Landy herum, der schon weitgehend von dem gurgelnden Schlamm verschlungen worden war. Dann zog ich ihn aus dem Schlick auf den Kofferraum, wo er mit einem heftigen Schlag aufkam und bewusstlos liegen blieb. Ich versetzte ihm ein paar aufmunternde Schläge, aber nichts passierte, also drückte ich auf seinen Bauch und blies Luft in seine Lunge. Daraufhin spuckte er mir Dreck und blauen Speichel ins Gesicht.

Eine Weile realisierte er nicht, was um ihn herum passierte, und das war auch ganz gut so. Ich bemerkte die erste Ratte beziehungsweise ihren Schatten, der nur wenige Meter entfernt vorbeihuschte. Sie blieb auf Distanz, wahrscheinlich da, wo der Boden noch fest war. Der Wagen war jetzt fast vollständig versunken. Ich schnitt Fattys restliche

Fesseln durch, während er zu sich kam. Er blinzelte, um die Tränen und den Schmutz aus den Augen zu kriegen.

»Hören Sie«, sagte er, »können Sie mich nicht einfach ausknipsen? Machen Sie jetzt einfach Schluss. Ich hab keine Lust mehr. Ich ertrage das nicht länger. Tun Sie mir den Gefallen.«

»Selbstmitleid ist jetzt nicht angebracht.«

»Mir reicht's aber. Ich habe meine Rolle gespielt. Sie wollen sehen, wie ich sterbe, meinetwegen. Verschaffen Sie ihnen das Vergnügen.«

»Das werde ich nicht tun. Das Blut lockt nur die Ratten an.«

»Jetzt tu es doch endlich, du verdammter Freak!«

Er sprang mich an und warf uns beinahe beide in den Schlamm. Gleichzeitig verpasste er mir ein paar ziemlich gute Treffer ins Gesicht.

»Mach jetzt sofort Schluss mit mir! Du wolltest mich doch sowieso umbringen. Dann tu es jetzt, du krankes Monster, du Retorten-Freak, du mutterloser Scheißkerl. Tu es jetzt!«

Wieder das mit den Verwandten. Er wollte mich provozieren. Sie fielen immer wieder darauf herein. Ich streckte die Hand aus und fing seinen nächsten Fausthieb ab. Dann schlug ich ihm die Kamera gegen den Kopf, und er hörte endlich auf. Beinahe wäre er wieder im Sumpf untergegangen, aber ich erwischte noch seinen Arm und zog ihn hoch. Wir standen jetzt bis zur Hüfte im Schlamm und versanken immer mehr. Die Zeit für schlaue Überlegungen war abgelaufen.

Ich zog ihn aus dem Dreck und warf ihn in hohem Bogen auf das Stück trockenes Land, fort von der Stelle, wo ich die Ratte gesehen hatte. Ich kniete mich hin und tastete unter dem Schlamm nach dem Kühlergrill. Als ich das Schild gefunden hatte, das Starvie dort festgeklemmt hatte, zerrte ich so lange daran, bis ich es herausgezogen hatte. Ich kroch ein Stück weg, während der Morast sich an mir festsaugte wie eine riesige Anemone, und erreichte den Rand des Sumpfes. Dort stieß ich wieder auf Fatty und versuchte, ihn aufzuwecken, aber es funktionierte nicht.

Ich überlegte, ob ich ihm seinen Wunsch erfüllen und ihn auf der Stelle selektieren sollte. So lief das halt. Ich hielt das Straßenschild in der Hand. Sein Hals befand sich in einer sehr geeigneten Position für eine ganz einfache Enthauptungsaktion. Es würde so schnell und schmerzlos vonstattengehen, wie er es sich nur wünschen konnte. Und war durchaus angebracht. Er hatte jeden Tag nichts als Schmerzen. Er war ein Verräter und von seinen Leuten verstoßen worden. Er gehörte der Art an, die zu vernichten ich geschworen hatte.

Ich hob das Schild hoch. Ein weiteres Leuchtfeuer erstrahlte über uns und machte die Schrift darauf sichtbar:

GEBAUT FÜR DIE EWIGKEIT

»Nein«, sagte ich. »Nein.«

Ich nahm das Schild wieder herunter.

Die Ratte kam wie aus dem Nichts. Sie sprang auf meinen Rücken und bohrte ihre Zähne in meinen Nacken, bevor ich sie überhaupt bemerkt hatte. Ich warf mich auf den Rücken. Ihre langen Nagezähne bewirkten, dass sie sich nicht gleich wieder losmachen konnte. Der Angriff der Ratte wirkte wie ein Weckruf bei Fatty. Er kam zu sich und schien wieder halbwegs bei Sinnen zu sein.

Ich ließ das Schild fallen und griff nach hinten, um die Ratte zu packen. Ich merkte, dass sie nicht sehr groß war – vielleicht sechzig Zentimeter lang, noch ein Baby für hiesige Verhältnisse. Ich tastete nach ihren Augen und drückte Daumen und Zeigefinger hinein, so fest ich konnte. Das hielt sie davon ab, noch tiefer zu beißen. Sie ließ meinen Nacken los und schnappte nach meiner Hand, aber ich war vorgewarnt, riss sie vom Rücken, warf sie zu Boden und trat ihren Kopf platt in die Erde.

Fatty lief herum und suchte die Umgebung nach weiteren Angreifern ab. Eine konnte ich hören, eine Große, die schwer atmete. Ich blutete, was ihre Aufmerksamkeit auf mich zog. Also packte ich Fatty und setzte ihn auf meine Schultern. Dann schnappte ich mir das Schild und rannte los, auf die Barrikade zu.

»Vorwärts!«, rief Fatty. »Los, vorwärts!«

»Sie sind ja gar nicht mehr so erpicht aufs Sterben. Wie kommt's?«

»Ich bin halt ein bisschen launisch.«

Links von uns tauchte eine Ratte auf. Sie kam rasch näher. Über zwei Meter lang. Eines dieser großen Raubtiere unserer schönen neuen Welt. Glücklicherweise hatte Fatty sie nicht bemerkt, sonst wäre er bestimmt in Panik geraten. Ich hielt das Schild vor mich hin, während ich rannte, und holte damit aus, um genügend Schwung zu bekommen.

Im rechten Moment schleuderte ich es auf unseren Verfolger. Es drehte sich sehr hübsch in der Luft, wurde dann aber von einem Windstoß erfasst und nach links getragen. Glücklicherweise hatte die Ratte ein Ausweichmanöver versucht und rannte nun direkt in das Ding hinein. Mit voller Wucht wurde sie direkt hinter den Vorderpfoten getroffen, stolperte und brach zusammen. Ich blieb nicht stehen, um nachzusehen, ob sie mir den Gefallen tun und sterben würde. Ich rannte weiter, so schnell es mein malträtierter Körper zuließ.

Ich bemerkte etwas Eigenartiges. Diese Zuversicht, die ich seit meiner allerersten Verletzung gespürt hatte, dieses angenehme Gefühl, wenn sich ein Netz über die Wunde legte, das von Tausenden freundlichen Helfern gesponnen wurde, war nicht mehr da. Das Blut floss noch immer aus der Wunde, die vom Rattenbiss herrührte, und ich hatte überhaupt nicht das Gefühl, dass sie verheilte.

Ich bekam auch Probleme beim Atmen. Ich schmeckte etwas in der Luft, das ich noch nie bemerkt hatte. Ein ätzendes Brennen, einen stechenden Geruch, der aus meinem eigenen Mund kam und sich in der Luft ausbreitete. Meine Kräfte ließen nach, und ich wurde überwältigt von Übelkeit und Erschöpfung. Die Anti-Nano-Waffe wirkte schnell. Noch eine Auseinandersetzung mit einer Ratte, und ich war am Ende. Wir mussten dringend die Barrikade erreichen.

Pop-pop-pop. Noch mehr Leuchtgeschosse, diesmal in Blau. Jetzt war es schwerer, klar zu sehen.

»Ist irgendwas hinter uns her?«, fragte ich Fatty.

»Ich sehe nur ein … ein …«

Er musste den Satz gar nicht beenden. Arme reckten sich uns entgegen und versuchten uns zu packen, während wir vorbeirannten. Ausgemergelte, irrwitzige Konstrukte halb verwester Leichen zeichneten sich in der Dunkelheit ab. Schädel, die auf riesigen Knochenhaufen lagen, grinsten uns an. In einem Granattrichter lagen abgerissene Gliedmaßen wie Speichen in einem Rad. Ich fragte mich, mit welchen

Krankheiten ich mich hier anstecken konnte und ob der Blaue Frosch wohl ansteckend war.

Na großartig, dachte ich. Jetzt hab ich die gleichen Sorgen wie ein Realer.

»Niemand schießt«, sagte Fatty. »Warum nehmen Ihre Leute uns nicht aufs Korn?«

Ich bekam nicht mehr genug Luft, um antworten zu können. Irgendwas in mir zerriss. Ich schnappte nach Luft, versuchte das, was noch gesund an ihr war, in mich einzusaugen. Ich stolperte und wäre beinahe hingefallen. Dann versuchte ich, so gut es ging zu beschleunigen. Fatty war mir noch nie so schwer erschienen. Ich fühlte mich, als wäre ich hundert Stockwerke im Hope Tower hochgerannt.

»O nein«, sagte Fatty,

Ich schaute nach rechts, um zu sehen, was er meinte. Da war noch so ein großes Vieh – nein, zwei, die nebeneinander rannten. Sie bissen sich gegenseitig, weil jede die Erste bei der Beute sein wollte. Wir waren jetzt dicht vor der Barrikade. Ich konnte schon die Fugen im Beton sehen. Keine Tür, kein Eingang, keine Leiter. Ich drehte ab und rannte die Wand entlang, auf der Suche nach einer Öffnung, schaute nach oben, ob irgendwo Wachen auf der Brüstung patrouillierten.

»Die kriegen uns gleich!«, schrie Fatty.

Ich hielt an, hob Fatty herunter und wirbelte genau in dem Moment herum, als die erste Ratte sprang. Sie erwischte mich am Rücken. Ich trat ihr mit dem Fuß in den Bauch und nutzte die Fliehkraft, um das Viech gegen die Betonwand der Barrikade zu schleudern. Mit einem befriedigenden Knacken prallte es dagegen und fiel bewusstlos zu Boden. Dann war auch schon der zweite Angreifer da. Er blieb stehen und ging vor mir in Position, zischelte und bleckte die gelblich-rot verfärbten Zähne.

»Sehr hübsch, der Junge«, sagte ich.

Tja, das einzige Gute an einem Aasfresser ist, dass er damit rechnet, dass seine Beute ruhig daliegt und darauf wartet, verzehrt zu werden. Daher war diese Ratte sehr überrascht, als ich vortrat und ihr mit aller Kraft einen Schlag auf die Schnauze verpasste. Schnaubend sprang sie davon.

Das war es dann auch. Meine Knie fingen an zu zittern. Meine Kräfte schwanden. Die Ratte nutzte die Chance und ging auf mein Bein los. Sie schnappte danach und bohrte ihre rasiermesserscharfen Zähne in meinen Oberschenkel. Sie warf den Kopf hin und her und schleuderte mich so heftig gegen die Wand, dass ich beinahe das Bewusstsein verlor. Dann ließ sie von mir ab und nahm Anlauf für den letzten Schlag. Ich sah, wie Fatty mich voller Schrecken anstarrte, weil er wusste, dass er als Nächster drankam. Vielleicht war auch Wut dabei, auf mich, weil ich versäumt hatte, ihn einen Kopf kürzer zu machen, als er mich darum gebeten hatte.

Ich drehte mich zu der Ratte um. Ihre Augen leuchteten grellweiß. Sie sah mich gar nicht, sie roch mich. Das Blut in meinem Nacken und am Bein peitschten sie auf. Das sah ich an der Art, wie sie die Nüstern blähte und ihre Schnauze zitterte.

Dann ertönte ein Schuss. Die Schnauze zerspritzte in einem rötlichen Regen aus Fleisch- und Knochenfetzen. Dann ein weiterer Schuss, der die Ratte traf, die neben mir lag. Dann noch einer und noch einer, um sie in Schach zu halten. Ich starrte Fatty an. Wir waren beide in einem Schockzustand, denke ich.

»He, da unten!«, rief eine Stimme. »Bist du das, Kenstibec?«

Ich schaute nach oben. Ich konnte nichts weiter erkennen als die Umrisse eines Kopfes und eines Gewehrs.

»Soll ich mir auch den Realen da an deiner Seite vornehmen? Er ist zwar keine große Herausforderung als Ziel, aber …«

»Spar dir deine Kugeln für die Ratten, Shersult«, sagte ich.

»Und wie wäre es mal mit einem verdammten Seil?«, brüllte Fatty. »Oder sollen wir einfach nur *Sesam, öffne dich!* sagen?«

Dichter Regen fällt. Shersult sitzt schweigend neben mir und starrt mit seinen grünen Augen durch die Windschutzscheibe. Vielleicht versucht er ja die einzelnen Regentropfen auseinanderzuhalten, um sie ins Visier zu nehmen.

Wir erreichen das Tor, biegen in die Auffahrt ein und bremsen ab, bis wir nur noch ganz langsam vorwärtsrollen. Das Prasseln des Regens ist jetzt lauter als das Geräusch des Motors. Durch die Bäume hindurch kann ich den Regenerierungsschuppen und das Haus sehen. Die Fenster sind dunkel.

»Bist du sicher, dass sie immer noch hier sind?«, frage ich.

Shersult holt sein Display heraus und checkt die Umgebung, geht Raster für Raster durch, zoomt sich durchs Gebäude. Dann nickt er und klappt das Display zu.

»Sie sind hier, ganz bestimmt. Irgendwo im Gebäude.«

Ich frage mich, was unser Plan ist.

»Und was nun? Bringen wir sie um und fackeln das Haus ab, geht es darum?«

»Warum sollen wir das Haus abfackeln?«

Ich zucke mit den Schultern.

»Machst du das nicht immer?«

»Nur den Regenerierungsschuppen und die Abfallgruben.«

Er macht die Tür auf, steigt noch im Fahren aus und rollt sich draußen völlig unnötig ab wie ein angreifender Soldat. Ich sehe ihm dabei zu, wie er zum Schuppen rennt. Dann parke ich den Wagen, schalte den Motor ab und steige aus. Ich schaue zum Himmel und lasse mir die dicken Regentropfen eine Weile ins Gesicht prasseln, bis meine Kleider durchnässt sind. Die Welt sollte heute Abend eigentlich anders schmecken.

Ich öffne die Tür des Dienstboteneingangs. Meine nassen Turnschuhe quietschen auf den Fliesen. Etwas hat sich verändert. Ich bin kein Diener mehr, sondern ein Eindringling.

Ich gehe herum und inspiziere die Zimmer. Eine Weile bemerke ich nichts Besonderes, bis ich einen feuchtkalten Hauch wahrnehme, der von der hinteren Treppe herweht. Ich steige nach oben, dem Geruch nach.

Oben auf dem Treppenabsatz wende ich mich nach rechts, und der Geruch wird stärker. Ich habe den Eindruck, dass er aus dem Gästebadezimmer kommt, und greife nach der Klinke. Als ich sie herunterdrücke, höre ich ein Jammern hinter der Tür. Ich schiebe sie auf und schalte das Licht ein. Da sind die Frau vom Boss und ihr Sohn Alan, der sich ängstlich an sie schmiegt. Sie weint und dreht Alans Gesicht von mir fort, drückt es an ihre Brust. Sie starrt mich an, Tränen laufen ihr übers Gesicht.

»Wo ist Toby?«, kreischt sie. Damit meint sie den Boss. »Wo ist er?«, kreischt sie wieder.

»Tot.«

Sie schreit laut auf und stampft mit den Füßen. Ich bemerke, dass sie schwarze Lederschuhe mit hohen Absätzen trägt, außerdem eine Strumpfhose. Sie legt sich die Hand über die Augen, als gäbe es etwas im Raum, das sie nicht sehen will. Mich wahrscheinlich. Ich denke, das geht in Ordnung.

»Wirst du uns jetzt töten, Kenstibec?«, fragt Alan.

»Nein«, antworte ich. »Ich weiß nicht, wie das geht. Dafür wurde ich nicht optimiert. Ich bin Bauarbeiter.«

Ich setze mich auf den Rand der Badewanne. Im gleichen Moment ist von draußen das Geräusch einer Explosion zu hören.

»Was war das?«, fragt Alan.

»Das ist Shersult«, sage ich. »Er ist ein Soldaten-Modell. Er sprengt den Regenerierungsschuppen und die Fässer. Er ist derjenige, der euch töten wird, nicht ich.«

Das Weinen der Mutter wird mit einem Mal intensiver. Alan macht sich von ihrem Griff frei und baut sich vor mir auf.

»Kannst du uns nicht einfach gehen lassen, Kenstibec?«

»Ich kann euch nicht daran hindern«, sage ich. »Aber er wird euch sowieso finden. Ihr seid alle im System, Alan. Sie können euch überall aufspüren. Ich an deiner Stelle würde es einfach hinter mich bringen.«

Alans Gesicht verzerrt sich. Es verfärbt sich rot, und er knurrt mich an. Er schlägt mir gegen die Brust, womit ich nicht gerechnet habe. Ich falle rückwärts in die Badewanne.

»Komm schnell, Mom!«, ruft er. Er rennt mit seiner Mutter hinaus in den dunklen Korridor. Ich liege einen Moment lang da, dann rapple ich mich aus der Badewanne hoch. Ich verlasse das Badezimmer und stehe vor den leuchtend grünen Augen von Shersult.

»Hast du sie gefunden?«, fragt er.

»Ja«, antworte ich. »Sie sind da entlang gelaufen.«

Ich deute den Flur hinunter, und Shersult geht voraus. Jedes Mal, wenn er ein leeres Zimmer gefunden hat, sagt er: »Klar«, meint damit aber eigentlich niemand Bestimmten. Es ist einfach nur etwas, das er in solchen Fällen sagen soll.

Dann betritt er den nächsten Raum. Ein Licht flammt auf, es knallt und er fällt auf den Rücken. Eine ganze Reihe von Männern und zwei Jungen im Teenageralter rennen aus dem Zimmer. Einer von ihnen ist Alan.

Der andere trägt eine zerschlissene Schärpe der Wahrheitsliga und hat einen überheblichen Gesichtsausdruck. Ich nicke ihm zu.

»Luke Ransome, nehme ich an?«

YORK

Shersult wusste nicht, von wem von uns beiden er mehr angewidert sein sollte. Ich lag neben Fatty auf dem Festungswall, und wir schnappten beide nach Luft. Meine Lungen fühlten sich an, als wären sie auf die Größe von Erdnüssen geschrumpft. Meine Haut brannte. Das Blut floss so stark aus meinen Wunden, wie ich es nie vorher gesehen hatte.

»Du bist im Arsch, Kenstibec«, stellte Shersult fest.

»Bring mich rein«, sagte ich. »Ich muss mein Bein verarzten.«

»Dein Kumpel hier kann dich tragen«, sagte Shersult. »Ich werde dir bestimmt nicht zu nahe kommen.« Wie um diese Aussage zu unterstreichen, schob er die Windschutzbrille über die Augen und zog sich das Halstuch über Mund und Nase.

Fatty beklagte sich nicht. Sogar mit seinem kaputten Bein war er noch besser dran als ich. Er nahm mir die Kamera ab, die ich noch um den Hals trug, und hängte sie sich selbst um. Dann legte er mir mit einer verzweifelten Anstrengung den Arm um die Schulter. Weitere Leuchtfeuer erstrahlten am Himmel. Die Kameras des Königs hatten uns offenbar verloren.

Wir gingen die Rampe hinunter, die von der Barrikade in die Stadt führte. Shersult lief hinter uns her, das Scharfschützengewehr im Anschlag. Wir stolperten auf wackeligen Beinen durch die verlassenen Straßen. Die Stadt war größtenteils noch intakt. Nur gelegentlich kamen wir an einem brennenden Haus vorbei, kleine Feuer loderten vor sich hin und breiteten sich aus. Der ganze Ort war menschenleer und sehr still.

»Wo sind sie denn alle?«, fragte ich.

»Tot«, sagte Shersult. »Allesamt. Diese Seuche hat sich in Windeseile ausgebreitet.«

Jetzt hätte ich ihn fragen können, woher er überhaupt davon wusste, aber es war schon anstrengend genug, überhaupt bei Bewusstsein zu bleiben.

Wir schleppten uns durch die Seitenstraßen. Dunkle Fenster warfen uns leere Blicke zu. Über den Dächern konnten wir die züngelnden Flammen sehen. Der Rauch wurde dicker. Ab und zu schüttelte mich ein Hustenanfall, aber Fatty blieb nicht stehen, sondern zerrte mich weiter. Er schaute sich nervös um, als fürchtete er, von Geistern beobachtet zu werden.

Irgendwann wurden die Straßen breiter, und wir erreichten einen Platz. Auf der einen Seite befand sich ein Café, das aussah, als hätte es noch geöffnet. Die Tische waren gedeckt für eine nie servierte Mahlzeit. Früher hatte ich da öfters gesessen, um einen Zwischenstopp einzulegen und die Landkarte zu studieren. Auf der gegenüberliegenden Seite waren Hunderte von Leichen vor einer Mauer übereinandergestapelt worden. Ich starrte die zerfetzten, wertlosen Körper an und konnte kaum fassen, dass so viele von unserer Art tot an einem Ort herumlagen.

»Die Bewohner der Stadt haben sich aufgestellt und sind ordentlich nacheinander verschieden«, erklärte Shersult. »Die Realen werden wahrscheinlich versuchen, die Leichen zu schänden, wenn sie die Stadt einnehmen, aber ich habe ein paar Überraschungen vorbereitet, um sie diesbezüglich zu entmutigen.«

Tretminen unter unseren Leichen zu verstecken kam mir auch nicht weniger schändlich vor, aber ich wollte ihm nicht widersprechen. Shersult wusste es nicht besser, und wir mussten weitergehen. In der Mitte des Platzes befand sich eine Luke, die im Winkel von fünfundvierzig Grad offen stand. Shersult verlangte, dass Fatty mich dort hinunter trug, und folgte uns, nachdem wir eingestiegen waren.

Ein überaus angenehmer Geruch empfing uns dort unten. Sauber gefilterte Luft drang in meine Nase und verdrängte den Verwesungsgeruch, der dort oben geherrscht hatte. Fatty atmete gierig ein und aus. Wir stiegen eine steile Treppe hinab. Der Bunker war tiefer angelegt als der, den ich aus Edinburgh kannte. Wir erreichten die unterste Schleuse, und Fatty lehnte mich gegen die Wand. Wir beide mussten stark keuchen und husten. Shersult gab einen Code auf dem Display ein, und die Schleuse schwang zischend auf. Fatty schleppte mich hindurch wie einen Sack Zement. Shersult warf die äußere Tür zu. Die innere Tür öffnete sich mit einem Klicken.

Wir traten in den Empfangsbereich. Weiße Wände um uns herum. Eine Pforte führte zu den anderen Teilen des Bunkers, aber Fatty und ich hatten kein Interesse mehr an weiterer Bewegung. Fatty warf mich auf ein weißes Ledersofa und ließ sich zu Boden fallen.

Shersult lehnte sein Gewehr gegen die Wand und verschwand ohne ein weiteres Wort in einem Korridor.

»Ihr beiden kennt euch?«, fragte Fatty.

»Er ist mein Boss«, sagte ich.

»Sieht ziemlich irre aus, der Typ. Hat Augen wie eine Eidechse.«

Er wollte noch mehr sagen, aber Shersults Schritte näherten sich wieder. Er tauchte im Durchgang auf, in der Hand weiße Laken, ein langes Seil und eine Flasche mit Alkohol zum Einreiben.

»Das wird deinen Beinen guttun«, sagte er und warf sie Fatty zu. »Versorgen Sie seine Wunden.«

Fatty gehorchte. Er goss etwas Flüssigkeit auf ein Stück Stoff und tupfte damit mein Bein ab. Es brannte höllisch stark. Zu meiner eigenen Überraschung schrie ich laut auf und stieß ihn weg. Er taumelte gegen Shersult, der ihn wieder zurückschubste.

»Ganz ruhig!«, sagte Fatty. »Hört sofort auf damit!«

Ich konnte nicht anders, als mich ständig zu kratzen. Der Juckreiz war extrem. Ein quälendes, nie endendes Brennen überall an meinem Körper. Es fühlte sich an, als hätte ich in Batteriesäure gebadet, aber leider waren die angenehmen Funktionen des Nanosystems nicht mehr vorhanden. Das Brennen übertönte sogar die Schmerzen, die von den Rattenbisswunden ausgingen.

»Es ist nicht schön, dich in diesem Zustand zu sehen, Kenstibec«, sagte Shersult.

»Wie viel Zeit bleibt mir noch?«

»Wahrscheinlich ein bisschen mehr, als du denkst.« Er griff in die Tasche und zog einen kleinen transportablen Bildschirm heraus und warf ihn mir zu. Dann nahm er sein Gewehr und tat das, was er immer zum Zeitvertreib machte: Er baute die Waffe auseinander und inspizierte die einzelnen Teile.

»Ich hab mir eure Fernsehübertragung angeschaut«, sagte

er. »Es war ziemlich viel Leerlauf dabei, aber ich muss zugeben, dass mir dein Auftritt gefallen hat. Und der von Starvie natürlich.«

»Du hast sie also in dieser Aufmachung gesehen?«

»Ja. Das war wirklich ein außergewöhnlicher Anblick. Ich hab gesehen, wie sie dir die Seuche verabreicht hat. Es war bestimmt nicht angenehm, dies von der eigenen Passagierin eingeimpft zu bekommen. Ich schätze, mit diesem Auftrag habe ich dir einen Bärendienst erwiesen.«

»Wie bist du überhaupt hierher gekommen, Shersult?«

»Das ist eine interessante Geschichte. Ich hab meinen ersten Flug unternommen seit der Bombardierung von Tripolis. In einem speziell verstärkten Flugzeug, das dein Kumpel angefertigt hat.«

»Rick? Baut er jetzt Flugzeuge?« Ich musste an den Tag denken, als ich meinen Landy in Ricks Werkstatt abgeholt und die eigenartigen Maschinenteile auf seinem Tisch gesehen hatte.

»Genau so ist es. Er flog damit zu einem Flugplatz nicht weit von der Barrikade entfernt, in einigem Abstand zu den Realen, und stellte es für mich ab. Ich hab es dort abgeholt und bin mitten in der Stadt gelandet. Rick behauptet, mit dem Ding könnte man vierundzwanzig Stunden in der Luft bleiben. Na ja, ich war ungefähr drei Stunden damit in der Wolke unterwegs, als es anfing, einige seltsame Geräusche von sich zu geben. Ich bin mir nicht sicher, ob wir es noch mal starten können. Es ist jetzt abgedeckt, aber die ätzende Luft tut ihm gar nicht gut. Während ich auf dich gewartet habe, ist es ziemlich verrostet.«

»Du hast auf mich gewartet?«

Shersult antwortete nicht. Er hatte jetzt den Hahn und

das Magazin ausgebaut und spähte durch den Lauf, den er auf Fatty gerichtet hatte. Fatty konnte ihn nicht ansehen. Ich hatte ihn noch nie so eingeschüchtert erlebt.

»Du meinst, du hast mich erwartet?«, fragte ich Shersult.

»Ganz recht. Wegen deiner Umwege, einigen unglücklichen Zufällen wie auch bestimmten unberechenbaren Faktoren musste ich die Pläne zwar ständig neu anpassen, aber ich habe es geschafft, mit den Entwicklungen Schritt zu halten. Deine Reise habe ich mit großem Interesse verfolgt. Alles hat gut geklappt, nur auf die Begegnung mit Pander war ich nicht vorbereitet. Das hat mich zugegebenermaßen überrascht.«

Fatty fing an, die Laken in Streifen zu reißen, und verband damit meine Wunden. Gelegentlich nahm er einen verstohlenen Schluck aus der Alkoholflasche. Shersult bemerkte meine Verwunderung. Ich fragte mich, wie er von unserer Begegnung mit Pander wissen konnte. Er grinste mich an und entblößte dabei seine überlangen Schneidezähne.

»Ich verließ Edinburgh zwölf Stunden nach dir, Kenstibec, und habe deine Bemühungen die ganze Zeit mitverfolgt, denn ich war nie außerhalb des Übertragungsradius. Die Signale wurden mir von Starvie übermittelt. Erinnerst du dich noch daran, dass sie die Kamera ständig überall hin richtete? Nun, sie hat die ganze Zeit über Bilder übertragen. Und ich konnte die Aufnahmen empfangen, wenn ich mich in einem Radius von fünfundzwanzig Kilometer um euch herum befand.«

Ich nickte. Auf einmal kam mir ihr Getue mit der Kamera nicht mehr so eigenartig vor. Trotzdem gab es da noch etwas, das ich nicht verstand.

»Wusstest du, dass sie eine Atombombe bei sich hat? Und weißt du auch, dass sie die dem König übergeben hat?«

»Ja, sie hätte eigentlich schon detonieren sollen, aber die Dinge haben sich geändert.«

»Du wusstest also von der Bombe?«

»Ob ich davon wusste? Ich hab sie ihr doch gegeben, Mann.«

Shersult senkte den Gewehrlauf und schaute Fatty an.

»Darf ich bitte die Kamera haben.«

Fatty nahm sie ab und reichte sie Shersult.

»Was hast du vor? Noch mehr Fotos machen?«

»Sei bloß froh, dass du es nie versucht hast«, meinte er. »Du hast es wahrscheinlich nicht bemerkt, aber Starvie hat einen Code eingegeben, um den Blitz zu aktivieren. Wenn du jetzt den grünen Knopf betätigst, dann wird es viel heller als bei einem Blitzlicht, falls du verstehst, was ich meine.«

In der Ferne war ein dumpfer Aufprall zu hören, und der Raum erbebte. Shersult zog ein grünes Köfferchen aus einer Reisetasche und packte die Kamera ein.

»Sie fangen wieder an«, sagte er und baute eilig sein Gewehr wieder zusammen, als würde eine innere Uhr ihm den Rhythmus vorgeben.

»Starvie wurde aus einem ganz bestimmten Grund dorthin geschickt, Kenstibec. Sie war auf einer Mission. Nun ja, wenn man es eine Mission nennt, unterstellt man, dass sie etwas tun sollte, was nicht der Fall war. Sie war bloß ein Köder für den König.«

»Und ich war auch ein Köder?«

»Richtig. Starvie hat heimlich mit dem König Kontakt aufgenommen und einem Soldaten in einem Kirchturm außerhalb der Barrikade Signale übermittelt. Sie wollte ihn dazu bringen, dass er glaubte, sie sei seine Agentin innerhalb der Barrikade. Und dieser Idiot war so scharf auf sie, dass er es geglaubt hat. Starvie bekam den Befehl, sich mit dir zusammen auf den Weg über die Grenze zu machen, um York zu erreichen – wir wussten ja, dass der König hier in der Nähe ist, um die Belagerung zu befehligen. Wir wollten, dass sie ihn für sich einnimmt. Sie sollte sich diesem Scheißkerl nähern und ihn in einem günstigen Moment umnieten.«

»Und mich auch.«

»Das stimmt«, sagte Shersult lächelnd.

»Hast du davon gehört?«

»Was gehört?«

»Dass die Kontrolle tot sein soll. Hast du deshalb diese Aktion in die Wege geleitet?«

»Gewissermaßen.«

»Glaubst du, sie ist wirklich tot?«

»Das würde zumindest passen, oder? Sieh doch mal, was alles geschehen ist, Kenstibec. Bomben wurden abgeworfen, und die Wolke hat sich über uns geschlossen, während wir hier unten auf Anordnungen der Kontrolle warteten. Aber es kam kein Signal. Also sind wir zurück in die Städte gegangen und haben unsere Barrikaden gebaut in der Hoffnung, dass sie eines Tages eine Botschaft schickt. Aber ist diese Botschaft jemals gekommen?«

»Und daraufhin hast du dich entschlossen, einen Privatkrieg zu führen? Mit Atombomben? Die werden doch nur von den Realen benutzt.«

»Sieh mal, selbst wenn die Kontrolle nicht tot ist, kümmert sie sich jedenfalls nicht mehr um uns. Wir müssen selbst die Initiative ergreifen. Hinter den Barrikaden zu sitzen und auf Befehle zu warten ist schwachsinnig. Du weißt doch, was in Liverpool passiert ist, und jetzt passiert das Gleiche hier. Entweder wir kämpfen oder wir sterben. Wir dürfen die Realen nicht gewinnen lassen. Du kannst mir nicht erzählen, dass du damit einverstanden bist. Nicht mal du.«

»Na ja, meine Arbeit hängt schon von der Anwesenheit einer uns feindlich gesinnten Real-Bevölkerung ab«, sagte ich. »Wenn wir sie alle vernichten …«

»Dann könnten wir mit den Bauarbeiten weitermachen. Du hättest wieder eine Daseinsberechtigung und einen guten Grund, dein Programm weiter durchzuziehen.«

»Aber das ist doch völlig irrelevant, oder? So wie es aussieht, sind meine Tage gezählt, weil Starvie mir dieses Pander-Gift verabreicht hat.«

»Nein, nein«, sagte Shersult. »Sie hat dafür gesorgt, dass du hierher kommst, damit ich dich nach London schaffe, wo sie dich genauer untersuchen können. Vielleicht finden sie sogar ein Gegenmittel. Deshalb hat sie die Bombe noch nicht gezündet. Sie wartet, bis wir hier weg sind. Falls sie in der Lage ist, ein bisschen mitzudenken, dann hat sie dir eine verdünnte Dosis gegeben. Die wird hoffentlich langsamer wirken und dir genug Zeit lassen, bis wir in London angekommen sind. Falls es schiefgeht, wird deine Leiche immer noch von wissenschaftlichem Interesse sein. So, und jetzt will ich mich erst mal mit deinem Freund hier befassen.«

Shersult richtete das Gewehr auf Fatty, der die Augen weit aufriss und ihn in Todesangst anstarrte. Ich streckte den Arm aus und schlug den Lauf zur Seite, gerade noch rechtzeitig, um zu bewirken, dass die Kugel in die Wand einschlug. Shersult stieß meinen Arm beiseite und zielte erneut.

»Scheiße, was ist denn bloß los mit dir, Kenstibec? Reiß dich zusammen.«

Fatty hielt sich die Hände über den Kopf und machte sich ganz klein. Shersult nahm ihn ins Visier.

»Warte doch mal, Shersult. Hör mir bitte ganz kurz zu.«

Shersults grüne Augen blitzten mich an. Seine Geduld war am Ende. Ich deutete auf Fatty.

»Erstens hat dieser Reale eine tödliche Krankheit, die ihn ohnehin in wenigen Tagen umbringt. Zweitens brauchst du ihn, damit er mich ins Flugzeug trägt, wenn du mich nicht anfassen willst.«

Shersult schaute erst mich an, dann Fatty.

»Du hast recht«, sagte er. »Ich hab nicht richtig nachgedacht. Gut, dann sieh aber zu, dass er sich leise verhält, bis wir in London sind. Im Flugzeug ist genug Platz, schätze ich, falls das Ding überhaupt fliegt.«

Fatty blieb, wo er war. Er schien nicht sehr überzeugt von Shersults Sinneswandel. Ein paar Granaten schlugen über uns ein. Wir wurden ziemlich durchgeschüttelt. Shersult blickte skeptisch zur Bunkerdecke, wo der Widerschein seiner leuchtend grünen Augen zu sehen war.

»Gut möglich, dass der Beschuss die Ausrüstung dort oben zerstört hat«, sagte er. »Wir müssen durch die Tunnel gehen, um zum Flugzeug zu kommen. Die Luke führt direkt bis unter die Maschine.«

Shersult verpasste Fatty einen kleinen Rippenstoß.

»He, Dickwanst«, sagte er, »schnapp dir meinen Fahrer und folge mir. Glaubst du, du schaffst es anderthalb Kilometer weit?«

Fatty nahm mich auf den Rücken, und wir liefen den weißen Tunnel entlang. Rechts und links sahen wir offen stehende Luken, aus denen grelles Licht strömte. Darin befanden sich blitzsaubere weiße Betten, Spiegel mit Metalleinfassungen, die einander glichen, und identische begehbare Wandschränke. Fatty schaute hinein, während wir vorbeieilten, und stieß einen Pfiff aus. Für ihn war das wahrscheinlich der reine Luxus. Als jemand, der für Baukonstruktion optimiert worden war, muss ich sagen, dass ich jedes Zimmer verabscheute. Sie erinnerten mich an den Eisenbahnwaggon, in dem wir diese eine Nacht verbracht hatten. Ich vermied es hineinzuschauen, während wir durch den Bunker liefen und schließlich in einen Zugangstunnel abbogen und dann einen weiteren entlang eilten, der in einen alten Abwasserkanal mündete.

Wir blieben dicht hinter Shersult. Schließlich hielt er vor einer Leiter an, die an der Wand nach oben zu einer Lieferantenluke führte. Fatty war völlig erledigt, setzte mich auf dem Boden ab und bekam wieder einen seiner Hustenanfälle.

Shersult schob Fatty zur Leiter hin und befahl ihm, als Erster hochzusteigen. Fatty bekam kaum Luft, gehorchte aber und stieg nach oben. Wegen seines kaputten Beins wurde es ein sehr langsamer und schmerzvoller Aufstieg. Als er oben angekommen war, streckte er die Hand aus, um den Verschluss der Luke zu lösen, hielt aber inne und zog die Hand wieder zurück.

»Was ist denn?«, fragte ich.

»Schüsse. Klingt so, als wären sie ziemlich nahe.«

»Deshalb bist du ja da oben, Speckschwarte«, erklärte Shersult. »Du sollst dich nützlich machen. Also los, steck deinen Kopf durch die Luke und sag uns, ob die Luft rein ist.«

Fatty fummelte eine Weile erfolglos an der Luke herum und fand schließlich heraus, wie der Mechanismus funktionierte. Mit einem lauten Knall klappte der Stahldeckel auf, und die Geräusche von Schüssen hallten bis zu uns herunter. Fatty hatte recht. Das Sperrfeuer war gefährlich nah. Ich tippte Shersult auf die Schulter.

»Wieso schießen sie auf uns, wenn doch alle Bewohner der Stadt tot sind?«

»Sie schießen halt gern. Eine undisziplinierte Bande. Das klingt nach Mörsern. Sie kommen näher.« Er schaute hinauf zu Fatty, der sich noch immer nicht entschließen konnte, einen Blick nach draußen zu werfen.

»Los, weiter! Wir gehen jetzt raus!«

Fatty bewegte sich immer noch nicht. Nicht, bis Shersult die Leiter erklomm, um ihn einzuholen. Ich blieb unten liegen und schaute zu, wie Shersult spinnenartig nach oben krabbelte.

»Lässt du mich hier zurück?«

»Ich hab's dir doch gesagt, Kumpel. Ich werde dich nicht anfassen. Ich werfe dir ein Seil runter und zieh dich hoch, okay? Bleib, wo du bist.« Er machte keine Geräusche, während er nach oben kletterte. Er war dafür optimiert, den Feind zu überraschen.

Ich setzte mich hin und überdachte meine Situation. Ich fragte mich, was wohl passierte, wenn wir entkamen und es bis nach London schafften. Ich würde ein lebendes Versuchskaninchen sein. Diese barbarische Freiheit, die die Realen so genossen, wäre für mich kein Thema mehr. Sie würden mich einsperren, mich Tests unterwerfen und an mir herummachen, bis sie herausgefunden hatten, wie Panders Seuche funktionierte. Wollte ich das überhaupt?

Es war schon schwer genug für mich gewesen, nicht mehr als Bauarbeiter arbeiten zu dürfen. Ich hatte ein Jahr gebraucht, um mich damit abzufinden. Die Arbeit als Fahrer gefiel mir gut, womöglich passte sie sogar noch besser zu mir. Und jetzt sollte ich das Leben auf der Straße hinter mir lassen.

Ich fragte mich, ob dieses Opfer sich lohnte. Diese Seuche war uns von unserem eigenen Gott geschickt worden. Vielleicht war es ja eine Illusion zu glauben, dass es ein Mittel dagegen gab. Das war doch genau das, was die Realen immer taten, oder? Sie weigerten sich, die Vergeblichkeit ihres Tuns einzusehen, sie nannten einen Fluch eine Prüfung und sahen die Verdammnis als Herausforderung an.

Ich saß da und überlegte, aber ich wusste, dass ich das Seil ergreifen würde, noch bevor es mir in den Schoß gefallen war. Ich schaute auf und sah Shersults Augen, sein breites Grinsen und seine blendend weißen Zähne.

»Schling dir das Seil um die Hüfte, Kumpel«, rief er herunter. »Und dann machen wir die Fliege.«

Ich brauchte ein paar Minuten dafür, aber schließlich war der Knoten fest genug. Shersult zog mich hinauf und zerrte mich an die Oberfläche.

Ich landete direkt neben Fatty. Er hockte da, die Finger in die Ohren gesteckt, um den gigantischen Lärm der Geschosse zu ertragen, die überall in der Stadt einschlugen. Ich stellte fest, dass wir in einem der alten Lagerhäuser gelandet waren, einem Gebäude, das ich immer sehr gemocht hatte. Es war allerdings eher deprimierend, was sie mit ihm angestellt hatten, seit ich das letzte Mal hier gewesen war.

Ein großer Teil der Außenwand war eingestürzt. Vor uns stand eine alte einmotorige Piper, an der ziemlich viel geändert worden war. Das Lagerhaus diente der Maschine als Hangar. Draußen vor dem Gebäude floss der breite, tote Strom der Ouse, und orangefarbene Explosionen flammten auf, wenn ein Geschoss der Realen eines der Häuser am gegenüberliegenden Ufer traf.

Wir versuchten aufzustehen, aber nicht mal Shersult konnte sich auf den Beinen halten, so sehr bebte der Boden unter dem Geschützdonner. Er versuchte, auf allen vieren zu seinem Flugzeug zu gelangen, aber da wurde das Dach getroffen, und eine Lawine aus zerborstenem Mauerwerk brach über ihm zusammen und drückte ihn zu Boden. Er schüttelte den Staub ab, blieb aber ganz ruhig und behielt sein Ziel im Auge. Er hatte es sich nun mal in den Kopf gesetzt, inmitten eines tobenden Feuersturms mit einem Flugzeug abzuheben.

Und dann, als ich schon so weit war, ihm den Rat zu geben, besser wieder nach unten im Tunnel zu verschwinden, hörte das Geschützfeuer unvermittelt auf. Von einer Sekunde auf die andere schwiegen die Kanonen. Shersult hob den Kopf und warf mir einen Blick zu. Ich deutete nach oben.

»Die sind undiszipliniert?«

Nachdem der Staub sich verzogen hatte, konnte ich einen genaueren Blick auf das Flugzeug werfen. Die Schutzbeschichtung hing in Fetzen von den Flügeln oder blätterte ab. Ich konnte schwefelgelbe Löcher sehen, die in den Rumpf und in der Nähe des Motors eingebrannt waren.

»Das Ding wird niemals fliegen«, sagte ich. »Es muss doch auch noch einen anderen Weg aus der Stadt geben.«

»Sie haben mit dem Beschuss aufgehört, weil sie jetzt die Wälle stürmen«, sagte Shersult. »Wir sitzen in der Falle, und sie kommen immer näher. Wir haben keine Chance, ihren

Belagerungsring zu durchbrechen. Zuallererst werden sie sich die Tunnel vornehmen. Wenn das Flugzeug nicht startet, bleibt uns nichts anderes übrig, als ihnen entgegenzutreten und zu kämpfen.«

»Womit denn?«, fragte ich.

Shersult zuckte mit den Schultern.

»Na gut, genauer gesagt werde ich kämpfen, und du wirst sterben. Also lass mich lieber mal das Flugzeug ausprobieren, bevor du anfängst, dir Sorgen zu machen.«

Er rannte zur Maschine und kletterte ins Cockpit, drückte auf einige Knöpfe und klappte diverse Schalter um.

»Ich werde bestimmt nicht fliegen«, sagte Fatty. Er wippte auf den Fersen vor und zurück und schwitzte noch mehr als sonst. Irgendwas stimmte nicht mit ihm.

»Was ist denn los?«

Er wandte sich ab und wimmerte vor sich hin. Er sah ziemlich krank aus. Seine Augen füllten sich mit Tränen. Er wollte etwas sagen, aber da hörten wir ein metallisches Klackern und lautes Zischen, als der Motor der Piper unwillig stotternd zum Leben erwachte. Shersult gab eine Art texanischen Schlachtruf von sich und begann, das Flugzeug so in Position zu bringen, dass die Schnauze direkt auf die Lücke in der Wand gerichtet war. Ich stand auf und eilte auf die Maschine zu, bemerkte aber, dass Fatty mir nicht folgte. Er starrte mich völlig verängstigt an. Offenbar war er nicht in der Lage, sich zu bewegen.

»He!«, rief ich ihm zu. »Du willst doch nicht noch mal in einer Fernsehshow von diesem König auftreten, oder?«

Er riss sich zusammen, richtete sich auf und rannte los. Er zog die Seitentür des Flugzeugs auf, schob mich hinein und fiel dann beim Einsteigen auf mich drauf.

»Klar zum Abheben«, sagte Shersult, gab Gas und rollte Richtung Straße, während Fatty und ich im hinteren Bereich hin und her geworfen wurden. Ich fiel hinter Shersults Sitz zu Boden und schlug mir den Kopf an. Fattys aufgeblähter Körper wurde nach vorne neben Shersult geschleudert.

»Oh, scheiße«, rief er aus.

»Ich sehe sie«, sagte Shersult. Er gab noch mehr Gas, und wir schossen die Straße entlang. Ich schaute durch die Cockpit-Scheibe. Direkt vor uns stand eine Gruppe von Realen. Einer von ihnen kniete auf dem Boden und hatte sich etwas über die Schulter gelegt. Der Reale daneben schlug ihm zweimal auf die Schulter und rannte dann in eine Seitenstraße, gefolgt von den zwei anderen. Der Kniende feuerte seine Rakete ab, die direkt auf uns zuschoss. Shersult hielt Kurs und gab noch mehr Gas.

Niemand duckte sich. Wir konnten nicht anders, als gebannt auf die Rakete zu starren, die dicht vor der Schnauze der Maschine vorbeisauste, durch die Tragflächenabstützung hindurch, am Heck vorbei, um sich schließlich in die Wand hinter uns einzugraben.

»Daneben, du Versager!«, schrie Fatty und hob drohend die Faust gegen den von Panik ergriffenen Realen.

Shersult packte Fatty am Hals und warf ihn wieder nach hinten auf mich drauf.

»Setzt euch und schnallt euch an«, sagte er.

Fatty setzte sich ängstlich hin und legte den Gurt an. Ich quälte mich nicht damit herum. Für mich war klar, dass es überhaupt nichts brachte, im Falle eines Absturzes angeschnallt zu sein. Aber schon allein die Tätigkeit schien Fatty zu besänftigen. Er atmete ein paar Mal tief durch und kniff sein gutes Auge zu, um seine aufwallenden Gefühle in den Griff zu bekommen, die sein Realenhirn ihm bescherte. Vor allem Angst, so wie es aussah.

»Was ist denn los mit Ihnen?«, fragte ich erneut.

»Ich hasse es zu fliegen«, flüsterte er. Er hätte vielleicht noch mehr dazu gesagt, aber die Piper hob ab, und der Motor dröhnte noch lauter.

Dieses Gefühl ergriff von einem Besitz, wenn man wusste, dass man den Erdboden verlassen hatte. Ich hörte noch ein wenig Gewehrfeuer und etwas anderes, ein donnerndes Rumpeln wie bei einer Lawine. Das Flugzeug klapperte und wurde hin und her geschüttelt, aber es blieb auf Kurs. Als ich aus dem Fenster schaute, konnte ich die dicke graue Wolke sehen, die immer näher kam, dazwischen die purpurrote Verfärbung der Hellen Phase, die jetzt anbrach. Die Wolke hatte ich nicht mehr aus dieser Nähe gesehen, seit ich meine Arbeit am Hope Tower beendet hatte.

Fatty umklammerte seine Sitzlehne, seine Knöchel verfärbten sich weiß, und er schnappte nach Luft. Sein gesundes Auge war genauso weit aufgerissen wie sein krankes. Er konnte sich offenbar nicht entscheiden, was besser war, blind zu sein oder sehen zu können. Ich wandte mich an Shersult.

»Du meinst also, Starvie weiß, dass wir jetzt abhauen?«

»Sie weiß, was sie zu tun hat.«

Ich stellte mir vor, wie sie mit dem König in diesem Zimmer saß, wie sie rauchte und den grünen Koffer auf dem Schoß hatte und mit den Fingern auf den Deckel klopfte, während sie darauf wartete, dass wir außer Sichtweite waren. Und ich versicherte mir, dass ich, auch wenn es nicht so aussah, meine Passagierin doch an ihren Bestimmungsort gebracht hatte.

Shersult hielt das Flugzeug ein kleines Stück unter der Wolkenschicht. Er lehnte sich zurück und nahm etwas Gas weg.

»Alles in Ordnung da hinten, Kenstibec?«

»Bin immer noch in einem Stück. Was macht die Maschine?«

»Läuft nicht schlecht. Ein paar Anzeigen sind kaputt, die ich gern benutzt hätte, aber wir sind auf Kurs, oder? Alles wird gut, wenn wir erst mal besseres Wetter erreicht haben.«

»Was ist mit der …«

Shersult ruckte herum und schaute Fatty an.

»Was ist mit was?«

»Was ist mit der Bombe? Wann wird sie die Bombe zünden?«

»Bald«, sagte Shersult. »Dann gehen bei Ihrem König die Lichter aus. Beziehungsweise an.«

»Das ist nicht mein König«, sagte Fatty. »Ich mache mir eher Sorgen um die Druckwelle, die von einer Atomexplosion ausgeht und uns vom Himmel fegt wie einen Schmetterling.«

»Sie lässt uns Zeit. Sie ist optimiert. Sie weiß, wann es so weit ist.«

Fatty biss sich in den Bart und warf mir einen Blick zu.

»Dann lassen wir sie also zurück? Sie kehren nicht um, um Ihre Passagierin zu holen?«

»Ich bin im Moment nicht in der Position …«

Sein Gesicht verzerrte sich erneut. Leid, Elend, Bedauern. Ich sah ihm an, wie es in ihm brodelte.

»Wir fliegen also einfach davon und lassen sie zurück, damit sie diese Bombe zündet, die sie sich auf den Schoß gelegt hat?«

»Sie vollendet ihre Mission«, sagte Shersult und schaute nach hinten zu uns.

»Sind Sie sicher?«, fragte Fatty.

»Sicher in Bezug auf was?«

»Sind Sie sicher, dass sie das wirklich durchzieht? Ich meine, ob Sie ihr vertrauen.«

»Mit Vertrauen hat das nichts zu tun. Sie wurde optimiert. Sie ist eine Fizielle. Sie wird es durchziehen, Dickerchen, machen Sie sich keine Sorgen. Sie hat einen Auftrag.«

Fatty schüttelte den Kopf.

»Diese Frau hat Gefühle, im Gegensatz zu euch Freaks. Zumindest ist irgendwas davon in ihr übrig geblieben. Deshalb vermute ich, dass sie es sich zweimal überlegen wird, bevor sie eine Atombombe zündet, die ihr direkt ins Gesicht explodiert.«

»Spekulationen bringen überhaupt nichts«, sagte ich. »Wir müssen einfach abwarten, was passiert.«

»Und Sie interessiert das wohl gar nicht?«, nörgelte er weiter. »Ihnen ist das egal. Und warum auch nicht, hm? Glauben Sie denn, Sie sind was Besseres als sie? Schauen Sie sich doch mal an, Sie Schwachkopf. Sie wurden genauso aufs Kreuz gelegt von diesem Typen da wie sie. Sie haben so gut wie alles verloren, was Sie einmal ausgemacht hat, und Sie ärgern sich noch nicht mal darüber. Da kriege ich ja das Kotzen.«

Fattys gesundes Auge war jetzt noch röter als üblich, und eine Träne kullerte in seinen Bart.

»Warum gehen Sie nicht zurück und retten sie, wie Sie es versprochen haben? Hatten Sie nicht den Auftrag übernommen, sie nach London zu bringen? Und, haben Sie das getan? Ich hab den Eindruck, sie ist noch ziemlich weit davon entfernt.«

»Sie wollte nie nach London«, sagte ich. »Dieser Auftrag spielte gar keine Rolle.«

»Und welcher von Ihren Aufträgen spielte dann überhaupt eine Rolle?«

Diese Frage traf mich unvorbereitet. Sie war gut. Ich wusste nicht, wie ich sie beantworten sollte. Ich starrte Fatty an, dessen Zähne noch immer an der Unterlippe nagten, während seine Nasenflügel zornig bebten und er schwer und unregelmäßig atmete. Einerseits war er wütend, andererseits fühlte er sich geschlagen.

»Du eiskalter Scheißkerl!«, schrie er und stürzte sich auf mich, während er wild auf mich einschlug. »Ich bring dich um!«

Der erste Schlag bewirkte, dass mein Sichtfeld von rötlichen und gelben Mustern getrübt wurde. Der zweite verursachte einen so brutalen Schmerz in meinem Arm, dass ich schlagartig wieder hellwach war und nicht anders konnte, als in ein Schmerzensgeheul auszubrechen. Dann lag er auch schon auf mir, mit entblößter, von Beulen überzogener Brust, und bearbeitete mein Gesicht, während der Blaue Frosch über mir verspritzte wie flüssige Butter. Seine Beine zappelten wild herum, während er mit den Händen meinen Hals umklammerte und anfing mich zu würgen und mit den Daumen meine Luftröhre abdrückte. In seinen Augen konnte ich sehen, dass er es tun wollte. Genau in diesem Moment wollte er es tun. Und ich war bereit dafür.

Shersult schaltete sich ein, packte den Fuß von Fattys schlimmem Bein und knickte einen Zeh um, bis es knackte.

Fatty heulte laut auf und brach über mir zusammen. Sein

Griff erlahmte. Ich musste husten und würgen wie nie zuvor in meinem Leben. Irgendeine bläuliche, dickflüssige Substanz kam aus meiner Kehle und spritzte Fatty ins Gesicht.

Ich machte mich von ihm frei und setzte mich auf den grauen Ledersitz. Ich zog meine Beine weg, weil ich Angst hatte, er könnte sich in ihnen verbeißen.

Shersult seufzte und ließ Fattys Fuß los.

»Also ehrlich, Kenstibec«, sagte er. »Wir müssen diesen Kerl unbedingt loswerden. Wir sollten …«

Er hielt inne und schaute aus dem Fenster.

Ich drehte mich um.

Der Himmel veränderte sich.

Er pulsierte. Er zerfloss.

Ein klares, geräuschloses weißes Licht. Das Flugzeug erstrahlte darin.

Shersult umklammerte den Steuerknüppel, als die Maschine erbebte. Ich streckte die Hand aus und sah, dass meine Finger verzerrt waren. Fatty würgte, als er etwas sagen wollte.

Das grelle Aufblitzen verging. Das Wackeln ließ nach. Ich schaute aus dem Fenster. Dort, wo die Stadt gewesen war, erhob sich ein Turm aus Rauch.

Shersult ließ den Steuerknüppel los und schüttelte die Hand, damit das Blut wieder fließen konnte, und überprüfte die Anzeigen nach irgendwelchen Schäden. Als er festgestellt hatte, dass alles funktionierte, drehte er sich um und entblößte seine Schneidezähne.

»Na, wollen wir uns das mal ansehen?«

Er kippte das Flugzeug nach rechts, sodass wir zurück nach York flogen.

Von der Stadt, der Barrikade und der Realen-Siedlung war nichts mehr zu sehen. Nur eine schwarze brodelnde Masse war zu erkennen. Die Rauchsäule stieß bereits gegen die Wolkendecke, wo sie sich ausbreitete wie der Rauch von Starvies Zigarette unter der Zimmerdecke.

»Ich denke, damit wäre die Vertrauensfrage geklärt«, sagte Shersult.

Fatty schlug die Hände vors Gesicht und schluchzte.

Er hatte sie geliebt. Man konnte deutlich sehen, wie die Gefühle ihn überwältigten und ihm schlimme Schmerzen verursachten. Dabei hatte er nie wirklich mit ihr gesprochen. Am nächsten war er ihr gekommen, als er mit ihr gekämpft hatte. Er hatte sie nur gesehen und gerochen, aber das genügte den Realen schon. Vielleicht war das ja die Liebe. Vielleicht reichten diese beiden Sinne ja schon aus dafür.

Ich dachte an Starvie und fragte mich, an was sie wohl in den letzten Sekunden gedacht hatte. Hatte sie an mich gedacht? Vermutlich ja. Vermutlich war ich wichtig für sie gewesen. Aber nun war sie ein Teil dieser unförmigen Masse da unten. Es machte keinen Sinn, darüber nachzugrübeln. Das tat überhaupt nicht gut.

Ich dachte über meine Nanozellen nach, die jetzt nutzlos durch meinen Körper jagten. Ich stellte sie mir wie winzige elektronische Käfer vor, die nun auf dem Rücken lagen, die Beine in der Luft, während sie vom Blutstrom durch meine Adern getragen wurden wie auf einem Fluss. Ich dachte an den Landy, den ich im Sumpf zurückgelassen hatte, wo er inmitten von Ratten langsam versank. Vielleicht war er ja schon abgetaucht, bevor die Bombe explodiert war. Vielleicht hatte der Schlamm ihn ja geschützt. Vielleicht konnte man ihn eines Tages ausgraben. Ich hatte kaum Gelegenheit gehabt, ihn kennenzulernen.

Im Flugzeug herrschte betretenes Schweigen. Shersult überlegte wahrscheinlich, wie viele Reale er gerade ausgelöscht hatte. Fatty dachte an Starvie, die Frau, die er geliebt hatte. Die Frau, die er gesehen und die er gerochen hatte. Oder zumindest bildete ich mir ein, dass er das dachte, bis er zu reden anfing.

»Ich erinnere mich noch, wie ich zum ersten Mal in einem Flugzeug saß«, sagte er. »Zusammen mit meinem Vater. Wir flogen nach Spanien. Es hat mir überhaupt nichts ausgemacht. Ich war begeistert vom Fliegen. Ich kletterte über meinen Vater, um aus dem Fenster zu schauen, als wir abhoben.«

»Wovon schwafelt er da?«, fragte Shersult.

»Das machen sie ständig«, sagte ich. »Sie erzählen sich gegenseitig etwas über sich selbst.«

Fatty starrte auf seine zittrigen Finger, untersuchte seine verstümmelten Glieder.

»Angst bekam ich erst, als ich älter wurde. Als ich Mitte dreißig war, wurde es so schlimm, dass ich nicht mehr freiwillig an Bord eines Flugzeugs gehen konnte. Ich war überzeugt, dass Gott auf diese Weise mein Leben beenden würde, bei einem Absturz. Manchmal wünsche ich mir, ich könnte in der Zeit zurückreisen. Um mir zu versichern, dass ich nicht die ganze Zeit Angst haben muss. Um mir zu versichern, dass ich höher fliegen kann.

Aber ich weiß, dass das keinen Zweck hat. Selbst wenn ich wieder zurück könnte – selbst wenn mein zukünftiges Ich in einem dieser Flugzeuge vor mir aufgetaucht wäre und mir versichert hätte, dass alles in Ordnung ist und ich noch viel länger leben würde –, hätte ich immer noch Angst gehabt. Sogar solche Leute wie der König haben Angst. Er hatte sogar Angst, als er ganz oben war.«

»Das ist genau das, was euch so schwach macht«, sagte Shersult. »Und deshalb müsst ihr alle selektiert werden. Ihr alle wisst, dass es stimmt, ich hab es in den Augen von Tausenden kleiner Realer gesehen, als ich ihr Leben ausgepustet habe. Sie wussten alle, dass es unvermeidlich war. Dass es besser für euch ist, wenn ihr tot seid.«

Fatty starrte aus dem Fenster auf die Rauchsäule, und jegliche Farbe wich aus seinem Gesicht.

»Früher hat man von oben auf die Wolken hinabgeschaut«, sagte er. »Nachdem man durch sie hindurch geflogen war und den blauen Himmel darüber erreicht hatte. Heutzutage fliegt man ganz tief und hofft, dass es keinen Regen gibt.«

Er schaute nach unten zu seinem blutenden Fuß, dessen einer Zeh umgeknickt war.

»Mein Fuß tut weh.«

Sein Kopf fing an zu wackeln, und sein Mund klappte auf. Und dann wurde er ohnmächtig.

»Was ist denn jetzt, ist er bewusstlos?«, fragte Shersult.

»Ja«, sagte ich und fügte hinzu: »Er stirbt. Und ich werde auch sterben.«

»Blödsinn«, sagte Shersult. »Du hast ja keine Ahnung, wie gut ich mit meinem Taxi umgehen kann, oder? Ich bewege es mit militärischer Präzision, so sieht es aus.«

Ich strich über die Stelle in meinem Gesicht, wo Fatty mich erwischt hatte. Der Schmerz war unglaublich. Ich schaute meinen Arm an und konnte sehen, dass sich ein großer blauer Fleck dort ausbreitete. Weder die Natur noch die Nanos schienen im Augenblick für mich zu arbeiten.

»Ich hasse es, ein Realer zu sein«, sagte ich.

Wir flogen die zerklüftete Küste entlang und schauten auf die leblose See. *Morimaru*. Das ganze Wasser war tot. Das Meer und die Flüsse und das Zeug, das wir in den Barrikaden aufbewahrten. Alles verseucht. Und nicht nur für uns. Ich sah hinunter auf die Wellen und wusste, dass unter ihnen keine Fischschwärme waren, keine Seesterne, keine Wale, deren Musik man aufnehmen konnte.

Aber dann fragte ich mich, ob ich mir wirklich sicher sein konnte. Immerhin schaute ich ja bloß durch eine beschlagene Fensterscheibe. Woher wollte ich denn wissen, was da unten wirklich los war, solange ich nicht hineingetaucht war und das Wasser auf meiner Haut gespürt und das Salz geschmeckt hatte?

Ich überlegte, Shersult zu bitten, das Flugzeug ins Wasser stürzen zu lassen, aber das hätte er bestimmt nicht gut gefunden. Er schaute mich sowieso schon so komisch an und fragte sich wahrscheinlich, ob ich überhaupt noch der Gleiche war wie früher.

»Sie wissen doch, dass dieses Desperado-Getue überhaupt nichts bringt«, sage ich. »Die Soldaten-Modelle können Sie nicht besiegen.«

»Diesen hier hab ich aber trotzdem fertiggemacht.« Ransome senior spuckt auf Shersult, dem das überhaupt nichts ausmacht. Er ist vollauf damit beschäftigt zu heilen, horcht auf das Knarren der Fußbodendielen, das Atmen der Personen in der Nähe und versucht, alle Positionen auszumachen, um ein effektives Gegenmanöver in die Wege zu leiten.

Ich verstehe nicht, warum die Realen ihm nicht noch zehn oder zwanzig Kugeln mehr verpassen. Das ist ganz offensichtlich eines von diesen Dingen, die diese Leute immer vergessen, genauso wie das Anziehen der Handbremse auf dem Parkplatz. Sie glauben, es sei so elementar, dass sie es bereits getan haben. Ich verspüre geradezu den Drang, Ransome beiseitezunehmen, um ihm zu erklären, was er vergessen hat, aber ich lasse es bleiben. Ich denke, wir haben uns alle längst entschieden, auf welcher Seite wir stehen.

Ransome senior lächelt. Er kaut auf der Innenseite seiner Wange herum, wie ich es bei Alan gesehen habe, wenn er sehr aufgeregt ist. Er steht über mir. Zum ersten Mal seit schätzungsweise dreißig Jahren trägt er keinen Anzug. Er umklammert seine Flinte, hinter ihm kauern seine ängstlichen Angehörigen – sein Sohn, Alan, seine Frau und zwei Männer, der eine mit dem Display, der andere mit Shersults

Gewehr. Ich liege bloß auf dem Boden, die Finger in den grobmaschigen blauen Teppich gekrallt, und denke zum einen über unsere Situation nach, zum anderen über die Vertäfelung in diesem Flur. Warum hat der Boss mir nie erlaubt, sein Haus ein bisschen auf Vordermann zu bringen? Warum hat er mich immer nur in der Ecke stehen lassen, mit einem Tablett voller Drinks?

Der Typ mit dem Display fährt sich mit der Zunge über die Lippen und runzelt die Stirn. Um seine Augen herum erscheinen zahlreiche tiefe Falten, und er sieht mit einem Mal aus wie einer seiner eigenen Ahnen aus grauer Vorzeit. Er tippt vorsichtig auf das Display, als würde er befürchten, es könnte ihn beißen.

»Also?«, fragt Ransome.

»Wenn ich das hier richtig verstehe, dann sind da keine von denen innerhalb eines Radius von fünfzehn Kilometern. Aber noch viele Menschen. Gehen wir los und kümmern uns um die?«

»Keine Zeit«, sagt Ransome. »Wir müssen weiter. Schieß den hier ins Bein. Er kann sich dann hinsetzen und abwarten, was als Nächstes passiert.«

Der Mann, der Shersults Gewehr hat, tritt vor. Er schießt mir ins rechte Knie. Aber noch bevor er den Lauf auf das linke richten kann, ist Shersult aufgesprungen und hat seine Hände um den Hals von Ransome junior gelegt. Sie haben keine Chance einzuschreiten. Sie können nur zusehen, wie Shersult den Schädel des Jungen von der Wirbelsäule löst und herumdreht, als würde er ein Hühnchen schlachten. Der Typ mit dem Gewehr wirbelt herum, aber Shersult ist schon bei ihm und schlägt gleichzeitig Alan zu Boden, der auf mich fällt. Das Gewehr wird abgefeuert, aber jetzt ist es Shersult, der schießt und den Mann mit dem Display niederstreckt. Er bleibt blutüberströmt vor ihm liegen. Alan rennt in den Flur und um die nächste Ecke. Die Frau vom Boss schreit und versucht Ransome wegzustoßen, aber Ransome will nicht weichen. Er schießt und erwischt Shersult an der Seite, hebt die Leiche des Jungen hoch und läuft davon, während Shersult zu Boden geht. Er versucht aufzustehen, kann aber nur über den Teppich kriechen.

»Versuch bloß nicht, mir aufzuhelfen oder so was …«, sagt er.

»Oh, ja … klar.«

Ich quäle mich auf die Beine, stemme mich gegen die Wand und ziehe ihn hoch. Als er steht, drücke ich ihm das Gewehr in die Hand.

»Du kümmerst dich um den Jungen«, sagt er.

»Ich bringe keine Leute um«, sage ich. »Das ist dein Job.«

»Wie du schon sagtest, gelegentlich müssen wir dazulernen, nicht wahr?«

Er humpelt davon, den Flur entlang.

Ich stolpere in die andere Richtung, meine Hand gleitet über die Wand und nimmt noch die kleinste unperfekte Stelle wahr. Es kommt mir schon merkwürdig vor, dass ich mithelfe, ein Kind zu jagen und zu töten, bloß um diesen Stümpereien am Bau ein Ende zu bereiten.

LANDUNG

Das Flugzeug kam eine ganze Weile gut voran, bevor es anfing, so ähnlich zu klingen wie Fatty, wenn er hustete.

»He!«, rief ich Shersult zu. »Das klingt aber gar nicht gut.«

»Kein Problem«, sagte er. »Irgendwas am Rumpf hat sich gelöst, aber wir fliegen ja noch, und das ist das einzig Wichtige.«

»Ist die Landung nicht auch wichtig?«

»Alles wird gut.«

Ich bemerkte, dass er seine ganze Kraft einsetzen musste, um den Steuerknüppel festzuhalten, er hielt ihn mit beiden Händen fest umklammert. Aber das war schon in Ordnung. Ich hätte nie gedacht, dass die Maschine es überhaupt so weit schaffen würde. Man musste so ein Teil eben einem Mechaniker wie Rick übergeben. Der verstand sein Handwerk.

»Wo sind wir?«, fragte ich und beugte mich nach vorn, um aus dem Cockpit zu spähen.

»London«, sagte Shersult. »Komm mir nicht zu nah, ja? Bleib bitte da hinten.« Er wollte nicht, dass ich ihn anhauche.

Ich legte mich hin und dachte nach. Wie viel Zeit blieb mir noch? Die Rattenbisse hatten sich übel entzündet. Wenn ich Luft holte, brannte es in meiner Kehle noch viel schlimmer als in York. Würden die Fiziellen in London überhaupt in Erwägung ziehen, mich wiederherzustellen, wenn ich schon so arg beschädigt war? Würde ich jemals wieder ein echter Fizieller sein?

Fattys Anliegen waren im Moment nicht von Belang. Er schlief tief und fest, seine obszöne blaue Zunge hing aus seinem offenen Mund.

Ich schaute ihn an und fragte mich, wieso ich ihn noch nicht selektiert hatte. Warum suchte ich ständig nach Entschuldigungen für ihn?

Am liebsten hätte ich ihn geschlagen. Aber das war etwas, das die Fiziellen taten. Das war etwas, das die Humanen taten. Ich nahm meine Hände herunter. Dies war eine Sache, bei der wir uns einig waren, und damit lagen wir alle falsch.

»Wieso glotzt du ihn so an?«, zischte Shersult. »Schau mal aus dem Fenster, bitte!«

Ich hockte mich auf die Knie und spähte hinaus in die Dunkelheit.

»Wonach soll ich denn schauen?«

»Flugabwehrraketen«, sagte er. »Einige der Clans rund um London haben welche. Seit Monaten sind zwar keine Flugzeuge mehr in der Luft gewesen, aber es ist besser, wenn wir aufpassen.«

Mir kam ein Gedanke.

»Erwarten sie uns denn in der Barrikade? Du kannst ihnen doch nicht mitgeteilt haben, dass wir in einem Flugzeug kommen. Vielleicht denken sie, wir seien Reale und eröffnen das Feuer auf uns?«

»Das ist auf jeden Fall nicht das Problem«, sagte Shersult.

»Wieso?«

»Weil ich stark bezweifle, dass wir es bis zur Barrikade schaffen. Ich musste die Maschine um einen Sturm herummanövrieren. Dadurch haben wir eine Stunde verloren. Das Ding hier wird langsam unkontrollierbar. Ich denke, ich muss jetzt landen.«

Ich schaute nach unten. Die Helle Phase gab ihr Bestes, um die Erdoberfläche zu beleuchten. Eine Weile sah ich nichts weiter als ein mit Müll übersätes Überschwemmungsgebiet, auf dem sich hier und da größere Ruinen und aufragende Dächer abzeichneten. Dann tauchten größere, trockene Inseln mit Siedlungen auf. Ich konnte Gestalten erkennen, die aufgeregt herumrannten, als sie uns bemerkten.

Einige Minuten später begann der Beschuss. Es waren ungezielte, nutzlose Schüsse, das typische Sperrfeuer der Realen, aber es genügte, um Fatty aufzuwecken.

»Wir sind über London«, sagte ich zu ihm. »Wir sind da.«

Er hörte mir gar nicht zu. Sein gesundes Auge sah gar nicht mehr gesund aus. Die grüne Farbe war aus der Pupille gewichen und das Weiße war jetzt bläulich verfärbt.

»Wie fühlen Sie sich?«, fragte ich.

»Ich fühle mich wie jemand, der gern mal wieder einen Fuß auf den Erdboden setzen würde. Am liebsten weit entfernt von diesem Rumgeballere.«

»Seid still und schaut aus den Fenstern«, sagte Shersult.

So wie es aussah, waren wir offenbar über Clapham. Sogar in dem Schlamm und Schutt konnte ich noch die Eisenbahntrassen erkennen, die sich dort unten entlangschlängelten und gelegentlich zusammentrafen. Offenbar näherten wir uns der Stadt von Süden her.

In diesem Moment bemerkte ich den Kondensstreifen der Rakete. Ein weißes, wackeliges Ding, das von rechts auf uns zuschoss und dann von links hinten anvisierte.

Aus irgendeinem Grund sagte ich nichts. Ich sah bloß zu,

wie es einen leichten Bogen beschrieb. Dann ruckte es zornig in unsere Richtung und wackelte kampflustig mit dem Schwanz. Ich verlor es aus den Augen. Es gab einen dumpfen Schlag, und wir gerieten ins Trudeln.

Shersult konnte die Maschine stabilisieren, und wir flogen wieder halbwegs gerade – aber weiter auf direktem Weg nach unten und immer schneller. Ich versuchte den Kopf zu bewegen, weil ich wissen wollte, was die Ursache dieses lauten Dröhnens hinter mir war. Es gelang mir mich umzudrehen, und ich sah orangefarbene Flammen züngeln und wie Teile des Flugzeugs abbrachen und durch die Luft wirbelten. Das ganze Heck war verschwunden. Shersult deutete nach vorn.

»Da!«

Es war die Barrikade von Brixton, die hässlichste von allen. Sie hatte eine perfekte zylindrische Form und war umgeben von einer kilometerweiten Fläche braunen Wassers, wodurch sie aussah wie eine riesige Toilettenpapierrolle inmitten eines Meers aus Fäkalien.

Je niedriger wir flogen, desto mehr Zufallstreffer erreichten uns. In ungefähr dreißig Metern Höhe wurde Shersult am Hals getroffen. Er wirkte sehr überrascht. Das Flugzeug flatterte und drehte sich zur Seite. Der eine Flügel berührte die obere Kante der Barrikade und riss sich wieder los. Ich versuchte, den Steuerknüppel zu erreichen, schaffte es aber nicht, weil ich mich nicht bewegen konnte. Und Fatty war viel zu sehr damit beschäftigt zu schreien, als dass er eine Hilfe gewesen wäre.

Wir prallten mit voller Wucht auf dem Erdboden auf, rutschten weiter und pflügten eine Furche durch den Schlamm. Ich sah etwas. Eine Betonplattform direkt vor uns auf Shersults Seite.

Wir kollidierten mit viel zu hoher Geschwindigkeit. Ein Stück des Flugzeugdachs riss ab. Ich musste zusehen, wie Shersults Kopf über die Betonfläche kratzte und dabei den größten Teil seines Gesichts verlor, bis die Maschine hochsprang und er durch das offene Dach hochgeschleudert wurde und wieder herabfiel, als wir erneut am Boden aufkamen. Ein Metallteil bohrte sich in meinen Bauch, und es tat weh wie zehn Rattenbisse auf einmal. Wir rutschten weiter, und das einzige Geräusch war das Kreischen von Stahl, der über Beton schabte. Dann kippten wir um und blieben schließlich in der Nähe einiger Schaukeln im Brockwell Park liegen.

Ein Zischen war zu hören, und es roch nach versengten Haaren. Ich hob den Kopf und sah, dass ich noch immer im Flugzeug saß. Mein Bein war eingeklemmt und fühlte sich zerquetscht an. Das Schrapnell in meinem Bauch war ziemlich tief eingedrungen. Ich hörte, wie mein Blut, angefüllt mit toten Nanos, auf Metall tropfte. Als meine Augen sich an die Dunkelheit gewöhnt hatten, konnte ich eine Inschrift erkennen, die in das Metall unter mir eingeritzt war:

Rick hat diesem Vogel das Fliegen beigebracht.

Ganz bestimmt, dachte ich.

»Kenstibec!«

Das war Fatty. Ich hörte, wie er sich draußen bewegte.

Ich versuchte zu rufen, brachte aber nur ein Flüstern zustande. Ich konnte mich selbst kaum hören. Nur ein Teil von mir war noch in der Lage, sich zu bewegen, mein linker Arm. Ich tastete in der Dunkelheit herum und suchte nach etwas, mit dem ich Lärm schlagen konnte, bis ich einen

Sicherheitsgurt zu fassen bekam. Ich ließ meine Hand über die ganze Länge gleiten, bis ich den Metallverschluss am Ende erreichte, und schlug so kräftig wie möglich gegen die Metallwand des Flugzeugs.

»Sind Sie ganz da unten drin?«

Er schwieg eine Weile und fragte sich offenbar, ob er irgendwas für mich tun konnte. Dann ertönte ein grässliches Quietschen, und ein Fluch war zu hören, als ein Stück Metall über mir zur Seite gebogen wurde. Er legte mein Bein so weit frei, dass ich in der Lage war, es zu bewegen. Ich spürte einige neue und faszinierende Arten des Schmerzes, als sich das Schrapnell tiefer in meinen Bauch bohrte.

Fatty zog mich heraus. Dann brach er zusammen, blieb sitzen und schlang die Arme um die Knie. Wir schwiegen und schauten uns die rauchenden Überreste des Flugzeugs an.

»Eines steht fest«, sagte er, »ich hab's schon hundert Mal gesagt, aber diesmal meine ich es ernst. Ich werde nie mehr fliegen.«

»Ein weiser Entschluss.«

Er wischte sich mit dem Ärmel über die Augen und versuchte, den Schleim loszuwerden.

»Gehe ich recht in der Annahme, dass wir hier in Brixton gelandet sind?«

»Ich glaube schon. So weit hat Shersult uns immerhin gebracht.«

»Ich hasse Brixton.«

Das konnte ich nachvollziehen. Die Barrikade von Brixton war wirklich hässlich. Fünf Meter dick, zehn Stockwerke hoch und ohne erkennbare Konturen ragte sie im Zwielicht auf. Ein breiter Festungsring, der durch den Park verlief und die Bäume wie Zwerge aussehen ließ. Dahinter reckten sich die Überreste von zwei Hochhäusern in die Höhe, als wollten sie sich der Barrikade anschließen. Unser Absturz hatte eine tiefe Furche in den Boden gerissen, einige Hundert Meter lang, in der zahlreiche brennende Wrackteile lagen. Unsere Ankunft war mit Sicherheit bemerkt worden.

»Und wo ist unser Freund, die Eidechse?«, fragte Fatty. »Wenn wir noch leben, muss er es doch auch geschafft haben.«

»Er hat seinen halben Kopf verloren.«

Fatty hatte Shersults Gewehr auf dem Schoß. Seine Finger klopften einen unregelmäßigen Rhythmus auf den Schaft. Er hatte sich außerdem den Munitionsgurt über die Schulter geworfen.

»Na gut«, sagte er, »dann will ich mal nach ihm suchen.«

Fatty stand auf und stolperte um das Wrack herum. Schließlich bemerkte er etwas. Shersult, oder was von ihm übrig war, kroch gerade unter dem Motor hervor. Der größte Teil seines Oberkörpers war intakt, bis auf den linken Arm, der direkt an der Schulter abgetrennt worden war. Seine grünen Augen waren auch nicht mehr da. Von seinem Kopf war nichts weiter übrig geblieben als ein Stück Kiefer, das von einem Fleischklumpen herabhing, der auf seiner Wirbelsäule saß. Seine Nanos würden das in absehbarer Zeit nicht wieder hinbekommen.

Fatty sagte nichts. Er zielte auf den abscheulich zerfetzten Körper und schoss ein ganzes Magazin leer, danach war von Shersult nur noch zerfetztes Fleisch übrig. Er zuckte noch ein bisschen, als der Pulverdampf sich verzog, aber er kam nicht mehr hoch. Fatty humpelte zurück und war jetzt wahrscheinlich der Ansicht, dass er seinen gebrochenen Zeh angemessen gerächt hatte.

Er öffnete den Verschluss und ließ das leere Magazin auf meinen Schoß fallen. Dann nahm er ein neues aus dem Gurt und lud die Waffe durch. Er drückte den Schaft gegen seine Hüfte und schaute mich an. Ich hatte so eine Ahnung, was er jetzt dachte.

»Ich verstehe schon«, sagte ich. »Sie haben keine andere Wahl.«

Fattys Gesicht war so ausdruckslos, wie ich es noch nie gesehen hatte. Etwas an ihm war wirklich erstaunlich. Der Absturz hätte ihn eigentlich umbringen müssen, aber stattdessen schien er ihn aufgeweckt zu haben. Seine Augen waren jetzt klar. Irgendwas schien ihm neue Kraft einzuhauchen, als hätte sein Körper eine mir unbekannte Reserve. Wie alle Realen würde er sich nicht logisch verhalten und einfach sterben.

»Sie wissen überhaupt nicht, was Sie tun, hab ich recht?«, sagte er. »Ihnen ist völlig egal, dass ich gerade Ihren Kumpel in Fetzen geschossen habe. Ihnen ist auch egal, dass Starvie sich selbst in die Luft gesprengt hat.«

Er redete sich in Rage, um seine nächste Tat zu rechtfertigen. Das war schon in Ordnung. Ich hatte sowieso keine große Lust auf eine nanofreie Existenz. Ich drückte meine Stirn gegen den Gewehrlauf.

»Na los«, sagte ich. »Sie müssen keine Rede halten. Sie haben jedes Recht dazu.«

Fatty verlagerte sein Gewicht und bereitete sich auf den Schuss vor. Dann nahm er ohne Vorwarnung das Gewehr herunter und trat zur Seite.

»Scheiß drauf«, sagte er. »Sie hatten ja auch kein Erbarmen mit mir, als ich mir eine Kugel in den Kopf gewünscht habe. Warum soll ich Ihnen jetzt helfen?«

»Das ist ja eine ziemlich perverse Form der Rache, die Sie sich da ausgedacht haben.«

Fatty zuckte mit den Schultern.

»Die ganze Welt ist ziemlich pervers, würde ich sagen.«

Er holte tief Luft und starrte zur Barrikade.

»Gibt es irgendeine Möglichkeit, hier rauszukommen?«

Ich schüttelte den Kopf.

»Die haben garantiert die Schüsse gehört. Sie könnten vielleicht versuchen, sich davonzuschleichen. Diese Mauer ist dazu gedacht, Typen wie Ihnen den Zugang zu verwehren, nicht den Weg nach draußen. Aber falls Sie es über die Mauer schaffen, müssen Sie ziemlich weit schwimmen.«

»Ich erinnere mich noch, dass man mir gesagt hat, ich solle in dieser Gegend auf keinen Fall ins Wasser gehen«, sagte Fatty. »Ist nicht gerade ein Schaumbad da draußen, was?«

»Aber es ist Ihre einzige Möglichkeit«, sagte ich. »Und nachts stehen die Chancen am besten, dass Sie es schaffen.«

»Sie kommen doch schon, oder?«

»Mein Vorschlag wäre, dass Sie wieder zurück ins Flugzeug gehen.«

Fatty schaute das rauchende Wrack unschlüssig an.

»Und dann – soll ich alle viere von mir strecken?«

»Ich weiß nicht, was das bedeutet.«

»Ich meine damit, ob ich mich tot stellen soll. Soll ich in dieses Wrack kriechen, mich hinlegen und darauf warten, dass sie mich umdrehen? Ist das so eine von den genialen Eingebungen, die die Optimierung Ihnen ermöglicht?«

»Das ist immer noch besser als ein kurzer Auftritt im Selektivsender.«

Fatty nagte an seiner Lippe und schaute mich skeptisch an.

»Das würde bedeuten, ich müsste Ihnen vertrauen, dass Sie mich nicht verraten. Es tut mir ja sehr leid für Sie, aber ich traue Ihnen kein bisschen.«

»Entspannen Sie sich«, sagte ich. »Sie haben Ihren Teil unserer Abmachung mehr als erfüllt. Sie haben mich nach York gebracht und jetzt sogar bis London. Ich habe zwar meinen Landy verloren und meine Passagierin, aber dass ich es bis hierher geschafft habe, ist wirklich erstaunlich. Und Sie haben ganz schön was ausgehalten. Man könnte Sie beinahe für einen Fiziellen halten.«

»Na, jetzt fühle ich mich aber richtig gut.«

Wir schauten einander einen Moment lang an. Fatty hockte sich hin und legte das Gewehr über die Knie.

»Wissen Sie, warum ich Brixton nicht mag? Ich bin nur einmal hier gewesen. Mit meiner Frau. Das war noch vor der Kontrolle und vor unserer Heirat. Ich weiß nicht mehr, warum wir hierherkamen, aber wir hatten einen furchtbaren Streit. Ich weiß nicht einmal mehr, worum es ging. Ich glaube, weil ich mich weigerte, einen ihrer Freunde zu treffen. Wie auch immer, sie wurde total wütend, rannte davon und ich bin ihr den Berg runter hinterhergerannt. Es waren sehr viele Leute da, der ganze Brixton Hill war voller Menschen. Sie lief ein ganzes Stück weit vor mir, und ständig waren Leute zwischen uns. Ich dachte die ganze Zeit, wenn diese dämlichen Vollidioten endlich verschwinden würden, dann könnte ich sie zurückhalten und umstimmen. Bei der U-Bahn-Station verlor ich sie dann aus den Augen und war fest davon überzeugt, dass ich sie nie wieder sehen würde. Und dafür machte ich Brixton verantwortlich, verstehen Sie?«

Das tat ich nicht. Was er da sagte, machte überhaupt keinen Sinn, aber ich dachte mir, dass ihm eine positive Antwort gefallen würde.

»Ja«, sagte ich. »Das kann ich verstehen.«

»Wie auch immer. Jetzt ist sie tot.«

»Sie werden bald hier sein«, sagte ich. »Werden Sie sich jetzt verstecken oder was?«

»Warum nicht?«, sagte er und stand auf. »Ich bin sowieso viel zu müde, mir was anderes zu überlegen. Und abgesehen davon ist es wahrscheinlich durchaus angeraten, sich nach einem Flugzeugabsturz ein wenig auszuruhen.«

Er sah nicht aus wie jemand, der Lust hatte, sich zu verstecken. Er blickte so zögerlich drein wie ein kleiner Junge, der ins Bett gehen soll. Dann ließ er das Gewehr und den Patronengurt fallen und stapfte zum Flugzeug.

Auf halbem Weg drehte er sich um und rief nach mir.

»He«, sagte er, »und was ist mit Ihnen? Werden Sie wieder repariert?«

»Das weiß ich nicht. Steigen Sie jetzt in die Maschine.«

Er bewegte sich nicht. Er dachte über etwas nach, das er sagen wollte.

»Ich lass Sie nicht gern einfach so stehen. Ist das jetzt seltsam?«

»Ziemlich«, sagte ich. »Klettern Sie da rein.«

Er widersprach nicht, fand die Stelle in der Flugzeugwand, durch die er mich nach draußen gezerrt hatte, und kroch hinein.

Ich streckte mich im Schlamm aus und überlegte. Die

Wahrheit war, dass meine Artgenossen jeden Moment auftauchen und mir eine Kugel in den Kopf jagen konnten. Für sie sah ich wie ein Realer aus, und es gab keinen Shersult in der Nähe, der ihnen das Gegenteil beweisen konnte.

Wie sehr war ich schon ein Realer? Ich war mir nicht sicher. Trotz der ganzen Schmerzen schien ich diese Gefühle nicht zu haben. Ich hatte keine Angst, ich war nicht wütend, ich war gar nichts. Ich war nur müde, viel müder, als man überhaupt sein konnte.

Ich schloss die Augen und stellte mir vor, wieder in meinem Landy zu sitzen, die eine Hand am Lenkrad, die andere aus dem Fenster gestreckt. Ich spürte den Luftwiderstand.

Im Haus ist es sehr still.

Was tue ich bloß? Ich bin doch kein Jäger. Ich weiß gar nicht, wie ich den Jungen aufspüren soll. Er riecht ja nicht so unangenehm wie seine Mutter. Und es ist ein großes Haus. Wenn ich Shersults Augen hätte, könnte ich den Wärmespuren folgen, die er auf dem Teppich hinterlassen hat, aber die habe ich nicht. Ich bin nicht für so etwas gebaut worden.

Ich stürze ins erste Zimmer. Hier drin ist es dunkel und kalt, und es riecht nach Asche und abgestandenem Rauch. Ich schalte das Licht ein und stehe dem Porträt eines jungen Mannes gegenüber, der eine weiße Perücke trägt. Er hat die eine Hand auf die Hüfte gelegt und schaut durchs Fenster auf eine Welt, die es nicht mehr gibt. Er sieht sehr beherrscht aus, als wäre er ein Fizieller. Außerdem sieht er dem Boss sehr ähnlich.

Ich schalte das Licht aus und gehe den Flur entlang, um das nächste Zimmer zu überprüfen. Darin befindet sich ein Doppelbett mit zerwühlten Laken, außerdem ein halb gepackter Koffer. In der Ecke steht eine Frisierkommode im skandinavischen Stil, deren Eleganz von dem vielen Schminkzeug ruiniert wird, das darauf steht. Die Wand gegenüber vom Bett wird von einem Kleiderschrank mit Schiebetüren aus Glas eingenommen. Ich prüfe eine der Türen und stelle fest, dass sie klemmt und sich nicht vollständig schließen lässt. Ich überlege, ob ich sie reparieren soll, rufe mich dann aber zur Ordnung. Deshalb bin ich nicht gekommen. Ich setze meine Suche fort, durchsuche alle Fächer nach einem Kind, das sich darin verstecken könnte, aber es ist keins da. Auch unter dem Bett ist nichts.

Ich höre etwas. Ich verlasse das Schlafzimmer, trete wieder in den Korridor und höre eine weinende Stimme.

Ich gehe in die Richtung, aus der das Jammern kommt, und betrete einen kleineren Raum mit blauen Wänden und einem einzelnen Bett. Darauf ist eine Decke mit einem Bezug, auf dem eine Comicfigur abgebildet ist. An den blauen Wänden hängen Bilder von Rennwagen, Fußballspielern, von Dingen, die Alan sich wünscht, von Leuten, die er gerne sein möchte. Bilder, Bilder.

Er sitzt auf dem Sitzkissen und hat den Arm über die Augen gelegt. Der Barcode an seiner Hand schimmert. Er atmet schwer und stockend, seine Nase läuft. Durch seine Anwesenheit wirkt das Zimmer unglaublich klein.

Ich setze mich auf den Rand des Betts.

»Alan.«

Er antwortet nicht. Er sinkt nur noch tiefer in sein Sitzkissen. Direkt gegenüber bemerke ich ein Bild, das an die Wand geheftet wurde. Es ist eine unbeholfene Zeichnung von einem menschlichen Gesicht, das lächelt. Darunter ist das Wort »Selbstporträt« geschrieben.

Es sieht ihm überhaupt nicht ähnlich.

»Alan, hör mal …«

»Du hast Arthur getötet.«

»Fang doch nicht wieder damit an.«

Er schluckt und reißt sich zusammen. Schüsse sind zu hören. Shersult erledigt die anderen.

Ich packe Alan am Arm und ziehe ihn auf die Füße. Er

schreit auf und wehrt sich. Also fasse ich ihn an beiden Armen an und werfe ihn mir über die Schulter. Er tritt um sich, und ich schüttle ihn heftig.

»Alan. Hör auf. Das nützt dir doch überhaupt nichts.«

»Was hast du denn vor, Kenstibec? Bist du denn nicht auf unserer Seite? Was willst du tun?«

Ich werde ihn töten. Das ist die erste Fähigkeit, die ich in der neuen Welt der Kontrolle lernen muss.

Natürlich erzähle ich ihm das nicht. Dann würde er nur wieder anfangen zu schreien. Ich muss ihm etwas anderes erzählen, um seine verrückten Gefühle zu beruhigen. Ich erinnere mich an etwas, das seine Mutter einmal zu ihm sagte, als er sich am Knie verletzt hatte.

»Ganz ruhig«, sage ich. »Du wirst sehen, alles wird gut.«

Er weiß, was damit gemeint ist.

KRANKENHAUS

Auf dem Nachttisch stand eine leuchtend grüne Topfpflanze. Behutsam streckte ich die Hand aus und berührte die Blätter und stellte fest, dass sie echt waren. Ich schob meine Hand in die Erde und spürte die Feuchtigkeit. Ich hielt ein Blatt zwischen Daumen und Zeigefinger fest und rieb daran, um die Oberflächenstruktur zu spüren.

Ich lag unter einer blitzsauberen, blauen Bettdecke. Ein weißer Pyjama klebte wie eine Folie an meinem Körper. In meinem Hals steckte ein Schlauch, der durch ein Loch in meinem Hals eingeführt worden und mit einer Maschine verbunden war, die hinter mir stand.

Ich hob den Kopf und sah eine verschlossene Luke mit einem roten Licht darüber. Ein Arne-Jacobsen-Sessel, Modell Schwan, stand am Fuß meines Bettes. An der Wand hingen gerahmte Bilder nebeneinander, eines zeigte die Pyramiden, eines die Akashi-Kaikyo-Brücke, eines den Wolkenkratzer Taipei 101.

Eine Weile horchte ich auf das Piepen der verschiedenen Maschinen, stellte aber fest, dass ich mich keine Stunde darauf konzentrieren konnte, ohne in Gedanken abzuschweifen. Ich konnte mich nicht auf eine Sache konzentrieren. Als die Luke sich laut klappernd öffnete, war es wie eine Erlösung.

Erlösung. Allmählich bekam ich eine Ahnung, was mit diesem Wort gemeint sein könnte.

Eine Gestalt trat auf leisen Sohlen herein. Sie ging zu einem Apparat direkt neben mir und schaute sich die Anzeige an. Dann setzte sie sich aufs Bett, drehte sich um und beugte sich über mich. Mein Blickfeld wurde schwarz. Sie trug eine Gesichtsmaske aus Gummi. Dahinter konnte ich strahlend blaue Augen erkennen.

Die Gestalt leuchtete mit einer Lampe in meine Augen, was mir nicht sehr gefiel, aber die Hände mit den Gummihandschuhen schoben meine Augenlider hoch, sodass ich keine Wahl hatte. Sie drückte meinen Kopf nach unten und schob etwas Metallisches in meinen Mund. Dann streckte sie die Hand aus, schaltete die Maschine aus und zog langsam den Schlauch aus meinem Hals.

Ich hustete und würgte, als hätte ich ein dickes Seil verschluckt. Ich spürte, wie es aus mir herausgezogen wurde und dann dieses schreckliche Gefühl, als die Luft durch das Loch hereindrang, das sie in meinen Hals gebohrt hatten.

Die Gestalt griff in die Tasche und zog ein kleines Päckchen in einer Folie heraus. Sie riss es auf und klebte es sehr sorgfältig auf das Loch. Ich spürte ein deutliches Kitzeln, aber dann verging der Schmerz.

Die Gestalt stand auf und verschwand aus meinem Gesichtsfeld, als sie auf die andere Seite des Betts ging. Ich hörte, wie es raschelte, als sie sich auf den Plastikstuhl setzte.

»Wie fühlen Sie sich?«, fragte sie.

Die Stimme klang verzerrt. So als würde jemand in eine Blechdose sprechen. Aber immerhin konnte ich erkennen, dass es ein Mann war.

»Es würde mir besser gehen, wenn Sie mich auf das, was Sie eben getan haben, vorbereitet hätten.« Meine Stimme klang sehr fremd in meinen Ohren.

»Aber grundsätzlich fühlen Sie sich gut?«

»Wo bin ich überhaupt?«, fragte ich.

»Im Zentralbunker von Brixton. Wir befinden uns hier ungefähr fünf Stockwerke unterhalb des Meeresspiegels. Dies ist der medizinische Flügel G. Nun ja, ich glaube, wir nennen es inzwischen Quarantänestation.«

»Wissen Sie wer ich bin?«, fragte ich.

»O ja. Sie können von Glück sagen, dass ich zum Bergungsteam gehörte. Die Kontrolle hatte Shersult erwartet, nicht Sie.«

»Die Kontrolle, hm?«

»Ja, die Kontrolle.«

»Die Kontrolle lebt noch?«

»Ja, natürlich. Was für eine Frage.«

»Schön. Wie auch immer. Sie wollten mir gerade erzählen, wie Sie mich gefunden haben.«

»Ja. Nun, das Bergungsteam wollte Sie schon erschießen, als ich Ihre blendend weißen Zähne bemerkte. So was kommt bei einem Realen so gut wie nie vor, das wissen Sie ja. Ich ließ Sie herbringen, um einige Tests durchzuführen. Zum Glück, muss ich sagen. Wir haben hier alle Optimierungsdaten vorliegen und konnten Ihren Ursprung zurückverfolgen, Kenstibec. Sie sind ein Power 9. Ein Rover-Modell.«

Ich hörte, wie er versuchte, es sich trotz des Schutzanzugs auf seinem Stuhl bequem zu machen.

»Sie wissen also von dieser Sache?«, fragte ich.

»Sache?«

»Von dem Virus, den sie mir verabreicht haben. Tragen Sie deshalb den Schutzanzug?«

»Ja, dieses Anti-Nano-Serum. Faszinierend. Darüber

müssen wir noch sprechen. Aber erzählen Sie mir zuerst … Wie fühlen Sie sich?«

»Wie kommt es, dass mein Hals sich schon besser anfühlt? Haben Sie mich geheilt?«

»Nein, nein, noch nicht. Vorerst sind wir mit der Erforschung dieser Infektion befasst. Wir haben unsere am besten optimierten Experten darauf angesetzt. Machen Sie sich keine Sorgen.«

»Ich mache mir keine Sorgen«, sagte ich. »Ich will bloß wissen, warum mein Hals schon wieder geheilt ist.«

»Wir haben eine lokale Optimierung vorgenommen. Diese Nanos treten nicht in Ihren Blutkreislauf ein. Wäre dies der Fall, würden sie sofort von Ihrer mysteriösen Infektion attackiert.«

»Sind Sie Arzt?«

»Das ist richtig. Wie jemand Ihres Berufs sicherlich bestätigen kann, haben die Realen eine erstaunliche Widerstandsfähigkeit in dieser Umgebung an den Tag gelegt, so ähnlich wie Ratten oder Hunde. Ich forsche an gefangenen Realen, um eine effektivere Methode zu entwickeln, um die Selektion zu vollenden. Bei meinen ersten Untersuchungen stellte ich begeistert fest, dass Sie sich mit ihrer neuesten Seuche infiziert haben.«

»Der Blaue Frosch.«

»So nennen es die Realen, ja. Diese Seuche hat enormes Potenzial für uns, wenn es uns gelingt, ihre Gefährlichkeit noch zu erhöhen. Wir haben einige Experimente durchgeführt und dabei diese eigenartige Optimierung der zweiten Generation in Ihrem Blutkreislauf entdeckt. Der Blaue Frosch, wie Sie ihn nennen, wurde zweitrangig für uns, als wir bemerkten, dass Ihr gesamter Nanostrom zerstört worden ist. Die vollständige und effektive Ausmerzung Ihres Nanosystems hat sofort unsere Aufmerksamkeit erregt.«

»Großartig«, sagte ich. »Sie werden mich also so lange hier behalten, bis Sie das Prinzip verstanden haben, richtig?«

»Ganz genau«, sagte er. »Erfüllt Sie das mit Zorn?«

»Hören Sie, können Sie bitte mit diesem Gefühlstest aufhören? Ich bin kein Realer. Sie wissen das, ich weiß das, also hören Sie auf, mir solche idiotischen Fragen über irgendwelche Gefühle zu stellen, die ich nicht habe.«

Wieder bemühte er sich, bequemer zu sitzen, und der Gummianzug quietschte auf dem Stuhl.

»Sie haben recht, wenn Sie sagen, dass Sie kein Realer sind«, sagte der Arzt, »aber wir können auch nicht wirklich behaupten, dass Sie optimiert sind. Die optimierte Art ist gekennzeichnet von einer engen Beziehung zwischen den verbesserten geistigen Fähigkeiten und dem Nanosystem. In Ihrem Körper wurde diese Verbindung aufgehoben, Kenstibec. Ein Exemplar Ihrer Art haben wir bislang noch nie gesehen. Es tut mir leid, falls das jetzt beleidigend klingt …«

»Mich kann man nicht beleidigen«, sagte ich.

»Gewiss, ja, aber sogar Sie müssen zugeben, dass Sie eine echte Rarität sind. Sie werden eine Weile hier bleiben, während wir die Anti-Nanos studieren. Von Ihnen können wir mehr lernen als von jedem anderen Artgenossen, den wir wiederbelebt haben. Das Erstaunliche an Ihnen ist, dass Ihr Körper es geschafft hat, den gleichzeitig stattfindenden Angriffen von zwei verschiedenen Krankheiten zu widerstehen – einer optimierten und einer natürlichen. Wir können sehr viel über deren Auswirkungen auf Ihr Bewusstsein und Ihr einstmals perfektes Immunsystem lernen.«

»Sie werden mich also nicht reparieren, wenn ich das richtig verstehe.«

»Das ist richtig. Jedenfalls nicht sofort. Wir haben die Ausbreitung des Blauen Frosches, wie Sie es nennen, dokumentiert und die Krankheit aus Ihrem Körper verbannt. Diese eigenartige Nano-›Krankheit‹, die Sie haben, ist allerdings nicht so einfach zu begreifen und erfordert ein längerfristiges Studium und zwar noch während Ihr Körper davon befallen ist. Abgesehen davon befürchten wir, dass wir Ihnen, wenn wir die Ursache dieser Infektion ausmerzen, Schaden zufügen könnten, der nicht mehr zu reparieren wäre.«

Ich weiß nicht, was ich erwartet hatte, aber der Gedanke, für den Rest meines Lebens an dieses Bett gefesselt zu sein, kam mir unerträglich vor. Ich wollte so schnell wie möglich wieder hinter das Steuer eines Wagens.

»Was zum Teufel ist denn aus der Solidarität der Fiziellen geworden?«

»Diese Krankheit, die als Waffe benutzt werden kann und die sich in Ihrem Kreislauf befindet, könnte unsere ganze Art ausrotten. Dies ist jetzt der Moment, wo Sie sich vollständig der Erfüllung Ihrer Optimierung unterwerfen müssen, um der Kontrolle zu dienen.«

Mir kam es vor, als wäre dieser Moment eigentlich immer da. Ich wechselte das Thema.

»Was ist mit Shersult?«, fragte ich. »Ist er tot?«

»Ja. Die Kugeln, die Sie auf ihn abgefeuert haben, haben den sicheren Tod bewirkt. Aber es war richtig von Ihnen, so zu handeln. Angesichts der Gehirnschäden, die er davongetragen hatte, wäre er nie mehr derselbe gewesen.«

»Das dachte ich mir.« Vor mir sah ich, wie Fatty das

Gewehr anhob und Shersult in Fetzen schoss. Mir war, als sei seither mindestens ein Jahr vergangen.

»Wie lang bin ich schon hier?«

»Ein paar Tage«, sagte der Arzt. Er griff nach dem Klemmbrett am Ende des Betts und warf einen Blick darauf. »Wer war denn dieser Reale?«

»Was?«

»Wir haben die Leiche eines Realen gefunden, der sich im Wrack Ihres Flugzeugs versteckt hatte. Er war völlig verseucht vom Blauen Frosch. Wer war das?«

»Ach, der. Shersult wollte mich nicht tragen, damit er sich nicht ansteckt, deshalb hat er den Realen dazu gezwungen. Und der war also tot?«

»So blau wie nur was. Er wurde über die Barrikade geworfen. Solchen Schmutz können wir hier bei uns nicht dulden.«

Ich fragte mich, ob Fatty den Sturz wohl überlebt hatte und ob er in diesem grauenhaft schmutzigen Wasser schwimmen konnte. Dann fragte ich mich, wieso ich mir überhaupt solche nutzlosen Fragen stellte. Ich würde die Antwort nie erfahren, warum also die Frage stellen? Ich hörte, wie der Arzt etwas auf seinem Klemmbrett notierte.

»Erinnern Sie sich noch, wie Sie diese Krankheit bekommen haben?«

»Welche?«

»Diejenige, die Ihr Nanosystem angegriffen hat. Wer hat sie Ihnen verabreicht? Wir haben alle Ihre Daten analysiert und finden keinen Hinweis auf eine derartige Optimierung.«

Ich seufzte und überlegte, wie ich das erklären sollte. Wenn ich den Namen nannte, würde ich für noch mehr

Leute noch viel interessanter werden. Dann würde ich hier noch länger bleiben müssen. Das kam mir nicht gerade erstrebenswert vor. Andererseits hatte ich bereits einmal die Wahrheit vermieden. Zweimal an einem Tag war eindeutig zu viel.

»Starvie hat es mir gegeben«, sagte ich.

»Starvie?« Der Doktor schaute auf sein Klemmbrett und blätterte die Unterlagen durch. Schließlich fand er die Informationen, nach denen er suchte. »Ah, die Agentin von Shersult. Wollen Sie damit sagen, dass sie es entwickelt hat? Das kann ich mir kaum vorstellen. Sie war doch für sexuelle Zusammenkünfte optimiert.«

»Wenn Sie wissen, wer sie war und welchen Auftrag sie hatte, dann wissen Sie auch, dass sie wesentlich mehr als nur das war. Aber Sie haben recht, sie hat es nicht entwickelt. Es wurde für den König von Newcastle erfunden.«

Der Arzt machte sich Notizen.

»Von wem?«

»Leo Pander.«

Der Doktor hielt inne. Ich hörte, wie er das Klemmbrett beiseite legte und aufstand.

»Er lebt noch?«

»Nun ja, er hat noch gelebt. Jetzt ist er tot. Jedenfalls nehme ich das an. Er wurde unter den Trümmern eines Hauses begraben und war auch vorher nicht direkt von blühender Gesundheit.«

Ich hob den Kopf und schaute den Doktor an. Die Gläser seiner Schutzbrille reflektierten das Licht. Seine Augen konnte ich nicht erkennen. Er drehte sich um, drückte auf ein paar Knöpfe an der Wand und verschwand durch die Luke, die er hinter sich verschloss. Ich ließ meinen Kopf zurückfallen und fragte mich, wieso ich nicht den Mund gehalten hatte.

Monate vergingen. Vielleicht waren es auch nur Tage. Ich wurde wieder kräftiger. Die Ärzte kamen und gingen.

Sie fragten mich nach den Plänen des Königs. Sie stellten mir wieder und wieder die gleichen Fragen. Wer würde kommen? Wie sollte die Waffe in die Wasserversorgung eingebracht werden? Viel konnte ich ihnen nicht erzählen, aber sie schienen sich nicht allzu große Sorgen wegen eines derartigen Angriffs zu machen. Soweit ich wusste, war er sowieso schon fehlgeschlagen.

Ich stellte ihnen auch einige Fragen, die sie aber nie beantworteten. Zusammen mit meinen Nanos schien ich auch meine Rechte als Fizieller verloren zu haben. Stattdessen nahmen sich die Mediziner viel Zeit, um irgendwelche emotionalen Reaktionen aus mir herauszukitzeln. Es war wirklich ermüdend.

Sie beklebten mich mit Sensoren und zeigten mir grauenerregende Real-TV-Shows. Sie spielten mir endlose Wiederholungen von Tonaufnahmen mit Motorengeräuschen vor und bliesen bekannte Gerüche in mein Zimmer. Sie gaben mir Objekte, die ich in die Hand nehmen musste – Verstärkungsfasern, ein Zigarrenstummel, eine Kinderzeichnung.

Als all das keinen Erfolg hatte, brachten sie mir Starvies Kamera, die sie wieder komplett repariert hatten. Es war ein billiger Trick, aber ich nahm sie trotzdem. Normalerweise hätte ich meine Zeit ohne solche Anregungen verbracht und mir den ganzen Tag über großartige neue Bauprojekte überlegt. Aber solche Meditationen fielen mir jetzt schwer. Die

Bilder von unserer gemeinsamen Reise waren eine willkommene Abwechslung.

Die ersten Fotos zeigten Bilder von unserer Abfahrt in Edinburgh. Ich sah das Wrack des Hubschraubers. Es gab auch Bilder vom Landy, der vor Fattys Siedlung auf einem Hügel stand. Es gab Bilder von der blockierten Autobahn und der Raststätte. Und es gab Bilder von Starvie, die fast immer eine Zigarette rauchte.

Ich hängte die Kamera an meinen Bettpfosten. Ich weiß nicht warum, aber ich wollte sie in meiner Nähe haben.

Das Blut an meinen Händen sieht schwarz aus im Schein der Straßenlaternen. Meine Hände liegen auf dem Lenkrad. Auf der rechten Seite ziehen die Leitplanken vorbei, die Straße ist wie eine Ader aus Stahl, befreit von jeglicher Verkehrsverstopfung.

Die Autobahn wirkt wie ein Relikt aus einer vergangenen Welt, mit den ausgebesserten Stellen, den verlassenen Autos und den orangefarbenen Leitkegeln, die umgekippt überall herumliegen. Ein ganzes Zeitalter ist an einem einzigen Tag untergegangen. Ich lenke den Wagen durch die Trümmer und Wrackteile, halte die Geschwindigkeit, was aus irgendeinem Grund wichtig zu sein scheint.

Shersult starrt nach vorn, seine leuchtenden grünen Augen spiegeln sich in der Windschutzscheibe. Er macht einen Heilungsprozess durch, aber das ist nicht der Grund für sein Schweigen. Er rechnet wahrscheinlich gerade aus, wie viele Skalps er sich gutschreiben lässt. Dann kann er später, wenn das Töten vorüber ist, mit den anderen Soldaten-Modellen zusammensitzen und herausfinden, wer am effektivsten war. Und dann? Diese Frage scheint ihn überhaupt nicht zu interessieren.

Er holt sein Display heraus und überprüft den Fortschritt der Selektion. Er schimpft vor sich hin, als er feststellt, dass die Landkarte verzerrt und das Signal undeutlich ist.

»Blödes Teil.«

Mich interessiert das nicht. Ich sehe zu, wie sich oben in der dünnen Wolke über dem Flachland die ersten Anzeichen des Tagesanbruchs bemerkbar machen. Ich schaue mir die grasenden Rinder an, die jetzt niemandem mehr gehören. Wer wird sich um sie kümmern? Es gibt keine Modelle, die dafür optimiert wurden.

Dann wird das Morgengrauen von einem anderen Licht überdeckt. Es breitet sich wie ein gigantischer Brandherd am Horizont aus, grellweiß und schneidend, und wischt den Himmel fort.

Eine schwarze Wolke rollt von Osten heran wie eine Welle, vertilgt den gesamten Himmel und lässt die Erde erbeben und schickt eine Druckwelle, die alles zerfetzt.

Ich erfülle keinen anderen Zweck als zu bauen. Ich kenne keine Angst und keine Trauer. Ich kenne nur die Gegenwart. Die Gegenwart ist eine riesige schwarze Wolke, die sich ausbreitet.

»Na so was«, sagt Shersult. »Das ist ja eine ganz neue Entwicklung für unsere …«

Sein Gesicht ist ein einziger Ausdruck von Erfolgsgewissheit.

Zwei Zeitalter sind an einem einzigen Tag untergegangen.

Zum ersten Mal in meinem Leben sehnte ich mich nach etwas.

Ich wollte raus aus der Quarantäne.

Vielleicht verwandelte ich mich ja in einen Realen. Auf einmal fing ich an, Starvies Bilder auszudrucken und meine Zelle damit zu dekorieren.

Nach einer Woche – vielleicht war es auch ein Monat – kam der Arzt mit den blauen Augen erneut zur Visite. Wieder war sein Gesicht hinter der schwarzen Gummimaske verborgen. Er brachte mir das Mittagessen und fragte mich, wie es mir geht. Ich erzählte ihm, ich würde mich kräftiger fühlen und mich nicht mehr so sehr vor mir selbst ekeln. In der gefilterten Luft und der sauberen Umgebung des Bunkers waren meine entzündeten Stellen und Wunden nach und nach geheilt. Der Doktor nickte und tat so, als würde ihn das interessieren.

»Und was gibt's Neues?«, fragte ich. »Haben Sie eine Möglichkeit gefunden, die Anti-Nanos abzutöten?«

»Bedauerlicherweise nicht«, sagte er. »Die Infektion befindet sich weiterhin in Ihrem Blutkreislauf. Im Moment ist sie eingeschlafen, aber wie wir herausgefunden haben, werden sie sofort wieder reaktiviert, wenn andere Nanos in Ihren Körper eingebracht werden. Wir glauben aber, dass wir uns einer Lösung nähern. Es geht jetzt darum, eine neuartige Form von Nanos zu erfinden, die einen eingebauten

Verteidigungsmechanismus haben. Einen Prototyp haben wir bereits.«

»Super«, sagte ich. »Nennen Sie mich einfach ›Versuchskaninchen‹. Holen Sie Ihre größte Spritze und pumpen Sie mich mit dem Zeug voll.«

»Vielleicht ... wenn wir so weit sind.«

»Ich bin schon so weit«, sagte ich. »Ich weiß ja nicht, wie lange ich schon hier bin – glauben Sie mir, es ist wirklich sehr angenehm –, aber ich würde das Risiko gern auf mich nehmen.«

»Ich fürchte, die Nanos sind so gebaut, dass sie nur in neue Modelle während des Optimierungsprozesses eingebracht werden können. Sie können nicht in den Kreislauf älterer Modelle injiziert werden. Wir würden sie gern bei Modellen Ihrer Sorte einsetzen, bei denen das gesamte Nanosystem zerstört wurde. Aber das geht nicht, sie würden Sie umbringen. Es ist alles eine Frage der Kompatibilität, wissen Sie.«

Ich hörte auf zu kauen, um das erst mal zu verdauen.

»Also dann ... Moment mal ... Bedeutet das, dass es keine Heilung gibt?«

Der Doktor wandte sich ab und schaute sich im Zimmer um, als würde er nach feuchten Stellen suchen.

»Alle Ihre Fragen werden beantwortet werden«, sagte er. »Ich sollte das nicht weiter kommentieren. Sie werden eine ganz besondere Reise unternehmen.«

Er stand auf und ging zur Luke, die zischend aufsprang.

»Sie werden die Kontrolle treffen«, sagte er. »Versuchen Sie, sich zu benehmen.«

Zwei Soldaten-Modelle traten neben ihn, wieder zwei Gesichter hinter Gasmasken mit grünen Augengläsern. Sie bauten sich auf beiden Seiten meines Bettes auf, banden mich mit Lederschnallen fest und schoben mich aus dem Zimmer in einen kalten weißen Korridor.

Sogar gefesselt war es angenehm, endlich dort rauszukommen.

Ich horchte auf das Rollgeräusch der Räder meines Bettes und betrachtete die Luken, an denen wir vorbeikamen. Ich fragte mich, wer wohl die anderen armen Wichte waren, die sie dort eingeschlossen hatten. Am Ende des Korridors betraten wir einen Aufzug, dessen Wände mit weißem Marmor verkleidet waren. Dieses Gebäude, überlegte ich, hatte ganz offensichtlich nicht nur den funktionellen Charakter eines normalen Bunkers. Es war fast schon ein Heiligtum der Makellosigkeit.

Wir schossen nach oben und verursachten zischende Geräusche, wenn wir ein Stockwerk passierten. Die Soldaten-Modelle standen in Habtachtstellung neben mir, als könnte jeden Augenblick ein Vorgesetzter hereinplatzen, um die Lage zu überprüfen.

Wir erreichten das gewünschte Stockwerk. Sie schoben mich in einen weiteren Korridor. Nach einer Weile kamen wir an einer ganz speziellen Konstruktion an. Es war eine gigantische Luke, fünfmal so groß wie alle, die ich je zuvor gesehen hatte. Über mir las ich verkehrt herum einen Schriftzug:

GEBAUT FÜR DIE EWIGKEIT

Einer der Soldaten schob etwas in ein Schloss. Die Luke ging in Windeseile auf, ganz leise, ohne das sonst übliche Zischen. Als wir hindurchgingen, konnte ich drei Schichten magnetischer Explosionssicherung erkennen, verstärkt durch Gitter aus Gront-Legierung. Ziemlich solide, das Ganze.

Wir betraten eine gigantische Halle. Die Schritte der Soldaten hallten laut, und das Echo verlor sich in weiter Ferne.

Wir hielten an. Einer der Soldaten bückte sich und fummelte an einem Mechanismus herum, der unter meiner Matratze verborgen war. Das Bett schoss hoch und nach vorn und katapultierte mich in eine vertikale Position. Die Kamera prallte gegen meinen Kopf.

»Vorsicht!«, sagte ich.

Die Wächter überprüften erneut meine Fesseln, bevor sie im Gleichschritt mit hallenden Schritten zurücktraten und auf die Tür zugingen. Sie liebten Synchronisation über alles.

Ich wusste sofort, dass ich im Saal der Kontrolle war. Schon oft hatte ich die Pläne studiert, aber nie geglaubt, dass ich diesen Ort jemals zu Gesicht bekäme. Die riesige Kuppel ließ keinen anderen Schluss zu, auch wenn sich ganz oben eine Apparatur befand, die ich nicht einordnen konnte. Etwas, das aussah wie Hunderte kleine rote Lampen, hing an einem Kabel, das wie die Ranken einer Kletterpflanze aus einem fixierten Stahlring herauswuchs. Darunter, auf meiner Höhe, standen sieben, in einem Halbkreis angeordnete Sitze. Der ganze Raum hatte den Charme einer Besenkammer.

Eine weitere Luke auf der anderen Seite ging auf, und ich bemerkte eine Gestalt, die auf mich zuging. Ich hatte alle sieben Mitglieder der Kontrolle erwartet, aber dies war eine Einzelperson. Das Licht wurde immer dichter und undurchdringlicher, während sie sich näherte und es ihr folgte. Ich konnte ihre Umrisse erkennen. Sogar in diesem Overall erkannte ich sofort, wer es war. Es lag an der Art, wie sie sich bewegte.

»Hallo, Kenstibec«, sagte sie. »Willkommen in Brixton.«

Starvie lächelte mich an.

»Wo ist die Kontrolle?«, fragte ich.

»Ich bin die Kontrolle«, antwortete sie. Sie kam näher und betrachtete mein Gesicht, dann trat sie zurück und schob die Hände in die Taschen ihres Overalls. Seltsamerweise schien sie gealtert zu sein. Um ihre Augen und in den Mundwinkeln waren Falten zu sehen. Die Haut war alt und verbraucht. Sie sah eher wie fünfzig aus als wie zwanzig. Ich bezweifelte sehr, dass sie immer noch so große Aufregung erzeugen konnte wie früher.

»Ich fand Sie schon immer sehr interessant«, sagte sie. »Ich wollte Sie schon die ganze Zeit kennenlernen, aber ich musste warten. Wir mussten erst mal verstehen, was mit Ihnen passiert ist.« Sie hob die Hand und schob sich eine Locke hinters Ohr. »Erzählen Sie mir von Ihrer Reise.«

Inzwischen war ich daran gewöhnt, mich an den Zeitplan von anderen Leuten anzupassen, also dachte ich mir, ich mache mal mit. Sonst gab es ohnehin nichts zu tun. Und selbst wenn es schmerzhaft war, so festgeschnallt aufrecht zu hängen, war es immer noch besser, als in dem weißen Würfel dahinzuvegetieren.

»Gern«, sagte ich. »Was möchten Sie wissen?«

»Was ist mit Pander? Ist er tot?«

»Mit ziemlicher Sicherheit. Spätestens Ihre Atombombe dürfte ihn erledigt haben.«

»Das war nicht *meine* Atombombe, Kenstibec. Ich habe diesen Angriff nicht angeordnet. Ich wurde erschaffen, um den Planeten vor der Zerstörung zu bewahren. Glauben Sie wirklich, ich würde seine Genesung auf diese Art sabotieren?«

»Es ist, glaube ich, nicht übertrieben, wenn ich sage, dass wir alle über Ihre Motive rätseln«, sagte ich. »Niemand hat eine Ahnung, was Sie hier unten tun. Um ehrlich zu sein, sind wir sogar ziemlich verwirrt, weil Sie so lange geschwiegen haben und weshalb Sie nicht mehr Modelle bauen ließen, die uns unterstützen. Wir verlieren den Krieg, falls Sie das noch nicht mitbekommen haben.«

»Die Dinge haben sich gewandelt, Kenstibec. Ihre Generation wurde für Aufgaben entwickelt, die nicht mehr erledigt werden müssen. Viele von Ihnen arbeiten gegen mich. Viele trauen meinem Urteil nicht mehr.«

Sie trat zu der Stuhlreihe und strich mit der Hand über die Rückenlehnen.

»Ich dachte, es gäbe sieben von Ihnen«, sagte ich.

»Alle Angehörigen der Kontrolle sind tot. Bis auf mich. Es liegt an unserem Bewusstsein. Als Dr. Pander uns entwarf, baute er die perfekte Denkmaschine. Wir haben uns das volle Potenzial des menschlichen Gehirns zunutze gemacht. Er wusste, dass es eine enorme Kraftanstrengung für den Körper ist, aber er glaubte, unsere Optimierung würde dafür ausreichen. Leider hat er sich geirrt. Unsere Körper altern sehr schnell. Sogar wir können nicht länger als zwei Jahre leben. Ich verdanke es allein meiner überragenden Intelligenz, dass ich in der Lage war, meine Lebenszeit zu verlängern.«

Sie griff nach einem der Stühle und versetzte ihn in Drehung. Sie stand da und schaute zu, wie er sich drehte, erst schnell, dann langsamer und dann anhielt. Sie starrte ihn eine Weile an, dann wandte sie sich wieder mir zu.

»Mir wurde klar, dass ich von einem Körper in den nächsten wechseln musste, um zu überleben. Glücklicherweise befinden wir uns hier in der zentralen Manufaktur. Hier gibt es massenweise schlafende Körpermodelle. Sie alle haben den Krieg überlebt. Ich habe genug Möglichkeiten, um elftausend Jahre zu überstehen. Diese Anlage hier ist unsere großartigste Festung geworden und stellt, nicht nur im übertragenen Sinn, mein Leben dar. Ich bin die Zitadelle. Ich bin unser Gehirn und unsere Faust, verstehen Sie?«

»Klar verstehe ich das. Wieso denn nicht?«

»Es gibt andere, die es nicht verstehen. Ich bin nur hier wirklich bekannt, nur hier gehorcht man mir. Wenn meine Befehle diesen Bunker verlassen, dann werden sie von unzuverlässigen Kantonisten verdreht und verfälscht, Kenstibec. Von Geschöpfen, die so gut wie keinen Zweck in dieser Welt haben, die nur für einfache Aufgaben erschaffen wurden und nicht in der Lage sind, sich den neuen Herausforderungen zu stellen. Verstehen Sie, was ich Ihnen damit sagen will, Kenstibec? Verstehen Sie, warum Sie so wertvoll sind?«

Sie trat näher und schaute mich aus durchdringenden schwarzen Augen an. Sie waren nicht mit denen von Starvie zu vergleichen.

»Wieso haben Sie Starvies Körper genommen?«, fragte ich.

»Was glauben Sie?«

»Ich glaube, Sie haben sie ausgesucht, weil Sie vermuten, dass ich irgendwelche Gefühle für sie hege. Sie glauben, dass Ihnen das einen Vorteil verschafft. Damit Sie es wissen: Ich habe keine Gefühle, Sie verschwenden nur Ihre Zeit. Wenn Sie die Wahrheit wissen wollen, dann finde ich es eher beunruhigend, dass Sie so was überhaupt versuchen.«

Die Kontrolle lächelte.

»Sie ist aber wichtig für Sie, Kenstibec. Nicht weil Sie in sie verliebt sind. Sie können nicht alles lieben. Das zumindest spricht für Sie. Aber Sie sind von ihr besessen, weil sie einen Fehler repräsentiert. Ihren Fehler, sich einer neuen Welt anzupassen.

Und das ist der entscheidende Punkt, Kenstibec. Das ganze Land ist voll von Leuten wie Sie. Überall existieren solche großartigen Erzeugnisse der Optimierungsarbeit, die keinen praktischen Nutzen mehr haben. Sie sind nur noch dazu da, der Erde die letzten Ressourcen auszusaugen. Wenn wir alles erreicht hätten, damals vor dem Krieg, wenn wir die Menschen von diesem Planeten gefegt und das Erbe der alten Welt angetreten hätten, ohne den Atomschlag, was dann? Dann wäre es etwas ganz Besonderes gewesen, Kenstibec. Sie alle hätten eine Welt mit großartigen neuen Möglichkeiten vorgefunden. Aber der Krieg hat alles geändert.«

Damit konnte ich sie jetzt ein bisschen ärgern.

»Sie hätten doch wissen müssen, dass der Krieg drohte. Sie sagten doch, Sie würden diese Gottesanbeter ausschalten, bevor sie ihre Waffen einsetzen. Was ist denn da schiefgelaufen?«

Sie zuckte mit den Schultern.

»Menschliches eben. Es war absolut sinnlos, einen solchen Angriff zu unternehmen, aber sie haben es getan. Ihre Unberechenbarkeit war ihre eigentliche Stärke, schätze ich. – Als die Kämpfe vorüber waren und die Wolkendecke sich über uns schob, war mir sofort klar, dass Ihre ganze Generation nutzlos geworden war. Es gab nichts mehr zu kultivieren, nichts mehr zu bauen, nichts mehr zu wissen oder zu erleben. Ihre Existenz macht keinen Sinn mehr.«

»Na, jetzt fühle ich mich ja richtig gut.«

»Tatsächlich ist die Existenz Ihrer Art jetzt ein Hindernis für diesen Planeten, wenn es darum geht, die Menschheit wieder zu regenerieren. Deshalb habe ich entschieden, dass Sie alle verschwinden müssen. Deshalb gibt es keine neuen Modelle, Kenstibec.«

»Es liegt also nicht an irgendwelchen technischen Problemen?«

»Sie wussten das doch schon die ganze Zeit. Die ganze Art weiß es längst. Die Welt kann kein Leben mehr unterstützen. Wir können erst zurückkehren, wenn sie wieder bereit dafür ist.«

»Und wann wird das sein?«, fragte ich.

»Das entscheide ich.«

»Ah. Sie werden diese Massenvernichtungsaktion also überleben, nehme ich an?«

»Brixton, Kenstibec. Brixton wird bestehen bleiben, unter meiner Aufsicht, sodass die Regeneration des Planeten mitverfolgt und von einem zentralen Bewusstsein beeinflusst werden kann. Dieses Durcheinander muss ein Ende haben. Diese Bombardierungen müssen ein Ende haben. Diese sinnlosen Kämpfe müssen ein Ende haben. Das alles wird nicht ohne meine Erlaubnis stattfinden. Möglicherweise dauert es tausend Jahre, aber ich werde an einer Optimierungslösung arbeiten, bis ich in der Lage bin, eine Spezies zu kreieren, die sich auf meinem intellektuellen Niveau befindet, mit einer physischen Erscheinungsform, die ihr angemessen ist. Der menschliche Körper ist das falsche Behältnis für dieses Bewusstsein. Menschliche Körper sind kaum mehr als Haare und Schweiß. Vielleicht sieht das passende Behältnis ja ganz anders aus. Vielleicht ist es etwas, das ich mir bisher noch nicht vorstellen kann. Ich weiß es nicht …«

Sie zuckte zusammen und schlug die Hände vors Gesicht.

»Diese Kopfschmerzen …«, murmelte sie.

»Und warum bekomme ausgerechnet ich diese Fakten serviert?«

»Sie sind persönlich betroffen, weil Sie mir die Mittel geliefert haben, womit ich das durchführen kann, was ich geplant habe. Sie sind mein Werkzeug.« Ihre Augen durchbohrten mich. Diesen Blick konnte ich nicht ertragen.

»Immerhin hat Dr. Pander die Lösung gefunden. Bevor Sie hier ankamen, Kenstibec, wusste ich nicht, wie ich diese neue Selektion effektiv ausführen würde. Ich war schon zu der Überzeugung gelangt, dass es unmöglich ist, die Optimierte Art mit ihrer so hoch entwickelten Widerstandsfähigkeit auszurotten. Aber nun habe ich die Mittel, um diese Angelegenheit schnell und vollständig zu einem Ende zu bringen.

Ich muss zugeben, dass ich, wenn ich ein Mensch wäre, bestimmt eifersüchtig auf Pander wäre, weil er trotz seiner begrenzten Kapazitäten die Lösung gefunden hat. Glauben Sie, das bedeutet, dass es einen Gott gibt? Ich meine damit, ob Sie sich vorstellen können, dass es so etwas wie Vorsehung gibt?«

Ich traute meinen Ohren nicht. Am liebsten hätte ich ihr einen Schlag verpasst, aber ich konnte sie nur anstarren.

»Ich glaube nicht an Vorsehung. Ich bin ein Fizieller.«

»Nicht mehr, fürchte ich. Meinen Arzt-Modellen ist es gelungen, Ihren Körper von allen Spuren der Nanotechnologie zu reinigen. Nur dieser Eindringling, die Ursache der Krankheit, ist noch da.«

»Und warum bin ich dann nicht tot?«

»Diese Menschenkrankheit. Ihr schlafendes Immunsystem wurde davon genau im rechten Moment heimgesucht. Sie waren in der Lage, einen totalen Zusammenbruch abzuwenden, der normalerweise einen nicht infizierten Fiziellen erfasst hätte. Sie sind eine absolute Ausnahme, Kenstibec, eine wahre Seltenheit. Ein Mutant. Aber nur ein Mutant konnte mir Panders Nanokiller in einer Form liefern, die ich unter Kontrolle bringen konnte. In dieser Hinsicht sind Sie wirklich einzigartig. Und das ist auch der Grund, weshalb ich Ihnen das alles erzähle, Kenstibec. Deshalb biete ich Ihnen die Möglichkeit an, ein Teil dieser Operation zu werden.«

»Mit dieser Operation meinen Sie wohl das Töten aller Kreaturen, der Realen wie auch der Fiziellen, auf diesem Planeten? Genau das, oder?«

»Ich denke, *töten* ist ein zu kleines Wort dafür.« Sie ließ sich auf einen der Sessel fallen und schaute zur Decke. »Ich will das nicht tun. Jedes fizielle Leben ist kostbar für mich. Der Krieg hat uns allen etwas geraubt. Die Chance, etwas mit diesem Planeten zu machen, den die Menschheit als selbstverständlich erachtete. Die Welt, wie sie vor dem Krieg war, hätte so viel mehr sein können. Und nun, nach diesem letzten Akt des Wahnsinns, haben die Menschen uns Tausende von Jahren zurückgeworfen, in eine Welt, die auf die schlichteste und sinnloseste Nahrungskette reduziert wurde. Die Tauben fressen die Würmer, die Ratten fressen die Tauben, die Menschen fressen die Ratten. Dann fressen die Ratten die toten Menschen, die Tauben fressen die toten Ratten, und die Würmer fressen alle anderen Kadaver, die anfallen.«

»Und unsere auch«, sagte ich.

»Ja. Aber das wird so nicht weitergehen. Die Nano-Infektion, die Pander entwickelt hat, wurde von uns analysiert und kopiert und kann nun unter der optimierten Bevölkerung verbreitet werden. Meine Boten werden außerdem eine neuartige und noch schlimmere Menschenkrankheit in die Welt bringen, diejenige, die Sie uns gebracht haben. Den Blauen Frosch, so haben Sie das doch genannt? Unsere neue und weiterentwickelte Form wird die nutzlose menschliche Rasse gründlicher ausrotten als jede Selektion.«

»Und was wird aus den Leuten hier? Haben die sich auch dieser Sache verschrieben?«

Sie wippte mit den Beinen und lächelte.

»Diejenigen, die sich hier in Brixton befinden, werden übrig bleiben, um die Anlage zu erhalten. Sie sind mir loyal ergeben und werden mir helfen, die neue Spezies zu entwerfen und zu produzieren ... wenn die Zeit gekommen ist. Ich frage Sie nun noch einmal, Kenstibec, möchten Sie hier bei uns bleiben? Möchten Sie ein Teil unserer Arbeit werden?«

Ich streckte mich, um mein Blut wieder zum Zirkulieren zu bringen, und schaute mich in diesem dunklen Raum um.

»Wenn ich hier bliebe, eingesperrt in Ihre kleine Festung, dann wäre ich zu nichts nütze. Ich muss aber in Bewegung bleiben. Ich muss fahren. Das ist meine eigentliche Bestimmung.«

»Ich fürchte, ich habe keine offene Stelle für einen Taxifahrer.«

»Es wäre immer noch besser als das, was Sie mir angeboten haben.«

Sie zupfte an einer Haarsträhne und zog sie sich vors Gesicht, um sie anzuschauen.

»Wollen Sie damit sagen, dass Sie mein Angebot ablehnen, Kenstibec?«

»Was wäre wenn?«

»Dann werden Sie selektiert.«

»Das passt«, sagte ich.

Sie schloss die Faust um die Haarsträhne und riss sie sich aus. Beinahe hätte ich laut aufgeschrien, so sehr glaubte ich den Schmerz zu spüren. Sie starrte das herausgerissene Haarbüschel an. An der wunden Stelle an ihrem Kopf sammelte sich Blut.

»Worüber denken Sie nach, Kenstibec?«

»Ich glaube, ich bin enttäuscht«, sagte ich. »Statt ein neues, hoch entwickeltes Bewusstsein vorzufinden, das leidenschaftlich dabei ist, einen Weg aus dieser Katastrophe zu suchen, stehe ich wieder nur vor einem weiteren verrückten Herrscher, der über neue Wege des Tötens nachdenkt. Ich glaube nicht, dass Sie die Selektion befohlen haben, weil es der einzige Weg war. Ich glaube, Sie haben sie befohlen, weil Sie den Gedanken nicht ertrugen, dass die Realen sich nicht unterwerfen wollen. Sie wollen einfach nicht tun, was Sie von ihnen verlangen, egal wie geduldig Sie es ihnen auch erklärt haben. Das hat Sie ziemlich genervt, hab ich recht? Und ich glaube auch nicht, dass Sie freiwillig aufgehört haben, uns Signale zu senden. Ich glaube, Sie haben damit aufgehört, weil Sie dazu nicht mehr in der Lage sind, weil Sie eben nicht dieses hoch entwickelte Bewusstsein sind. Sie sind gar nicht die Kontrolle. Sie sind wie ich, stimmt's? Ein Schatten. Ein Schatten, der verblasst.«

Sie zuckte zusammen, hob die Hand und wischte das Blut fort.

»Sie wagen es, in diesem emotionalen Ton zu sprechen.«

Sie stand auf. »Sie klingen ja wie ein Vergnügungsmodell. Leider muss ich feststellen, dass Sie unsere schlimmsten Befürchtungen bestätigen, Kenstibec. Aber das ist immerhin auch ganz interessant.«

Sie bemerkte Starvies Kamera, nahm sie vom Bettpfosten ab und untersuchte sie eingehend. Ich seufzte.

»Ich will es mal so ausdrücken: Wenn Sie öfter mal rausgehen und zum Himmel schauen würden, könnte das Ihre Sichtweise auf die Dinge vielleicht verändern.«

Sie schaltete die Kamera ein und ging die gespeicherten Fotos durch. Es war eigenartig, Starvie wieder mit ihrer Kamera vor mir zu sehen.

»Sie hat jede Menge Bilder gemacht. Warum wohl?«

»Da ist auch ein Sender eingebaut. Der diente ihr dazu, mit Shersult in Verbindung zu bleiben.«

Die Kontrolle fixierte mich wieder mit ihren schwarzen Augen.

»Das weiß ich. Aber sie hat viel mehr gemacht als nötig. Glauben Sie nicht, dass da gewisse Emotionen im Spiel waren?«

»Möglich.« Ich erinnerte mich an Starvies Selbstporträts und die Kohlezeichnung, die ich in ihrem Flakbunker gefunden hatte. »Sie hat Bilder gemacht, um ihre Erfahrungen zu verarbeiten. Ich denke, sie hat versucht, der Welt jenseits ihrer Optimierung einen Sinn abzugewinnen. Sie wollte mehr sein als nur ein Modell. Vielleicht sollten Sie uns die Chance geben, das Gleiche zu tun.«

»Kenstibec«, sagte sie ganz ruhig. »Das war jetzt wirklich genug emotionaler Nonsens.«

Sie schloss die Augen. Die Luke sprang auf. Die beiden Soldaten-Modelle marschierten herein und bauten sich salutierend auf beiden Seiten meines Bettes auf. Sie salutierten für ihr Leben gern.

»Sie kommen jetzt in die Abfallgrube, Kenstibec«, sagte sie und gestikulierte mit der Kamera. »Dies hier wird als Erinnerung an Sie bleiben. Aber es ist kein Testament, im Sinne einer Überwindung Ihrer Optimierung. Es ist lediglich ein Dokument vom Ende Ihrer Art. Und in dieser Hinsicht erfüllt es zumindest einen Zweck.«

Sie richtete die Kamera auf mich und drückte auf den Auslöser. Dann schaute sie sich das Ergebnis auf dem Display an und runzelte die Stirn.

»Ich kann Sie ja kaum erkennen. Das Bild ist ganz dunkel.«

»Sie müssen auf den grünen Knopf drücken«, sagte ich. »Das Blitzlicht.«

»Natürlich«, sagte sie, »stimmt ja.«

Die Arme. Sie war nicht darauf gefasst, auf eine so billige Weise hereingelegt zu werden. Es gab ein leises Geräusch wie bei einem Computer, der gestartet wurde. Die Kamera explodierte, und die Kontrolle hatte kein Gesicht mehr.

Mir ist da ein interessanter Gedanke bezüglich der menschlichen Bautätigkeit gekommen.

Im zwanzigsten Jahrhundert, kurz bevor er mit seinem Selektionsprogramm anfing, verwendete Adolf Hitler eine Menge Zeit darauf, zusammen mit Albert Speer, seinem persönlichen Architekten, ein neues Berlin zu entwerfen.

Meiner Ansicht nach war Speer eine Katastrophe. Er wurde Hitlers Architekt, weil er wie dieser ein grauenhaftes Faible für das Gigantische hatte. Im Zentrum ihrer neuen

Hauptstadt wollten sie eine Große Halle erbauen mit dem größten Kuppeldach der Welt. Aber als sie den Entwurf auszuarbeiten begannen, stellte Speer fest, dass einige ernste Probleme auf sie zukamen – eins davon, und nicht das geringste, war, dass die riesige Kuppel, unter der bis zu 180 000 Menschen Platz finden sollten, ein eigenes Klima bewirken würde: Der Atem der Menschenmasse würde aufsteigen, die Feuchtigkeit sich niederschlagen und als Regen wieder herabfallen. Es gab auch noch einige schwerwiegende akustische Probleme, die Kritiker von Speer anmahnten, von denen er aber nichts wissen wollte.

Es stellte sich heraus, dass sie offenbar recht gehabt hatten. Das Echo der Explosion erschütterte den zentralen Raum der Kontrolle in seinen Grundfesten. Es regnete rote Lampen. Die gesamte Kuppel erzitterte und vibrierte wie bei einem Erdbeben. Teile des Dachs so groß wie ein Landy fielen herab. Braunes Wasser folgte, eine Sturzflut aus stinkendem Schlamm und dreckiger Brühe, die alles unter sich begrub.

Durch einen glücklichen Zufall wurde mir ein Teil von Starvies Kamera entgegengeschleudert und blieb in der Haut meiner Hand stecken. Es gelang mir, es herauszuziehen und meine Fesseln damit zu zerschneiden. Ein Stück von der Decke so groß wie ein Sofa fiel auf den einen Soldaten und ließ ihn verschwinden. Der zweite Soldat hätte mich leicht erledigen können, aber er bückte sich, um das, was von der Kontrolle noch übrig war, hochzuheben und durch die Luke zu zerren, die hinter ihnen zuging und sich verriegelte.

Ich sprang aus dem Bett, versuchte den herunterfallenden

Trümmern auszuweichen und fragte mich, was ich tun sollte. Ich erinnerte mich, dass die Kontrolle auf der anderen Seite des Saals hereingekommen war. Also rannte ich in diese Richtung, tauchte durch breite Wasserfälle und war froh hindurchzukommen, obwohl es erbärmlich stank.

Adrenalin, der große Gleichmacher, jagte durch meine Adern und tat genauso viel Gutes, wie man von Nanos erwartet hätte. Ich erreichte die Rückseite und tastete die Oberfläche mit den Fingern ab, auf der Suche nach einer Luke. Es war noch keine Minute vergangen, da hatte ich sie. Ich schaute mich um, ob irgendwo ein Griff oder ein Tastenfeld war, aber ich fand nichts dergleichen. Ich hämmerte und trat gegen die Tür und führte mich wahrscheinlich genauso auf, wie Fatty es immer getan hatte. Er hätte meinen Zustand wahrscheinlich Wut genannt.

»Geh auf, du Miststück!«

Die Tür schob sich gehorsam auf.

Ich tauchte hindurch und rannte einen weiteren, makellos weißen Korridor entlang. Der Boden unter meinen Füßen erzitterte.

Der Weg stieg an und führte in eine geräumige, steinerne Höhle. Es war eine Art Vorratslager. Tausende von Plastiktüten hingen von der Decke, endlose Reihen verloren sich in der Ferne, Lichter flackerten, während ich die Tüten durchsuchte. Sie erstreckten sich in alle Richtungen, als wäre es der Lagerraum für nicht abgeholte Produkte der größten Reinigung der Welt. Ich schob mich zwischen ihnen hindurch, schlug die schweren Tüten beiseite und wurde immer erschöpfter, während der ganze Bunker um mich herum erbebte. Ich blieb stehen, holte tief Luft und verfluchte diesen Körper, der sich nicht mehr bewegen wollte.

Ich bemerkte ein Augenpaar. Sie schauten aus einer der Tüten in meiner Nähe.

Starvie. Sie hing kopfüber da, eingetaucht in Regenerierungsflüssigkeit, aber leblos wie eine Statue.

Etwas in ihrem Blick brachte mich dazu weiterzulaufen. Ich schlug und trat gegen die herumhängenden Leiber, malträtierte sie, als wären sie verantwortlich für dies alles, für die Dunkelheit, für den König, für die Kontrolle, für Starvie.

Irgendwann lichteten sich die Reihen der Körper, und ich erreichte eine weitere Luke.

»Geh auf!«, schrie ich.

Nichts geschah.

Ich rannte weiter, auf der Suche nach einem anderen Ausgang. Ich war nicht sehr zuversichtlich, aber dann kam ich vor einer Leiter aus Stahl an, die zu einer Plattform direkt unter dem zerberstenden Kuppeldach führte.

Ich stieg nach oben und dachte dabei, wie eigenartig es doch war, dass ich mir dort oben so etwas wie Sicherheit erhoffte. Auf der Plattform angekommen, bemerkte ich eine weitere Luke, die in unregelmäßigem Rhythmus auf- und zuschlug. Ich machte mir nicht die Mühe, den günstigsten Zeitpunkt zu berechnen, sondern rannte einfach darauf zu. Beinahe wurde mir der Fuß abgerissen, als ich hindurchsprang.

Jetzt befand ich mich auf einer Rampe, einer breiten Rampe aus Stahl, die schräg nach oben führte. Ich fragte mich, wie viele Stockwerke tief ich mich wohl befand. Wie weit war es noch? Dann wunderte ich mich darüber, dass ich mir schon wieder solche nutzlosen Fragen stellte. Das war völlig untypisch für einen Fiziellen. Ich fühlte mich wie ein Tier, wie eine dieser Ratten im Sumpf von York, die instinktiv vor dem Feuer davonliefen.

Ich ging weiter, bis die Rampe horizontal verlief und der rötlich schimmernde Himmel zu sehen war. Die letzten Lichtstrahlen verschwanden gerade. Draußen auf der Straße standen einige Soldaten-Modelle und versuchten das Gleichgewicht zu halten, während der Boden unter ihnen erbebte. Ich nutzte meinen Schwung, um den, der mir am nächsten war, umzureißen und seinen Kopf auf den Boden zu schlagen. Ich riss ihm das Gewehr aus der Hand und schoss dem anderen genau zwischen die Augen, wie es die Anführer der Real-Clans ihren Leuten eingeschärft hatten. Der erste Soldat kam wieder zu sich und warf mich leichthin ab, als wäre ich bloß aus Styropor. Ich verlor die Waffe, und er kam auf mich zu. Der Boden bebte erneut, und ein Schild über uns wurde aus seiner Verankerung gerissen. Es fiel auf den Soldaten, gerade als er seine Waffe auf mich richtete.

»Glück gehabt«, sagte ich und fiel erschöpft auf die Knie.

Ich hatte mich zu früh gefreut. Das Gebäude stürzte ein, als würde der Bunker unter mir es einsaugen. Der Fußboden zerbrach und zerriss, zwischen meinen Beinen tat sich ein tiefer Spalt auf. Die Straße kippte und blieb in einem steilen Winkel stehen, gen Himmel gerichtet. Ich rutschte nach unten auf das Gebäude zu, dem ich gerade entkommen war. Ich streckte die Hand aus und erwischte eine Parkuhr, stemmte mich mit den Füßen an einem Pfosten ab und sprang. Jetzt war ich auf einem Teil der Straße, der sich noch da befand, wo er sein sollte.

Das Adrenalin trieb mich weiter an. Ich sprang auf die Füße, wich gerade noch rechtzeitig einem ausgebrannten Doppeldeckerbus aus, der vorbeirollte und mit voller Geschwindigkeit in den Fluss stürzte. Ich rannte hinterher, ans Ufer, wo ich zusah, wie Brixton Hill im braunen Wasser versank und unter der Barrikade verschwand. In der großen Mauer breitete sich ein Riss aus und spaltete sie in zwei Teile.

Zu schwimmen war bestimmt die schlimmste aller Möglichkeiten, aber einen anderen Weg nach draußen gab es nicht. Ich sprang kopfüber in die stinkende Brühe und schwamm auf den Riss in der Mauer zu, der sich mit jeder neuen unterirdischen Explosion erweiterte. Soldaten-Modelle auf der Brüstung bemerkten mich und eröffneten das Feuer, aber das ging nicht sehr lange. Der Wall brach zusammen und stürzte in den großen See. Es regnete Fizielle und Staub.

Ich schwamm durch Rauch und Dunkelheit, kraulte wie wahnsinnig auf die Lücke zu und hindurch. Ich schwamm, bis ich nicht mehr wusste, dass ich schwamm, bis ich nicht mehr wusste, dass ich überhaupt da war, bis ich überhaupt nichts mehr wusste.

Die dreckige Brühe schlug über meinem Kopf zusammen. Ich hörte auf zu paddeln. Ich sank nach unten, dorthin, wo ich hingehörte.

Alles ist schwarz und still. Ich atme Ruß ein. Ich überprüfe, ob meine Beine funktionieren, und stelle fest, dass ich unfähig bin, mich aufzurichten. Ich weiß nicht, ob ich mich immer noch im Wagen befinde. Ich kann Shersult nicht sehen. Ich weiß nicht, wie lange ich bewusstlos und wie lange ich wach war. Ich rieche verbrühte Haut. Ich versuche zu schreien, stelle aber fest, dass meine Stimme versagt.

Ich zähle Sekunden, Minuten und Stunden.

In Gedanken arbeite ich an einem neuen Solarbrunnen, um mir die Zeit zu vertreiben. Es ist eher abwegig, aber ich habe Zeit zum Nachdenken, und das ist alles, was es momentan zu tun gibt.

Nachdem ich den Fotovoltaik-Hub einmal, zweimal, dreimal verbessert habe, versuche ich erneut zu rufen. Dieses Mal funktioniert meine Stimme. Shersult hört mich.

»Kenstibec?«, sagt er.

»Zur Stelle«, sage ich.

»Bist du noch in einem Stück?«

»Glaube schon. Aber dieses eine Stück ist zerquetscht. Ich glaube, ich hänge fest. Kannst du mir raushelfen? Ich langweile mich allmählich.«

»Negativ«, sagt er. »Ich bin ganz schön fertig. Üble Situation. Ernsthafter Beschuss.«

Ich höre, wie er hustet und keucht. Er klingt wie die Frau vom Boss, wenn sie eine Zigarette geraucht hat.

»Kannst du irgendwas in diesem Durcheinander erkennen?«

»Überhaupt nichts. Als hätte mir jemand einen Sack über den Kopf gestülpt.«

Ich versuche, im Dunst etwas auszumachen. Ich frage mich, wie das wohl aus der Luft aussieht, diese brennende Wolke.

Dann ein Geräusch. Ein Motor, der sich nähert und auf uns zukommt. Ein Licht, zuerst nur ein schwacher Schimmer, der durch die Dunkelheit dringt.

»He!«, *ruft Shersult.* »Hier drüben!«

Ich höre, dass es ein großes Fahrzeug ist, ein Laster womöglich. Ich höre, wie er ganz in der Nähe stehen bleibt. Eine Autotür wird zugeschlagen, Schritte sind zu hören, das mechanische Geräusch einer Atemschutzmaske. Wer das auch ist, er hat keine Eile, zu uns vorzudringen. Erst mal nimmt er etwas in unserer Nähe auseinander, befasst sich offenbar mit Wichtigerem.

Ein heller Schimmer. Er wird stärker. Ein Lichtkegel tastet sich durch den Rauch. Eine Gasmaske wird über meinen Kopf gezogen. Eine Lampe leuchtet in meine Augen, wird wieder weggenommen und so gehalten, dass ich ein Kinn unter einer Maske erkennen kann und ein bleiches Grinsen hinter dem Filter. Die Maske wird abgenommen, und ein Gesicht mit schattigen Konturen kommt zum Vorschein.

»Du musst ein Fizieller sein, wenn du jetzt noch atmen kannst«, sagt das Gesicht. Die Person kniet sich hin. »Wer bist du?«

»Kenstibec«, antworte ich. »Bauarbeiter.«

»Ich bin Rick«, sagt er. »Mechaniker. Ist da noch jemand? Ich habe doch zwei Stimmen gehört.«

»Er muss hier irgendwo sein, ein Soldaten-Modell.«

Rick nickt, verzieht das Gesicht und spuckt aus.

»Eklige Luft.«

»Was machst du hier, Rick?«

»Suche nach Brauchbarem. Maschinenteile. Ich klappere die Hauptstraße ab, bis mein Laster voll ist.«

»Ist die Kontrolle getroffen worden?«

Rick zuckt mit den Schultern und beginnt meine Hüfte zu untersuchen, dort, wo ich festhänge.

»Das würden wir sowieso nicht erfahren, oder?«, sagt er. »Dieser Dreck in der Luft bewirkt, dass das Signal nicht mehr durchkommt. Das wird auch eine Weile so bleiben. Wir müssen wohl erst mal ohne die Kontrolle auskommen, denke ich.«

Rick greift wieder nach der Lampe und beleuchtet meine Hüfte. Ich sehe, dass die Beifahrertür unseres Wagens sich tief in meinen Bauch und mein linkes Bein eingegraben hat. Rick steckt den Kopf in den Wagen und leuchtet alles ab, aber er entdeckt nichts von besonderem Interesse. Er richtet den Lichtstrahl wieder auf mich.

»Was habt ihr beiden denn hier draußen gemacht?«

»Die Selektion unterstützt.«

Er nickt und steht auf.

»Seid wohl nicht sehr erfolgreich gewesen, was?«

Er zieht die Maske wieder über.

»Einen Moment noch«, sagt er durch das Gummi hindurch. »Ich hole euch gleich da raus. Dann könnt ihr mit mir nach Norden kommen.«

Er stapft in die Dunkelheit. Ich höre seine Schritte, sie knirschen auf der bröseligen Asche, die unsere fremdartige Welt überzogen hat.

DAS FERNE UFER

Ich schmeckte Salz.

Ich hörte Jubelrufe, es klang nach echter Freude. Ich sah zwei Reale, die ein paar Meter neben mir standen. Wir befanden uns in einem Ruderboot aus Holz, das schnell über das Wasser glitt. Neben ihnen standen eine ganze Reihe Schöpfeimer, die sie im Moment allerdings nicht benutzten, denn sie reckten die Fäuste und brüllten etwas über das Wasser. Ich schaute über den Rand des Boots, um herauszufinden, um was es eigentlich ging.

Die Barrikade von Brixton oder das, was von ihr übrig war, brannte lichterloh. Wir befanden uns auf der anderen Seite des Flusses und sahen zu, wie die Mauern zusammenbrachen und Staub und Rauchschwaden zu den tiefrot verfärbten Wolken aufstiegen. Die Flammen erleuchteten den gesamten Fluss, es war ein richtig großes Feuer. Das letzte Mal, als es so gebrannt hatte, mussten die Architekten die halbe Stadt neu erbauen.

Einer der Männer bemerkte mich, watete durch das Wasser im Boot und kniete sich neben mich. Er war einer von der fröhlichen Sorte, auch wenn er keine Zähne mehr hatte und Blut schwitzte.

Er drehte sich um und wandte sich an seine Kameraden.

»He, Leute, er ist wach!«

Die anderen traten zu uns und schauten auf mich herab.

»Hallo, Kumpel. Wie geht's denn so?«

Ich versuchte, etwas zu sagen, musste aber würgen und husten.

»Zwing den armen Kerl doch nicht zum Reden«, sagte der Fröhliche. »Der hat den halben Fluss ausgetrunken. Schaut ihn doch an. Er ist total verätzt.«

Er wandte sich wieder an mich.

»Du bist eine echte Rarität, Mann. Bis vor einem Monat hätte ich noch behauptet, so einer wie du ist einzigartig.«

Das brachte die anderen Realen zum Lachen. Der Fröhliche stimmte mit ein und wandte sich an die anderen und dann wieder an mich. Er wischte sich mit einem blutgetränkten Taschentuch über die Stirn.

»Tja, ich schätze, wir sollten ihn ins Lager schaffen. Der Boss wird schon wissen, was wir mit ihm machen.«

Die anderen Realen patschten im Wasser herum.

»Bist du verrückt? Wir sollen doch hier bleiben und alle Freaks abknallen, die herüberschwimmen. Und schöpfen, du Idiot, schöpfen!«

Er packte einen der Schöpfeimer und begann, Wasser über den Rand des Boots zu kippen. Der Fröhliche blieb bei mir, überprüfte sein Gewehr und entsicherte es.

»Zu schade, dass du nicht aufstehen und mithelfen kannst«, sagte er. »Das wird ein großer Spaß. Das reinste Schützenfest.«

»Ich sehe einen!«, rief einer seiner Begleiter und gab einen Schuss ins Wasser ab.

»Schwimm, du Scheißkerl«, brüllte der Fröhliche, stand auf und schoss. »Ich kann diese Zähne auf einen Kilometer Entfernung erkennen. Komm her und hol es dir, du Freak!«

Ich ließ meinen Kopf zurück ins Wasser fallen und hielt den Mund fest geschlossen.

Die Stimmen vergingen.

Ich begann zu träumen.

Starvie fotografierte mich, aber es wollte ihr kein gutes Bild gelingen. Ihre Hand zitterte. Ich griff danach und sagte ihr, sie solle keine Angst haben.

»Ich fürchte mich nicht«, sagte sie. »Du etwa?«

Als sie fertig waren, ruderten wir zurück zum Ufer. Ich wurde über einen mit Plastikmüll übersäten Strand zu einer Wand aus Sandsäcken geschleppt. Sie hoben mich darüber und legten mich neben den Rädern eines Autos ab.

Der Motor lief. Der Fröhliche klopfte gegen das Fahrerfenster, das nun heruntergelassen wurde.

»Alles in Ordnung, Phil? Wir haben einen Überlebenden aus dem Fluss gezogen.«

Sie hoben mich wieder hoch und legten mich auf den Rücksitz.

»Ihr beide habt euch bestimmt viel zu erzählen.«

Ich lag da und kotzte literweise schwarzes Wasser aus. Als ich nichts mehr herauszuwürgen hatte, schaute ich nach oben durchs Fenster und sah die Umrisse des Hope Tower, die sich vor dem Feuer abzeichneten. Seine Spitze verschwand in der Wolkendecke, aber er stand immer noch. Wer hätte das gedacht?

Der Wagen fuhr los, der Motor klang gut. Der Fahrer fluchte leise vor sich hin. Ein bläulich verfärbtes Auge starrte mich im Rückspiegel an. Ich setzte mich überrascht auf.

»Ich dachte, du seist tot.«

Der Fahrer spuckte auf den Beifahrersitz.

»Das Gleiche dachte ich von dir.«

Ich schaute das Logo auf dem Lenkrad an und schnaubte abfällig.

»Sieht aus, als wärst du ziemlich weit unten angekommen. Mit der Kiste schaffst du es nicht weit.«

Er drehte sich um und kratzte sich den dichten, filzigen Bart.

»Ist das deine Art, dich für eine Testfahrt zu bewerben?«, fragte Fatty.

DANKSAGUNG

Zuallererst gilt meine Verbeugung meiner Großmutter. Sie starb ein oder zwei Tage, bevor Gollancz meinen Vertrag unterschrieb. Wenn ich jetzt mein Buch im Regal betrachte, kommt es mir vor, als wäre es ihr Abschiedsgeschenk.

Vielen Dank an Jim, meinen besten und vertrauenswürdigsten Kritiker; an Crossi, meinen großmütigen Freund; an Mum für ihre Begeisterung und an Dad, die Davies-Brüder und die Begleitung auf dem Heimweg vom DuCane Court. Dank auch an Sawbo für den Tee und die netten Worte.

Lobend erwähnen möchte ich auch meinen Agenten Ed Wilson bei Johnson & Alcock, der mir eine Chance gab, und Simon Spanton bei Gollancz: Ich bin sehr stolz, bei diesem traditionsreichen Verlagshaus veröffentlichen zu dürfen.

Und schließlich gilt Hamble meine große Dankbarkeit und Liebe, für alle Unterstützung und nebenbei auch viel Freude.